JN297006

Saturday

Ian McEwan

土曜日

イアン・マキューアン

小山太一　訳

CREST BOOKS
Shinchosha

ウィル・マキューアンとグレッグ・マキューアンに

SATURDAY

by

Ian McEwan

Copyright ©Ian McEwan, 2005
Japanese translation published by arrangement
with Ian McEwan c/o Rogers, Coleridge and White Ltd.
through The English Agency (Japan) Ltd.

Object by Yoko Inoue
Photograph by Tatsuro Hirose
Design by Shinchosha Book Design Division

土曜日

例えば？　そうだな。例えば、人間であるとはどういう意味かということだ。都市で。この世紀に。転換のさなかで。群衆の中で。科学によって変容させられ。組織的権力に支配され。とてつもない統制に締め上げられつつ。機械化がもたらした状況の中で。急進的な希望がさいきん失墜した後に。そもそもから共同体でなく、個人の価値を貶めてしまった社会で。いっそう力を増し、個々の自我を取るに足らぬものにした数の論理のおかげで。そんな論理は、外敵を叩く軍事作戦には何十億ドルという金を使ったくせに、国内の秩序にはびた一文出そうとしなかった。みずからが抱える大都市においては、残忍と野蛮を野放しにした。だが同時に、努力と思考を結集すれば何ができるのかを学んだ何百万という人間たちの圧力もある。何百万トンという水が長い時間をかけて海底の生物を変形させるように。潮が石を磨くように。風が崖に穴を開けるように。美しい超機構が無数の人類のために新しい生を拓く。彼らが存在する権利を否定するのか？　彼らを働かせ、彼らを飢えさせておいて、自分は古臭い価値体系にどっぷり漬かっているつもりか？　おまえ――おまえ自身もこの大衆の子であり、他の人間すべての兄弟なんだ。でなけりゃおまえは恩知らずだ、ディレッタントだ、空馬鹿《からばか》だ。そうさハーツォグ、とハーツォグは考えた。おまえさんが例を出せというから、ほんとのところを教えてやったんだ。

――ソール・ベロー、『ハーツォグ』（一九六四）

I

脳神経外科医のヘンリー・ペロウンが夜明けの数時間前に目を覚ましたとき、身体はすでに活動を開始している。ベッドに起き上がった姿勢でシーツを押しのけ、立ち上がろうとしているのだ。いつから意識があったのかは定かでないが、それは大した問題とも思われない。こんなことは初めてなのだが、そのことには驚愕どころか軽い驚きさえなくて、動作は軽く、四肢が愉快であり、背中や脚はひどく力に満ちているようだ。ベッドのそばに裸で立ち――寝るときはいつも裸だ――しゃきっと背を伸ばしつつ、妻のひそやかな息づかいと、膚に触れる冬の寝室の空気を感じている。これもまた愉しい感覚だ。ベッドサイドの時計は四時半を指している。はて、ベッドから出て自分はどうしようというのだろう。小便に行きたいのでもないし、夢や昨日の出来事が気にかかるわけでもないし、世界の状態に動揺を覚えてもいない。この暗闇に立っている自分は、まったくの無から生じて完全な形を取り、何物にも邪魔されずに存在しているかのようだ。朝早い時刻や最近の仕事量にもかかわらず疲れは感じないし、このところの受け持ち患者の誰も良心の重荷になってはいない。それどころか、神経は鋭敏で頭は真っさら、不思議な高揚感さえ覚えている。何の決心をしたわけでもなく、何の動機があるわけでもなしに、ペロウンは寝室に三ヶ所ある窓のうちでいちばん手近なのに近づいてゆくが、その足取りの軽さときたら、一瞬、夢か夢遊病ではないかと思えるくらいである。だとすれば、つまらないものだ。夢に興味はない。この感覚が現実だと思えてこそ、より豊かな可能性が生まれるのだ。意識はまったく明晰であり、そのことに確信が持てるし、眠りがもはや過ぎ去ったことも分かっている。眠りと目覚めの差異を知ること、境界を知ること、それこそが正気であるということの本質なのだ。

　寝室は広くて、よく片付いている。ほとんど滑稽なくらい滑らかな動きで部屋を横切ってゆく最中、この経験も終わりかと考えてペロウンは一瞬悲しくなるが、すぐにその思いも消えてしまう。真ん中の窓の前に立って、背の高い木製の折り畳み式シャッターを開ける。ロザリンドを起こさないよう注意しながら。これは気遣いであると同時に、自己中心的な振る舞いでもある。何をしているの、と妻に聞かれたくないのだ――そもそも答えようがないのだから、今の楽しさを優先させたほうがいいではないか？　ふたつ目のシャッターに手をかけ、畳んだ部分から収納部に滑り込ませ、サッシ窓を静かに上げる。頭より数フィート高い窓だが、見えない部分に仕掛けられた鉛の錘《おもり》のおかげで、すうっと持ち上がる。二月の空気が体を包んだ瞬間に肌が引き締まるけれども、寒さは気にならない。三階の窓から、ペロウンは夜と向き合う――凍りついたような白い光に包まれた街、幹と枝ばかりになった広場の木々、そして三十フィート下には、先のとがった黒塗りの柵が槍の列のように並んでいる。霜が一、二度下りたらしく、空気は澄んでいる。煌々たる街灯もすべての星を消してはおらず、広場の向こうに並ぶ十九世紀初頭様式《リージェンシー》の建物の上に、南の空の星座がわずかに残っている。向こうの家並は再建されたもの、模倣物《パスティーシュ》であり――このフィッツロヴィア地区は、第二次世界大戦中、ドイツ軍に何個か爆弾を落とされたのだ――その真後ろのテレコム・タワーは、昼間に見るといかにも公共建築らしい薄汚なさだが、夜の帳《とばり》に半ば隠されて程よく照明を当てられると、今よりも楽天的だった時代を記念する豪壮な建造物に見える。

では、今はどんな時代なのだろう？　混乱と恐れの時代、というのが、毎週の仕事からいっとき逃れて思いにふけるときのペロウンの答えだ。だが、たった今はそうは思わない。窓枠に載せた手に体重をかけて身を乗り出したペロウンは、眼の前に広がる光景の空白と明晰に高揚感を覚える。視力が――もともと悪くない視力が――いっそう鋭くなったようだ。歩行者専用になった広場の敷石に含まれた雲母が光っており、鳩の糞も距離のおかげで固まって見えるためにいっそ美しいくらいで、まるで雪を散らしたようだ。黒い鋳鉄の柵とそれが投げかけるいっそう黒い影の均整、敷石に覆い隠された側溝の格子蓋、そういったものが気に入《い》る。あふれ返ったごみ箱は猥雑よりもむしろ豊饒を思わせ、円形の緑地を囲んで設置されたベンチは、慈愛をたたえて一日の人の流れを待っているようだ――昼飯時の陽気なオフィス族、インド人経営のユースホステルからやってくる生真面目で勤勉そうな少年たち、物静かな恍惚に浸ったり危機を迎えたりしている恋人たち、たそがれ時には麻薬の売人たち、そしてあの頭のおかしな婆さんがやってきて、野蛮な、耳に残る叫びを上げる。近寄らないでッ！　何時間もぶっつづけに叫ぶのが常で、しゃがれた悲鳴は沼地の鳥か動物園の生き物のようだ。

大理石の彫像のごとく寒さに不感症のまま、シャーロット・ストリートの方角に向かって立ち尽くしたヘンリーは、遠近法をなして入り組む家々の正面や、工事の足場やタールを塗った屋根を眺め、ロンドンという街はよくできている、鮮やかな発明であり生物学的な傑作だと考える――珊瑚礁のようにじわじわと積み重ねられて層をなした数世紀間の達成物のまわりに数百万の人間がわさわさと群をなし、眠ったり、働いたり、何やかやと楽しんだりしているが、そのほとんどはお互いと調和しつつ、この街がしっかり機能することを望んでいる。そしてペロウン家の一角もまた、調和の取れた均整の勝利だ。巨匠ロバート・アダムが設計した、完璧な円形緑地を囲む完璧な広場――この十八世紀の夢は近代に浸され抱きしめられていて、上からは街灯が照らし、地下には光ファイバーのケーブルが走り、新鮮な冷水が水道を流れ、汚物は一瞬にして姿を消して忘れ去られる。

いつでも自分の気分を検査せずにいられないペロウンは、さっきから続いている、あたりの磁場を歪ませるほどの多幸感はどこから来るのだろうと考える。おそらく分子レベルまで下りてゆけば、自分が眠っていた間に何らかの化学的な偶発事があったことが分かるだろう――皿からこぼれた飲み物のように、ドーパミンが受容体《レセプター》のようなものが刺激されて細胞間の連鎖反応を一気に引き起こしたのだろう。あるいは土曜日が目前に控えているせいか、それとも、極度の疲労が逆説的に引き起こした現象か。なるほど、この一週間は異常に消耗させられた。ゆうべ、誰もいない家に帰ってきて、本を抱えてバスタブに漬かったときには、誰も話し相手がいないのが有難かった。文学好きの、文学好きに過ぎる娘のデイジーがダーウィンの伝記を送ってきたのだが、この本がまた、いつぞや薦められたジョーゼフ・コンラッドの海洋小説と何かつながりがあるというのに、自分はそっちの本さえまだ読み始めていない――海の生活がいかなる倫理的緊張をはらんでいようと、あまり自分の興味はひかないのだ。もう数年にわたって、デイジーは彼女のいわゆる「父さんの驚くべき無知」を改善しようとして文学教育のガイド役を引き受け、父親の低俗な趣味と無神経を叱り飛ばしつづけてきた。なるほど、そうかもしれない――自分はグラマースクールから医学部、そして新米医師の過酷な勤務と脇目もふらず進んできて、それからは、脳神経外科技術への邁進と父親業への専念ばかり――この十五年間は、医学書以外の本にはほとんど触りさえしなかった。もっとも、考えてみれば、死・恐怖・勇気・苦悩といったものならば、五、六ヶ国の文学史に匹敵するほどの量を実生活で見てきたのだが。それでもやはり、ヘンリーはデイジーが作った読書リストを受け入れる――娘とつながっておく手段として。大人になって家族から独立し、パリの郊外でこちらが窺い知れぬ女性としての生活に入りつつあるデイジーは、今夜、六ヶ月ぶりにこの家に戻ってくる――多幸感はここからも来ているのだ。

デイジーから与えられた宿題は終わっていなかった。爪先で湯量を調整しながら、疲れにかすんだ目で文字を追い、ダーウィンが『種の起源』を一気に書き上げたいきさつを知り、後の版で訂正された結論部分の概要に目を通しはした。が、その間、耳はラジオのニュースを聞いていた。あの物分りの悪いイラク核問題査察委員長ハンス・ブリクスが、ふたたび国連で報告している――全体の印象として、ブリクスはイラク攻撃の大義を掘り崩してしまったような感じがあった。それから、さっぱり本の内容を理解していない自分に気づいたペロウンは、ラジオを切り、数ページ戻ってまた読み始めた。伝記本のあちこちの部分は、あふれる緑の中を馬車が走ってゆく古き良きイングランドへの郷愁を掻き立てたが、また別の箇所は、ひとりの人間の生涯が数百ページにおさめられてしまうことに軽い落胆を覚えさせた――まるで自家製チャツネのように瓶詰めにされた人生。ひとりの存在、その野望、家族や友人とのつながり、しっかと所有された大事な物事、それらがこれほど完全に消えうせてしまうとは。バスタブから出ると、ベッドで横になって晩飯はどうしようと考え始め、それっきりだった。仕事から帰ってきたロザリンドが布団を掛けてくれたのだろう。キスもしてくれたろう。四十八歳の男が、金曜の夜九時半にぐっすりと眠り込んでいる——これこそ、現代の専門職の生活だ。ペロウンは勤勉だし、周囲の人々も勤勉だが、今週は病院スタッフにインフルエンザが流行ったおかげで、いっそう根を詰めなくてはならなかった——手術のリストが普段の二倍に及んだのだ。

綱渡りの掛け持ちのおかげで、ペロウンはひとつの手術室で主執刀医となり、もうひとつの手術室で専門補佐研修の後半に入った医師の執刀を監督し、さらに三つ目の手術室でちょっとした治療をこなすことができる。現在、ペロウンのチームはふたりの専門補佐医を抱えている——ほとんど専門医の資格を取り終えたサリー・マッデンは完全に信頼でき、ガイアナから来た専門補佐二年目のロドニー・ブラウンは才能もあり勤勉でもあるが、まだ自信が持てないでいる。ペロウンと組む麻酔科のジェイ・ストロースも、専門補佐のジータ・シャールを抱えている。この三日間、ロドニーを脇に従えて、ペロウンは三つの手術室を回った——磨き上げられた廊下に響く自分のサンダルの音、手術室のスイングドアが立てるさまざまな軋みと唸り、それらはオーケストラの伴奏のようだった。金曜日の手術リストはお決まりの内容。サリーが創部を縫合閉鎖している間にペロウンは隣室で、ある老婦人にチックを起こさせている三叉神経痛の手術を行った。こんな些細な手術も、やっぱり楽しいものだ——素早く、正確に。手袋をはめた人差し指を口の奥に突っ込んで経路をさぐり、拡大映像をちらっと見ておいて、頰の筋肉に長い針を通して三叉神経節に達した。ジェイが隣から入ってきて、ジータが老婦人の意識を一時取り戻させるのを監督する。針先の電気刺激が老婦人の顔をぴくりと動かし、彼女が眠そうな声で針の位置を確認すると——一発で正しい位置に入っていた——また麻酔がかけられ、神経は電子凝固法で「料理」された。軽く触れた程度でも分かる感覚は残しつつ、痛みを除去するという微妙な加減だ――すべては十五分で片付き、三年に及んだ激痛の苦しみは終わった。

次いで、ペロウンは中脳大動脈にできた動脈瘤の茎部にクリップをかけ――得意の技のひとつである――手術できない部位である視床の腫瘍の生検を行った。患者は二十八歳のプロテニスプレーヤーで、すでに深刻な記憶喪失に襲われている。脳の深部から針を引き抜いたペロウンには、組織が異常であることは一目瞭然だった。放射線治療も化学療法も見込み薄だろう。病理検査室からの報告で診断が確定できたので、午後には患者の初老の両親に告知した。

次は、小学校の校長をしている五十三歳の女性の髄膜腫の開頭腫瘍摘出術だ。腫瘍は運動野の上に鎮座しており、癒着はなく、ロートンの剥離子で探るまでもなくあっさり取れた――これで完治可能だ。サリーが縫合閉創する間に、ペロウンはハイドパークで働いている四十四歳の肥満した庭師の腰に多椎間椎弓切除術を施した。椎体骨が露出するまでに四インチの皮下脂肪を切開しなければならず、ペロウンが骨を削り取ろうとして下向きの力を加えるたびに、男は台の上で身をくねらせて邪魔をした。

古い友人である耳鼻咽喉科の専門医の頼みで、ペロウンは十七歳の少年の聴神経腫瘍を執刀した――耳鼻咽喉科の連中ときたら、自分の専門のことでも難しい手術は避けたがるのだ。ペロウンは耳の後ろに大きな四角い骨弁を作ったが、その作業はたっぷり一時間以上かかり、手術室のスケジュールを気にするジェイ・ストロースを苛立たせた。そしてついに、手術顕微鏡下に腫瘍が現れた――聴神経前庭部の小さな神経鞘腫で、蝸牛《かぎゅう》から三ミリしか離れていない。摘出は耳鼻咽喉科の友人に任せておいて、ペロウンはふたつ目の小手術に向かったが、今度はペロウンが苛立たせられる番だった――声が大きくて不満たらたらの態度をした若い女が、脊髄刺激装置を後ろから前に移してほしいというのだ。たった一ヶ月前には、座るのがつらいといって前から後ろに移させたばかりである。今度は、装置のせいでベッドに横になるのがつらいという。ペロウンは女性の腹部を大きく横に切開し、貴重な時間を費やして、肘まで相手の身体の中に突っ込んでバッテリーワイヤを探した。どうせ、すぐまた戻ってくるのだろう。

　昼食には、食品工場製のツナとキュウリのサンドイッチをミネラルウォーターと一緒に食べた。コーヒールームでは、トーストとレンジで暖めたパスタの匂いがいつでも大手術を思い出させる。ペロウンの隣に座ったのはヘザーといって、手術の合間に手術室を清掃する手伝いをしている、みんなに好かれている下町《コクニー》の女性だった。義理の息子が警察に引っ張られ、武装強盗容疑の面通《めんとお》しで誤認逮捕されてしまったという。ところが、アリバイは完璧だった――強盗が行われた時刻には、歯医者で親知らずを抜いていたのだ。コーヒールームの別の一角では、インフルエンザが話題になっていた――手術室付きの看護師がひとりと、ジェイ・ストロースの下で訓練中の手術補助師が、今日の午前中に早退させられたらしい。十五分後、ペロウンはチームをまた仕事にかからせた。サリーが隣室で、もと交通監視員の老人の内出血による圧迫――慢性硬膜下血腫――を治療するために頭蓋骨にドリルで穴を開けている間、ペロウンは手術室の最新装置であるコンピュータの画像誘導《ナビゲーション》装置《システム》を使って、右前頭葉後部の神経膠腫《こうしゅ》を切除した。それから、ロドニーを監督して、もう一例の硬膜下血腫のドリル穿孔をやらせた。

　この日の手術リストのクライマックスは、毛様細胞性星細胞腫の切除だった。患者は十四歳のナイジェリア人の少女で、英国国教会の教区牧師である叔父夫妻とブリクストンに住んでいる。麻酔をかけた患者を座らせ、脳の後ろから、小脳テント下・上小脳アプローチで腫瘍に到達するのがベストだ。だが、これをやるにはジェイ・ストロースに特別な負担がかかる。空気が脳静脈に侵入して塞栓になる可能性があるのだ。アンドレア・チャップマンは、患者としても姪としても困った存在だった。英国にやってきたのは十二歳のときで——困り果てた様子の教区牧師夫妻が、ペロウンに写真を見せてくれた——その頃は、フロックを着てリボンを何本もきっちり結んだ、小柄な女の子だった。北ナイジェリアの田舎村の生活が押さえ込んでいたものが、ブリクストンの中学校に入ったとたんに解き放たれたのだろう。音楽も、ファッションも、喋り方も、価値観も——すべてがストリート風になってしまった。反抗的なのです、と、妻がアンドレアの入院の世話を焼きに行っている間に牧師は打ち明けた。ドラッグはやるし、酒は飲むし、万引きはするし、学校はさぼるし、大人と見ると食ってかかるし、「まるで商船の船乗りのような悪態をつくのです」。ひょっとして、腫瘍が脳のどこかを圧迫しているんでしょうか?

ペロウンは、そのような慰めを言ってやることはできなかった。腫瘍は前頭葉から遠く離れていた。小脳虫部の上方、脳深部にあるのだ。すでに早朝の頭痛、視界の盲点、運動失調が現れていた。こうした兆候を経験しても、自分の状態はある陰謀のせいだというアンドレアの思い込みは変わらなかった——病院が、叔父夫妻や学校や警察とグルになって、自分のクラブ通いをやめさせようとしているというのだ。入院して数時間のうちにアンドレアは担当看護師といさかいを起こし、病棟を管理する看護師に反抗し、汚い言葉遣いは聞きたくないと言った年寄りの患者と口喧嘩をやらかしていた。ペロウン自身も、これからの試練をアンドレアに事細かく説明するのに苦労した。ムカついていない時でさえ、アンドレアのしゃべり方はMTVのラッパーのようで、ベッドに起こした上半身を揺らし、下に向けた手のひらで輪を描く様子は、自分が起こす嵐に備えて目の前の空気をなだめているかのようだった。けれどもペロウンはアンドレアの根性に感心したし、獰猛な黒い眼も、完璧な歯も、鞭のようにしなって言葉を生み出してゆくピンクの舌も気に入った。敵意をむきだしに叫んでいるときでさえアンドレアの顔は楽しげにほほえんでいて、まるで自分の毒舌の才に満悦しているようだった。彼女をおとなしくさせることができたのはジェイ・ストロースだけだった――この米国人医師は、英国にある病院のスタッフが誰ひとりとして発揮できない過激さと率直さを持ち合わせていたのである。

アンドレアの手術は五時間かかり、うまくいった。アンドレアは座位にされ、頭蓋骨固定器は前に置かれた枠にボルト留めされた。開頭部のすぐ下を静脈洞が走っているので、後頭部を開けるには大変な注意が必要だった。ロドニーがペロウンの脇から覗き込んで、ドリルの切開口を洗浄し、双極式電気凝固器で止血した。そしてついに、小脳テントが露出された――ヴェールをかぶったダンサーの小旋回を思わせる美しさを持った、青白くて繊細な構造物で、そこに硬膜が集まってまた分かれてゆくのである。その下は小脳だ。慎重に切開することで、ペロウンは重力が小脳を引き下げるようにした――引きべら《レトラクター》の必要はない――すると、松果体のある奥深い場所が覗き込め、その真正面に、腫瘍が大きな赤い塊を作っているのが見えた。星細胞腫は形がはっきりしており、周辺の組織との癒着は少なかった。大事な領域を損傷することなしに、腫瘍のほとんどを切除できた。

ロドニーに顕微鏡と吸引器で作業する時間を数分与え、縫合は彼に任せた。包帯は自分でやり、最後に手術室から出てきたときも、まったく疲れは感じていなかった。手術は決してペロウンを疲れさせない――チームと手術室と整然たる手順という閉ざされた世界の中で仕事に取りかかり、手術顕微鏡が鮮明に拡大した映像に没頭しつつ望みの場所への経路をたどっている最中は、ある種の超人的な仕事能力——むしろ、仕事への渇望だろうか——が感じられるのである。

今週のその他の部分について言えば、午前の診療二回はいつもと変わりなかった。そこで出会うさまざまな嘆きに心を動かされるには、ペロウンは経験が長すぎる——実際的な役に立つことが自分の義務なのだ。病棟の回診や、週一回のいろいろな委員会にも疲れは感じなかった。ペロウンを疲労困憊させたのは、金曜午後のペーパーワークである。諸々の専門医への診察依頼、診察依頼への返信、会議ふたつの摘要作成、同僚や医学雑誌編集者への手紙、やり残していた第三者意見書《ピアレヴュー》作り、病院運営の指針作りへの寄与、公立病院の構造改革についての政府方針、新人教育法のさらなる改定。病院の救急プランの新しい見直し——見直しが終わることはない。話はいまや単なる列車事故にとどまらず、「大惨事」や「大型災害」、「化学・生物兵器による戦争」、「大規模攻撃」といった言葉さえ、繰り返して使われるうちに何でもなくなってきた。ここ一年のうちに委員会や小部会が乱立し、指揮系統は病院より上や病院の外に範囲を広げ、医事のヒエラルキーを超えて、行政や内務大臣官房まで遠く伸びていった。

ペロウンは機械的に口述を行ない、秘書が帰宅してからもずっと、病院の四階にある狭苦しくて暖房が強すぎる部屋でタイピングを続けた。仕事が進まないのは、いつになく言葉がすらすら出てこないからだった。記述の速さと、滑らかで捻りのきいた文体がペロウンの自慢である。文章をあらかじめ考え抜く必要などない——思考がそのまま文字になってゆくのだから。ところが、この日に限ってつっかえるのだ。仕事上の専門用語はすぐに出てくるが——これは第二の天性だ——文章はぶざまに積み重なってゆくだけだった。言葉のひとつひとつが、自分の行く手にばらまかれた邪魔っけな物体――自転車やデッキチェアやコート掛け――のように思えてくるのだ。頭の中でセンテンスを組み立てても、いざページに移す段になると雲散霧消してしまったり、文法上の袋小路に迷い込んで、必死に脱出しなくてはならなかったりした。この不手際が疲労の原因なのか結果なのか、そんなことは考えなかった。歯を食いしばって、とにかく最後までやりとげた。八時に最後のEメールを書き終え、四時以来かじりついていたデスクから腰を上げた。病院から出る前に、集中治療室にいる患者たちの様子を見た。何の問題もなく、アンドレアも順調だった――今は眠り込んでおり、どの兆候も大丈夫だ。三十分もしないうちにペロウンは家に帰り、バスタブにつかって、まもなく自分も眠り込んでいた。

黒っぽいコートを着た人影がふたつ、二組のハイヒールの足音をぎこちない対位法で響かせながら広場を斜めに突っ切り、ペロウンの見ているあたりからクリーヴランド・ストリートの方角に向かっていく――間違いなく帰宅途中の看護師だが、当直が終わるにしては変な時間だ。言葉は交わさず、足並みは揃わないけれども距離は近く、姉妹のように親しげな様子で、ほとんど肩を触れ合わせるようにして歩いてゆく。ペロウンの真下を通り、円形の緑地のへりに沿って四分の一だけ回ったあと、別の向きにそれる。歩いてゆくふたりの後ろで息がひとかたまりの白い雲になって立ち上る様子は、まるで汽車ごっこをする子供のようで、どこかいじらしいところがある。ふたりは広場の向こうの角へ向かってゆく。上から見下ろす位置のためもあり、好奇心のせいもあって、ペロウンは単にふたりを眺めるだけでなく、ふたりを高みから見守っている気分になる。神のように、遠くからの慈しみをもってふたりの歩みを監督するわけだ。死んだような寒さの中、夜の闇を通り抜けてゆくこのふたつの小さくて温かな生命体は、いかなる地帯をも踏破できる二足歩行の技術を備え、骨組みの奥深くの無数に枝分かれした神経のネットワークは埋め込まれた繊維、目には見えない意識という白熱を帯びたフィラメントである――これらの生命体は、みずから進路を切り開いてゆくのだ。

すでに窓辺で数分が過ぎ、高揚した気分は消えかかって、身震いが出始めている。高い柵に囲まれた緑地では、プラタナスの木々が並んだ向こうに造作された芝生の丘や窪みに軽く霜が下りている。サイレンは鳴らさず青色灯を回しただけの救急車が一台、シャーロット・ストリートに折れ、おそらくソーホーの方角だろうか、南に向けて急加速する。ペロウンは窓から向き直り、椅子の背に掛けられた分厚いウールのドレッシングガウンに手を伸ばす。が、そうやって向き直るとき、すでに、窓の外の広場か木々のあたりに何か新しい要素が現れたことには気付いている。明るいけれども色はないものが、頭を動かした拍子に視界の隅をよぎったのだ。けれども、すぐには振り返らない。寒いし、ドレッシングガウンが欲しいのだ。ガウンを取り上げ、片袖に手を通し、もう一方の袖のありかを見つけて腰紐を結ぶ段になって、やっと窓の方に足を向ける。

見当が付くような気はするものの、最初のうちはそれが何であるのか分からない。とっさの感じでは、好奇心と期待感も手伝って、宇宙的な規模の出来事が連想される。ロンドンの夜空に燃え尽きようとしている流星が、左から右へと、地平線すれすれに動いてゆく。もっとも、背の高いビルにもぶつかりはしないようだ。だが、流星なら針のような鋭さで突進してゆくはず。見えたと思ったら、もう消滅してしまうものだ。この光はゆっくりと、威厳さえたたえて動いている。一瞬のうちに、ペロウンは視点を太陽系のスケールに広げる。この物体の距離は数百マイルでなく数百万マイル、悠久の軌道を描いて太陽の周りを旅しているものなのだ。黄色を帯びた彗星で、我々が図鑑で見慣れた光り輝く中心部が炎の裳裾《もすそ》を引いている。ヘールボップ彗星が来たときにはロザリンドや子供たちと一緒に湖水地方の草生い茂る丘で眺めたものだが、今またこうして、地球の規模を超えた真に神々しいものを眼にすると、やはりいささかの感謝の念が動かされる。それに、この彗星のほうがもっといい。より明るく、より速く、予期していなかった分だけいっそう印象的だ。マスコミが報道したはずだが、見逃していたのだろう。仕事のしすぎだ。ペロウンはロザリンドを起こそうとして——彼女もこの眺めには感激するに違いない——彗星が消えるまでに窓辺に来られるだろうかと考える。手間取っていると、こっちまで見逃してしまう。だが、こんな凄いものをふたりで見ない手はない。

ベッドのほうに行きかけたとき、遠い雷のようなゴロゴロという低い音が聞こえ始めて大きくなってゆき、ペロウンは足を止めて耳を澄ます。それで、すべてが分かる。ペロウンは肩越しに振り返り、窓外に眼をやって確かめる。言うまでもないことだが、彗星とはきわめて遠くにあって、じっと動かないように見えるものだ。ぎょっとして、もとの窓辺の位置に帰る。音がそのまま続く間に、今度はスケールを下方修正し、太陽系の塵と氷から地元ロンドンに戻ってくる。この空中の火を最初に見てから三、四秒しかたたないのに、二度目の考え直しだ。この火は、ペロウン自身が何度も通ったルートを移動している。通りながら、お決まりの動作をこなすルートだ——シートの背もたれをもとに戻し、時計の時刻を調整し、書類を片付け、いつもながら、眼下に広がる巨大な、ほとんど美しくさえ見えるオレンジ色と灰色のキャンバスの中に自分の家が見分けられるだろうかと眼を凝らす。東から西へ、テムズ川の南岸に沿って、二千フィート上空に通っているのは、ヒースロー空港への最終アプローチだ。

今、光はここから真南の方角、ほとんど一マイルもないところにおり、そろそろ葉の落ちたプラタナスの梢が形作る格子模様に達し、それからテレコム・タワーの一番低いパラボラアンテナの後ろを通ろうとしている。街の灯りがともっていても、早朝の闇のなかでプラタナスの姿はそれと見分けがたい。炎が上がっているのは、翼が胴体のこちら側と接するあたりか、翼の下のエンジンか。平べったくて白い球形をした炎の先頭が黄色と赤の円錐形を引っ張っているところは、本物の流星や彗星というよりも、どぎつく描かれた絵のようだ。平静を装うがごとく、着陸灯が点滅している。が、エンジン音を聞けばすべては明らかだ。普段のゴーッという野太い轟音にかぶさって、喉をふりしぼる悲鳴のような音がどんどん大きくなってゆく——金切り声でもあり、長く続く叫びでもあり、鋼鉄でも支えきれないほど法外な機械的負荷をうかがわせる濁った耳障りな音が、破滅の地点へと螺旋を描いて上りつめ、恐怖のメリーゴーラウンドを回す音楽のように無責任に盛り上がってゆく。もうじき何かが壊れるだろう。

もう、ロザリンドを起こそうとは思わない。この悪夢に引きずり込む必要があるか？　そうだ、この光景には、何度も見た夢のような覚えがある。一見のところ飛行機移動の退屈さに包まれたように見えるほとんどの乗客たちと同じく、ペロウンもまた、おとなしくベルトに縛られた姿勢でお仕着せの食事を前にしつつ、あの可能性にふと思いを馳せることがあるのだ。薄い鉄板と陽気なきしみを立てるプラスチックの壁の外は、マイナス五十度、地上四千フィートの空間が広がっている。人が秒速五百フィートで大西洋を横断するという愚行に身をゆだねていられるのは、ひとえに、ほかの人間たちもそうしているからだ。他の乗客たちが安心していられるのは、自分を含めた周りの人間たちが平静そうに見えるからだ。見方によっては――乗客ひとりが一マイルを移動するときの死亡確率を考えれば――数字は悪くない。南カリフォルニアで開かれる会議に参加する手段が他にないのだから、仕方あるまい？　飛行機での移動とは株式市場のようなもの、鏡像のトリック、蓄積された信念の脆弱な寄せ集めなのだ。神経が平静で、爆弾やテロリストと同じ便に乗り合わせないかぎり、万事は安泰。だが、間違いが起こったときは、半端なことでは済まない。視点を変えれば――一飛行あたりの死者数を考えれば――数字はよろしくない。市場価格は暴落だ。

プラスチックのフォークを手にして、ペロウンはよく、実際はどんな感じなのだろうと考える――エンジンの音に半ばかき消される客室の悲鳴、携帯電話で最後の言葉を伝えようとバッグを探る手、必死で思い出したマニュアルの切れっ端にしがみついて恐怖をしずめようとする乗務員たち、脱糞の強烈な臭気。だが同時に、同じ場面を飛行機の外部から――ちょうど今のように、遠く離れたところから――解釈したものも、我々にはなじみのものだ。ほぼ十七ヶ月前、姿の見えない囚われ人たちが虐殺の場所へと空を運ばれていくさまを世界の半分が何度も繰り返し見たころには、ごくあたりまえなジェット機の姿にさえ、事新しい連想がつきまとったものだ。誰でも言うことだが、最近は空を飛ぶジェット機がこれまでと違って見える。人間を取って食いそうだったり、運命に呪われていそうだったりするのだ。

夜明け前の闇と比べてもいっそう黒い機影が見分けられるような気もするが、それは眼の錯覚だとヘンリーは知っている。燃えさかるエンジンの咆哮は、どんどんピッチが上がってゆく。街のあちこちに灯りがともり始めても、――ドレッシングガウンを着た人たちが広場にぞろぞろ集まってきても――不思議はない。ヘンリーの後ろでは、眠りから夜の街の喧騒を締め出すことに慣れたロザリンドが横向きに寝返りを打つ。おそらく、あの音も、ユーストン・ロードをサイレンが通っていくぐらいにしか感じていないのだろう。燃え上がる炎の白い核と色のついた尾が、前より大きくなっている——胴体の真ん中あたりに座っている乗客は、とても助かるまい。ヘンリーにとっては、これもなじみの要素だ——眼に見えないものの恐怖。安全な距離から目撃する惨事。大規模な死を眺めながら、個人の死はひとつとして眼にしないこと。血も、悲鳴も、人影さえもまるでない空白の中で、抗いがたい想像力が解き放たれるのだ。死の瞬間までつづくコックピットの死闘、狂信者たちを叩き伏せることに最後の望みをかけて集まる勇敢な乗客たち。あの炎の熱を避けるには、胴体のどちら側に逃げるべきか？　妙な話だが、パイロットのいる側のほうが孤独感は少なそうだ。頭上のロッカーに手を伸ばして荷物を取り出そうとするのは、哀れな愚行というべきか。この場に必要な楽天性というべきか？　さっきクロワッサンとジャムを愛想よく配ってくれた化粧の厚い女性は、それを止めようとするだろうか？

飛行機は木々の梢の向こうを通りつつある。一瞬、炎が飾りのように枝のあいだできらめく。何かしなくては、とペロウンは思いつく。消防や警察がこちらの言い分を書き取って電話を上につなげる頃には、これから起ころうとしていることはすでに起こっているだろう。生きているなら、パイロットはすでに無線で急を知らせたはずだ。おそらく、空港では滑走路を泡で覆う作業中だろう。今の段階で病院に駆けつけても意味はない。ペロウンの病院の緊急プランは、ヒースローを管轄していないのだ。西の地区では、寝室の暗がりで、これから何が待ち構えているかの見当さえつかない状態の医師たちが大急ぎで服を着ているところだろう。着陸まで、まだ十五マイルの降下飛行。燃料タンクが爆発したら、打つべき手は何もない。

機影は木々の後ろから現れ、合間の空を横切ってポストオフィス・タワーの後ろに隠れる。ペロウンが宗教的な感覚に——超自然的な説明に——傾く性質《たち》であれば、これは天からの呼び出しではないかという考えを弄んだかもしれない。普通とは違った気分で眼を覚まして特に理由もなく窓辺に近づいたことにある種の隠れた秩序の働きを見出し、この自分に何か意味あることを示したり知らせたりすることを欲している外部的な知性の存在を感じたかもしれない。けれども、ロンドンのような都市は眠れない人間を生み出すものだ。ロンドンそのものが、決して歌うことをやめないワイヤの束を抱え込んだ眠らない存在であり、数百万人という住人の中には、いつもなら眠っている時間に窓の外を見つめている人間が必ずいるはずなのだ——それも、毎晩同じ人間たちではなく。他ならぬこの自分がそうであったのは、単なる偶然に過ぎない。ここに含まれているのは、人類共通の単純な原則だ。超自然を信じる人間の原始的思考がゆきつくところは、精神科の同僚たちが「連想障害」あるいは「関係念慮」と呼ぶものである。それは主観性の過多、世界を自分の必要に応じて組み替えること、自分という人間を過大評価することだ。ヘンリーの意見では、物事をそのように理解する行いが属している思考様式の極北には、打ち捨てられた寺院のごとく、精神病という伽藍がそびえているのである。

だが同時に、あの飛行機を炎上させたのは、物事に対するそうした理解の仕方かもしれないのだ。靴の踵に爆弾を隠し持った、信仰に忠実なる者。恐怖におののく乗客の多くは、自分たちの神に助けを求めているのかもしれない——これも連想障害の一種だ。死が発生したならば、その死を命じたのとまったく同じ神が、やがて葬りの場において、安らぎを与えてくれるように祈られるのだろう。ペロウンはこれを、ひとつの驚異、倫理の範疇を超えた人間的な複雑さだと考えている。その中から立ち現れてくるのは、ただに不条理と虐殺のみではなく、善良な人々の善行でもあり、美しい大聖堂やモスクでもあり、カンタータや詩でもある。かつて、ある牧師の持説を聞いたペロウンは驚きを通り越して激しい怒りを覚えたものだが、その牧師の言い分は、神を否定することさえひとつの精神的運動であり、とりもなおさず一種の祈りであるというのだった。信仰者たちの手から逃れるのは、たやすいわざではない。あの飛行機について持ちうる最大の望みは、出火原因がごくありきたりの故障であることだ。

飛行機はタワーを越え、少し北向きに進路を取って、さえぎるもののない西の空の奥へと遠ざかってゆく。ゆっくりと遠近感が変わるにつれて、火は小さくなってゆくような気がする。いま見えるのは、もっぱら胴体の尾部と、点滅するランプだけだ。エンジンの苦しみの音も薄れてゆきつつある。車輪は出ているだろうか？　そう思いながらも、出ていてくれ、出ているに違いないという思いが湧いてくる。これはある種の祈りだろうか？　誰かの恩寵を求めているというわけではないのだが。ついに着陸灯が見えなくなってからも、爆発の光景が今にも見えそうな気がして、長いあいだ眼が離せない。ドレッシングガウンを着ても寒気がやまないペロウンは、息が凝固した水滴を窓からぬぐい、自分をベッドから起き出させた唐突な高揚感はすでに彼方に去っていったと考える。そしてついに背中を伸ばし、静かにシャッターを閉めて空を覆い隠す。

窓から離れる拍子に、おおむかし物理の授業で習った有名な思考実験を思い出す。「シュレーディンガーの猫」だ。一匹の猫が不透明な箱の中に入っているが、その猫は生きているかも知れず、ランダムに作動するハンマーが箱内の毒薬の瓶を叩き壊したせいで死んだところかもしれない。観察者が箱のふたを開けるまでは、両方の可能性——生きた猫と死んだ猫——が隣り合わせに存在しており、どちらの可能性も、ふたつの平行世界において同等にリアルなのである。ふたが開けられて猫が検査される瞬間、量子的な可能性の波がひとつ崩れ去るというわけだ。しかしペロウンには、この話に意味があると思えたことが一度もない。人間的な意味が。こんな譬《たと》えを思いつくということ自体、連想に障害がある一例に違いない。物理学者でさえ、この説は放棄しつつあるというではないか。ヘンリーにとって、この説は証明の要件を超えたところにあるように思われる。物事の結果というものは、自分の察知しえない結果であろうとも、他の人間には知られつつ、自分に発見されるのを待っているのだ。自分がその結果を見出したときに崩れ去るのは何かといえば、それは、自分の無知に他ならない。得点表がどうなっているのであれ、それはすでにチョークで黒板に記されているのだ。乗客たちの行先がどこであれ——恐怖からほっと立ち直りつつあるのだろうと、死んでいるのであろうと——彼らはすでにその行先に到達している。

初めての診察の折、たいていの患者は、安心できる材料を見出そうとして外科医の両手にこっそり眼を走らせる。きめ細かさ、敏感さ、落ち着き、ひょっとすると汚れのない白さを求めて。この法則によって、ヘンリー・ペロウンは毎年相当数の患者を失っている。たいていの場合、彼はそれが起こりそうなことに患者より早く気が付く。伏し目が繰り返され、用意してきた質問が口に出されず、診察室のドアへと退いてゆくときに過剰な感謝が述べ立てられる。自分が見たものが気に入らないにもかかわらず、他の医者にかかる権利があるということを知らない患者もいる。手の様子には気付いても、患者がペロウンの名声に安心したり、元々そんなことを気にしなかったりする場合もある。さらにまた、何にも気付いたり感じたりしない患者もいれば、そもそも病院に足を運ぶきっかけとなった認識欠損のために不安をこちらに伝えられない患者もいる。

ペロウン自身は気にしていない。逃げたい人間は、他の診察室へ行くもよし、よその病院へ行くもよし。別の患者がまた来るだけのことだ。神経によって引き起こされる苦しみの海は、広くて深いのである。ペロウンの両手はしっかり落ち着いているが、非常に大きい。本職のピアニストだったら――下手の横好きでいじることはあるのだが――ドから一オクターブ上のミまで楽に届く大きさが役に立ったかもしれない。ごつごつした手で、関節のあたりは骨と筋でふしくれだち、指の付け根は赤茶色の毛に覆われている――平たくて幅広な指先は、吸盤がついたヤモリの足のようだ。親指はやたらに長くてバナナ型に後ろに反り返り、普通にしていてもひょいひょい動き出しそうで、サーカスの道化やブランコ乗りの指といったほうが通りがよさそうだ。ペロウンの身体はほとんどの部分がそうなのだが、その両手も、付け根の部分までオレンジと茶色のメラニン色素が陽気なまだら模様を形作っている。ある種の患者にとって、これは異様な感じを与え、不健康にさえ思えるようだ。いくら手袋をしていても、こんな手に頭の中をいじられたくないというわけである。

その手の持ち主は背が高く筋ばった男で、ここ数年は身体にいささかの重みと落ち着きが加わったところである。二十代のころは、電信柱がツイードを着たように見えたものだ。意識して背中を伸ばすと、身長は六フィート二インチある。軽い前かがみの姿勢のせいで何かを弁解しているような風情があるが、多くの患者たちにとって、それはペロウンの親しみやすさの一部である。控えめな態度、穏やかな緑色の眼、目尻の深い笑いじわも、患者をリラックスさせる要素だ。四十代の初めまでは、顔と額に散らばった少年のようなそばかすがこれまた緊張を解く役割を果たしていたのだが、最近になって、責任ある地位からの要求によって軽薄な見せびらかしがついに中止させられたかのごとく、そばかすは消え去ってしまった。ペロウンが必ずしも相手の話に耳を傾けてばかりいないことを知れば、面白くないと思う患者もいるだろう。時々、ペロウンは白昼夢に陥る。診察中でさえ、影の部分にひそんでいた精神内部のナレーションがカーラジオの道路危険情報のように前面に割り込んでくるのだ。もっとも、うなずいたり、眉をひそめたり、笑みを浮かべたまま唇をしっかり合わせたりして取りつくろうのはお手の物である。数秒後に我に返ったときには、ほとんど聞き逃していないように見える。

ある程度まで、ペロウンの前かがみは偽装である。若い頃からのスポーツ自慢で、なかなかそれをやめる気になれない。回診の折、廊下を行くペロウンの大股には、部下たちが苦労するほどだ。健康状態もまずまず良好。シャワーのあと、バスルームの全身大の鏡でゆっくり身体を検査すれば、胴回りについた最初の肉、肋骨の下のほとんど色っぽい丸みに気付くこともある。だが、それも背中を伸ばすか腕を上げるかすると消えてしまう。それを除けば、筋肉は――胸筋も腹筋も――控えめながら確かな形を保っており、とりわけ頭上の電灯を消して横からの光を当てれば申し分ない。まだまだ終わっていないのだ。頭髪も、少しまばらになってはきたが、赤茶色のままである。陰毛にだけ、最初の霜が混じっている程度だ。

たいていの週は、リージェンツ・パークでジョギングする。ウィリアム・ネスフィールドの設計した庭が復元されているあたりを抜け、ライオン・タザを過ぎてプリムローズ・ヒルから折り返し。スカッシュのゲームでは、若い医者たちの一部をまだ負かすことができる。長いリーチの腕をコート中央のT字から離さず、得意技のロブショットを放つ。麻酔科のジェイ・ストロースとは毎週の土曜日に一戦交えるのだが、ほぼ二回に一回はペロウンの勝ちだ。だが、機敏な相手がヘンリーをコート中央から左右に振るこつを覚えると、二十分でへたばってしまう。後ろの壁にもたれ、そっと脈を取りながら、四十八歳の肉体が本当に百九十という脈拍に耐えられるのだろうかと考える。珍しく一日休みが取れた日、ジェイ・ストロース相手に二ゲーム勝ち越していたところ、呼び出しがかかって――それはパディントン駅の大事故の日で、全員が非常招集された――ふたりはスニーカーと短パンの上に緑の手術衣をはおり、十二時間ぶっつづけに働いた。ペロウンは毎年チャリティのハーフマラソンに出場するのだが、そのせいで、昇進したい部下は一緒に出なければならないという間違った噂が流れている。去年のタイム――一時間四十一分――は、自己ベストより十一分遅かった。

控えめな態度も誤解を招きやすくて、真の性格というよりはスタイルに過ぎない――控えめな脳神経外科医などというものは存在しないのだから。当たり前だが、学生や新人たちは患者ほどには彼に魅力を感じない。ペロウンの前でCTスキャンの映像を指しながら「左側の下のほう」と口走った学生は雷を落とされ、衆人環視の中で、用語をちゃんと覚え直してこいと追い返された。だが、手術室での言葉つきは派手でないほうに属する、というのがチームの連中の意見だ。難しさと危険が増すにつれて罵詈雑言ひっきりなしということもないし、緊張を解きほぐすためのタフガイ風の独り言――「おっ、ギコギコ言いだしたのはヴァイオリンの練習か」――も聞かれない。反対に、ペロウンの見解では、難しい局面にさしかかったときは緊張を保つのが一番なのだ。従って、ペロウンの好みは短いささやきと沈黙である。専門補佐医が開創器をうまくポジションできなかったり、オペ室看護師が下垂体用の鉗子をぎこちない角度で渡したりすると、機嫌の悪いときのペロウンは一言だけ「くそったれ」とつぶやくが、めったに使われない言葉が感情こめずに発音されるだけにいっそう怖く、室内の緊張は高まることになる。そうでないときには、手術中は音楽を流すのが習慣だ。ほとんどはバッハのピアノ曲である――ゴルトベルク変奏曲、平均律クラヴィーア、パルティータ。好みの奏者はアンジェラ・ヒューイットやマルタ・アルゲリッチであり、グスタフ・レオンハルトがそれに混じる。よほど機嫌のいいときに限って、より自由なグレン・グールドの演奏を選ぶこともある。会議ではペロウンは正確さを重んじ、すべての問題が時間内に論じられ解決されることをよしとしており、この目的を達成すべく有能な議長ぶりを発揮する。上級職の連中が説明しながら考え込んだり、話を脇道にそらしたりしても、たいていの場合は地位ゆえに許容されるのだが、ペロウンはとたんに不機嫌になってしまう。夢想はひとりですべきもの。決断がすべてなのだ。

というわけで、弁解するような姿勢や控えめな態度やときどき白昼夢を見る癖はさておき、たった今のように――ベッドの裾に立ち尽くして――ロザリンドを起こそうか起こすまいかと思案するのは、普段のペロウンらしくない行いである。まったく意味がない。見るべきものなど、もう何もない。まったく、自己中心的な衝動に尽きるのだ。ロザリンドの目覚ましは六時半にセットしてあるが、いったん話を聞いてしまったら、眠りに戻れる望みはなくなってしまう。いずれは聞かざるを得ないニュースだ。それでなくとも、多難な一日が待っているのである。シャッターを閉じて、こうして闇の中に戻ってみると、自分がいかに深く取り乱しているかが分かる。思考はよろめきがちで弱々しい――とにもかくにも意味を見出せるほどの時間にわたって、ひとつの事を考えていられないのだ。どういうわけか自分に罪があるような、しかしどうしようもないような、そういう感じ。罪悪感とどうしようもなさはふつう矛盾するものだが、今はそうでなく、自分が理解しなければならないのはそのふたつの重なり具合、そのふたつが別々の角度からひとつの事柄を表している具合なのだ。どうしようもなさの中の後ろめたさ。どうしようもないまでの後ろめたさ。ここで思考は途切れ、また電話が思い出される。昼間の基準からすれば、消防や警察に電話しなかったのは怠慢に思えるだろうか？　すべきことは何もなく、時間もなかったと言い切れるだろうか？　安全な寝室に突っ立ち、ウールのドレッシングガウンに包まれ、身動きせず音も立てず、人々が死ぬのを見ながら半ば夢想にふけっていた、それこそが自分の犯罪だった。そう、電話すべきだったのだ——ただ話すためだけ、自分の声と感情を他人の声と感情にぶつけてみるためだけでも。

ロザリンドを起こしたい理由もそれであって、単にニュースを知らせたいだけではなく、自分がいくぶんか狂っているため、思考がどうしてもふらふらと迷いだしてしまうためでもある。眼にした光景の正確なディテールに自分を縛り付け、ロザリンドの現世的で法律的な精神と揺るぎない視線の前でそれらを並べてみたいのだ。彼女の手の感触が欲しい——小さくて滑らかで、いつでもこちらより冷たい手の。前にセックスをしたのは五日前、月曜日の朝、六時のニュースの前、どしゃ降りの最中、バスルームからのぼんやりした灯りだけで、二十分の時間を——ふたりの間でお決まりの冗談めいた言い回しをするなら——仕事という猛獣の歯からかすめ取ったのだ。そう、野心的な中年の生活には、仕事しか存在しないように思える瞬間というものがある。夜十時まで病院に詰め、朝の三時にベッドから引っ張り出され、しかも八時にはまた出勤、ということも珍しくない。ロザリンドの方は、顧問弁護士をしている新聞社が法廷に引きずり出されないで済むようにするのが仕事だが、こちらはゆっくりしたクレッシェンドといきなりの幕切れを繰り返して進んでゆく。数日にわたって、いや、数週間ぶっ通しで、仕事がすべての時間を形作っていることもある。これこそふたりの生活を律する潮の満ち干、月の満ち欠けであって、それなくしては何もなく、ヘンリー・ペロウンとロザリンド・ペロウンは何者でもないというようにも思えるのだ。

ヘンリーは受け持ち患者の緊急な要望に抵抗することが決してできないし、自分自身の技術に満悦したり、手術室の外で待っている家族の安心ぶりに今でもいい気持ちになったりしていることも否定できない。手術室を出るときのヘンリーは神のようなもの、よき知らせを運んでくる天使だ――死ではなく、生を運んでくる天使なのだ。ロザリンドにとって最良の瞬間とは、強力な原告がより説得力ある議論に対して法廷外で譲歩したときであり、さらに珍しいことに、判決がこちらの勝ちとなって法のささやかな原則が確立されたときである。週に一度、たいていは日曜の夜だが、ふたりはシステム手帳を交尾する小動物のように突き合わせ、お互いのアポイントメントを自分の日記に書き写す。セックスのための時間を盗めたときも、電話の電源は入れたままだ。間の悪いことに、ちょうど始めたところに電話が鳴り出す場合もままある。ヘンリーが呼び出される日もあれば、ロザリンドの日もある。服を着て部屋から駆け出してゆく――そしておそらくは、鍵や小銭を取りに、悪態をつきながら戻ってくる――はめになるのがヘンリーであるとき、彼は出ぎわに名残惜しそうな視線を投げ、家から病院に向かうときも――急げば徒歩十分だ――心に負荷を、愛することへのしだいに薄れてゆく欲求を感じている。だが、いったん両開きのスイングドアを抜け、事故救急センターそばのすり切れた市松模様のリノリウムの床を渡り、四階の手術室へのエレベーターに乗って手洗い室に入って石鹸を手に専門補佐医が直面した困難を聞く段になると、欲望は最後の一片まで消え去り、ヘンリーはそれが消え去ったことに気づいてさえいない。後悔ゼロだ。ヘンリーの名声の基《もとい》は、仕事の速さと成功率と手術リスト――年間三百例以上を引き受けている――である。そのうち何例かは失敗し、五人ばかりはいささか知力が衰えつつ生き延びることになるが、ほとんどの患者は元気になり、多くは何らかの形で仕事に復帰する。仕事——それは、健康を証明する究極の手段だ。

そして仕事こそは、いまヘンリーがロザリンドを起こせないでいる理由でもある。十時に高等法院で聴聞会があるのだ。顧問をしている新聞社が、別の新聞社に下された報道禁止命令の詳細を報じることを禁じられたのである。第一の禁止令を出させた強力な陣営は、当番判事の前で、そもそも禁止命令が出されたことさえ報道されてはならない理由を巧みに述べ立てていた。報道の自由が危機に瀕しているのであって、ロザリンドの使命は、今日中に禁止命令を撤回させることだった。聴聞会の前は法院内の事務所でブリーフィング、それから——ロザリンドの望みでは——廊下で相手側との予備折衝。聴聞会が終わったあとは、編集長と経営陣に選択肢を提示しないといけない。ゆうべは、ヘンリーが夕食なしで眠り込んでしまったずっと後に会議から帰ってきたのだろう。おそらく、キッチンのテーブルで茶を飲み、新聞に眼を通したのではないか。ひょっとすると、なかなか寝つけなかったかもしれない。

混乱して筋が通らない自分の精神状態を感じつつ、やはりロザリンドに話しかけずにいられなくて、ヘンリーはベッドの裾に立ち尽くしたまま、掛け布団に覆われた身体の線を見つめる。ロザリンドは子供のように膝を丸めて寝る癖がある。ほぼ真っ暗な中で見ると、巨大なベッドの上でなんと小さく感じられることだろう。呼吸に耳を傾けると、吸い込むときはほとんど音もせず、吐き出す音が静かに強調されている。舌が口蓋に当たって、湿った音を立てる。何十年も前にヘンリーがロザリンドに恋した場所は病棟であり、恐ろしいことが起きたときだった。ロザリンドはほとんどヘンリーを認識さえしていなかった。白衣の男がベッド脇に立って、上唇の内側を縫った糸を抜き取るだけのことだった。それから、ヘンリーがその唇にキスするまで三ヶ月かかった。けれどもヘンリーは、他のいかなる恋する男が望みうるよりもよく彼女を知っていた――少なくとも、よりよく彼女を見ていたのだった。

ヘンリーは近づいて身をかがめ、温かいうなじにキスする。それから身を引き離し、寝室のドアを静かに閉めて、ラジオをつけるためにキッチンに行く。

両親は子供の性格にほとんど影響がないというのは、子育てと現代遺伝学の常識だ。どんな子供が生まれてくるかなど、分かりはしないのである。人生のチャンス、健康、将来、しゃべり方、食卓での態度――こうした事柄は、親が形作ってやれるかもしれない。けれども、どんな人間が両親と一緒に暮らすべく生まれてくるかを本当に決定するものは、どの精子がどの卵子とめぐりあうかであり、二組のトランプの中からどの札が選ばれ、再結合の瞬間にどのようにシャッフルされ、分けられ、接合されるかなのである。陽気か神経症的か、寛大か貪欲か、知りたがりか鈍感か、外交的か内向的か、はたまたそれらの中間か。どれだけ多くの仕事がすでに済まされているかを考えると、両親の自尊心は相当に傷つくかもしれない。あるいは、別にどうということはないのだろうか。なにしろ、ふたり以上の子供を作った場合は一目瞭然、ほぼ同じような人生の条件を与えられたふたりの人間が似ても似つかぬものに育ってゆくわけである。午前三時五十五分、洞窟を思わせる地下キッチンでステージのような光溜まりの中に座っているのはシーオ・ペロウン、十八歳、義務教育はすでに遠い過去となり、背もたれを傾けたキッチンチェアに身を預け、脚はスリムな黒のジーンズに包み、柔らかいブラックレザーのブーツ（自分の稼ぎで買ったものだ）を履いた足はテーブルの縁で重ねられている。偶然が許す範囲内で、姉のデイジーからもっとも遠い位置にあるたたずまいだ。大きなタンブラーで水を飲んでいる。反対の手には、半分に畳んで読んでいる音楽雑誌。鋲付きのレザージャケットが床にくたりと盛り上がっている。戸棚に立てかけてあるのはケース入りのギターだ。訪問都市を示すラベルがすでにいくつか――トリエステ、オークランド、ハンブルク、ヴァルディゼール。それでもまだまだ余地はある。料理本が並んだ棚の上に置かれたミニコンポから小雨のように聞こえてくるのは、オールナイトのポップス放送局だ。

若い頃の自分はブルース・ミュージシャンの父親になるなどと考えたことがあったろうか、と、ペロウンはときどき考える。自分自身の人生コースは単純にして円滑、疑問も不満もありえなかった。グラマースクールから医学部、臨床経験を営々と積み重ねるためにロンドンからサウスエンド＝オン＝シー、ニューカースル、ニューヨークのベルヴュー病院救急センターと渡り歩き、そしてまたロンドンへ。いったいどういうわけだろうか、自分やロザリンドのような勤勉でありきたりの人間がこんなに奔放な精神を生み出したというのは？　ある種のアイロニーを漂わせつつ五〇年代のボヘミアン・スタイルの装いを選び、本などまるきり読まず、学校教育を続けるようにという声にも耳を貸さず、昼飯前にはめったに起きてこず、情熱の対象といっては、デルタ・シカゴ・ミシシッピという伝統が持つニュアンスをすべてものにすること、自分にとって全ての謎を解き明かしてくれるフレーズを見出すこと、そして自分のバンド「ニュー・ブルー・ライダー」を成功させること。母親の顔立ちをより大柄にして受け継ぎ、同じ優しげな眼を持ち、ただし瞳の色は緑でなくダークブラウン――いわゆるアーモンドアイで、いささか東洋風に切れ上がっている。母親からは、開けっぴろげで善意を湛えた表情を受け継いでもいる――父親のごつごつした面長ぶりは、より際立って凝縮された形で。ミュージシャンという職業にとって幸運なことに、父親の大きな手も受け継いだようだ。英国のブルースという閉ざされた世界を飛び交うゴシップでは、シーオは有望な若手と噂されている。ブルースのイディオムを把握することにかけてはすでに老成ぶりを見せ、いずれは神々と共に歩む存在とさえなるかもしれないと。それはつまり、ブリティッシュ・ブルースの神々――アレクシス・コーナーであり、ジョン・メイオールであり、エリック・クラプトンである。どこかで誰かが、シーオ・ペロウンは天使のようにプレイすると書いていた。

もちろん、父親もそれには同感だ。ブルースという形式の限界をさておくならばだが。別に、ブルースが嫌いなわけではない――それどころか、九歳のシーオにブルースの手ほどきをしてやったのは他ならぬヘンリーである。そこから先は、祖父がひきついでくれた。それにしても、三つの単純なコードで十二小節という形式に一生の満足が見出せるものなのだろうか？　おそらく、小宇宙の中に全世界が見出せるというやつなのだろう。スポード社製ボーンチャイナのディナープレートのように。あるいは一個の細胞のように。そしてまた、デイジーの言葉を借りるならば、ジェイン・オースティンの小説のように。演奏者と聴衆のどちらもがいつもの展開を熟知している場合、愉しみは逸脱の中に、型《グレイン》に思いもかけぬひねりを加えることの中にある。そしてまた、一粒の砂《グレイン》に世界を見出すことの中に。つまりは動脈瘤のクリッピングと同じなのだ、と、ペロウンは自分に言い聞かせる。不変の主題の上に、きわめて魅力的な変奏を作り出すこと。

そして確かに、シーオのプレイが感じさせる軽やかな確信には、ブルースの単純なコード進行が持っている不可思議な魅惑を再び思い出させてくれるものがある。シーオは眼を見開いたままのトランス状態でプレイするタイプのギタリストで、体を揺らすことも、手元にちらりと眼を落とすこともしない。動きといっては、ときおり思慮深げにうなずくだけだ。セットの途中で頭がすっと反らされたら、それは「もうひと回し行くぜ」、という他のメンバーへのサインである。ステージ上の振る舞いは普段の話しぶりに似て、物静かでフォーマルであり、愛想よい折り目正しさの殻でもって自分の内面を保護している。聴衆の後ろに両親の姿を認めたときは、フレットからそっと目立たぬように左手を上げて挨拶する。ヘンリーとロザリンドがそれで思い出すのは、小学校の体育館で行われたクリスマス劇の道具、段ボール製のまぐさ桶だ。ヨゼフを演じる生真面目顔の五歳児はティータオルをゴムバンドで頭に留め、がちがちに緊張したマリア役の手を握りながら、一番目の列にやっと見出した両親に向かって、同じように愛情のこもったひそかなジェスチャーをしてみせた。

こうした抑制ぶり、こうしたクールさは、ブルース――というか、シーオが考えるブルースの姿――に似つかわしい。「スウィート・ホーム・シカゴ」のような、物憂げな付点のリズムを持ったミディアムテンポのスタンダードをやるときは――こういう永遠の名作には飽きてきた、とシーオは言ったことがあるが――抜け目のない猛獣のようなくつろいだ足取りで低音から入り、シャッフル・ビートに乗りながら倦怠を押しのけて、何マイルという広大なサバンナを渉猟してゆく。それから、左手がフレットの高音域に移ってゆくと、慎ましさの中に危険さが混じってくる。ターンアラウンド小節のちょっとしたシンコペーション、唐突にかき鳴らされるオーギュメントコード、ハーモニーの潮流にあらがう音、ささやかに挿入されるフラットフィフス、微音のチョーキングでやっと届く、といった感じが艶《なま》めかしいセブンス。そして、いっときのソウルフルな不協和音。巧みに聴衆の期待を裏切るリズム感で、ふたつか四つの音をミックスして三連符を引き立たせる。早弾きのパッセージにはビーバップ的な揺れとアクセントがある。これはある種の催眠術、易々とした誘惑の術だ。誰にも、ロザリンドにさえも言ったことがないのだが、ウェスト・エンドのバーの隅で耳傾けるシーオの音楽にスリルと高揚を覚えるときのヘンリーは、息子に感じる誇り――音楽の愉しみと不可分な誇り――がぎゅっと胸を締めつける感覚となって、痛みに近いものを覚えることがある。息苦しいまでに。ブルースの核心にあるのはメランコリーではなく、不思議な、そして現世的な歓びなのだ。

シーオのギターがヘンリーの心に突き刺さるもうひとつの理由は、そこにある種の叱責がこもっていること、ヘンリー自身の生活にひそむ不満や欠落を思い出させるものがあることだ。この思いが強くなるのは、セットが終わったとき、脳神経外科医がシーオと仲間たちに愛情こめた別れの挨拶を送り、歩道に踏み出して、家まで徒歩で帰って思いにふけろうと決めるそのときである。あのような創造性、あのようなスタイルの自由さを持った要素が自分の生活には何ひとつない。シーオの音楽に刺激されて、言葉にならない憧れというか喪失感。――ああいう歌が称えているような、まっすぐに伸びゆく心の道が自分にはないという思い――がつのってくる。人生には、他人の命を救う以上のことがあってよいはず。医師というキャリアに課せられた制約と責任が、二十代半ばで家族を持ったという個人的事情によって増幅されている――そのキャリアの大部分が、疲労のヴェールに覆われているのだ。自分は、予測のつかない自由なるものを求めるくらいに若く、そのチャンスが縮小しつつあることを知るくらいに年を取っている。そろそろ自分も、ショーウィンドウに展示されたサキソフォンやバイクを食い入るように見つめたり、娘ほどの年齢の愛人を作ったりするようなタイプの、愚かしい現代の中年男になりつつあるのだろうか？　なにしろ、あの高価な車を買ってしまった自分だ。シーオのプレイは、父親の心にこうした後悔の重荷をもたらす。だが、つまるところ、それがブルースというものなのだ。

挨拶のかわりに、シーオは椅子を平らに戻して片手を上げる。驚きをあらわにするのはシーオのスタイルでないのだ。

「今日は早起き？」

「火を噴いてる飛行機を見たんでね。ヒースローに向かってた」

「嘘だろ」

ヘンリーはラジオをニュース局に合わせようとミニコンポに足を向けるが、シーオがキッチンテーブルからリモコンを取り上げ、コンロのそばの小型テレビをつける。このテレビの用途はまさしく、こうした瞬間に新しいニュースを知らせることだ。ふたりは四時のニュースの大げさなオープニングが終わるのを待つ——ズンズンとリズムを刻むシンセサイザー・ミュージック、くるくる回りながら放射されるイメージのコンピュータ・グラフィックスがワーグナーの楽劇を思わせる総合効果を生み出し、ハイテクによって世界から即時に伝えられる情報を強調する。それからいつも通り、ペロウンくらいの年齢で顎の張ったキャスターがこの時間の主なニュースを列挙しはじめる。あの飛行機は、火を噴く飛行機が世界規模の情報機構にまだ乗っていないことは、一瞬で明らかだ。あの飛行機は、不確かで主観的な出来事にとどまっているのだ。それでもふたりは、リストに耳を傾ける。

「ハンス・ブリクス査察委員長の投げかけた疑問——戦争に訴えるべきなのか？」タムタムのリズムに乗せてキャスターが読み上げると、フランスのドヴィルパン外相が国連の議事室で開戦反対の意見を演説して拍手されている場面がそれに重なる。「米国と英国の答えはイエス。しかし、大多数の答えはノーです」。続いて、きょうロンドンと世界中で行われる反戦デモの準備。フロリダで開催されたテニス選手権で、パン切りナイフを持った女が暴れる……。

　ペロウンはテレビを切って「コーヒーでも飲むか？」と言い、シーオが立ち上がって用意をしている間に、自分にとっての主なニュースを語る。こうして話してみると、話すべき内容は驚くほど少ない——光の点をともなった飛行機が視界を左から右に横切り、木々の後ろ、テレコム・タワーの後ろを通って西へと去っていった、それだけだ。しかし、もっともっと多くを経験したような気がする。

「うん、でもさ、窓のところで何してたわけ？」

「言ったろ。寝られなかったんだ」

「かなりのタイミングだね」

「まさにな」

　ふたりの眼が合う——対決の火花が散りそうになる——が、シーオは眼をそらして肩をすくめる。シーオとは対極的に、姉のデイジーは論争好きだ——デイジーとヘンリーの共通項として、激しい言い争いに対する強い好み（ロザリンドとシーオなら、「どうしようもない中毒」と言うだろう）がある。十代も終わりを迎えた若者の居場所らしく手のつけられないほどごった返したシーオの部屋には、ギターの雑誌や脱ぎ捨てられたシャツ・靴下、スムージーのペットボトルに混じって、ほとんど開きもしていないUFO関連の本が何冊か散らばっている。今日では、未確認飛行物体《UFO》といえば、戦争がらみの意味よりも、地球外生物のあやつる宇宙船という意味がもっぱらのようだ。ヘンリーの理解するところでは、シーオの世界観の一部にはこういう直感があるらしい——宇宙のすべての事柄は関連しており、それも興味深いやり方で関連しているのだが、地球外生物とのアクセスを持つ公権力（ことに米国政府）は、退屈で堅苦しい現代科学などの理解も及ばない不可思議な知を排他的に独占し、世界から隠そうとしているのだ。その知とやらは、シーオが持っている他のペーパーバックで明らかにされている。もっとも、シーオはそれらも滅多に読もうとしないが。シーオの持ち合わせているささやかな知的好奇心は、いんちきな自称科学者どもに乗っ取られているわけである。しかし、それが何だというのだ。シーオはベルを鳴らす天使のようにギターをプレイでき、少なくとも音楽という不可思議な知には忠実であるのだし、精神を入れ替える時間はまだたっぷりあるのだから――精神と呼ぶべきものが出来上がっているとしての話だが。

シーオは物静かな少年だ――長い睫毛や、かすかに東洋人を思わせる切れ長の深いダークの瞳が思わせるとおりに。議論とみれば飛びつくタイプではない。誰かと眼が合っても、自分の考えには傷をつけずに眼をそらすだけだ。宇宙が父親にある連関を示しても、父親はそれを読み取ろうとしない。どうすることもできないじゃないか？

シーオも自分と同じように白昼夢にふけっているのだと考えたヘンリーは、相手の思いを地上に引き戻そうとして言う。「つまりあの飛行機は、視界から消えて数分後に墜落したわけだ。ニュースに出るのに、どれくらい時間がかかると思う？」

キッチンのカウンターでコーヒーを淹れていたシーオは、振り返って、下唇に指を当てる。肉厚でダークレッドの唇は、どうやらここしばらくはあまりキスされていないようだ。前のガールフレンドを振ったときのやり方はいつもと同じ、ほとんど口をつぐんで、相手がひっそり消え去って行くのを待つというものだった。口数を少なくすること、挨拶や紹介や別れ（感謝さえも）におけるミニマリズムを実践すること、それが現代のエチケットなのだ。ところが、若者たちは電話となると自分をさらけ出す。シーオなど、三時間ぶっ続けで話し込んでいることもしばしばだ。

むずかる子供に対するかのように、シーオはなだめる調子の声で話しかけてくる。そこにこもった自信は電子時代の市民にふさわしいもの、あるいは電子時代の役人にさえふさわしいものだ。

「次のニュースに出るな。四時半のやつ」

まあ、よかろう。ドレッシングガウン——これ自体、老人や病人の制服ではないか——の下は素裸で、薄くなってきた髪は睡眠不足で逆立ち、専門医らしい落ち着いたバリトンの声も動揺でいささか上ずっているヘンリーの様子を見れば、誰だってなだめたくなるというものだ。人が自分の子供の子供へと変わってゆくプロセスは、こうして始まるのか。そしていつか、このように言われる日が来る——父さん、また泣き出すようなら家に連れて帰るからね。

シーオは腰を下ろし、コーヒーカップを父親の手が届くところまで押しやる。自分には淹れなかったらしい。その代わり、ミネラルウォーターが入った五〇〇ミリのペットボトルをもう一本開ける。若い世代の潔癖さ。それとも、迫ってくる二日酔いから逃れようとしているのか？　だが、ヘンリーがそれについて質問をしたり意見を表明したりできると感じられる段階はとうに過ぎ去ってしまった。

シーオが言う。「テロリストだと思う？」

「ありうるね」

シーオの眼を国際問題に開かせたのは九・一一の同時多発攻撃であり、それはまた、友達と家庭とミュージック・シーンのほかの出来事も自分の存在に関わってくるのだという事実をシーオが受け入れた瞬間でもあった。当時のシーオは十六で、いささか遅蒔きのようにも思われた。ペロウン自身はスエズ危機の前年に生まれ、キューバのミサイル危機やベルリンの壁建設やケネディ暗殺を理解するには幼すぎたが、六六年にウェールズの炭鉱町アベルヴァンで起きたボタ山崩壊事故に涙を流したのは覚えている――自分と同じような学童が百十六人、秋休みを翌日に控えて、学校での礼拝集会から出てきたところを土石流に飲み込まれたのだ。学校の校長先生が称揚してやまない、子供を愛する優しい神様が実は存在しないのではないかとヘンリーが疑いはじめたのはこの時だった。だが、そもそも神を持たないシーオの世代には、この疑問はきざしようもない。シーオの通った、明るくてガラス張りで進歩的な学校では、お祈りをするように言ったり、不可解にほがらかな聖歌を歌うよう言ったりする人間はいなかった。疑うべき存在がなかったのだ。崩壊するタワーをテレビで眺めるというシーオのイニシエーションは強烈なものだったが、シーオは素早く順応した。今では、情報誌をめくるような手つきで新聞をめくり、事態の新たな進展を探している。新しい情報がないかぎり、心は自由だ。国際テロ、非常線、戦争の準備――そうしたものが普段の状態であり、毎日の天気のようなものだ。大人らしい意識へと浮上したシーオが見出す世界は、こういうものなのだ。

しごく平静なシーオとは対照的に、父親は病的なまでの熱心さで同じ新聞をむさぼり読む。ペルシャ湾に兵力が集結し、木曜日にはヒースロー空港に戦車が配備され、フィンズベリー・パークのモスクが襲撃され、イギリス全土にアジトが存在すると報じられ、ビン・ラディンがビデオで「殉教戦士のロンドン攻撃」を予告しつつあるさなかでも、ペロウンはしばらく、こんなものはすべて一時の異常事態であって世界はやがて静けさを回復するだろう、問題を解決することは可能であり、理性という強力な道具に抵抗することはできないし理性こそが唯一の良策なのだと信じていた――

あるいは、あらゆる危機と同じく今回の危機もいずれは色あせて次の危機に舞台をゆずり、フォークランドやボスニアやビアフラやチェルノブイリの後を追って忘却の領域にとけこんでゆくだろうと。けれども、最近はそうした考え方が楽観的すぎるように思えてきた。もともとの性格とは反対に、自分は順応しつつあるのだ。病院の患者たちが、突然の失明や手足の麻痺に順応するように。後戻りはきかない。今となっては九〇年代が無邪気な時代のように思われるが、九〇年代にそう考えた者がどれだけいるだろう？　いまや、我々は別の空気を呼吸しているのだ。先日読んだ国際関係学者フレッド・ハリデイの本の冒頭は、結論と呪いの役目を兼ね備えているように思われた。それによれば、ニューヨークの事件は全地球的な危機の前ぶれであり、その危機の解決には、我々が幸運だったとして百年間かかるというのだ。我々が幸運だったとして。ヘンリーの一生どころか、シーオとデイジーの一生をも覆いつくし、シーオやデイジーの子供たちの人生にも及ぶ期間だ。百年戦争。

シーオの不手際で、コーヒーは普通の三倍も濃かった。が、あくまで父親らしく、ヘンリーはそれを飲み干す。これでもう、きょう一日と向き合うほかなくなった。

シーオが言う。「どこの航空会社か見えなかった？」

「いや。遠すぎたし、暗すぎた」

「チャスなんだけど、けさ、ニューヨークから着くはずでさ」

「ニュー・ブルー・ライダー」のサックス奏者だ。カリブ海のセント・キッツ島出身の、黒光りする肌を持ったおそろしく大柄な若者で、ニューヨークには一週間のマスタークラスで滞在しており、名目上の指導教授はブランフォード・マルサリス。シーオといい、チャスといい、天才に恵まれた若者たちは、エリートにふさわしい特権の感覚を身につけている。ライ・クーダーが、オークランドでシーオがスライドギターをプレイするのを聞いてくれた。シーオの寝室の鏡に貼り付けたコースターには、巨匠からの激励のメッセージが書き込まれている。顔を近づけてよく見ると、ビールのしみにぼかされて、酔いの回った筆跡のボールペンでサインと一緒にこう書いてある。「坊や、その調子だ！」

「それは大丈夫じゃないかな。旅客便は、早いやつでも五時半からだ」

「そうだろうな」ミネラルウォーターのボトルからごくりと飲む。「ジハーディストの仕業だと思う？」

ペロウンはめまいを覚えるが、それは不愉快なものではない。眼の前のすべてが、息子の顔も含めて、小さくはならずに遠ざかっていく感じ。「ジハーディスト」という言葉をシーオが使うのを聞いたのは初めてだ。これは適切な言葉なのだろうか？　シーオの軽いテノールで発音されたときの響きは無害そうであり、ほとんど古雅な言葉にさえ聞こえる。シーオのボーイソプラノが深い声になりはじめて五年経つが、ヘンリーにはいまだにその実感が湧かない。シーオの唇に乗せられると――なにやら不思議な「ジ」の発音と相まって――このアラビア起源の言葉は、シーオのバンドが見つけてきてアンプにつなぎそうなモロッコの弦楽器のように、何らの害を人に与えそうになく聞こえる。シャリーア法が厳格に施行される理想的なイスラム国家でも、外科医の居場所はあるだろう。ブルース・ミュージシャンは他の仕事に就かせられるだろう。だが、おそらくそんな国家を求めている者はいるまい。何事も求められてはいないのだ。そこにあるのは憎しみだけ、ニヒリズムの純粋さだけだ。ロンドン住まいの人間としては、ＩＲＡが懐かしくもなる。爆発で両脚がちぎれる瞬間にも、統一アイルランドという大義を思い出して慰められるかもしれないのだ。いずれにしても、北アイルランド・プロテスタントの大立者イアン・ペイズリー牧師によれば、いまや統一アイルランドは新しい世代の出生によって実現に向かいつつあるという。わずか三十年の時間で、またしてもひとつの危機がスクラップブックの中へ消え去ってゆくのだ。いや、しかしそれは違う。イスラム原理主義者は、やはりニヒリストとは異なる――彼らが望むのはこの地上に完璧な社会が出現することであって、それはイスラムなのだ。彼らが属している呪われた系譜について、ペロウンはごく一般的な考え方を取っている――ユートピアを追い求めたその果てにあるのは、あらゆる種類の行きすぎであり、ユートピア実現のためならばいかなる冷酷な手段も許されるとする思想でしかない。全人類が永遠に幸福になれるなら、今そのために百万や二百万の死者が出たところでどうだというのか？

「どう思ったものか、分からないな」と、ヘンリーは言う。「思い悩むには遅すぎる。ニュースを待とう」

シーオはほっとした顔になる。いつでも親切なシーオは、父親の望みとあらば現代社会の問題を議論してもいいつもりでいる。けれども今は四時二十分で、しゃべらずに済むならそのほうが有難い。それでふたりは、緊張の解けた沈黙の中、数分間座ったままでいる。ここ数ヶ月は、このテーブルをはさんでありとあらゆる問題を扱ったものだ。こんなによく話したことはかつてなかった。思春期らしい激しい怒り、叩きつけられるドア、シーオにとって通過儀礼となるはずの抑えた怒り、それらはどこにあるのだろう？　ブルースがそうした感情すべてを吸い取ったのだろうか？　もちろんイラクも話題に上った、アメリカと権力、ヨーロッパの不信、イスラム――その苦悩と自己憐憫、イスラエルとパレスチナ、独裁者たち、民主主義――それから、男の子らしく機械の話。大量破壊兵器、原子力発電の燃料棒、衛星写真、レーザー光線、ナノテクノロジー。これらがキッチンテーブルにおける二十一世紀初頭のメニュー、本日の定食というわけだ。このあいだの日曜の夕方、シーオはひとつの警句をたずさえてやってきた。「大きく考えるほど、つまらなく思える」。どういうことかと尋ねると、こう答えた。「政治とか地球温暖化とか世界の貧困とかいう大きい話をすると、ほんとに嫌な気分になるよね。何もよくならないし未来なんかないっていうような。でも、もっと小さいことに絞って考えると――たとえば、このあいだ知り合った女の子とか、チャスとやることになってる曲とか、来月のスノボだとか、そういうのを考えると、すごく楽しい。だから、おれのモットーはこれ――小さく考えろ」

ニュースまであと数分というところでこのことを思い出して、ヘンリーは言う。「ゆうべのライヴはどうだった？」

「ほんとにベーシックで、ヘッドバンギングなセット。ほとんどジミー・リードのナンバーばっかり。ほら、こういうやつ……」ふざけて誇張した調子のブギのベースをひとくさり歌うシーオの左手は、握ったり開いたりして無意識にコードを作っている。「すっごく受けた。他のをやらせてくれないんだ。ほんとはちょっと嫌なんだよね、おれたちのやりたいのと全然違うから」けれども、顔はライヴを思い出して笑みくずれている。

ニュースの時間だ。ふたたびラジオのパルスを思わせる効果音、シンセサイズされたカウントダウンの音声、眠りを知らぬキャスターの頼もしげな顎。あった――やっと現実になったあの飛行機が滑走路に斜めに横たわり、見たところ無傷で、周りでは消防士たちが消火剤を撒きつづけ、兵士、警察、ライト、いつでも出動できるように待機している救急車。本題の前に、緊急要員の出動時間の早さが場違いに賞讃される。そしてやっと、事件の説明。飛行機は貨物便、リガからバーミンガムに向かうロシア籍のツポレフだ。ロンドンを遠く東に見ながら通過しようとしているとき、エンジンのひとつが火を噴いた。乗務員は無線で着陸を要請し、炎上しているエンジンへの燃料供給を止めようと試みた。テムズ河に沿う形で西に進路を変更し、無線でヒースローに誘導されて、まずまず無事に着陸した。乗務員ふたりに怪我はなし。積荷は特定されていないが、その一部（ほとんど郵便と思われる）が損傷。その次は、数時間後に迫った反戦デモが第二位を保っている。前回注目を浴びたハンス・ブリクスは三番目。

シュレーディンガーの死んだ猫は、けっきょく生きていたのだ。

シーオが床からジャケットを拾い上げて立ち上がる。苦笑といった感じだ。

「我々の生活を根底から揺さぶる、というようなのじゃないね」

「めでたしだ」ヘンリーはうなずく。

息子を抱きしめてやりたい気持ちがするのは、安堵の念からだけではなく、シーオもいい具合の大人になったなあ、という思いからでもある。つまるところ、学校という空間から去ったのがよかったのだ――両親にはなかった勇気を発揮し、学校教育から抜け出して自分の人生に責任を持つようになったことが。だが、このごろでは、ヘンリーとシーオが抱き合うには少なくとも一週間の別離が必要だ。これまでのシーオは、いつでも肉体的な接触を求める子供だった――十三歳になってさえ、道を歩くときに父親の手を握ったものだ。もう、そこに戻る道はない。おやすみのキスを許されそうなのは、帰省時のデイジーだけだ。

キッチンを離れようとするシーオに父親が声をかける。「今日のデモには参加するんだな?」

「まあ、気持ちだけ。きょう仕上げてしまいたい曲があって」

「じゃあ、ゆっくり寝るんだね」

「うん。父さんも」

ドアロでシーオは「じゃ、おやすみ」と言い、その数秒後、階段を少し上がったところから「それじゃ朝に」と声がしたと思うと、次は階段のてっぺんから、ためらいがちな疑問調で「おやすみ?」と言ってくる。ヘンリーはすべてに返事をし、次の言葉を待つ。いかにもシーオらしい、後を引く退場だ。別れの挨拶は三回、四回、時として五回にも及ぶ。自分が最後に声を発しなければならないという迷信。握った手がゆっくりと滑りぬけてゆく。


ペロウンがよく唱える説に、コーヒーは意図したのと反対の効果を持ちうるというのがあるのだが、まさにそういう状態でペロウンはキッチンを足取り重く歩き回り、電気を消していった。眠りを破られた一夜だけではなく、ここ一週間全体、そしてその前の数週間の疲れがどっと襲ってきたのだ。膝関節も腿の筋肉も力が入らないようで、手すりにつかまって階段を上がる。七十の老人の気分だ。廊下に出ると、剝き出しの足の下で敷石がひんやりと心地よい。正面階段を上がる前に、玄関の両開きドアのそばで足を止める。二枚のドアは外の舗道と直接につながっており、疲れ切ったペロウンの心の中で、さまざまな付属物を従えたそれらのドアが唐突にぬっとそびえ立つように思われる――バナム社製の頑丈な錠前が三つ、この家が建てられたときから備わっている黒い鉄のかんぬきふたつ、真鍮の覆いが付いた覗き穴、インターホンを制御する電気器具のボックス、赤い非常ボタン、デジタル文字が柔らかく光る警報装置。手の込んだ防御、陳腐なる臨戦態勢。ロンドンに巣食う貧者たち、麻薬中毒者たち、根っからの悪人たちに注意せよ。

ふたたび暗がりに戻り、ベッドの傍に立ったペロウンは、ドレッシングガウンを足元に脱ぎ落とし、冷えたシーツの間を縫って妻のほうへにじり寄ってゆく。左を下に、ペロウンとは反対側を向いて寝ており、膝はまだ上に引き寄せたままだ。ペロウンはなじみ深い輪郭の身体に寄り添い、腕を妻の腰に回して、ぐっと身を近寄せる。うなじにキスすると、ロザリンドは眠りの奥から何か言う——歓迎するような満足した声だが、その単語は、あまりに重すぎる物体のように、舌からきっぱり離れようとしない。シルクのパジャマを通して、相手の体温がペロウンの胸と股に広がる。二階分の階段を上がったせいでスイッチが入ったらしく、眼は暗がりで見開かれ、運動のおかげで少し血圧が上がったために網膜が局部的に刺激されて、無限の原野《ステップ》を思わせる視界を陰火のような紫と緑のかたまりが横切り、うずまいては一巻きの布に形を変じ、花飾りつきのベルベットとなって、劇場の幕のように引き下がって新しい場面を見せ、新しい思考を開いてゆく。ペロウンは思考したくないのだが、意識はすでに鋭くなってしまっている。仕事のない一日が、原野《ステップ》を横切る道のように眼前に開けているのだ。眠れなかったためにスカッシュのゲームで負けることはすでに予測が付くし、そのあとは母親を訪ねなくてはならない。だが、現在の母親の顔は浮かんでこない。そのかわり眼に浮かぶのは、四十年前の、州の水泳チャンピオンの姿——写真で知っている姿——花柄のゴムキャップが、気合の入ったアザラシを思わせる。母親はペロウンの誇りだった——冬の夕方、客の声がかまびすしく響く市営プールへ引っ張ってゆかれるのは子供時代の悩みの種だったけれども。着替え室のコンクリートの床には絆創膏が捨てられ、ピンクと紫のしみを見せながら生ぬるい水たまりに浸っていた。水泳シーズン前にも、母親は気味の悪い緑色の湖や灰色の北海に飛び込んでゆき、ペロウンにも後から飛び込ませた。別世界よ、という母親の口癖は、まるでそう言えば説明がついて飛び込む誘惑になるかのようだった。別世界だからこそ、ペロウンはそばかすだらけの痩せた身体をそうした水に漬けたくなかったのだが。いちばん苦痛なのは、世界の境界だった。母親を喜ばせようとして六月初めのエセックス海岸の不透明な水に爪先立ちで入ってゆくと、悪意に満ちた水面が、鳥肌の立ったへこんだ腹に食い込む刃物のようにせり上がってくる。母親がするようには、母親が望むようには、とてもではないが飛び込めなかった。毎日のように別の世界に身を浸し、毎日の生活を特別にすること、それを母親は望み、息子にも与えようとしたのだった。なるほど、今になってみると、自分もそういう経験が嫌ではない——その別世界が冷たい水でないかぎりは。

寝室の空気が鼻孔に冷たくて、いますこしロザリンドに身を寄せたときのペロウンは半ば性欲が目覚めている。ユーストン・ロードを流れはじめた車の音が、モミの木の森を通り過ぎるそよ風のように聞こえてくる。土曜の朝六時から働かなければならない人々。そこに思いが行くとしばしば眠たくなるのだが、今日はそうならない。セックスのことを考える。世界がすべて思い通りになるならば、今すぐ、何の前置きもなくロザリンドと——それも、いそいそと迎えてくれるロザリンドと——愛を交わし、雑念のない恍惚のうちに眠りへ落ちてゆくだろう。しかし、たとえ専制君主といえども、いにしえの神々といえども、常に世界をなすがままに操れるわけではない。実のところ、そんなことができるのは、願望とその実現を同一視して差し支えない幼児だけだ。ひょっとすると、暴君の風貌が子供じみて見えるのはそのせいかもしれない。彼らは、手の届かないものに手を伸ばしているのだ。それがうまく行かないと、人殺しの発作が間近になる。たとえば、サダムはいかつい顎の野獣に見えるだけではない。あの様子にはどこか、陰気でみじめなでぶのいじめられっ子を思わせるものがあり、黒い眼は自分がいまだに意のままにできないものすべてに困惑しているかのようだ。全能の力とその快楽にはぎりぎりで手が届かず、いくら手を伸ばしてもそれらは逃げ去ってゆく。おべっか使いの将軍をまたひとり拷問室に送り、親族の頭にまたしても銃弾をぶち込んだところで、そうした行為がかつて与えてくれた満足を二度と得られないことはサダム本人もよく分かっているのだ。

ペロウンは身体をずらしてロザリンドの後頭部に鼻をすり寄せ、香料入り石鹸のかすかな香りに入り混じった、暖かい肌とシャンプーした髪の匂いを吸い込む。なんと幸運なことだろう、自分の愛する女が自分の妻でもあるというのは。しかしまた、エロティックな思いからサダムへと、その移り変わりの速かったこと――サダムが属する領域はひとつの泥沼、さまざまな不安と妄執のごった煮である。朝も明けやらぬ頃に眼が冴えた人間は、みずからが抱く怖れを集めてひとつに練り上げてゆくものだ――生物学的に言っても、凶事を空想してそれを避けようと計画を立てる習慣を人間が身につけたのは、生存のための利点があったからに違いない。暗い想像をめぐらせるという習い性は、危険な世界における自然淘汰の遺産なのだ。この一時間、自分は理性のたがが外れ、馬鹿げた思い込みに囚われていた。きょうび、自分と同じように窓際に立っていた人間なら同じ結論に飛びつくはずだと考えてみても、慰めにはならない。誤解は世界中に広まっているのだ。人間たちは、いかにして自分を信用できるだろうか？　今になってみると、自分の恐怖をかき立てるためには無視したディテールが見えてくる。あの飛行機は公共の建物に突っ込もうとしていたわけではなく、ちゃんとコントロールされた降下体勢にあったのだし、飛行経路もありきたりのものだった――世界が感じている不安に合致する要素などひとつもない。自分はこう考えたものだ、ありうる結果はふたつだと――猫は死んでいるか生きているかだと。自分は死んだ猫を選んだわけだが、実のところは、あっさり見極めをつけているべきだったのだ――単純な事故が発生しつつある、と。我々の生活を根底から揺さぶるものではないのだと。

なかば気付いたロザリンドが肩をちょっと動かして身をねじったので、その背中がヘンリーの胸とぴったり合わさる。ロザリンドは片方の足でこちらのすねを撫で、土踏まずを爪先に当ててがってくる。いっそう欲情を覚えたヘンリーは、勃起しかかったペニスがロザリンドの背中のくぼみに食い込むのを感じ、下に手を伸ばして解き放つ。ロザリンドの呼吸が一定のリズムに戻る。ヘンリーはじっと横になって、眠りがやってくるのを待つ。現代の基準からすれば――いや、いかなる基準からしても――倒錯したことに違いないが、自分はロザリンドとのセックスに飽きたことがなく、医師業のヒエラルキーがふんだんに用意してくれた行きずりの機会にも真剣な誘惑を感じたことがない。セックスを考えるときには、ロザリンドのことを考えるのだ。この眼、この乳房、この舌、この歓迎を。自分を愛する方法をかくも知り尽くし、これほどの暖かさと焦らすようなユーモアをもってことを運び、ここまで豊かな過去を自分とともに築くことのできる人間が他にありえたろうか？　これほど自由に、これほど打ち込んで、術を尽くして喜ばせることのできる女が、尋常の一生のうちにもうひとり見つかるとは思えない。いかなる人格上の偶然によるものか、自分をより興奮させるのは相手となじむことであって、セックスの目新しさではない。おそらく自分には、麻痺している部分、欠けているもの、臆病な要素があるのではないだろうか。男友達の中には年下の女との浮気に走る者が多いし、堅固に思えた結婚関係が仕返し合戦で粉砕される場合もある。そんなとき、ペロウンは落ち着かぬ気持ちで見守りながら、自分には男性的な精力が欠けているのではないか、新しい経験をしたいという強固で健康的な欲望が欠けているのではないかと考える。自分には好奇心がないのか？　どこかがおかしいのだろうか？　けれども、何の手を打つこともできないのである。魅力的な女性が時として投げかけてくる問いかけの視線にも、温和で平静な笑みを返すだけだ。こうした貞節は美徳とも意固地とも見えようが、実のところはそのどちらでもない。そんな態度を意識的に選んでいるわけではないのだから。自分が必要としているのは所有することであり、帰属することであり、反復することであるのだ。

ペロウンの人生にロザリンドが飛び込んできたきっかけは、ひとつの災厄――ロザリンドにしてみれば、まさしく生活を根底から揺さぶる事件――だった。最初に見かけたのは彼女の後ろ姿、八月の昼下がりに女性用の脳神経病棟を歩いていたときのことだ。赤みがかった茶色の髪の毛が驚くばかりに豊かだった――ほとんど腰まで伸びていた――あれほど華奢な身体つきなのに。一瞬、大柄な子供かと思ったくらいだ。完全に着衣のままベッドの縁に腰掛け、必死に恐怖を押さえつけようとしている声で、専門補佐医と話していた。足を止めると病歴の一部が聞こえ、残りの部分は、後から彼女の覚え書きを読んで知った。健康状態はおおむね良好だが、ここ一年ほど断続的な頭痛に悩まされてきたという。どこが痛むのか示すため、ロザリンドは頭を触ってみせた。その手がとても小さいのにペロウンは気付いた。顔は完璧な卵形で、薄い緑色の大きな眼をしている。今までに生理不順がときどきあり、乳首から何かが滲み出ることもあったとロザリンドは言った。そしてこの日の午後、ユニヴァーシティ・カレッジの法学部図書館で不法行為について復習していると――この点をロザリンドは詳しく述べた――いきなり視界が、ロザリンドの言葉を借りれば「ぐらぐらしはじめた」のである。ものの数分で、腕時計の文字盤も読めなくなった。本を置いたまま鞄をひっつかみ、手すりを握りしめながら階段を下りた。手さぐりで通りを進み、救急治療室へ向かおうとしている途中、太陽が暗くなりはじめた。日蝕のようなのに、誰も気付いていないのが不思議だった。救急治療室からすぐさま神経病棟に回されたロザリンドは、今では診察医のシャツのストライプも見分けられなくなっていた。専門補佐医が指を折ってみせても、その数が分からなかった。

「失明はいや」ロザリンドの声は、ショックにうちひしがれて小さかった。「お願い、失明だけはさせないで」

こんなに澄んだ大きな眼が光を失うなどということがあるものだろうか？　ポケットベルの呼び出しに答えない専門指導医を呼びに行かされたペロウンは、医者の卵らしくもない疎外感を覚えた。あの専門補佐医——世慣れた遊び人タイプの男——を、あれほどまでに美しい女性とふたりきりにしておいてよいわけがない。自分だけで手を尽くして彼女を救いたかった。もっとも、彼女の抱えている問題については、まったく初歩的な理解しかできなかったのだが。

専門指導医のウェイリー先生は、大事な会議の最中だった。威風堂々とした、大儀そうな物腰の医師で、ピンストライプの三つ揃いのベストに鎖つきの懐中時計をさしこみ、胸ポケットからは紫のシルクチーフが派手にのぞいている。ペロウンも、見まごう方なきウェイリー先生の燦然たる禿頭を薄暗い廊下の向こうに見かけたことが何度かあった。先生の芝居がかったどら声は、新米医師たちの物真似のネタになっていた。ペロウンは秘書に、会議室から先生を呼んできてくれるように頼んだ。待っているあいだ、簡にして要を得た説明で大家を感心させられるように心の中で練習した。出てきたウェイリーは、十九歳の女性の状態についてペロウンが始めた説明を聞きながら、苛立ちの隠せない表情だった。頭痛、突発性の視野障害、無月経と乳腺からの異常分泌の病歴あり。「おいおい、頼むぜ坊や。生理が不順で妙なときにおっぱいが出てくる、こう言やあ十分なんだ！」その声はいつも通り、ちぎって投げつけるような戦時ニュース調だったが、先生は上着を脇にかいこんだと思うと急ぎ足で廊下を進みはじめた。

先生が患者と向き合って座れるよう、椅子が運び込まれた。患者の眼を検査しながら、先生の呼吸は速度が遅くなっていくように思われた。知的な美しさをたたえた色白の顔が専門指導医に向けて上向けられるのをペロウンは見つめた。彼女がこの姿勢で自分の話を聞いてくれるなら、どんな犠牲でも払おうものを。視覚的なヒントを奪われたロザリンドは、ウェイリーの声の抑揚に集中して意図を読み取ろうとするしかなかったのだ。診断は素早かった。

「なるほどね、お嬢さん。どうやらこいつは、下垂体に腫瘍ができとるようだ。下垂体というのは、頭の真ん中にある豆ほどの大きさの器官でね。その腫瘍から出血があって、視神経を圧迫しとるんです」

専門指導医の頭の後ろに背の高い窓があり、ロザリンドは相手の輪郭が見分けられるらしく、眼がウェイリーの顔つきを確かめようとしているように思われた。しばらく言葉は発しなかった。それから、とまどったような声で「やっぱり失明の可能性があるんですね」。

「大丈夫だよ、今すぐ手術すれば」

ロザリンドは了解のしるしにうなずいた。ウェイリーは専門補佐医に向かって、手術室に運ぶまえに確証が取れるよう、CTスキャンの予約を入れておけと命じた。それからロザリンドのほうにかがみこんで、物静かかな、ほとんど優しげな声で説明した。腫瘍によってプロラクチンという妊娠と関係のあるホルモンが生成されており、そのために生理が止まったり母乳が出たりするのだ。腫瘍は間違いなく良性で、完全に治癒できると保証しよう。大事なのはスピードだ。そう言って、診断を裏付けるためにざっと乳房を検査したあと――ヘンリーの立ち位置からはさえぎられて見えなかった――ウェイリー先生は立ち上がり、上級医らしい大声に戻ってきぱきと指示を飛ばした。それから、午後の予定を組みなおすために大股で立ち去った。

ヘンリーは放射線科から手術室へとロザリンドに付き添った。ロザリンドは苦悩の表情でストレッチャーに横たわっていた。ペロウンは初年度研修を終えて四ヶ月しか経っていない研修医で、これからどういう手順が待っているのか知っているふりさえできなかった。できることといっては、彼女と一緒に廊下で麻酔科医の到着を待つことだけだった。しばらく話しているうちに、彼女が法学部の学生で、近くに家族がいないことが分かった。父親はフランスにいるし、母親はすでに亡くなっているのだ。可愛がってくれる伯母がひとりいるが、スコットランド在住で、それも西部諸島の方面だ。ロザリンドは眼に涙をためて、心中の嵐と戦っていた。なんとか平静な声を保って、廊下の片隅の消火器を指差し、赤い色を見られるのはこれが最後かもしれないからよく覚えておきたいと言った。もっと近くまで手を引いてくれませんか? 今でもほとんど見えないんです。大丈夫、手術は成功しますよ、とペロウンは言った。けれども、言うまでもなくペロウンは知識皆無だったし、口の中は干上がり、ストレッチャーを壁際に近づけるときにも膝がぐらついた。患者との距離の取り方が身についていなかったのだ。ペロウンの恋が始まったのは、後になってロザリンドが病棟に移ってからではなく、ちょうどこの時だったのかもしれない。スイングドアが開いたので、ふたりは一緒に手術室に入った。ストレッチャーを押してゆく係のそばにペロウンが従い、ロザリンドは手に持ったティッシュペーパーをいじりながら、最後に見たものを心に焼き付けておこうとするかのように天井を見つめていた。

視覚障害は図書館で唐突に襲ってきたものであり、今のロザリンドはたったひとり、恐るべき変化に直面しているのだった。自分を落ち着かせるように、ゆっくりと深い呼吸をしていた。麻酔科医が手の甲にカニューレを挿入し、チオペンタールを投与する間、ロザリンドは麻酔科医の顔を食い入るように見つめていた。ロザリンドが意識を失うと、ペロウンは手洗い室へと急いだ。病巣を切除する手術手順をよく見ておけと言われていたのだ。経蝶形骨《けいちょうけいこつ》下垂体切除術。時を経て、ペロウン自身も行うことになる手術だ。そう、これだけの年月が流れた今となっても、ロザリンドの勇気を思い出すとペロウンは心が落ち着く。それにしても、この病気という災厄によって、自分たちの人生はなんと幸福に形作られていったことか。

若かったヘンリー・ペロウンは、この下垂体出血に苦しむ美しい女性を助けるために他に何をしただろうか？　麻酔にかかった身体を、ストレッチャーから手術台に移した。専門補佐医に指示されて、照明の把手に除菌カバーをつけた。頭を固定するクランプの金具が三つ、彼女の頭にきつく固定されるのを見た。ウェイリーがしばらく部屋を留守にした間、また専門補佐医に指示されてロザリンドの口腔を消毒液でぬぐい、彼女の歯並びの完璧さに打たれた。しばらくして、ウェイリー先生がロザリンドの上口唇粘膜を切開し、鼻腔底まで剝離してから鼻の粘膜を鼻中隔から剝離すると、ヘンリーは巨大な手術用顕微鏡を位置につける手伝いをした。顕微鏡下の手術手順をスクリーンで見るわけにはいかなかった——ビデオテクノロジーがやっと実用化されかかった頃で、この手術室にはまだ設置されていなかったのだ。けれども、手術の間、何度も専門補佐医の接眼鏡を借りて観察することを許された。ヘンリーの見ている前で、ウェイリーは蝶形骨洞に取り組み、前壁を除去したあと奥に分け入っていった。下垂体窩底部の骨を巧みに削ったりドリルで穴を開けたりして、四十五分もしないうちに、固くふくれ上がった紫っぽい色の下垂体を露出させた。

ペロウンがじっと見守る中、メスが決定的な一撃を与え、粥ほどの濃度をした黒い血塊と黄土色の腫瘍がウェイリーの吸引器の先に吸い込まれていった。と、いきなり透明な液体が出てきたので――脳脊髄液だ――外科医は髄液漏れをふせぐために腹部の脂肪を移植することにした。ロザリンドの下腹部を小さく水平切開し、手術用はさみで皮下脂肪を切り取り、膿盆に載せた。精緻をきわめた手つきで脂肪は鼻腔を通って、蝶形骨洞内の下垂体窩に充填され、鼻腔内はパッキングされた。

この手順の全体が、ひとつの鮮やかな逆説を体現しているように思われた。治療の発想は配管工事のようにシンプルで、水道管の詰まりを直す作業のように基本的だった――視神経の圧迫が取り除かれ、ロザリンドが失明する危険は消え去ったのだ。けれども、下垂体という脳の奥深くに埋め込まれた場所まで安全に到達する作業は、超絶的な技巧と集中力によって成し遂げられたのである。顔に切り込み、鼻を通じて腫瘍を除去し、苦痛も細菌の感染もなく患者に意識を取り戻させたときには視力が回復している――これは、人間が知恵を傾注してなし遂げた奇跡だ。この手術の背後にあるのは、一世紀にわたる失敗と部分的成功の繰り返し、試みを拒まれた幾多のルート、そして、この手術を可能にした顕微鏡と光ファイバー照明を含む数十年間の技術革新である。手術の手順は人間的で、しかも勇敢だった――サーカスの綱渡りなみの大胆さが、人を救おうとする善意の精神に活力を吹き込んでいるのだ。この時まで、脳神経外科医になろうというペロウンの選択はどこか頭でっかちなものだった。脳を選んだのは、膀胱や膝関節より面白そうに思えたからに過ぎなかった。だが今、脳神経外科医というキャリアは心の底から望ましいものとなった。閉創縫合が始まり、ひとつの顔が、他ならぬこの美しい顔がわずかの傷さえもなく再構成されてゆくのを見ながら、ペロウンは将来に興奮を覚え、技術を身につけたくてたまらなくなっていた。ひとつの人生行路と恋に落ちていたのだ。そしてもちろん、ひとりの人間とも。それらは不可分だった。高揚する気分の中、ペロウンはかの巨匠ウェイリー先生にさえいささかの愛を感じた。先生は巨体を折り曲げて微細で困難な仕事に集中し、マスクに覆われた鼻の穴で荒い息をついていた。腫瘍と血塊がすべて除去されたと確信できると、先生は別の患者を治療するために歩み去っていった。ロザリンドの美しい顔を元通りにする仕事は、遊び人の専門補佐医が受け持った。

ロザリンドが意識を回復したときに最初に眼にする人間になりたくて、ヘンリーが回復室にいようとしたのは、医者らしからぬ逸脱と言うべきだったろうか？　モルヒネがもたらす陶然とした心地よさに知覚と感情を包まれているロザリンドが自分に気付いて喜んでくれるなどと、あのときは本当に考えたのだろうか？　実際のところは、多忙な麻酔科医とそのチームがあっさりペロウンを退けてしまった。何か別の仕事をやってこい、と申し渡された。それでもペロウンはそれとなく居残って、ロザリンドが身動きを始めたときには彼女の頭のうしろ数フィートのところに立っていた。彼女の眼が開くところ、表情をそのままにして人生という物語の中で自分がどこにいるのかを思い出そうと努力するところ、視覚が戻りつつあることを理解し始めた彼女が疲れた苦しげな笑みを浮かべるところ、それらをペロウンはとにかく眼にすることができた。ロザリンドの視覚はまだ完全ではないが、数時間もすれば元通りだ。

その数日後、ペロウンもまともな仕事ができた。ロザリンドの上口唇粘膜の抜糸を行い、鼻腔内パッキングの除去を手伝ったのだ。勤務時間が終わってからも居残って彼女と話した。大変な経験のせいで血色が悪く、枕で身を支え、分厚い法律書に囲まれて、髪の毛を中等教育の生徒のような三つ編みふたつにまとめたロザリンドは、孤独な人間に見えた。見舞い客といっては、フラットをシェアしている生真面目そうな女子学生ふたりだけだった。しゃべると痛いので、ロザリンドはセンテンスごとに水を飲んだ。三年前、十六歳だったときに母親が交通事故で亡くなったこと、父親はジョン・グラマティカスという有名な詩人でピレネー山脈近くの城館《シャトー》にひとりでこもっていることをロザリンドはペロウンに告げた。ヘンリーの記憶を助けようとして、ロザリンドはあらゆる学校用アンソロジーに載っている父親の詩「富士山」を引き合いに出した。けれども、その詩のこともグラマティカスという名前も聞いたことがないとペロウンが白状したときも、気にする様子はなかった。ヘンリー自身の生い立ちがより平凡なもの――ロンドン西方、ペリヴェイルにある昔ながらの郊外の通り、ひとりっ子、父は早くに亡くなって覚えていない――だと聞いても、ロザリンドは落胆しなかった。

数ヶ月後の真夜中過ぎ、冬のビルバオに向かうフェリーの中でついにふたりの恋愛関係が始まったとき、彼女はペロウンの「慎重で巧妙な誘惑作戦」をからかったものだ。名人芸的な隠蔽工作、とも言った。けれども、恋のペースとモードを決定したのは彼女のほうだった。彼女を怖気づかせるのがいかにたやすいことか、ペロウンもいち早く気付いていた。彼女の孤独癖は神経病棟に限らなかったのだ。つねに用心が冒険心を抑え込み、高揚のレベルを下げていた。自分の若さに重石《おもし》を乗せていたのだ。田舎にピクニックに行かないかという突然の誘い、予告なしに現れる友人、その日になってから手に入った芝居のタダ券、そういったものにも平静を乱されることがあった。結局のところその三つのすべてにOKを出す場合もあるのだが、それでも最初の反応は決まって眼をそらすことであり、そっと眉をひそめることだった。あの頃の彼女は、法律書をひもといたり、遠い昔に結審したドナヒュー対スティーヴンソンの判例を知識に加えたりしているほうが安心できたのだ。そうした人生への不信は、ペロウンがちょっとでも変わった行動に出たら彼にも適用されるに違いなかった。気にかけるべき女性はふたりいるのであって、娘のほうの信用をかちえるためには母親のすべてを知り、すべてを好きにならねばならない。この幽霊にも求愛する必要があったのだ。

マリアン・グラマティカスは、不在を悼まれるというよりも常に話しかけられる存在だった。彼女の存在感はいつも娘の人生を制限し、娘を見張るとともに、娘と一緒に用心をしていたのだった。ロザリンドの内気さと警戒心の秘密はここにあった。母の死は、あまりに無意味で信じることができず――ヴィクトリア駅の近くで、信号を無視した酔っ払いの車に轢かれたのだ――三年経った今も、ロザリンドはあるレベルではそれを受け入れることができないでいた。親密な幻と、無言の交信を行っていたのだ。小さな子供時代からファーストネームで呼んできた母親へと、あらゆる事柄をフィードバックするのだ。ヘンリーの前でも遠慮なく母親のことを口にし、事あるごとに引き合いに出したり、母親の反応を思い描いたりした。マリアンも気に入ったと思うわ、と、ふたりが見て楽しかった映画について言ったり、このオニオンスープの作り方はマリアンが教えてくれたんだけど、どうしてもあれほどおいしくならないのよ、と話したり。フォークランド紛争についてはこうだった。変な話だけど、マリアンならこの戦争に反対しなかったと思うの。ガルティエリ大統領をすごく嫌っていたから。友情が始まって何週間も経ったころ――暖かくて、肉体的には制限されたその関係は、たしかに友情以上のものではなかった――ヘンリーは思い切って、マリアンは自分のことをどう思ったろうかとロザリンドに尋ねてみた。彼女はためらいなく「とっても気に入ったはずよ」と答えた。ゴーサインだ、と考えたヘンリーはその晩、いつにない大胆さで彼女にキスした。ロザリンドの反応は悪くなかったが、すべてをゆだねる風ではとてもなくて、それから一週間近くは、忙しいという理由で夜のデートを断ってきた。彼女の内面世界にとっては、孤独と勉強のほうがキスよりも落ち着けたのだ。自分に競争相手がいることを、ヘンリーも自覚しはじめた。もちろん世の習いからいえば自分が勝つに決まっているのだが、そのためには、動物園のスローロリスなみにゆっくりした古風なペースで行かねばならないのだ。

フェリーの揺れる船室、狭いベッドの上で、事はついに決着がついた。ロザリンドにとっては容易なことではなかった。ヘンリーを愛するためには、これまで変わらず親友であり続けてきた母親と別れてゆかねばならないのだ。翌朝、眼を覚まして自分が越えた一線を思い出したロザリンドは泣いた——悲しみのためだけではない、喜びのためでもあるとヘンリーに何度も告げたが、説得力は乏しかった。幸せになるのはひとつの原理を裏切ることのように思えるけれども、幸せを避けることはできなかった。

ふたりはデッキに出て、港の上にきざす朝の光を眺めた。そこにあるのは過酷で異質な世界だった。背の低い税関の小屋の上にスコールが到来して、突風にあおられた雨粒が灰色の起重機を叩いた。風が鉄索にひゅうひゅうと鳴った。大きな水たまりのできた埠頭には、太いロープを繫船柱に巻きつけようとしている初老の男がいるだけだった。オープンネックのシャツにレザージャケットをはおっている。口には火の消えた葉巻。作業が済むと、天気など知らぬげにゆっくりと税関小屋へと歩いていった。ふたりは寒さから身を退き、階段をいくつも下りて船の奥底へと引っ込み、割り当てられた狭いスペースでふたたび愛し合うと、じっと横になって、車のない乗客はただちに下船してくださいと告げるスピーカーの声を聞いた。ロザリンドはまた涙を浮かべ、このごろはもう母親の声の特別なトーンが聞こえなくなったと話した。これが永の別れとなるのだろう。このように待ち望んだ時にも、ほのぐらい陰翳はつきまとうものだ。身体をからめあって横たわり、廊下を通り過ぎてゆく乗客たちの足音やくぐもった呼び声を聞いているこの瞬間でさえ、ペロウンはこれから始まろうとしていることの重大さを嚙みしめていた。ロザリンドと母の幽霊の間に割って入った自分は、相応の責任を負わねばならないのだ。自分たちは無言の契約を履行しはじめたのである。身も蓋もない言い方をするなら、ロザリンドとセックスをするのはロザリンドと結婚することと同じなのだ。このような立場になったならば、まっとうな男といえども取り乱しておかしくないだろうが、ヘンリー・ペロウンに限って言えば、取り決めの単純さに喜びを感じるだけだった。

　それから四半世紀が経った今、眠りながらも目覚まし時計が鳴る頃合だと分かるらしく、ロザリンドはペロウンの腕の中で身動きを始めている。日の出は――田舎でこそ意味のある出来事であって、都会の日の出は抽象的な区切りにすぎないが――まだ一時間半後だ。土曜の仕事に対するロンドンの嗜好は根強い。六時にもなると、ユーストン・ロードは車の音でいっぱいだ。ときどき、フル稼働の材木鋸《のこ》のように他を圧するバイクの爆音。パトカーのサイレンがドップラー効果で上がったり下がったりのコーラスを始めるのもこの頃だ。もはや、悪事を行うのに早すぎはしない。ついに、ロザリンドが寝返りを打ってこちらを向く。人体前面の放射する温かさが、こちらに伝わってくる。キスしている間、ペロウンはこちらの眼を探している緑色の眼のことを思う。眠りに落ち、暗がりの中で自分たちだけのシーツに包まれて目覚め、自分のそばには色白で柔らかくて優しい哺乳動物がいて、愛情を確認する儀式として顔を重ね、暖かさと快適さと安全を求めてやまない本能にしばらく身を任せて、手足を交えて近づきあう——日ごとの単純きわまる慰めだが、それはあまりに当たり前で、日中はややもすると忘れてしまう。このことを書いた詩人はいただろうか？　一回きりのことではなく、長い年月にわたる繰り返しを。あとで娘に尋ねてみよう。

ロザリンドが言う。「あなた、ずっと起きてたように思うんだけど。ベッドを出たり入ったり」

「四時に下に下りていって、シーオと話したよ」

「元気そうだった？」

「うん」

飛行機の話をすべき時間ではないし、そもそもあの出来事の意味は薄れてしまった。その前に突然襲ってきた幸福感も、今のところは描写できるほど頭が回らない。後だ。後にしよう。妻が眼を覚ましつつあるそばで、こちらは眠りに落ちようとしている。なのに、ペニスは勃起を続行し、無限に硬くなってゆく。空気を吸い込みつづけ、吐き出さないでいるかのようだ。疲労で性欲が高まっているのだろうか。それとも、五日間も怠ったためか。とはいえ、身をひねって身体を近づけ、有り余る身体の熱でこちらを暖めようとしている妻の態度には、こちらがよく知っているあの緊張感が漂っている。自分はイニシアチブを取れる状態から程遠いから、ここは運任せ、妻の欲求任せということにしたい。だめならだめでいいのだ。自分の眠りを妨げるものはない。

ロザリンドが鼻にキスしてくる。「仕事が済んだら、そのまま父を迎えに行こうと思うの。デイジーがパリから着くのは七時だって。あなた、いてくれる？」

「うむ」

感覚が鋭く、知性にあふれたデイジー。ほっそりして、色白で、折り目正しいデイジー。スカートの短いビジネススーツと純白のブラウスを好み、めったに酒を飲まず、朝の九時までに詩作のほとんどを終わらせるような詩人志望の大学院生など、他にいるだろうか？　あの愛らしい娘が、自分の手からするりと抜け出してパリで有能な女性となり、五月には第一詩集の出版を控えている。それも、名も知れぬ零細出版などではなく、クイーン・スクウェアの老舗からだ。自分が初めて動脈瘤をクリッピングした病院の真向かいである。あの気難しい祖父、現代の文学を傲然と無視しているあの祖父までもが、別荘からほとんど判読不能の手紙をよこし、無理をして読んでみると、それは手放しの絶讃だった。文学にうといペロウンも、娘が本を出すとなると嬉しくないわけがなかったが、愛についての詩を読むのはつらかった。自分に引き合わせてくれたことのない男たちの肉体について娘はこれほどよく知っているのか、それとも、彼らの肉体をこれほど鮮明に夢想できるのかと思わせられたのだ。こいつは誰なんだ、勃起したペニスが「奇妙な薔薇」に近づく「興奮した如雨露《じょうろ》」を思わせるというのは？　シャワーで「カルーソーのように歌い」ながら「上と下の髯」をシャンプーするという、もうひとりのやつは？　いや、こんな怒りは抑えなくては——文学的な反応とは言いがたいから。ここしばらくのペロウンは、父親の保護的な態度は捨て、詩を詩そのものとして読もうと努めてきたのだった。そしてすでに、別の詩に出てきた、前のほど性的ではないがやはり不穏な表現に感心している。「どの薔薇も／鮫の群がる茎に育つ」というのだ。薔薇の花を咲かせた色白の娘は、かなり長い間この家に帰っていない。彼女の到着は、一日の果てにあるオアシスだ。

「愛してるわ」

この言葉は単なる愛情のしるしではなくて、ロザリンドは下に手をのばしてペロウンのものをしっかり握りしめ、手を放さないまま、身をよじって後ろのほうに別の手を伸ばして目覚ましを解除する。不自然な力が入ったせいで、マットレスに筋肉の震えが伝わる。

「嬉しいね」

ふたりはキスする。「半分くらい眼を覚ましながら、あなたのが硬くなっていくのを背中で感じてたの」

「どうだった？」

ロザリンドがささやく。「欲しくなった。でも、あんまり時間がないの。遅刻は無理」

なんとたやすい誘惑だろうか！　指一本動かさずに願いをかなえた、神々や暴君たちさえうらやむ幸運な男ヘンリーは、まどろみから脱して妻を両手に抱き、深くキスをする。よし、ロザリンドは用意ができている。こうして彼の夜は終わり、朝六時の今この時点から一日が始まる。結婚における歩み寄りのエッセンスすべてがひとつの瞬間に何気なく凝縮されたのだろうか、とペロウンは考える。この暗がりの中、正常位で、急ぎで、前置きなしで。しかし、それらは外面的な要素に過ぎない。いま、自分は思考から解放され、過ぎ行く時間からも、世界の状態からさえも解き放たれている。セックスはひとつの異なった媒体であり、時空の感覚をゆがめるもの、生物学上の超空間である。意識的な存在からかけ離れている点では夢と同じであり、その懸隔は水と空気にも等しい。母親の口癖を借りれば、別世界だ。泳げば一日が変わるのよ、ヘンリー。泳いだ一日は、他の日とぜんぜん違うの。

2

この世界観には崇高なものがある。ロザリンドが使うヘアドライヤーの音と、ひとつのフレーズを繰り返す小さな声でペロウンは眼を覚ます。あるいは、眼を覚ましたと思う。しばらくたって、再びまどろみに落ちると、ロザリンドのワードローブが開くときのガチャッという厚みのある音が聞こえる。ふたつある巨大な作り付けワードローブのひとつ。ドアを開くと自動的に電気がつくようになっており、ラッカー塗りの合板でもって複雑に仕切られた深い奥行きには香水の匂いが漂っている。さらに時間が流れると、裸足で寝室を歩き回るロザリンドの足音。シルクらしいペティコートの衣ずれは、ペロウンがミラノで買ってきた、チューリップ模様が刺繍された黒いやつだろう。それから、バスルームの大理石張りの床にブーツの踵がビジネス調の音を立てるようになると、ロザリンドが鏡の前で準備の仕上げに入って香水をつけたり髪にブラシをかけたりしているしるしだ。その間じゅう、シャワーブースのモザイク壁に吸盤で取り付けられた、跳ね上がるイルカの形をしたプラスチックのラジオがその同じフレーズを繰り返し、それが存在感を増すにつれてペロウンはフレーズの宗教的な内容に気付きはじめる――**この世界観には崇高なものがある、**と、何度も何度も繰り返しているのだ。

この世界観には崇高なものがある。二時間後にペロウンが完全に眼を覚ましたときには、ロザリンドはいなくなっており、部屋は静まり返っている。シャッターがすこし開いたところから、光が薄い層になって差し込んでいる。日の光は眼に痛いくらい白い。ペロウンはベッドカバーを押しのけ、ロザリンドが寝ていた部分にあおむけになって、セントラルヒーティングの暖かさを裸の身体に受けながら、フレーズの出所が浮かんでくるのを待つ。そう、もちろんダーウィンだ。ゆうべバスタブにつかりながら開いてみた、ちゃんと読んだことのない偉大なる著作の最後のパラグラフ。善意に満ちて、使命感に駆られつつも不安げなチャールズが、ミミズや惑星の軌道を論の助けとしつつ、読者に向かって最後の一礼をする箇所だ。メッセージの強烈さをやわらげるために、後の版では造物主のような存在が引き合いに出されているが、それは決してダーウィンの真意ではなかった。それまでの五百ページから引き出しうる結論はただひとつ。われわれ人間のような高等生物も含め、そのあたりの生垣にも見られるような無窮の美しい生命形態のよって来るところは物理的な法則であり、自然界における闘争、飢えと死に他ならないのだ。これこそが、ダーウィンの言う崇高さである。そしてまたそれは、意識という束の間の特権のむなしさを慰め、我々を元気づけてくれるものでもあるのだ。

かつて、ある川沿いを歩いている途中で——湖水地方のエスクデイルは赤みを帯びた低い陽を浴び、雪がうっすらと積もっていた——娘のデイジーが、好きな詩の冒頭を暗誦してくれたことがある。どうやら、デイジーほどフィリップ・ラーキンに惚れ込むというのは、若い女にしては珍しいことのようだった。「私が／宗教を作れと言われたら／教義に水を使うだろう」。「言われたら」というそっけない言い回しが好きだ、とデイジーは言った――自分にとって、あるいは誰にとっても日常茶飯事であるような言い方が。ふたりは足を止めて水筒のコーヒーを飲み、ペロウンは足元のコケをたどりながら言った。自分がそう言われたなら、教義に進化という現象を使うだろう、と。創造の神話として、これほどぴったりのものが他にあるか？　途方もない時間をかけて、無数の世代の微々たる歩みが無生物から複雑で美しい生命を生み出す。その過程を押し進めるのはあてどない変形と自然淘汰と環境変化という盲目的な威力であって、生命の形態がつぎつぎに死に絶えてゆくという悲劇も起こり、やっと最近になって精神という奇跡が生まれるとともに倫理や愛や芸術や都市が生まれた――そして、この物語が真であることは証明可能であるというおまけさえ付いたのだ。

冗談ともいい切れないこの長広舌が終わると――ふたりは小川が合流する上にかかった石橋に立っていた――デイジーは笑い出し、カップを置いて拍手した。「それじゃあまるで古風な宗教よ、真であることは証明可能だなんて」

その娘が、数ヶ月ぶりに帰ってくるのだ。土曜日であることを考えるとまったく意外だが、シーオも少なくとも十一時までは家にいると言ってくれた。ペロウンの計画では、魚のシチューを出すことになっている。魚屋に寄るというのは、目先に控えている用事の中では単純なほうだ。アンコウ、アサリ、ムール貝、殻付きのエビ。この現実的な海産物リストのおかげで、ペロウンはついにベッドから起き出してバスルームに向かう。世間では、便座に腰かけて小便をするのは女のようで恥ずかしいという意見が多いそうだ。まあ、そう突っ張るな！　ペロウンは腰を下ろし、小便が便器にはねる音で完全に眠気から解放される。いま感じているのは、座って小便をすることなどとは別の恥ずかしさないし罪悪感、あるいはそれよりずっと穏やかな、何かで困惑したかうっかりしたことをしてしまったという記憶のようなもので、さっきからその大本《おおもと》を突き止めようとしているのだ。数分前に頭から消えてしまい、今残っているのは原因のない感覚だけである。何かおかしなことをしたり言ったりしたという感じ。馬鹿なところを見せてしまった感じ。ちゃんと思い出せないことには、感覚のおさめようもない。眠りのおぼろげな膜が、まだ自分の動きを鈍らせている——たとえるならばそれはクモ膜、自分がしばしば切開する薄い脳保護膜だ。崇高なものがある、か。あのフレーズはヘアドライヤーの唸りを聞き違え、ラジオから聞こえてくる声だと思ってしまったのだろう。なかば眠った状態でいるときには、精神病の周縁部を安全に探索するという贅沢ができる。とはいえ、ゆうべ窓に近づいた自分は完全に目覚めていた。今になってみると、それはいっそう確かだ。

ペロウンは立ち上がって排泄物を流す。手術準備室に放り投げられていた雑誌で読んだ馬鹿馬鹿しい説によれば、トイレで流す一回分の水のうち少なくとも分子ひとつぶんはいずれ雨になって自分の頭に降ってくるのだそうだ。計算上はそうなのだろうが、統計学的な確率と真実は同じではない。「また会いましょう、いつかどこかで」。ヴェラ・リンが歌った戦時歌謡の歌詞を思い出し、鼻歌で歌いながら、緑と白の大理石の広い床を渡って髭剃り用の洗面台に向かう。休みの日でさえも、この朝の儀式を済ませないと落ち着かないのだ。シーオの無頓着を見習わねばなるまい。けれどもヘンリーは、泡立てに使う木製のボウル、アナグマの毛のブラシ、贅沢にも三枚刃をそなえた使い捨てレザーを装着する持ち手（巧妙なアーチを描き、うねが付いている）が好きである——この傑作の工業製品をいつも通り肌に滑らせることで、思考が研ぎ澄まされるのだ。単語や名前を忘れることについては哲学者のウィリアム・ジェイムズが文章を書いているから、あれを調べてみよう。

じれったいことに空虚な輪郭だけが心に残り、そこにかつてあった中身は定義できそうでできないという、あれだ。乏しい記憶力の鈍重さと取っ組み合っている最中でさえ、忘れたものが何でないかははっきり分かっているのである。ウィリアム・ジェイムズには、日常の驚くべきディテールを捉える才能があった——ペロウンの素朴な意見では、あの気難しい弟のヘンリー・ジェイムズ、物事を名指しするかわりにその周辺を十遍も違うコースで回ってみせる小説家のジェイムズよりもしゃきっとした文章の書き手だ。もっとも、ペロウンの文学教育を買って出たデイジーは、決してこの意見に同意しないだろう。学部生の頃、ヘンリー・ジェイムズの後期小説について長いレポートを書いたこともあるし、今でも『黄金の盃』から場面を引用することがある。それにまた、デイジーは何十という詩を暗誦することもできる。祖父から小遣いをもらうために、十代の前半に覚えた詩だ。彼女が受けた訓練は、父親のとはまったく違っている。ふたりが好んで論争するのも無理はない。デイジーの知っていることといったら！　娘に言われてペロウンが読んでみたヘンリー・ジェイムズは、両親が醜悪な離婚をするために苦しむ少女の話だった。筋だけ聞くと面白そうだが、かわいそうなメイジーはあっという間に言葉の雲に飲み込まれてしまい、難しい手術を七時間立ちっぱなしでこなせるロンドン・マラソン出場予定者ペロウンも、四十八ページで疲れ果ててさじを投げてしまった。娘と同じ名前の主人公が出てくる話さえ、ついて行けなかった。予想通りに病みおとろえてゆくデイジー・ミラーの話を読んで、いい大人がどんな結論を出したり何を感じたりすればいいというのか？　世界は人間に厳しく当たることがある、などと？　そんなものでは、とうてい物足りない。ペロウンは蛇口に身をかがめて顔を洗う。ひょっとすると自分は、少なくともある一面では、シェイクスピアを読むと退屈で吐き気がすると言った晩年のダーウィンに似てきているのかもしれない。だが、デイジーが自分の感受性を高めてくれるという望みは捨てないでいる。

やっと完全に眼が覚めて寝室に戻ったペロウンは、突然、さっさと服を着てこの寝室との関わりから逃れたいと思う。睡眠、不眠、過剰な思考、あるいはセックスからさえも。しどけなくかき乱されたベッドが、それらの要素すべてを体現しているようだ。欲望が去ると頭は冴えるものである。まだ裸のまま、ペロウンはベッドカバーのしわをざっと伸ばし、床に落ちた枕数個を拾ってヘッドボードのほうに投げておき、片隅にスポーツ用品が置いてある着替え室に向かう。土曜の朝が始まるときの楽しみはこれだ――もうすぐ味わえるコーヒーを楽しみにしながら、古びたスカッシュ用の衣類を取りに行くこと。服装に几帳面なデイジーは、それらのことを愛情こめて「父さんのカカシ服」と呼んでいる。青い短パンには、汗で大きな色落ちができて洗っても直らない。灰色のTシャツに重ねるのは、胸のあたりを虫に食われた古いカシミアのジャンパー。短パンの上には、腰まわりを紐で締めるタイプのジャージズボン。ちくちくする伸縮タオル地の靴下のてっぺんには黄色とピンクの輪が描かれており、小さな子供の持ち物を思わせる。それらを箱から出すと、生活感のある洗濯機の匂いが漂ってくる。スカッシュシューズは化学合成された匂いと動物的な匂いが入り混じってつんと鼻をつき、それを嗅ぐとスカッシュコートを思い出す。純白の壁と赤いライン、激しい戦いを支配する厳格なルール、そしてスコア。

スコアが気にならないふりをしても無駄だ。先週のゲームはジェイ・ストロースに負けたが、ばねのきいた柔らかい足取りで部屋を横切るヘンリーは、今日は勝てるぞと考えている。同じ場所をゆうべ横切ったことが心に浮かび、ゆうべと同じシャッターを開けた瞬間に、思い出せそうで思い出せなかった愚行がほとんど記憶に戻ってきそうになる。けれども、その記憶はいまだに低い冬の日ざしによって蹴散らされ、広場で起こっている出来事への興味によって完全に消滅してしまう。

　最初のうち、広場のふたりはどちらも十代後半の娘のように思われる。小柄で、色白のデリケートな顔立ちで、二月にしては薄着だ。広場中央の緑地の鉄柵にもたれて、通り過ぎる人たちのことも知らぬげに、自分たちだけの家族問題に没頭している姉妹。それからペロウンは、こちらを向いているほうは少年だと判断する。自転車用ヘルメットの下からカールした茶色の髪がたくさんのぞいているので、判別が難しかったのだ。男という結論にペロウンを傾かせたのは、両足を広げて立ったその姿勢、相手の肩に手を置いたときの手首の厚さである。少女はその手をふりほどく。興奮した様子で泣いており、動作も決然とはしていない――両手を上げて顔を覆ったが、少年が近づいて自分のほうに引き寄せようとすると、古風なハリウッド製メロドラマのヒロインのように相手の胸を弱々しく連打する。身をそむけるが、立ち去りはしない。少女の顔に、自分の娘のデリケートな卵型の輪郭、小さな鼻と繊細な顎のおもかげを認めたようにペロウンは感じる。連想が働いたせいで、前より熱心に観察しはじめる。少女は少年を欲しつつ憎んでいる。少年の顔立ちは野性的で、飢えによって鋭くなっている。少女に対する飢えなのだろうか？　少女を放さず、その間じゅう喋りつづけ、なだめすかし、懇願し、相手を説得するか落ち着かせるかしようとしている。少女の手は何度も身体の後ろに伸び、Ｔシャツに突っ込まれて背中をかきむしる。泣いたり、少年を突きのけようとおざなりに試みたりしている間も、そうせずにいられないようだ。アンフェタミンによる蟻走感《ぎそうかん》――動脈・静脈の中を走る幻の蟻、けっして手の届かない痒み。あるいは、麻薬を使いはじめた人間によく見られる、アヘン剤《オピオイド》による外因性ヒスタミン反応。あの色の白さと激しい感情が証拠だ。ふたりは麻薬中毒患者に違いない。少女の苦しみと少年のむなしい慰めの背後にあるのは、家族の問題ではなく薬切れなのだ。

人は、自分たちのドラマを演じるためにしばしば広場へと流れてゆく。明らかに、道端ではだめなのだ。激しい感情には空間が、劇場のように視線のある広さが必要なのだ。スケールを拡大してみれば——と、朝の光と新たな一日の始まりに刺激されたペロウンは、いつも心を占めている問題に考えを向ける。これこそ、イラクの砂漠が持つ魅力なのかもしれない——どこまでも平坦で一見のところ何もない風景が、産業的なスケールの怒りをぶちまけるのに適当な作戦地図を思わせるのではないだろうか。砂漠こそは軍事作戦立案者の夢だ、という説がある。都市の広場は、それを個人レベルに縮小したものだ。前の日曜は、ひとりの少年が携帯電話を持って大声で話しながら二時間ばかりも広場を行ったりきたりし、その声は南へ遠ざかるたびにかすかになり、戻ってくると薄暗い午後の空気に響きわたった。次の日の出勤途中、ペロウンはひとりの女が夫の携帯電話をひったくって敷石に叩きつけるところを目撃した。それと同じ月のことだが、ダークスーツの男が地面に膝をつき、傘をそばに置いて、一見したところ緑地の柵に頭をはさまれたような格好をしていた。実際には、柵にしがみついてむせび泣いていたのだ。例のウィスキー婆さんも、幅の限られた通りでは怒鳴ったりわめいたりするわけに行くまい。少なくとも、三時間ぶっつづけでは。広場という空間の公共性が、こうした私《わたくし》のドラマにプライバシーを保証するのだ。カップルはベンチで話し込んだり、静かに泣いたりする。公営アパートやテラスハウスの小さな部屋、狭苦しい横道から現れて、空が広がり芝生にプラタナスの高木が立ち並ぶ、潤沢な空間に広がりゆく自然のさまを目《ま》のあたりにした人々は、自分にはどうしても必要なものが与えてもらえないという事実を思い出すのである。

とはいえ、広場に幸せが不足しているわけでもない。今もそうだ。他のシャッターも開けて寝室が光で満たされると、反対側にあるインド系のユースホステルのそばに、それが見出せる。一角は、沸き返るように興奮している。ジャージ姿のアジア系の若者がふたり——見覚えがあると思ったら、ウォーレン・ストリートにある新聞雑誌販売店で働いている青年たちだ——バンの積荷を敷石の上の手押し車に移している。すでにプラカードがうずたかく積まれ、折り畳んだ旗、バッジやホイッスル、サッカー応援用のガラガラやラッパ、おどけた帽子に政治家たちのゴムマスク——ブッシュとブレアの顔がくたりとなって重ねられ、いちばん上の顔は無表情に空を見つめながら、日光を浴びて幽霊のように白茶けた色をしている。数ブロック東のガウアー・ストリートがデモ行進のスタート地点のひとつで、あふれた群集の一部がここまでやってきたのだ。手押し車を取り囲んだ小さな集まりは、売り手たちの用意ができないうちから品物を買いたがっている。全体に漂う陽気さが、ペロウンをとまどわせる。一家総出のグループも多く、ある家族などは、いろいろな背丈の四人の子供に明るい赤の上着を着せて、しっかり手をつないでいなさいと命じた様子だ。学生たち、キルトのアノラックにごつい靴というでたちでバスを乗りつけた白髪まじりの女性たち。地方都市の婦人会だろうか。ジャージ姿の青年のひとりが降参というようにふざけて両手を上げ、バンの後ろに立っている相棒が販売を開始する。人ごみに居場所のなくなった鳩たちが、いっせいに飛び立ち、旋回して降りてくる。ゴミ箱のそばのベンチで鳩を待ち構えているのは、灰色の毛布をはおった赤ら顔で手の震える男で、膝にはぬかりなく食パンが用意してある。ペロウン家の子供たちの間では、「鳩おじさん」や「鳩おばさん」は精神に欠陥のある人間の別称だ。手押し車を囲む人垣の後ろにはレザージャケットと短髪の子供たちが集まり、寛大な笑みを浮かべて眺めている。彼らがすでに広げた旗には、シンプルなメッセージがひとつ。「スローガンはいらない、平和を！」

この光景には、無邪気な雰囲気とイギリス的なとんちんかんさがある。スカッシュコートで戦う服装に着替えたペロウンは、バグダッドの大統領府のバルコニーから群集を満足げに見渡すサダムの気分を想像してみる。西欧民主主義の善良なる有権者たちは、彼らの政府が我が国を攻撃することを決して許すまい、と。しかし、それは間違いだ。今度の戦争についてペロウンが確信できるのは、それが必ず始まるだろうということである。国連が承認しようとすまいとだ。兵力はすでに配置されたのだから、戦うほかはあるまい。イラク人の教授の動脈瘤を治療し、その身体に刻まれた拷問の傷を眼にしたりさまざまな話を聞かされたりして以来、ペロウンは差し迫った侵攻に対してアンビバレントな、あるいは混乱した、絶え間なく移り変わる思いを抱き続けてきた。ミリ・タレブは六十代の後半、ほっそりとした、男性でありながらほとんど少女を思わせる体格で、その神経質な笑い方、悲鳴のような笑い声は、投獄されていたことと何か関わりがあるのかもしれなかった。ユニヴァーシティ・カレッジ・ロンドンで博士号を取っており、完璧な英語の使い手だ。専門はシュメール文明で、二十年以上にわたってバグダッドの大学で教え、ユーフラテス川流域のさまざまな発掘調査にもたずさわってきた。彼が逮捕されたのは一九九四年の冬の午後、授業のために入ろうとした教室のドアの前だった。学生たちは中で待っており、その様子を見ていなかった。三人の男が公安の身分証を見せ、自分たちの車に乗るよう命じた。車の中で手錠をかけられたのが、拷問の始まりだった。手錠は余りにきつく、それが外されるまでの十六時間というものは、手首の痛みのことしか考えられなかった。このため、両肩に障害が残った。それからの十ヶ月は、中部イラクの監獄を転々とした。なぜ移動させられるのか見当もつかず、自分が生きていることを妻に伝える方法もなかった。釈放された日にさえも、何の容疑で逮捕されたのか分からずじまいだった。

ペロウンは自分のオフィスで教授の話を聞き、手術——幸いにも、完全に成功した——のあと、病棟で話しかけた。七十歳の誕生日を迎えようとしている人間としては、その外見は特異だった——子供のようになめらかな肌と長い睫毛、念入りに整えた黒い口髭——が、これは染めてあるに違いない。イラクにいた頃は政治に興味も関わりもなく、バース党への入党も断った。ひょっとすると、それが受難の原因だったのかもしれない。それとも、妻のいとこでかなり昔に亡くなった男がいっとき共産党員だったからか、あるいは、イラン系の先祖がいると疑われてイランに追放された友人から手紙を受け取ったいとこがいたせいか、姪の夫がカナダで教職についたあと帰国を拒んだからか。もうひとつ考えられる要因としては、教授本人がトルコに出張して発掘作業のアドバイザーをつとめたという事実があった。もっとも、ミリは自分が逮捕されたことには特に驚かなかったし、妻もおそらく驚かなかったろう。逮捕され、しばらく拘禁され、おそらく拷問を受けてから釈放された人間はふたりの知り合いにもいたし、誰の知り合いにもいた。そういう人たちはある日とつぜん仕事場に復帰し、自分の経験については何も語らず、誰もそのことを尋ねるものはいなかった——密告者がうようよしている状況では、不必要な好奇心は逮捕の原因になりうるのだ。連れて行かれた人間の一部は、封印された棺に入って帰ってきた——棺を開けるのは厳禁だった。友人知人が病院や警察署や官公庁を回って失踪者の情報を得ようとするのが、日常茶飯事になっていた。

ミリは悪臭のする、空気が交換されない獄房で過ごした——六×一〇フィートの空間に、二十五人の男が詰め込まれていた。どういう人たちだったのですか？　そう聞かれて、教授は陰気な笑い声を上げげた。小説などとは違って、犯罪者とインテリが大半というわけではなかった。ほとんどはごく普通の人たちで、拘禁されている理由も、車のナンバープレートを付け忘れたとか、たまたま口論をした相手が党の役人だったとか、夕食の席で言ったサダムの悪口を子供たちが学校で教師にたぶらかされて教えてしまったとか、そんなものばかりだった。何度もあった党員拡大運動のときに、入党を断ったという罪状もあった。もうひとつのよくある罪状は、一族の誰かが軍を脱走したというものだった。

獄房には、治安や警察の人間もいた。種々の治安組織は点数争いに汲々としており、捜査官が忠誠を示すためには、どんどん自分の仕事をきつくしてゆくしかなかった。組織全体がごっそり疑われることもあったのだ。拷問は日常化していた――ミリや他の囚人たちは獄房で悲鳴を聞きながら、呼び出しの順番を待った。殴打、電気ショック、肛門責め、水責め、足の裏への鞭打ち。高官から道路清掃員にいたるすべての人間が、不安と絶えざる恐怖の中で生きていた。ヘンリーがタレブの尻と太腿に見つけた傷は、おそらく棘のある木の枝で鞭打ったのだろうと本人が言っていた。拷問係たちは囚人に憎しみを見せるでもなく、日々の仕事を熱心にこなしているだけだった――上官の眼を怖れていたのだ。そしてその上官も、前年に起こった脱走事件のため、地位を失って投獄されるのではないかとおびえていた。

「誰だって、あの体制を憎んでいますよ」タレブはペロウンに言った。「あの国をひとつにまとめているのはもっぱら恐怖であって、システム全体が恐怖に突き動かされ、それを止めるすべを知っている者はいないんです。アメリカが侵攻しようとしている裏には、よからぬ理由があるのかもしれない。けれども、サダムとバース党は排除される。そうなった暁にはね、先生、ロンドンにあるおいしいイラク料理店でご馳走しますよ」

十代のカップルは広場の向こうに消えてゆく。あきらめて自分の行く手にあるものを受け入れるのか、あるいはそれが待ち遠しいのか、少女は少年が肩に手を回しても抗わず、頭を少年の身体にあずけている。空いたほうの手は、シャツの下から背中のくぼみに突っ込まれ続けている。あの娘は上着を着たほうがいい。ここからでさえ、掻きあとがピンクのみみずばれになっているのが分かる。流行に縛られて、臍と胴を二月の空気にさらすほかないのだ。あの痒がりかたからするに、ヘロインの許容量はまだ少ないらしい。まだ新参なのだ。彼女に必要なのは、ナロキソンなどの拮抗薬を投与して常習への道から引き返させることだろう。ヘンリーは寝室から出て階段のてっぺんで立ち止まり、高い天井から下がる十九世紀のシャンデリアに向き合いながら、処方箋を持って少女を追いかけるべきかと考える。なにしろ、今は走るための服装なのだから。しかし、それだけではだめだ。あの少女には、麻薬の売人でないボーイフレンドが必要だ。そして、新しい人生が。階段を下りはじめたヘンリーの頭上では、家の地下深くでウォーレン・ストリート駅に入構しようとスピードを落としている地下鉄ヴィクトリア線の振動に合わせて、シャンデリアのガラスがチリンチリンとぶつかり合う。人の運命を変える強力な流れと微細な差、近い影響と遠い影響、性格と環境の偶然について考えると、ヘンリーは落ち着かない気分になる。そうした種々の力の影響を受けて、パリでひとりの若い女が初めて出す詩集の見本刷りを旅行かばんに詰めてロンドンの暖かい家に帰ろうとしているのと同時に、似たような年頃の別の女がボーイフレンドの甘言に乗って薬品による一時の至福へと導かれてゆくことになるのだ。その至福が終わると、あの少女は、オピオイドがμ《ミュー》受容体と結びつくのと同じくらい強力に中毒の悲惨に縛り付けられてしまうのだが。

この家に満ちた沈黙が濃度を増す理由は――と、ペロウンは非科学的なことを考える。その理由は、シーオが四階の寝室でダブルベッドのシーツにくるまってうつ伏せで熟睡していることだ。まだ、シーオの前には忘却の数時間が待っている。眼を覚ますと、インターネットから落とした音楽をステレオで聴き、シャワーを浴びて、携帯で話をする。空腹に負けて寝室から出るのは昼下がりになってからで、そのときは下りていったキッチンを独占し、また電話をし、CDをかけ、一、二パイントのジュースを飲んで、ごく大ざっぱなサラダか、ヨーグルトとナツメヤシの実と蜂蜜とフルーツと刻みナッツのごちゃまぜボウルを作って食べる。ヘンリーには、どうもブルースに似合わない食べ物だと思えるのだが。

二階まで下りたヘンリーは、家の中でいちばん立派な部屋である書斎の前でちょっと立ち止まる。背が高い窓にかけられたオートミール色の薄いカーテンを通して、太陽が部屋をアカデミックな場所にふさわしい地味な茶色の光に染める様子に魅かれたのだ。書斎の本を集めたのはマリアンである。書斎のあるような家に住むことになろうとは、ヘンリーは夢にも思っていなかった。いつかは週末ずっと書斎にこもり、ノール社製のソファーに寝そべって、コーヒーのポットをそばに、世界文学の傑作（翻訳ものだろうか）を読んでみたいというのがヘンリーの夢である。といっても、とりたててこの本という計画はない。デイジーのいわゆる文学的天才というのがいかなる代物か知っておくのも悪くはあるまいというわけだ。何度か試みてはみたものの、文学的天才をじかに味わった経験が自分にはあるのかどうか心もとないのである。それどころか、そんな物が実在するかどうか疑わしいものだという気さえする。けれども、ヘンリーの自由時間はいつでも細分化されてしまう。野暮用や家族の義務やスポーツのためばかりではなく、週末にまとまった自由を手にすると必ず感じてしまう焦りのせいでもある。寝転がって休日を過ごしたくはないし、座って過ごす休日さえも嫌なのだ。それにまた、他人の人生の傍観者、架空の人生の傍観者になりたい欲求をとりたてて感じているわけでもない――もっともここ数時間は、寝室の窓から他人を観察して、異常なほど長い時間を過ごしたわけだが。それにペロウンは、世界が再構築されるよりも世界が説明されることに興味がある。現代の世界はじゅうぶん奇妙なのだ。どうしてわざわざ架空の人生を作り上げるのか？　それに自分は、たいていの本を読み通すだけの集中力がない。一心になれるのは仕事だけであって、余暇を楽しむには気が短すぎるのである。休日には一日に四、五時間もテレビの前で過ごして国民の平均視聴率アップに寄与している、などという話を他人から聞くと、びっくりしてしまう。先週、手術が中断したとき――マイクロドップラーが不調で、別の手術室から運び込まないといけなかったのだ――ジェイ・ストロースが麻酔器のモニターとダイヤルから立ち上がり、背中を伸ばしてあくびをしたあと、今日は明け方近くまで頑張って、アメリカの天才新人小説家が書いた八百ページの作品を片付けたよと言いだしたものだ。ペロウンは感心するとともに、心配にもなった――この自分には、真剣さが欠けているのだろうか？

実を言えば、デイジーの言いつけに従って『アンナ・カレーニナ』と『ボヴァリー夫人』という定評ある名作を読み通したこともある。精神のスピードが鈍り、貴重な余暇が何時間となく消えてゆくのを物ともせずに、これらふたつの精巧なおとぎ話の複雑に入り組んだ筋を細大もらさず追ったわけだ。それで結局、何が分かっただろう？　不倫とは理解できるが間違った行いであること、モスクワとロシアの田園地帯やフランスの田舎町の生活がかつてどんなであったかということ、それだけだ。デイジーの言うように神が細部に宿るとすれば、その細部にペロウンは感銘を受けなかった。確かにこれらの小説の細部描写は的確で説得力があったが、そこそこの観察力があって忍耐強くすべてを書き留めてゆける人間にはさほど難しいことでもあるまい。この二冊の本は、営々たる勤勉な蓄積によって生まれたものだ。

とはいえこれらの作品には、少なくとも、あたりまえに理解できるリアリティを描いているという美点がある。が、デイジーが卒業年度の研究課題として選んだいわゆる「マジック・リアリスト」たちは話が違った。いったい、そうした有名な作家たち——二十世紀に生きる、いい歳をした大人たち——は、何を考えて、登場人物に超自然的な力を与えたりしているのか？　ペロウンは、こうした苛立たしい作り物を一冊たりとも読み通すことができなかった。しかもこれらは、子供ではなく大人のために書かれているのだ。複数の作品で、主人公たちは生まれつき翼を持っているか、話の途中で翼が生えるかすることになっていた——デイジーの言葉を借りれば、それは彼らが「過渡的段階」にあることの象徴なのであって、言うまでもなく、空を飛ぶのを覚えることは大胆な希望のメタファーなのだそうだ。他にも、超常的な嗅覚を有していたり、高空を飛んでいる飛行機から落ちても怪我ひとつしなかったり。とある幻視者などは、自分が母親に懐胎される数週間前の両親が通り過ぎるのをパブの窓越しに見て、自分を中絶すべきかどうかという議論を聞いたという。

脳を修理することによって精神障害という悲惨を和らげようと試みるような仕事の人間は、物質的な世界を尊重せざるを得ない。物質的世界の限界と、それが支えうるもの——他ならぬ意識というやつ——を。信仰でもなんでもない日常的知識を述べるなら、精神とは脳という単なる物質の働きなのだ。そのことが畏怖に値するとしても、それは同時に知的好奇心の対象でもありうる。人間の知力に挑戦しているものは現実であって、魔術であってはならないのだ。デイジーに課せられた読書リストは、ペロウンにこう確信させた――想像力の不足した人間、義務を放棄する人間、現実の困難と不可解から眼をそむける子供、条理ある物事の積み重ねという重荷に耐えられない連中の逃げ場、それが超常の世界なのである。

「不思議な侏儒《こびと》の太鼓叩きなんてのはもう勘弁だ」と、右のような長広舌を書き連ねた手紙の結びでペロウンは懇願した。「幽霊だの、天使だの、悪魔だの変身だのはたくさん。どんなことでも起こりうる場所では、何事も重要な意義を持ちえない。私には、ああいうものはキッチュだとしか思えない」

「父さんのバカ」と、デイジーは返事の葉書で責め立てた。「父さんの石頭。あれは文学で、物理じゃないのよ！」

これまでふたりの議論は数多くとも、手紙での論戦は初めてだった。ペロウンはこうやり返した。「フローベールとトルストイに向かって、同じことを言えるか。あのふたりの作品には、翼の生えた人間など出てこない！」

さらにデイジーから返信。「『ボヴァリー夫人』を読み返してみたらどう」――ページ番号がどっさり添えられている。「フローベールが世の中に警告していたのは、父さんみたいな人間の存在です」――「父さんみたいな人間」というところに、何本もアンダーライン。

デイジーのリーディング・リストに従っている今の時点でペロウンが抱いている確信は、文学には人間的な欠陥が多すぎ、あまりにまとまりがなくて当てずっぽうだから、不可能と思われていたことを一気になしとげる人間の創造力に対する直截な驚きは文学からは生まれようがない、というものだ。おそらく、そのような純粋さを持ち合わせているのは音楽だけだろう。ペロウンがとりわけ崇拝するのはバッハ、それも鍵盤音楽であって、きのうアンドレアの星細胞腫を手術しながら聞いたのもバッハのパルティータふたつだった。それからもちろん、おなじみの顔ぶれがいる――モーツァルト、ベートーヴェン、シューベルト。エヴァンズ、デイヴィス、コルトレーンといったジャズの巨人たち。幾人かの画家たち、とりわけセザンヌ。ヘンリーが休暇で訪れたいくつかの大聖堂。芸術の外に出れば、崇高なる達成のリストにはアインシュタインの一般相対性理論。二十代初めの一時だが、数学的に理解できたことがある。このリストはいずれ作ってみなければ、と、一階への幅広な階段を下りながら考えるが、実のところ、決してその作業に取り掛からないのは分かっている。自分では夢見ることさえできないような仕事、厳格でほとんど非人間的なまでの自己完結的な完璧さを示している仕事――それがペロウンの考える天才だ。人間は物語なしでは「生きていけ」ないというデイジーの考えは全く間違っている。なにしろ、自分という生きた証拠がここにいるのだ。

　玄関ドアの前で、ペロウンは郵便と新聞を拾い上げる。キッチンに下りていって、見出しに眼を走らせる。ブリクスの国連報告では、イラクは協調姿勢を見せはじめているとのこと。首相はそれに対し、本日グラスゴーで行う演説において、この戦争には人道的根拠があると述べると予想されている。ペロウンの意見では、それこそが唯一述べるに値する理由だ。だが、首相が最近になってやっとそちらに転じたのは、シニカルなポーズと言うべきだろう。四時半に起こった自分の物語が、ロンドンに配達される最終版には間に合ったのではないかとヘンリーは期待をかける。だが、何も見当たらない。

　さっき自分が去って以来、キッチンには誰も来ていないようだ。テーブルには自分のカップ、シーオが置いていった空のミネラルウォーター、そしてそばにリモコン。こうした物質が持っている、時には人を安心させ時には不吉に感じさせるような厳格なまでの忠実さには、やはりかすかな驚きの要素がある。ペロウンはリモコンを取り上げ、スイッチを入れて消音ボタンを押し——九時のニュースリストは数分後だ——湯沸しに水を入れる。いかなる単純な蓄積が、この変わりばえのしない湯沸しを洗練の極みにまで到達させたのだろうか。熱効率のいい壺形、安全なプラスチック製、使いやすい幅広な注ぎ口、電気を供給する平たくてどっしりした土台。別に、旧式のものでも不満はなかったのだ——つまみの付いた真鍮の蓋、濡れた手で触るとビリッとくる分厚くて黒い女性的なソケット、そうしたものがかつては当たり前に思われていた。けれども、湯沸しという問題を念入りに考えた者がどこかにいたのであって、いまや後戻りはきかないのだ。人間は知るべきである——世界のあらゆるものが悪くなっているわけではないのだ、と。

　コーヒー豆を挽いている最中にニュースが始まる。今度のキャスターは美形の黒人女性で、大きなアーチ形に整えた眉毛は、またしても訪れた朝が投げかけてくる挑戦に驚いているかのようだ。まずは、幹線道路の橋上で撮影された、デモ参加者たちをロンドンへと運んでくる何十台というバスの写真。今日のデモは、抗議の意思の表明として歴史上最大のものになるとの予想だ。そして画面が切り替わると、テムズ河の堤防公園《エンバンクメント》に早くも集まった参加者たちの真ん中にリポーターがいる。こうして見せつけられる幸福感は、どれもどこかうさん臭い。みんなして街路へ繰り出せることにスリルを覚えているのだ——抱き合っている人々は、同時に自分自身を抱きしめているように見える。絶え間ない拷問と即決の処刑、民族浄化や時々の虐殺のほうがイラク侵攻より好ましいと考えているならば——その考えが間違っているとは言い切れない——人々の顔は暗いはずなのだが。さて、飛行機――ヘンリーの飛行機――が二番目にやってくる。映像は同じで、わずかなディテールが付け加わる。出火の原因は電気系統の故障ではないか。数人の警官に付き添われて、ふたりのロシア人が立っている――機長は脂じみた髪のしなびた小男、副操縦士は小太りで変に陽気そうだ。ずいぶん日焼けしているようだが、ひょっとすると南のほうの共和国出身なのかもしれない。ぱっとしないニュース――悪党も死者もおらず、気をもたせるような要素もない――の弱々しい生命力に活を入れているのは、無理に作り上げられた問題点だ。どこかから引っ張ってこられた航空専門家が、火災を起こした飛行機をロンドンの住宅地域の上に誘導したのは間違いで、他の選択肢があったはずと非難している。空港の担当責任者は、ロンドン市民に危険はなかったと主張。政府のコメントはまだない。

ペロウンはテレビを消し、椅子を引き寄せてコーヒーとともに電話に向かう。土曜日が始まる前に、病院にフォローを入れておかねばならないのだ。集中治療室が出たので、当直看護師と代わってくれと頼む。誰かが呼びに行く間、いつものざわめきが聞こえてくる。聞き覚えのある雑務係の声、テーブルにバシンと置かれた本かフォルダー。

それから、忙しい女性の無機質な声が聞こえる。「ICUです」

「ディアドリ？　今週末はチャールズが当直じゃなかったのか」

「インフルエンザなんです、ペロウン先生」

「アンドレアは？」

「意識はグラスゴー・コーマ・スケールで15点満点、酸素飽和度も良好、問題はありません」

「持続脳室ドレナージは？」

「五センチ水柱圧で流出維持しています。そろそろ病棟に送り返していいかと」

「オーケー。麻酔科医に、私も了解したと伝えておいてくれ」切りかけて、ふと思い出す。「あの子、手がかかるか？」

「その元気はないようですよ。いつも、これくらいお利口さんでしたらね」

鍵の束と携帯電話とガレージのリモコンを、料理本のそばに置いてある銀の皿から取り上げる。財布の所在は、キッチンの奥、ワインセラーの手前の部屋に掛けてあるコートの中。スカッシュのラケットは、一階の洗濯室の戸棚に置いてある。古いハイキング用のフリースを身につけ、防犯アラームをセットしようとしたところで、シーオがいることを思い出す。外に出てドアを閉めようと向き直ったとき、より美味な餌を求めてロンドン内陸部までやってきたカモメの甲高い声がする。太陽は低く、広場は半分——こちら半分——だけしか照らされていない。濡れた照り返しが眼に痛い敷石を踏んで広場から出ると、天気の爽やかさに驚かされる。空気はほとんど清浄に感じられる。むき出しの自然な地面を歩いているかのようだ。子供時代の休みを過ごした荒々しい海岸線、なめらかな玄武岩に覆われた斜面。それを思い出したのは、カモメの声のせいだろう。湧き立つ青緑色の海から飛んでくるしぶきの味がよみがえり、ウォーレン・ストリートに出ながら、魚屋に寄るのを忘れないようにしないと、と考える。コーヒーの刺激とついに始まった身体の動き、それに目前に控えたスカッシュと手になじむラケットケースの感覚、それらがペロウンの足を速めさせる。

普段、このあたりの道は週末には人けがないのだが、向こうのユーストン・ロードの歩道では、大群集が東のガウアー・ストリートを目指しており、車道でも、テレビで見た数珠つなぎのバスが東向きの車線を埋め尽くしている。乗客は窓に顔を押しつけ、早く外の人々と一緒になりたい様子だ。窓から旗が垂らされ、中部イングランドの町の名を書いたサッカーチームのスカーフも見える——ストラトフォード、グロースター、イーヴシャム。歩道の人ごみでは、気の早い連中がにぎやかしの道具を試している——トロンボーンが一本、握り玉のついた旧式のクラクション、アイルランドのランベッグ・ドラム。シュプレヒコールの練習も始まっているが、最初は不ぞろいで聞き取れない。タンティ・タンティ・タンのリズム。ドント・アタック・イラク、か。まだ用のないプラカードは、小粋な角度で肩にかつがれている。「わたしはイヤだ」というのが、十ばかり通ってゆく。この甘ったれた自意識が示しているのは抗議運動における明るく新しい局面、自分を心地よく——あるいは「キモチよく」——させろと要求してやまないシャンプーやソフトドリンク消費者の抗議運動だ。「これらの悪に全部反対」という、何だか適当なプラカードのほうがヘンリーには好ましい。組織団体のひとつのプラカードが通ってゆく——全英イスラム連盟。ヘンリーにもなじみの名前だ。最近の新聞で、イスラムを棄てるというのは死をもって罰せられるに値する行為だと説明していたグループだ。その後ろからはスワッファム女声聖歌隊の旗、それから、「戦争に反対するユダヤ人の会」。

ウォーレン・ストリートを右に折れる。視界は東のトッテナム・コート・ロードに向く。そこにはさらなる大群集がおり、地下鉄から吐き出される何百人という人々でさらにふくれあがっている。低い太陽の逆光を受けてシルエットになった人影が分かれてはまた色濃い塊となってゆく中で、即席の雑誌店と、角のマクドナルドに喧嘩を売るような近さで設営されたホットドッグスタンドがまだ見分けられる。群集の中の子供たち、ベビーカーに乗せられた赤ん坊たちの数は驚くばかりだ。

デモに対する懐疑にもかかわらず、白いゴム底のスニーカーを履いてラケットを握りしめたペロウンは、こうしたイベント独特の奇妙な誘惑と興奮を感じる。街路を独占する群集。何万もの見知らぬ人々がひとつの目的のもとで一緒になり、革命の歓喜にも似たものを伝えてくる。

少なくとも気持ちの上では、ペロウンも彼らと一緒になっていてよかったはずなのだ。タレブ教授の中大脳動脈瘤をクリッピングする必要さえなければ、このゲームに参加するのをとどめる要素はありえなかったのだから。だが、先の会話をしてからの数ヶ月というもの、ペロウンはイラクの体制について勉強せずにはいられなかった。スターリンが与えたインスピレーション、サダムを支える血族と民族の忠誠ネットワーク、報酬として与えられる豪邸。イラク北部および南部でのおぞましい虐殺、民族浄化、奇怪な拷問、みずから手を下したがるサダムの性向、法律に明文化された奇妙な刑罰——烙印や手足切断。手足切断の手術を拒否した医師たちがどのように罰せられたかにヘンリーの眼が引きつけられたのは、当然の成り行きだった。ここまで創意に満ちてシステマティックで広汎な悪意は他にほとんど例を見ない、と結論するほかはなかった。ミリの言い分は正しい。これは恐怖の共和国なのだ。ペロウンは在米イラク人のカナアーン・マッキーヤが書いた有名な本も読んだ。サダムの統治原則が恐怖であることは明らかに思えた。

強力な帝国——アッシリア、ローマ、アメリカ——が正当な理由を主張しつつ戦端を開いたとしても、歴史が感銘を受けないことはペロウンも知っている。また、今次の侵攻あるいは占領は混乱を生むのではないかという心配もある。デモの参加者たちが正しいのかもしれない。そしてまた、人の意見が偶然によって決まることもペロウンは分かっている。自分だとて、教授に出会ってその人柄に惹かれていなければ、差し迫った戦争についても別の考えを——これほどアンビバレントでない考えを――抱いていたかもしれないのだ。意見とはサイコロの目のようなものであって、言うまでもないことながら、地下鉄ウォーレン・ストリート駅周辺に群がっている人々の中には、自分があの体制によって拷問を受けた者も、愛する人が拷問された者もおらず、イラクという場所をよく知っている者さえもいない。ほとんどはクルド人や南部シーア派の虐殺については聞いたことしかない程度の人々が、今はイラク人の生命を守れと熱を上げているのだ。とはいえ、彼らの見解にも十分な理由はあるのであり、その理由の中には自分たち自身の安全も含まれている。神を信じないサダムとシーア派による反対を同等に憎んでいるアル・カーイダは、イラクが攻撃されたならば西欧の無防備な都市に復讐を加えるだろうと囁かれている。自己の保身というのは十分に立派な理由ではあるが、ペロウンにはデモ参加者たちだけが是非善悪の判断力を独占しているとは考えられない。おそらく、参加者たち自身はそう感じることができるのだろうが。

通り沿いのサンドイッチ・バーは、週末は休んでいる。開いているのはフルートの専門店と新聞雑誌販売店だけだ。フランス風のカフェ「リーヴ・ゴーシュ」の前では、店主がパリ流に亜鉛のバケツで歩道に水を流している。群集に背を向けて、ひとりの男がペロウンに近づいてくる。ちょうどペロウンくらいの年齢の赤ら顔の男で、野球帽と蛍光色のジャケットを身につけ、手押し車を押しながら、ロンドン市のために側溝を掃除している。いい仕事をしようと奇妙なまでに熱心な様子で、縁石の隅にほうきの角を当てては塵を掻き出してゆく。その精力と周到さは土曜の朝を無言でとがめているようで、見ていると息が詰まってくる。安月給を与えられてこのような都市レベルの家事をすることほど空しい仕事があるだろうか――自分の背後、向こうの大通りでは、何カートンという紙コップが角のマクドナルドの外に集まったデモ行進者たちの足元で幾重にも踏みしだかれているというのに。その向こう、大都市ロンドンの全体で、日ごとにごみの嵐が吹き荒れているというのに。清掃員の眼球の白い部分には、まぶたに沿って、赤みがかった卵色の縁ができている。目くるめくような一瞬、ヘンリーは清掃員とシーソーの両端に乗っているかのように結び付けられた感覚、互いの人生を逆転させることのできる軸を中心に上下している感覚に襲われる。

ペロウンは眼をそらし、足どりをゆるめて車のガレージがある路地に曲がる。遠い昔の一時代、巨富に恵まれて、この世を見そなわす超自然的存在が人間それぞれの身分をお定めになったのだと信じていられる立場にあったならば、どれほど安楽だったことだろう。そんな人間は、自分の抱く信念が自分の裕福さを正当化していることに気付かないでいられた——これは一種の病態否認だ。病態否認とは、自分の状態に気付かないでいるということを表す便利な心理学用語である。さて、現代の我々は自分の状態が分かったつもりでいるが、その理解とはいかなるものか？　過ぎ去ったばかりの世紀における幾多の破滅的な実験、数え切れないほどの下劣な行いと死とが原因で、正義だの富の再分配だのという問題の周囲には小心な懐疑主義が広がっている。大きな理想などもうごめんだ。世界が進歩できるとすれば、その進歩はちょっとずつでなければ。人々の考え方はもっぱら実存的である——生活のために道路を掃除しなければならないというのは、単なる不運だと思われているのだ。現代は理想の時代ではない。道路はきれいにしておく必要がある。ついていない連中に志願させればいいのだ。

ペロウンは油じみた敷石のゆるい坂道を下り、自分と同じような家に住む人々がかつては馬を飼っていた場所に足を向ける。今では、そこは金銭に余裕のある人々が車を大事に駐めておくガレージだ。ペロウンのキーリングには赤外線ボタンがついていて、ボタンを押すと鉄製のシャッターがガタガタと上がってゆく。ぎこちない機械的な動作でシャッターが上がるにつれて、厩の中から早く出たくてうずうずしている長い鼻面と輝く眼があらわになる。シルバーのメルセデス・ベンツS500、内装はクリーム色――ペロウンも、もはやそれに戸惑ったりはしていない。それを愛してさえいないのだ――ペロウンは自分が世界の富を人より多く与えられていると考えていて、このベンツはその配分の官能的なる一部分に過ぎないのである。自分がオーナーでなければ他の人間がオーナーになるだけだ、とペロウンは自分に言い聞かせることにしている。ここ一週間運転していないが、この乾燥して塵ひとつないガレージの中、車は独自の動物的な温かさを発散している。ペロウンはドアを開けて乗り込む。すりきれたスポーツウェアでこの車を運転するのが好きだ。助手席には、ペロウン自身によるローマでの学会報告の載った『脳神経外科学会報』がある。ペロウンはその上にスカッシュのラケットを投げる。この車にいちばん厳しいのはシーオで、ベンツなんて医者の車だと言っている。医者の車、という言葉が最大級の非難であるかのようだ。デイジーは「劇作家のハロルド・ピンターがそういう車に乗っていたよね」と言ったが、彼女にとってはそれでOKということになったようだ。この車を買うよう熱心に勧めたのはロザリンドだった。夫の生活は後ろめたさを避けるために禁欲的になり過ぎているのであって、服もいいワインもめったに買わず、絵など一枚も持っていないというのはいささか偽善的だというのが彼女の意見だ。あなたの生活って、まだ大学院生をやってるみたい。そろそろ、いろんなものを身につけてもいい頃。

数ヶ月というものペロウンの運転ぶりは弁解ぎみで、めったにスピードを出さず、積極的に追い抜かず、右折車の流れには手を振って先に行かせてやり、自分のより小さい車にも道路スペースが分け与えられるよう几帳面なまでに気を使ってきた。そうした状態がやっと治ったのは、ジェイ・

ストロースと一緒に北西スコットランドに釣り旅行に出かけたときのことだった。あけっぴろげな道路、それに「ドイツのルター派信者の設計の天才」に対するジェイの大仰な讃辞に誘われて、ついにヘンリーは自分がこの乗り物の持ち主であり主人であるのだと認めた。実のところ、ずっと自分はいいドライバーだとひそかに信じていたのだ——手術室でと同じように、確固として、正確で、適切な度合いだけ注意深く。ある雨の午後、ヘンリーとジェイは、トリドン近辺の川や小さい湖でブラウントラウトを釣って回った。仕掛けをキャスティングしながら振り返ってみると、水辺から小道を百ヤードほど上がったところに斜めに駐められた車は、カバの木と花咲くヒースと雷雲のかかった暗い空を背景に、柔らかい光線を浴びていた——広告業者の夢のような図だ。そのとき初めて、ペロウンは何かを所有するということから生まれるほんわりとした喜びを感じたのである。そう、無生物の物体を愛するということはもちろん可能であるし、許容される行いでもあるのだ。けれども、ペロウンにとってのピークはこの瞬間であって、それからの感情は、ときどき穏やかな喜びを感じるという程度に落ち着いていった。運転しているときの車は漠然とした満足感を与えてくれるが、それ以外のときはほとんど思い出しもしない。メーカーが設計思想としてかかげているとおり、この車はペロウンの一部となったのである。

けれども、どうしても気になる小さな事柄はやはりある。たとえばこの車がアイドリング時にもまったく振動しないこと、回転計だけがエンジンの動作を確認していることがそうだ。ペロウンがラジオをつけると、敬意に満ちた拍手がいつまでも続いている。車をゆっくりとガレージから出し、鉄のシャッターを背後で下ろし、路地を徐行で上がってウォーレン・ストリートに左折するまで拍手は止まない。スカッシュ・クラブはハントリー・ストリートにあって、かつて看護婦の寮だった建物を改装したものだ――ほんの近くなのだが、それでも車で行くのは、後から回る場所があるからだ。ペロウンが恥じらいなく窓外の街を楽しんでいる車の中で、空気はフィルターを通して清浄にされ、ハイファイの音楽が窓外のごく些細なディテールにも陰翳を与える――ちょうど今は、シューベルトの三重奏曲によって、滑りぬけてゆく狭い通りにも威厳が感じられている。何ブロックか南に進み、東に向かってトッテナム・コート・ロードを横切るという迂回路をたどるつもりだ。クリーヴランド・ストリートはかつては服飾関係の安工場と街娼で知られていた。それが今では、ギリシア、トルコ、イタリアの料理屋が立ち並び――ガイドブックには決して載らない、地元向けのものだ――夏になると客がテラスで食事をしている。古いコンピュータを修理する店、布地店、靴修理店、さらに南には鬘《かつら》専門店があって、女装趣味の男たちがよく来ている。都市中央部の横道のイメージを具現化したものとして、これは悪くない――ごちゃまぜで、誰にも媚びず、ぱっとしすぎない。ここにさしかかったとき、ペロウンは先程のかすかな恥じらいないし困惑の原因を突き止める。この世界は取り返しがつかないほど変わってしまったという説を自分があっさり受け入れてしまったことだ。このように人畜無害な街路や、それが象徴している寛容な生活習慣が、新しい敵によって――きっちり組織され、触手のごとく浸透し、憎しみと狂信に満ちた新しい敵によって――破壊されてしまう可能性もあるなどと考えたことが、さっきの後ろめたさの原因だったのだ。そんな不安は、日の光のもとでは愚かで実体のない終末論に思えてくる――こうした通りがそこにあり、人々がそこで生活しているという自明の事実そのものが、それらの通りやそこに暮らす人々に存在根拠を与える保険となっているのだから。世界は、根本的には何も変わっていないのだ。百年の危機などと言い出すのは、贅沢な遊びである。危機はいつでも存在したのであって、イスラムのテロもまた、最近の戦争や、気候の変化や、国際貿易のかけひきや、土地と水の不足や、飢えや貧困やその他もろもろと共に適当な場所に収まってゆくことだろう。

ペロウンは甘やかに上下するシューベルトに耳を傾ける。通りの様子は申し分なく、ロンドンもまた、現在の住民とかつてここに住んだ死者たちすべての作り上げたものとして申し分なく、活気に満ちている。そう簡単に破壊されるようなことはない。むざむざと消滅させるには、あまりに良すぎる場所だ。中毒患者やホームレスは別として、この都市の生活は過去数世紀で着実に改善してきた。大気汚染は減少し、テムズ河にはサケが跳ね、カワウソも戻ってきている。すべてのレベルで、物質的にも、医学的にも、知的にも、感覚的にも、ほとんどの人間にとってロンドンはよりよきものになったのだ。デイジーを教えた大学教師たちは、進歩という考えを時代遅れで滑稽なものとみなしていた。それを思い出すと怒りがこみ上げてきて、ハンドルを握る右手に力がこもる。尊敬する免疫学者ピーター・メダワーの文章が頭に浮かぶ。「進歩という希望をあざけることは究極の愚であり、精神の貧困と思考の陋劣《ろうれつ》を最終的に証明するものである」。そうだ、百年の危機説などにしてやられた自分が馬鹿だった。デイジーが卒業する学期に、大学の公開講座を聴きに行ったことがある。あそこで教えている若い教師たちは、現代の生活を災厄の連続のごとく吹聴することを好んでいた。それが彼らのスタイル、彼らなりに頭の良さを見せつける方法なのだ。天然痘が根絶されたことを現代の状況の一部と見なすのはクールでないわけだ。最近になって民主主義が世界的に広まったことも同様。夕方になって教師たちのひとりが行った講演の題目は、テクノロジーに支えられた消費社会の見通しだった――お先真っ暗。だが、現代における物質的分配がたったいま消滅したならば、未来の世代は――少なくともロンドンの未来世代は――我々のことを神として回顧するだろう。豊かなるスーパーマーケット、容易にアクセス可能な情報の洪水、きわめて軽量で暖かい衣類、長い寿命、素晴らしい機械の恵みを受けた幸運な神々として。そう、現代は素晴らしい機械の時代だ。ほとんど耳ほどの大きさしかない携帯電話。子供の手ほどの大きさの物体にごっそり収められた音楽ライブラリー。スナップを世界中に発信できるカメラ。自分がいま運転している装置も、インターネットに接続した机上の機械装置でたやすく注文できたのだ。昨日も自分はコンピュータ制御の定位固定装置を使用したが、あれのおかげで生検の方法は一新されたのだ。Y字ソケットを通じてパーソナル・ステレオを聴きながら手をつないで歩いている中国人のカップルをひとつにつないでいるのは、デジタル化されたエンターテインメントである。三輪の全地形型ベビーカーを押しながら、防水ジャンパーを着た痩せぎすの子供がスキップするように進んでいく。お先真っ暗どころか、この心地よく貧乏じみた通りをゆく人々は、ひとり残らず十分に幸福なように――少なくとも、自分と同じくらい満足して――見える。けれども、大学の教授たちにとっては、人文科学一般にとっては、悲惨のほうが分析しやすいのだ。幸福とは、より手ごわいものなのだ。

現代を猛烈に祝福する気分で、ペロウンはベンツをぐいと東行きのメイプル・ストリートに向ける。この幸福感を楽しむには、それを邪魔する架空の敵を自分で作り上げて自分で撃破することが必要なようだ。スカッシュの前にはこうした気持ちになることがままある。そんな気分の自分が特に好きなわけではないが、刻一刻と移り変わっていく思いは自分でも制御しきれない――孤独な思考の流れ、思考のホワイトノイズは感情の状態によって操られるのだ。ひょっとすると自分はぜんぜん幸福ではなく、みずからに気合を入れようとしているだけなのかもしれない。テレコム・タワーの基盤をなすビルを通り過ぎる――このごろさほど醜く見えなくなってきたのは、アルミ製のエントランス、ブルーの外装材、モンドリアンの絵のように見える窓と換気グリルの配置のおかげだろう。が、少し行ったところ、フィッツロイ・ストリートがシャーロット・ストリートと名を変えるあたりは、予算をきりつめた雑居ビルや学生アパートがぎっしりだ——がたがたの窓、低い士気、うまく持続できない空間。雨が降っていて、こっちがその気なら、共産主義時代のワルシャワにいるような気分になることもできる。そうした区画を愛する気になれるのは、それらが十分に取り壊された後だけだろう。

ウォーレン・ストリートの二ブロック南を東に進んでゆく。幸福感とないまぜになった攻撃性という奇妙な心的状態が続いて、どうにも落ち着かない。トッテナム・コート・ロードにさしかかるあたりで、この気分を作り上げるのに寄与した最近の出来事をリストアップするといういつもの作業を始める。ロザリンドとセックスしたこと、土曜の朝であること、これが自分の車であること、飛行機の事故で誰も死ななかったこと、スカッシュのゲームが待っていること、アンドレア・チャップマンや他の患者たちの状態が昨日から安定していること、デイジーが帰ってくること——これらはすべていい要素だ。悪い要素は？　悪い要素としては、自分はいまブレーキを踏んでいる。トッテナム・コート・ロードの真ん中に黄色いジャケットを着たバイク巡査がいて、バイクはスタンドで立て、腕を伸ばしてペロウンを制止している。そうか、この道はデモで通行止めなんだ。うかつだった。けれども、ペロウンは徐々にスピードを落としながらなおも近づいてゆく。気がつかなかったふりをすることで見逃してもらえるかのように——結局のところ、自分はこの道を横断したいだけで、そこを通行させろと言っているのではないのだから。最悪でも、期待は満足させられる——きっぱりと断りつつも申し訳なさそうな警官と、しかつめらしくも寛容な市民とが演ずる一場のドラマ。

交差点の手前で停車する。やっぱり警官がやってくる、シャーロット・ストリートの北にいるデモ隊にちらりと眼をやって、自分ならイラクを（ついでに他のいろいろな国も）とうの昔に爆撃するんだがという風情で口元を結んで諦めの笑みを浮かべながら。リラックスした状態でハンドルを握っているペロウンは、こちらも眼だけで笑って仲間意識を見せてやろうかと考えるが、そのとき、ふたつの出来事がほぼ同時に発生する。巡査の後ろ、トッテナム・コート・ロードの反対側で、三人の男――ふたりは背が高く、ずんぐりと身長の低いもうひとりは黒のスーツを着ている――がラップダンス・クラブの「スペアミント・リーノ」から急いで出てくる。走り出さずにできるだけ早く歩こうとして、ほとんどつんのめり気味だ。ペロウンが目指す横道のユニヴァーシティ・ストリートへと曲がった三人は、抑制を取り去る。短軀の男が少し遅れる形で、左側に駐車してある車へと走ってゆく。

ふたつ目の出来事は、三人の男に気付かなかった警官がペロウンのほうにやってくる途中でいきなり足を止め、左の耳に手を当てたことだ。警官はうなずき、口元のマイクに何か言ってバイクへと足を向ける。それから、さっきまでの用事を思い出して振り返る。ペロウンは眼を合わせ、弁解と問いかけを半々にした顔で、大通りの向こうのユニヴァーシティ・ストリートを指してみせる。警官は肩をすくめたあとでうなずき、「そんなら早く行け」というように手を振る。まあ、よかろう。デモ隊のほとんどはまだ大通りの北端にいるし、新しい命令が無線でやってきたのだから。

ペロウンはゲームに遅れているわけではなく、大通りを渡りたくて仕方がないわけでもない。車のことは好きだが、静止状態からスタートしたときの加速といったような細かい性能に興味はない。

おそらく加速性はいいのだろうが、一度も試したことはない。信号のところにタイヤ跡を残すような歳でもないからだ。ゆっくり発進しながら、北への一方通行道路であるにもかかわらず生真面目に左右を確認する。歩行者はどちらから来るか分からないからだ。トッテナム・コート・ロードの四車線を勢いよく突っ切るのは、すでにバイクのエンジンをかけている警官への配慮からに過ぎない。警官が上役から目玉を食うような事態は避けたい。それに、警官の手振りには「早くしろ」という言外のメッセージがこもっていた。ユニヴァーシティ・ストリートの入口までの六十から七十フィートばかりを走り終えたベンツのギアをセカンドに入れるころには、時速は二十マイルそこそこだったろう。ひょっとすると二十五マイル。全力でも三十マイル。ほとんど即座にアクセルをゆるめ、こちらも通行止めのガウアー・ストリートの手前で、ハントリー・ストリートへ右折するタイミングをうかがう。

この前進がきっかけとなって、ペロウンはいきなりさっきのリスト作成に——自分の感情状態を引き起こした直接間接の原因の考察に——戻る。内なる思考にとって、一秒は長い時間だ。否定的要因を考えはじめるだけの時間はあった——ちゃんとした文に展開された言葉ではなくとも、自分をもっとも悩ませているのは現在の世界の状況であってデモ隊がそれを思い出させたのだと考える、あるいは感じ取るだけの時間は少なくともあった。おそらく世界は根本的に変わったのであって、世界の抱える問題はぶざまな取り扱いを受けている——ことに米国の手で。この地球には、自分や自分の家族や友人たちを殺すことで、ある主張を明確にしたいと思っているような人々がおり、彼らはよくつながりを保って組織されている。彼らの念頭にある死者数のスケールはもはや疑問の余地がなく、同じようなスケールの死がこれからも起こりうるし、それはこの街で起こるのかもしれない。自分はその事実と向き合えないほどにおびえているのか？　こうした命題と疑問は、はっきりした文章として思い浮かぶわけではない。むしろそれらは、精神がひょいと肩をすくめ、その後から質問のパルス信号を送ってきたようなものだ。言語学者が心的言語《メンタレーゼ》と呼ぶ前言語段階がこれだろう。ほとんど言語になりきらず、むしろ移り変わりゆくパターンのマトリックスに近くて、一秒にも足らぬ時間に意味を凝固・凝縮させ、その意味を明瞭な感情の色合いと分かちがたく結びつける。感情の色合いは、それ自体がひとつの色彩に近い。いやらしい黄色。詩人のように言葉を凝縮する才能がある者といえども、その色を描写するには数百語の言葉と数分の時間がかかるかもしれない。従って、不眠時の網膜を横切る色彩のような赤い色がペロウンの視界の隅をひらめくように横切ったとき、その色彩はすでにひとつの概念に近いものになっている。新たな概念、予想外で危険な概念だが、それは完全にペロウン自身のものであって、ペロウンを超えた世界に属するものではない。

意識しない巧みなハンドルさばきでペロウンが乗り入れた細長い空間は、右側を縁石付きの自転車道、左側を縦列駐車の列にはさまれている。ペロウンの概念が飛び出してきたのはこの車列からで、それと共に、ウィングミラーが鮮やかに折れる音、一台しか許容しない空間に同時に入り込もうとした二台の車の鉄板がぶつかってこすれあう悲鳴が上がる。衝突の瞬間、ペロウンはとっさにアクセルを踏んで右にハンドルを切る。続いて他の音——左手の赤い車が、駐まっている車五、六台の脇腹を続けさまにこするガガガガンッというスタッカート、自転車道の敷石に乗り上げたベンツのタイヤがコンクリートに食い込む、アンプで拡大した一回きりの拍手のような激しい音。後輪も縁石にぶつかる。それからペロウンは、飛び込んできた車より早くブレーキをかける。道からそれた二台の自動車は三十ヤードほど離れて止まり、エンジンが切れ、しばらくの間は沈黙が流れて、誰も車から降りない。

現代の交通事故の基準からすれば――ヘンリーは総計で五年間、救急部の経験がある――これは些細な出来事である。怪我人はいるまいし、この場で医師の役を務める必要もあるまい。ここ五年の間にペロウンはそれを二度やったことがあって、どちらも心臓発作、一度はニューヨーク行きのフライト、もう一度は熱波が襲ってきた六月のロンドンの息苦しい劇場だったが、二度とも満足のいかない面倒な事態だった。今のペロウンはショックを受けてもいないし、変に平静だったり高揚していたり感覚が麻痺していたり、視覚が異常に冴えわたったり身体が震えたりもしていない。熱い金属が収縮するピシッという音が聞こえる。ペロウンが感じているのは、世間的な警戒心を圧倒する苛立ちだ。見る必要もない――自分の車は左側が破損してしまった。今からすでに、数週間先までが見通せる。何ヶ月もの書類仕事、保険請求と対抗請求、何本もの電話、修理の遅れ。自分の車からはあるオリジナルで新鮮な要素が失われたのであって、いくら上手に修理してもそれは戻ってくるまい。また、前輪の車軸や軸受け、それにあの長い拷問を思わせる名前の謎めいた部品――「架台と縛り《ラック・アンド・ピニオン》」――も衝撃を受けているだろう。車は決して元通りになるまい。破滅的な変形を受けてしまったのだ。そして、自分の土曜日も。スカッシュはとうてい無理だろう。

何よりも、ペロウンの心の中でひとつの現代的な感情が増幅してゆく――車を運転する者の独善性が、正義を求める心情と身震いするような憎悪を溶接するのだ。その憎悪に応える使い古しのフレーズが思考をよぎり、それらは新しい生命を吹き込まれて陳腐さを拭い去られている。いきなり出てきやがった、合図もなしだ、馬鹿野郎、見もせずに。ミラーは何のためにある、糞ったれめ。自分がこの世界で憎むただひとりの人間が後ろの車に乗っているわけだが、自分はその男に話しかけ、向き合って、保険情報を交換しなくてはならない——貴重なスカッシュの時間をつぶして。取り残されたような気分だ。すでに見える気がする——自分のよりよい分身が、何もなかったように右手の横道へ消えてゆくのが。どこかへ姿を消してしまう金持ちの叔父さんのように、その分身は内面の幸福にひたりきって土曜日の目的地へと呑気にドライブしてゆき、ひとり後に残されたみじめな自分は、新しい、信じがたい、しかも避けようのない運命に直面するしかないのだ。これは現実だ。そう言い聞かせなければならないことから、自分がまだそれを信じていないのが分かる。ペロウンは床に落ちたラケットを拾って『学会報』の上に戻す。右手はドアの把手にかかっている。けれども、まだ動き出さない。バックミラーを見つめる。警戒すべき理由があるのだ。

予想したとおり、後ろの車には三つの頭が見える。自分が証拠のない思い込みを抱きがちなことは知っているので、今から確かめなくては。自分が知るかぎり、ラップダンスは合法な楽しみである。けれども、三人が出てきたのがウェルカム・トラストの医学図書館か大英図書館でもあったならば、その出てきかたがたとえ後ろめたそうなものであっても、自分はすでに車から降りていたかもしれない。さっき三人が走っていたことを考えれば、彼らはこっちよりも時間の遅れに苛立っているかもしれない。向こうの車は5シリーズのBMWで、べつに根拠があるわけではないが、この車を見ると、何となく犯罪——とりわけ麻薬密売——を思い出す。そして、相手はひとりではなく三人だ。背の低いやつは助手席に座っており、見ているとそちら側のドアが開き、すぐに運転席のドアも、それから後部左側のドアも開く。座った姿勢で受け答えをするはめになるつもりはないので、ペロウンも車から降りる。三十秒の間《ま》は状況にゲーム的な性格を与えており、すでにさまざまな計算が行われている。三人の男がすぐ降りずに次の手をどうするか相談したのも、彼らなりの理由があるのだろう。覚えておけ、自分は被害者で怒っているんだぞ、と、車の前に回りながらペロウンは自分に言い聞かせる。同時に、慎重に行け。だが、こうした相反する考えは役に立たなくて、原則にこだわるよりも様子を見ながら立ち向かったほうがいいと思い直す。そこでとっさに取った行動は、三人を無視して遠ざかり、ベンツの前部を回って破損した側を見に行くことだ。しかし、激怒しているカーオーナーらしく腰に手を当てて立っている間も、グループになって近づいてくる三人は視界の隅に置いてある。

ぱっと見たところ、損害は全くないようだ。ウィングミラーは無傷、パネルにへこみもなく、驚いたことにはメタルシルバーの塗装もきれいなままである。ペロウンは別の角度から光が当たるように屈みこむ。指を広げ、もっともらしい顔つきで、ボディにすっと手を走らせてみる。何もない。かすり傷ひとつもだ。さしあたりの戦術から言えば、これは不利な要素のように思われる。怒りを示す材料が何もないのだ。ダメージがあるとすれば、それは見えない箇所、前輪に挟まれた部分だろう。

三人は足を止め、道路に落ちているものを眺める。背の低いブラックスーツの男が、靴の爪先でBMWのちぎれたウィングミラーに触れ、動物の死体ででもあるかのように引っ繰り返す。別のひとり、馬のような長く悲しげな顔をした男がそれを拾い上げ、両手で抱える。三人は一緒にミラーを見つめ、背の低い男が何か言うと、何かに驚いた森の鹿のような突然の好奇心を見せて、同時にペロウンに視線を向ける。ひょっとするとこれは危ないかもしれないぞ、という思いが初めてペロウンの頭をよぎる。この横道の両端は警察が通行止めにしているから、まったく人けがないのだ。男たちの背後、トッテナム・コート・ロードでは、遅れたデモ・グループが本隊に加わろうと南に向かっている。ペロウンは肩越しに後ろを見る。ガウアー・ストリートでは、本隊の行進が始まったところだ。何千人という人間がひとつの流れとなってピカディリーを目指し、革命を描いたポスターのように旗を勇ましく前傾させている。顔や手や服の集まりから、群集全体が独特の濃い色を帯び、それはほとんど熱を発するように見える。ドラマチックな効果を狙ってだろう、群集はマーチ・ドラムが鳴らす葬送のビートに合わせて無言で行進している。

　三人はまたこちらに近づきはじめる。前と同じく、背の低い男——五フィート五インチか六インチくらいだろう——が先頭だ。その歩きぶりは独特で、胴体に派手なひねりと上下運動を加えながら進んでくるさまは、静かな河に浮かぶ平底船《パント》を竿で操っているかのようだ。「平底船の漕ぎ手《パンター》」には「遊び人」という意味もあるから、「スペアミント・リーノ」から出てくる人間には奇妙に似つかわしい。ひょっとすると、この足取りはイヤホンで音楽を聴いているせいだろうか。どこに行くにも、たとえそれが論争の場であっても、サウンドトラックなしでは済ませられない人間がいるものだ。他のふたりには、子分というか脇役というか、そんな雰囲気が漂っている。スニーカーにジャージにフード付きのトップス——量産型のストリート・ファッション、あまりに普通で何のスタイルにもなっていない。シーオが時々こういう格好をしているが、本人に言わせると、それは自分をどのように見せるか決めたくない場合だそうだ。馬面の男がウィングミラーを後生大事に抱えているのは、おそらくこちらへの威嚇だろう。ひっきりなしのドラムの音は状況の助けにはならず、これだけ多くの人々が近くにいるのに誰も気付いてくれないという事実がヘンリーをいっそう寄る辺ない気持ちにさせる。やることがあるふりをしているのが一番だろう。ヘンリーはさらに屈み込み、前輪の下でぺしゃんこになったコーラの缶を見つける。と、後部ドアの近くに、細かい研磨布でこすったように塗料のつやがなくなっている不定形な場所に気付いて、安堵と苛立ちの気持ちが入り混じる。ぶつかった箇所に違いないが、つやが落ちているのは二フィートの範囲だけだ。ブレーキをかける前にハンドルを切って正解だったのである。気持ちに余裕が生まれた状態で背を伸ばし、眼の前に足を止めた三人に相対する。

一部の同僚——頭のおかしい外科医たち——と違って、ヘンリーは必ずしも他人との対決を好まない。切り込み隊長タイプではないのだ。けれども、臨床経験とは、何よりもまず人が神経をすりへらしてタフになってゆくプロセスであり、精神から繊細な部分を削り取らずにいない。患者の両親、新人医師、近親を失ったばかりの人々、そして言うまでもなく病院の経営陣——この二十年というもの、自分のコーナーを死守したり、弁明したり、荒れ狂って爆発する感情を鎮めたりしなくてはならない機会は数多かった。争点はいつでもどっさりあった——同僚相手には序列の問題やプロとしてのプライドや病院の資産の無駄遣い、患者相手には身体機能の喪失、家族にとっては配偶者や子供の突然の死——車に傷が付いたどころの騒ぎではない。とくに、患者を相手にした攻防には、ある種の純粋無垢さがある。余分な要素はすべて剝ぎ取られ、生存の絶対条件に的が絞られる——記憶、視力、人の顔を見分ける能力、恒久的な痛み、運動機能、さらには自我の観念。その背景でかすかな光を放っているのは医学という問題であり、それがもたらす驚異と信頼である。その対極には、脳と精神とその二者の関係について医学が解き明かせない部分がまだまだ多く残っているという事実。医師がありきたりの手順として頭蓋骨に穴を開け、ささやかな成功を収められるようになったのは、最近のことに過ぎないのだ。不成功の可能性は常にあり、それが現実となってオフィスで遺族と顔を合わせることになった場合、振る舞いや言葉を計算してかかる必要を感じる者はいないし、他人の眼を意識する者もいない。自然にどっと流れ出すだけだ。

ペロウンの知り合いには、脳ではなく精神心理を専門にし、意識の病だけを取り扱う医者たちもいる。今ではめったに公言されなくなった偏見だが、脳神経外科医とは鈍器をたずさえた不器用で傲慢な阿呆どもであり、人知の及ぶかぎりで最も複雑な物体を好き放題にもてあそぶもぐりの接骨師であるという考えを神経科医たちは伝統的に抱いてきた。脳の手術が失敗すると、患者や家族はこの見解に傾くことが多い。そのような時に口にされる言葉は、悲劇的であり誠実である。こうした悲痛な面談がいかに陰惨なものであろうとも、また、手術のリスクについての説明を患者は覚えていないか自分の都合のいいように記憶をすりかえているかであると分かっていようとも、そして、自分は手術室で現在の知識と技術の限りを尽くしたのだといかに確信していようとも、オフィスから出るときのペロウンは謙虚であり――自分が患者たちに過大な期待を抱かせたのは明らかなのだから――そして同時に、どこかが清められた気持ちでもある。自分が経験したのは人間の根本にかかわるやりとりであって、それは愛と同じくらい単純なものなのだ。

けれども、ここユニヴァーシティ・ストリートでは、演技合戦が始まるのだと感じないでいることは不可能である。もろもろに毛羽立ったフリース、穴の開いたセーター、紐で胴回りを留めるペンキ汚れの付いたズボンといったカカシのような格好で、ペロウンは大馬力の自動車のそばに立っている。自分は役をあてがわれたのであり、そこから抜け出る術はない。人々が好んで使う言葉を借りれば、これは都市のドラマなのだ。映画誕生から一世紀、テレビ放映が始まって半世紀経つ今、こうした場面は切実さを失っている。まったくの作り物と化しているのだ。車があり、オーナーたちがいる。互いに見知らぬ男たちがおり、彼らの自尊心はどれも損なわれかかっている。誰かが意志を押し通して勝ち、もう一方は負けるほかない。遺伝によって太古から伝えられてきたこの行動様式はウシガエルや雄鶏や牡鹿の敵対行動の源ともなっているのだが、ポピュラー・カルチャーはそれを反復によってなめらかに様式化されたものにしてしまった。現代の多様でカジュアルなドレスコードにもかかわらず、そこにはいかなる遺伝子の組み合わせも表現できないような、ヴェルサイユ宮殿の典礼にも劣らず複雑なルールが存在するのである。ユニヴァーシティ・ストリートに立った四人の場合、まずもって、この事態が第三者の視線を気にする自意識過剰なものであること、圧倒的にアイロニカルなものであることを認知してはならない。とはいえ、通りをちょっと行けば平和愛好家たちの足音と部族の太鼓が聞こえてくるのだが。そしてまた、事態がどう進展するかの予測はつかなくとも、この場におけるすべての出来事は、それが起こった瞬間に適切さを帯びるのである。

「煙草は？」

まさにこれだ。他の始まり方は考えられない。

昔風の仕草で、相手ドライバーは手首のスナップをきかせてパックを差し出し、両切りの煙草をオルガンのパイプのように飛び出させる。ペロウンのほうに伸ばされた拳は男の身長に比べて大きく、紙のように真っ白で、手の甲でカールしている黒い毛が第一関節まで覆っている。手のしつこい震えも、ペロウンの職業的関心をひきつける。パックを握る手の不安定さは、こちらの安心材料になるかもしれない。

「ありがとう、私は吸わないので」

相手は自分でくわえた煙草に火をつけ、ヘンリーの肩越しに煙を吹きつける。すでに一ポイント先取された――煙草も吸わないふやけた奴、あるいは、もっと本質的なことを言えば、相手にプレゼントを差し出すこともしない野郎。受身にならないことが大切だ。今度はこちらが動かなくては。ペロウンは手を差し出す。

「ヘンリー・ペロウンです」

「バクスターだ」

「ミスター・バクスター?」

「バクスターだ」

バクスターの手は大きく、ヘンリーの手はそれよりわずかに大きいが、どちらも力は込めない。軽くて短い握手。バクスターは、毛穴から煙草のエッセンスがオイルになってしみ出るタイプのスモーカーらしい。ニンニクでそうなる人もいる。腎臓の働きと関係があるのかもしれない。そわそわした挙動の男で、小さな顔の眉毛は濃く、ダークブラウンの髪はほとんど丸坊主だ。唇はぼってりと突き出し、きれいに剃った濃い髭の跡が鼻から口の出っぱり具合を強調している。全体的に猿っぽい雰囲気が撫で肩によって強調され、よく発達した筋骨はジム通いを思わせる。背の低さを補うためかもしれない。六〇年代風のスーツ――タイトなカット、幅広い襟、ヒップで履いたフラットフロントのズボン――は、ジャケットのボタンをひとつだけ掛けたあたりがきつそうだ。上腕二頭筋のあたりも、布地が張りつめている。半分向きを変えて、沈み込むような動作でペロウンから遠ざかり、また伸び上がって戻ってくる。それが与える印象は、うずうずとした苛立ち、解き放たれるのを待っている粗暴な力だ。いきなりパンチを浴びせてくるかもしれない。ペロウンは、現代の学者が書いた暴力についての論文をいくつか熟読したことがある。必ずしも病理学の領域とは限らない。自己の利益に関心のある社会組織ならば、時として暴力を振るうことこそ理性的だと考えることもあるのだ。ゲーム理論の研究家やラディカルな犯罪学者たちの間では、十七世紀の哲学者トーマス・ホッブズの株が上昇中である。ホッブズによれば、不穏なる分子、悪漢どもを抑えておくのが、かの有名な、万人を畏怖させる「共通権力」である——国家という統治政体の腕に、正当な暴力の使用が全面的かつ独占的に委譲されるというわけだ。けれども、麻薬の売人やポン引きといった法の埒外に生きる人間は、ホッブズのいわゆるリヴァイアサンの助けを求めて緊急番号の999をダイヤルしたりしそうにない。自分たちの争いは、自分たちの流儀で片付けるのだ。

バクスターより一フィート近く背の高いペロウンは、つかみ合いになったら睾丸を蹴られないよう注意したほうがいいと考える。けれどもそれは馬鹿げた考えであって、ペロウンが最後に取っ組み合いの喧嘩をしたのは九歳のときだ。しかも今は三対一。そんな事態は決して発生させまい。

握手を終えると、バクスターがすかさず言う。「もちろん、悪いのは百パーセントあんただと認めて謝るんだろうな」そして振り返り、ベンツ越しに、道路を斜めにふさいでいる自分の車を見やる。その後ろでは、BMWのドアの把手が五台ばかりの車の列につけた傷が地面から三フィートばかりのところでぎざぎざの線を描いている。これらの車のどれかのオーナーが怒り狂って現れれば、保険請求の洪水が起きるだろう。書類事務について知悉しているヘンリーは、今からその長ったらしい悪夢が見える思いがする。原罪を犯すよりも、数多くの犠牲者のひとりになったほうがはるかにましだ。

ペロウンは答える。「実のところ、謝るとすれば、よく見もせずに飛び出してきたそらではありませんかね」

自分の言い回しにペロウンは驚く。この嫌味ったらしい、いささか古風な「実のところ」は、普段の自分の語彙にはない。これを使うことはひとつの決心の表明であって、それはつまり、この自分はストリート風の言葉遣いを真似するつもりがないということだ。職業人としての誇りは棄てないという合図だ。

バクスターは右手をなだめるように、左手を右手に添える。そして、辛抱強く言う。「見る必要なんかなかっただろ？　トッテナム・コート・ロードが通行止めなんだから。あんた、ここを通るのは違法だぜ」

「通行止めだからといって、道路のルールまで休みになるわけじゃない。そもそも、私を行かせたのは警官《ポリスマン》だ」

「ポリス・マン？」わざわざ二語に分けて意味ありげに発音するせいで、バクスターが子供じみて見える。バクスターは連れのほうを向く。「おまえら、ポリス・マンを見たか？」それから馬鹿にしたような丁寧さでペロウンのほうに向き直り、「こっちはナーク、こっちはナイジェル」。

これまで、ふたりはバクスターの後ろで一方に寄り、無表情に聞いていた。ナイジェルというのが馬面の男だ。もうひとりは警察の密告者か麻薬中毒患者といった風貌で、どろんとした眼つきからするに、ナルコレプシーの治療中かもしれない。

「ここらに警官なんかいないって」とナイジェルが説明する。「デモ行進のクズどもの世話で忙しいからな」

ペロウンはふたりを無視するふりをする。交渉の相手はバクスターだ。「そろそろ保険情報の交換をしよう」三人が笑い出すが、ペロウンは続ける。「事故の原因について合意できないなら、警察に電話しますか」ペロウンは時計を見る。ジェイ・ストロースはもうコートに着いて、ボールを使ったウォーミングアップの最中だろう。早く問題を片付ければ、これから行っても間に合うかもしれない。だがバクスターは、電話という言葉には反応を見せない。そのかわり、ナイジェルからウィングミラーを受け取ってペロウンに見せつける。蜘蛛の巣形にひびが入ったせいで、空が白とぎざぎざの青のモザイク模様になり、バクスターの手の震えにつれてきらきらと光る。バクスターは愛想のいい口調で言う。

「あんた、ついてるよ。おれの友達で安い板金屋がいるんだ。いい仕事をするぜ。七十五ポンドでやってくれるんじゃないかな」

ナークが眠気を振りはらって言う。「そこの角にATMがあるからさ」

ナイジェルも、その考えに愉快な驚きを感じたかのように言う。「そうそう。案内するぜ」

ナークとナイジェルは立ち位置を変えて、身体が触れ合わないぎりぎりのところでヘンリーを挟む。同時にバクスターが一歩下がる。この動きは計画的ながらぎこちなく、リハーサルの足りない子供のバレエのようだ。ペロウンの注意力、医者としての視線は、ふたたびバクスターの右手に集中する。これは単なる震えではなく、ほぼ全ての筋肉にかかわる常動状態だ。ふたりの男の肩がフリース越しに軽く触れてくる状態でも、バクスターの手について考えることで神経が鎮まる。あまのじゃくなようだが、ペロウンはもはや自分が大きな危険にさらされているとは考えない。この三人をまともに取り合うのは無理だ。ATMで現金を下ろしてこいというアイディアには、小さな男の子が演じるごっこ遊びのような感じさえ漂っている。三人の言葉はどれも、彼らが十回ばかりも観て半ば忘れてしまった映画からの引用に聞こえる。

巧みに吹かれたトランペットの音で、四人はデモ隊のほうに向き直る。スタッカートを複雑に連ねたパッセージの連続が、消えゆくような高音で終わる。たぶん、バッハのカンタータの一節だろう。ヘンリーはとっさに、ソプラノ歌手の甘い憂いに満ちたアリア、バックで頑張っている伴奏のチェロを思い浮かべる。ガウアー・ストリートでは、葬列を模した抗議というコンセプトはもはや保てない。数千人が数百ヤードに広がっている状態では無理だ。ユニヴァーシティ・ストリートとの交差点をデモの一部分が通り過ぎるたびに、スローガンと拍手のボリュームが上下する。バクスターはかすかに表情をゆがめて、あわれむようにデモ隊の行進を見つめている。カンタータのメロディが浮かんだのとほぼ同じようにして、医学の教科書のフレーズがヘンリーの頭をよぎる——アドレナリンのレベルが少し上がったために、連想力が異常に高まっているのだ。それとも、ここ一週間を病院で忙しく過ごしたせいで、医者の職業病ともいうべき診断ゲームがやめられないのか。そのフレーズとは、「空虚な優越感」である。そう、これは最初の震えが来る前のわずかな人格変化に由来するものであって、自我の異常肥大や誇大妄想狂といった神経病よりも多少スケールが小さく、害も少ないレベルの症状なのかもしれない。だが、自分の記憶違いという可能性もある。自分は脳神経内科医ではないのだから。デモ隊を見ながら、バクスターは小さくうなずいたり首を振ったりを繰り返している。ペロウンは、卒然として理解する——バクスターはサッカードができないのだ、眼だけを動かして視線の焦点を変える操作が。群集全体を見渡すには、頭を動かすしかないのだ。

その診断を確証するかのように、バクスターは全身をぐるりとペロウンのほうに向けて、友好的な声で言う。「馬鹿どもが。イラクなんか嫌いなくせに、それをネタにして遊びやがってよ」

バクスターのことは十分に理解できた、今こそはっきりさせる時だ、とペロウンは考える。脇を挟んだナイジェルとナークを振り払っておいて、自分の車のほうに向き直る。「金は渡せない」と、はねつけるように言う。「かわりに保険情報を渡してやる。君が自分の情報を渡したくないのなら、それはそれで結構だ。ナンバーを控えたからな。では失礼」そして、半分は本当で半分は嘘の一言を付け加える。「これから大事な用事があるんでね」

が、最後の一言のほとんどはひとつの音にかき消される。怒りの雄叫びだ。

驚いてバクスターのほうに振り返り、物凄いスピードで自分に迫ってくる物体を見る——あるいは感じる——瞬間さえも、ペロウンの思考の一部は単調な声でお決まりの診断を下している。自己抑制の欠如、感情の不安定、爆発するかんしゃく、それらが示唆しているのは、線条体ニューロンの結合部位におけるガンマアミノ酪酸《GABA》の不足だ。人間世界の出来事の多くは、分子結合のレベルで説明できるのだ。しかし、神経伝達物質が過多あるいは過少であるために愛や友情や希望にどれだけのダメージが与えられるものか、計算しようという人間がいるだろうか？　酵素やアミノ酸レベルのモラルや倫理を発見しようとする人間などいるだろうか——人間一般の好みは反対の方角を向いているというのに？　オクスフォードの二年次にハンサムな馬鹿教師にたぶらかされたデイジーは、父親に向かって、狂気なるものは社会的構築物なのだと説いたことがある。狂気とはひとつの策略であって、それを利用して——この点はペロウンの聞き違いかもしれないが——金持ちが貧乏人を搾取しているのだ、と。父と娘は例によって激論にとりかかり、あげく、レトリックの飛び道具として、ヘンリーが神経科の閉鎖病棟を案内しようと提案することになった。デイジーは勇敢にその提案を受け入れ、この問題はそれきりになった。

視点移動ができない眼、それにヒョレア――ぎくしゃくした、発作的な動き――にもかかわらず、バクスターがペロウンの心臓めがけて放った一撃は、ほんの少ししかよけることができずに、とてつもない力で胸骨に命中する。ペロウンにとってはまるで――いや、実際そうだったのかもしれないが――体内をひとつの切り立った山脈、高い血圧のショック波が駆けめぐったようで。この強烈な衝撃がもたらすのは痛みというよりも電撃的な麻酔状態、一瞬の死んだような寒気であり、視界も雪のように白一色に染まる。

「いいぜ」というバクスターの声。ふたりの相棒への合図だ。

ふたりはヘンリーの肘から先をつかむ。視力が戻ってくるにつれて、ペロウンは自分が二台の車に挟まれた空間を押しやられているのを理解する。一団となって、素早く歩道を横切る。ふたりがペロウンの向きを変え、とある建物の奥まった玄関口、チェーンロックが掛かった両開きのドアに押しつける。左側の壁に、「非常口　スペアミント・リーノ」というなめらかな真鍮の板がはめこまれている。ユニヴァーシティ・ストリートを少し行けば、パブの「ジェレミー・ベンサム」がある。だが、こんな早い時間に開いているとしても、客はみな暖かい室内にいるだろう。意識が完全回復するとともに、ふたつの必須事項が思い出される。ひとつ目は、決して殴り返さないという約束を守ること。さっきのパンチで、自分がどれだけ素人であるかよく分かった。ふたつ目は、倒れないでいること。襲撃されたときに不運にも地面に倒れてしまった人間が受けた脳損傷の例を、ペロウンはかなりたくさん見ている。足とは柄の悪い田舎町のようなもので、脳の支配を受けつつも距離は遠く、そのために責任感から解放されている。キックはパンチよりも親密さと関わりの度合いが低く、一度だけでは決して満足できない。いまや伝説となったサッカーのフーリガン全盛期に専門補佐医だったペロウンは、爪先に鉄板が入ったドクター・マーチンの靴が引き起こす硬膜下血腫について嫌というほど教えられたものだ。

白塗り煉瓦の奥まった玄関口からは、デモ行進はまったく見えない。息の音が壁に反響する。ナイジェルはペロウンのフリースをわしづかみにし、もう一方の手で財布のふくらみを探る。ジッパー付きの内ポケットに入っているのだ。

「やめな」とバクスター。「金じゃねえんだ」

ということは、名誉を汚された代償に徹底的に叩きのめすつもりなのだ。保険請求と同じく、陰鬱な未来が見えてくる。何週間もかかる、つらい回復。これでも楽天的すぎるかもしれない。重たげな坊主頭を動かさないと焦点を変えることのできないバクスターの視線が、ペロウンを見つめる。その顔は絶えず小さなひきつりを起こしているが、ひきつりが固まった表情になることはない。この絶え間ない顔面筋肉の運動は、いずれ——ペロウンが慎重に判断したところでは——抑制のきかない不随意運動に支配されるアテトージスへと悪化することだろう。

三人は、仕事にかかる前の準備といったように一呼吸置く。ナークは早くも右の拳を固めている。人さし指・中指・薬指に三つ指輪がはまっている。水道管を輪切りにしたような、幅広い金色の指輪だ。余裕は数秒、とペロウンは計算する。バクスターは二十代半ば。家族の病歴を悠長に聞いている場合ではあるまい。片方の親が発症していれば、子供にも五十パーセントの罹患率がある。染色体4。その不運が所在するのはただひとつの遺伝子、ただひとつの配列の繰り返しだ——CAG。

もっとも純粋な形の生物学的な運命論である。たったひとつのコドンの中にCAGの配列が四十個以上あれば、運命は決せられる。未来は確定し、容易に予測可能となる。繰り返しの数が多いほど、発症は早く激甚だ。発症から過程の完了までは十年から二十年。最初は性格に小さな変化が現れ、手と顔に震えが走り、感情に障害が現れる。もっとも顕著なのは、突然で抑制のきかない気分の変化だ。次いで、抑えがたいぎくしゃくした舞踏のような動作、精神の荒廃、記憶喪失、失認、失行、痴呆、筋力の全失、時には硬直、悪夢のような幻覚と無意味な終末。人間という、地上でもっとも巧緻《こうち》な機構をこのように破壊するのは、極小の歯車の不良、見分けさえつかないほど小さな破滅、すべての細胞と染色体4に埋め込まれたひとつの悪意なのだ。

　ナークがパンチのために右手を引く。ナイジェルはナークが一番手で結構という構えだ。早期発症は父の遺伝子によることが多い、と聞いたことがある。本当ではないかもしれない。が、その可能性に賭けても失われるものはない。ヘンリーはバクスターの燃えるような視線に向かって言う。

「君のお父さんにもそれが出ていた。今は君がそうだな」

　呪いの言葉を吐く魔術師になった気分だ。バクスターの表情は見分けがたい。熱にうかされたような曖昧な動作で左手を動かして、仲間ふたりを止める。押し黙ったまま唾を飲み込み、喉に詰まったものをひそかな咳払いで取り除きたいようなしかめ面で、前ににじり出てくる。ペロウンはわざと発音をぼかしていた。「出ていた」が「出ている」と聞こえてもいいようにだ。バクスターの父親が生きていようと死んでいようと、そもそも息子が父を知らない場合もあるだろう。けれどもペロウンは、バクスターが自分の状態を知っている可能性に期待をかける。知っているとしても、ナイジェルやナークといった友達には話していないだろう。これは、バクスターが隠しておきたい恥なのだ。否認の心理状態で、知りながら知らないのかもしれない。知っているけれども考えたくないのかもしれない。

ついに口を開いたバクスターは、声の調子が変わっている。警戒しているのだろうか。「俺の親父を知ってるのか？」

「私は医者だ」

「そんな格好の医者がいるかよ」

「私は医者だ。君がこれからどうなるか、誰かに聞いたか？　君の抱えている問題は何なのか、私の口から聞きたいか？」

効き目があった。恥知らずな脅迫は、効き目があった。バクスターはかっとなる。「問題って何だよ？」

ペロウンが答えようとすると、バクスターは噛みつくように付け加える。「うるせえ、黙れ」そして、また突然に勢いがなくなり、顔をそむける。バクスターとペロウンがいるのは医学の世界ではなく、魔術の世界だ。病気の人間が呪術師をののしるのは得策でないのだ。

ナイジェルが言う。「何の話だよ？　親父さんがどうかしたのか？」

「黙ってろ」

暴行の機会は過ぎ去り、ペロウンは権力が自分に移りつつあるのを感じる。この非常口が診察室だ。空間の狭さゆえ、ふたたび権威の響きを取り戻した声が自分のほうにも跳ね返ってくる。「誰かに診てもらっているのか？」

「何の話だよ、バクスター？」

バクスターは壊れたウィングミラーをナークの手に押しつける。『車で待ってろ』

「冗談だろ」

「本気だ。ふたりとも。車の中で待ってろというんだ」

自分の秘密を共有している人間から友人たちを遠ざけておこうと必死なのは、哀れなくらい明白だ。ふたりの若者は眼を合わせて肩をすくめる。それから、ペロウンには眼を向けずに、通りを下がってゆく。連中も、バクスターにおかしなところがあると思っていないわけではなかろう。けれども病気はまだ初期であり、進行は遅い。おそらく、長い間の知り合いではあるまい。身体を揺らす歩き方、顔の面白いゆがみ、ときどき見せる貴族のようなかんしゃくや気まぐれは、彼らの世界では一廉《ひとかど》の人物のしるしと見なされるのかもしれない。BMWの前まで来ると、ナークが後部ドアを開けてウィングミラーを投げ入れる。ふたりは車のフロントに並んでもたれ、映画に出てくる悪漢のように腕を組んでバクスターとペロウンを見つめている。

ペロウンは穏やかな口調で続ける。「お父さんが亡くなったのはいつだね?」

「うるせえな」

バクスターは眼を合わせようとしない。大人が優しい声をかけてくるのを待っている拗ねた子供のように、肩をそむけてもじもじと立ったまま、次の手が打てないでいる。神経組織を冒す病気の多くに見られる特徴だ――ひとつの気分から別の気分への移行には意識も記憶も働かず、それが他人にどう映るかも理解されない。

「お母さんは存命かい?」

「俺に言わせりゃ、死んだようなもんだ」

「君、結婚は？」

「してない」

「バクスターというのは本名か？」

「関係ないだろ」

「そうだな。君の出身地は？」

「フォークストンで育った」

「今はどこに住んでる？」

「親父が住んでたアパート。ケンティッシュ・タウン」

「仕事、職業訓練、教育は？」

「学校は嫌でやめた。何の関係があるんだよ？」

「君の状態について、かかりつけの先生は何と言っている？」

バクスターは肩をすくめる。しかし、ペロウンが尋問する権利は認めたようだ。ふたりはそれぞれに役を与えられたのであり、ペロウンは先を続ける。

「ハンチントン病という病名を聞いたことは？」

缶に石を入れて振ったような弱々しいカラカラという音が、デモの方角から聞こえてくる。バクスターは地面を見つめている。ペロウンは相手の沈黙を肯定と見なす。

「かかりつけの先生の名前を教えてくれないか？」

「そんなもん、何にするんだよ？」

「そちらの先生を経由して、君を私の同僚のほうに回すことができる。いい医者だぞ。君がもっと楽になれるようにしてくれる」

バクスターは振り返り、網膜のなかでもっとも視覚が鋭敏な中心窩《ちゅうしんか》に、自分より背の高い男の像を合わせようとして頭を傾ける。眼球運動のシステムが狂ってしまったら、もう手の打ちようはない。そして、全体的に言って、この状態を改善する方法は何もなく、可能なのは降下のしかたを管理することだけだ。が、バクスターの興奮した表情には突然の意欲が表れている。情報ないし希望への激しい欲望が。それとも、とにかく話せる相手が欲しいのか。

「どうやって?」

「エクササイズや、ある種の薬だ」

「エクササイズだと……」バクスターは鼻で笑う。エクササイズという考えの愚かしさ、論点の弱さをバクスターが突いたのは正しい。それでもペロウンは先を急ぐ。

「かかりつけの先生はどう言っていた?」

「どうしようもないってよ。そうだろ」

この言葉は挑むようでもあり、貸しを返せと求めるようでもある。ペロウンは執行猶予を勝ち取ったかわりに、病気の治療法とはゆかないまでも事態を楽観視できる理由をバクスターに提示せねばならないのだ。かかりつけの医者が間違っていてくれればとバクスターは願っている。

が、ペロウンはこう答える。「その意見が正しいと思う。九〇年代の終わりには、幹細胞移植の研究があったんだが……」

「あんなの嘘っぱちだ」

「そうだな、あれは失敗だった。今のところ、いちばん有望なのはRNA干渉法だ」

「ああ、遺伝子を黙らせるあれだろ。いつかはうまくいくかもな。俺が死んだあとで」

「君、だいぶ詳しいね」

「ほめてくれんのかよ。で、さっき言ってた『ある種の薬』ってのは？」

患者が藁にもすがる思いで質問してくるのにペロウンは慣れている。有効な治療薬があれば、バクスターもかかりつけの医師も知っているはずなのだ。けれどもバクスターは確かめずにいられない。何度でも。自分が知らないことを知っている人間がいるかもしれない。一週間のうちに新しい進歩があったかもしれない。だが、その方面が万策尽きれば、恐怖に打ちのめされた患者に詐欺師が取り入り、杏仁サプリメントやオーラ・マッサージや祈りのパワーといったものを薦めてくるのだ。バクスターの肩越しに、ペロウンはナイジェルとナークを見やる。もう車に寄りかかってはおらず、その前を行ったり来たりして、興奮した様子で話しながらこちらを指さしている。

ペロウンは言う。「私が言うのは、苦痛を和らげる薬のことだ。平衡感覚の喪失や震えや鬱状態に対処する薬のことだ」

バクスターは頭を大きく振り動かす。頬の筋肉は、持ち主にかかわりなく活発だ。気分の変化が迫っているのをペロウンは見て取る。「くそっ」とバクスターは何度もつぶやく。「くそっ」。戸惑いまたは悲しみという今の移行段階では、どこか猿じみたバクスターの表情も和らげられ、いささか人好きさえするものになっている。頭の回転は速いようだし、病気のことを別にしても、人生で大きなミスを犯してチャンスを逃し、間違った連中と付き合うようになってしまったように見える。おそらく、ずっと昔に学校からドロップアウトし、今では後悔しているのだろう。親からも離れてしまった。そして今、これ以上悪い状態に陥りようがあるだろうか？　もはや出口はない。誰も助けてはくれない。けれどもペロウンは、自分が憐憫の情を持てないことを知っている。臨床の経験ゆえに、そんな感情はとうの昔に搾り取られてしまったのだ。ペロウンの一部は、この会見をいかにして安全に素早く終わらせるかを計算し続けている。そもそも、この問題は憐憫の届かないところにある。脳が人間を苦しめる方法は、ひとつだけではないのだ。高価な車と同じで、脳というものは精巧だがやはり大量生産品であり、六十億個以上が現在出回っている。

少しばかり暴力をふるって少しばかり権力を行使する機会を騙し取られたとバクスターが思うのは正しく、そのことを考えれば考えるほど腹は立ってくるはずだ。精神の気象のさらなる激しい変化、新しい気分の波が押し寄せてきており、それは荒れ狂っている。つぶやくのをやめてペロウンの間近にせまったバクスターの息は、金属的な匂いを放っている。

「騙しやがったな」バクスターは早口に言いながらペロウンの胸を突く。「俺を馬鹿にするつもりなんだろ。あいつらの前で。俺がへこむとでも思ったか？　クソめ。あいつらを呼んでやるからな」

非常口に背中を向けた立ち位置から、ペロウンは、屈辱の瞬間がバクスターに迫りつつあるのをいち早く見て取る。バクスターが向きを変え、ちょうど歩道に踏み出したそのとき、ナイジェルとナークがBMWを後にして、トッテナム・コート・ロードへと戻りはじめる。

バクスターは何歩か駆け出して叫ぶ。「おい！」

ふたりはちらりと振り返り、ナークが珍しく勢いのよい動作で中指を立ててみせる。去ってゆく途中で、ナイジェルが手首をくにゃくにゃ振って軽蔑の意を表す。将軍が優柔不断だったために兵隊は戦場を離脱し、屈辱は完全なものとなる。ペロウンも今が去りどきだと見極める。歩道を横切り、車道に踏み出して車のほうに回りこむ。キーはイグニッションに挿したままだ。エンジンをかけながらバックミラーでバクスターを見ると、二手に分かれて去りゆく者たちのどちらを追いかけたものか迷うらしく、両方を罵っている。ペロウンはゆっくりと前進する――プライドのためにも、急いでいるとは思われたくないのだ。保険など場違いであって、今となってはなぜ保険のことが重要に思えたのか見当もつかない。隣のシートのラケットに眼が行く。そう、ゲームを救い出せる今のうちに姿を消すのが賢明だ。

車を駐めて、外に出る前、ロザリンドに電話する――長い指がまだ震えており、小さいキーをうまく押せない。今日は妻にとって大事な日だから、暴行されそうになったなどと話して気を散らすつもりはない。それに、同情は必要ないのだ。自分が欲しいのはもっと根本的なもの――いつもの電話のやりとりで妻の声を聞くことであり、ノーマルな生活を再開することだ。夫と妻が今夜の食事について話し合うことほど、人を元気づける単純さを持った作業があるだろうか？　電話に出たのはロザリンドのオフィスで「デスク共有組」と呼ばれている派遣社員で、彼女の口から、編集長との会議が遅れて始まり、今も続いていることが分かる。伝言は頼まず、後から掛け直しますと言って切る。

正面がガラス張りのスカッシュコートが、土曜日にがらがらなのは珍しい。ペロウンはしみのついたブルーのカーペットを踏んでコートの列を通り過ぎ、コーラや栄養バーの巨大な自販機の前を通って、端にある五番コートで麻酔科の専門指導医を見つける。バックハンド側の壁に物凄い勢いでボールを繰り返し打ち込んでいるところは、かんしゃくをボールにぶつけているようでもある。

だが、聞いてみると、向こうも着いてから十分にしかならないらしい。川向こうのワンズワースに住んでいるので、デモのおかげでロイヤル・フェスティバル・ホールのそばに車を置いてくるしかなかった。遅れている自分にむかっ腹を立てながらウォータールー・ブリッジを走って渡ると、堤防公園《エンバンクメント》をパーラメント・スクウェアの方角に流れてゆく何万人という群集が足元に見えた。ベトナム反戦デモを見た世代ではないから、これほど多くの人間が一箇所に集まるのを見るのは初めてだった。自分の意見はさておき、いささか感動させられた。いくら邪魔であってもこれが民主主義のプロセスというものなのだ、と自分に言い聞かせた。五分ばかり見物した後、人波に逆らってキングズウェイを駆けてきた、という。この長話の間、ペロウンはベンチに座ってセーターとジャージのズボンを脱ぎ、財布とキーと携帯電話をフロントウォールの隅に積み上げる——ペロウンとストロースは、コートに何も置くなと主張するほど潔癖にはなりきれないのだ。

「連中、あんたのところの首相も嫌いなようだが、うちの大統領ときたら、いやはや人気どん底だね」

ペロウンが知っている米国人医師で、サラリーの大幅ダウンと生活の不便を押し切って英国に渡ってきたのはジェイひとりだ。イギリスの医療システムが好きだから、という話だ。加えて英国人の女を好きになり、三人の子供をもうけて離婚し、ひとり目と同じタイプだが十二歳若い英国美人と二度目の結婚をして、さらにふたりの子供をもうけた——まだよちよち歩きで、しかも三人目がもうすぐ生まれるという。だが、社会医療制度を尊敬し子供たちを愛しているからといって、反戦デモの賛同者なわけではない。これはペロウンの気付いたことだが、今度の戦争に対する人々の反応は予想通りには分かれておらず、普段の傾向から判断するととんだ間違いを犯すこともある。ジェイに言わせれば話は簡単、オープンな社会が世界の新しい状況にどうやって対応するかで、その社会がどれだけオープンでありつづけられるかが決まるのだ。断固として確信に満ちた男であるジェイは、外交交渉だの大量破壊兵器だの査察団だのアル・カーイダとのつながりの証拠だのといった事柄には見向きもしない。イラクはろくでもない国であり、もとからテロリストと仲が良くて、どうせいつかは害をなすに決まっているのだから、米国軍がアフガニスタンを経験して士気が上がっている今のうちにやっつけておくほうがいいのだ。「やっつける」というのは解放と民主化と同じ意味だ、とジェイは言い張る。米国はこれまでの破滅的な政策の償いをしなければならない――少なくとも、イラクの国民に対しては。そういうジェイと話すたびに、ペロウンは自分が反戦陣営に傾いていているのに気付く。

ストロースはパワフルで散文的で固太りの男であり、親愛の情を動作に表すたちで、精力的で、物腰は率直だ――一部の英国人同僚には率直過ぎると映るようだが。頭は三十歳の頃に丸禿になっている。一日一時間以上のエクササイズを欠かさないせいで、レスラーのような体型だ。この男が麻酔室を歩き回って患者を無意識の淵に送り込む用意をしていると、患者たちは、盛り上がった前腕の筋肉や、むっくりと分厚い首周りや、自分たちに話しかける声の調子――明快で、上機嫌で、猫なで声でない――に安心感を覚える。不安な患者たちも、このずんぐりした米国人なら自分たちの苦痛を取り除くために命がけで働いてくれるだろうと確信できるのだ。

ふたりが手術で組むようになって六年経つ。ヘンリーのほうから言えば、ジェイこそがチームの成功の鍵だ。手術が難航するにつれて、ストロースは平静になっていく。たとえば、ペロウンが施術のために大きな血管の血流を止めなければならないときなど、ジェイは相手の神経を静めるような声で時間をカウントし、最後の最後では、「あと一分だぜ、ボス。一分経ったらアウトだ」とつぶやく。ごくまれに最悪の事態が訪れ、修復する道が閉ざされてしまったときには、ストロースは手術が終わったあとペロウンが廊下の静かな場所にさしかかるのを独りで待ち、相手の肩に手を置き、ぎゅっと握りしめて言う。「よし、ヘンリー。今のうちに話し合っておこう。あんたが自分だけを責めないうちにな」麻酔科医は、たとえ専門指導医であっても、普通は外科医にこういう話し方をしない。そのため、ストロースは人並み以上に敵が多い。いくつかの委員会では、友人の広い背中に同僚が繰り出す短剣をペロウンが阻止したものだ。時には、ペロウンも思わずジェイにこんなことを言う場合がある。「君がどう思おうと知ったことじゃない。あの男には愛想よくしろ。来年の予算というものがあるんだから」

ヘンリーがストレッチをする間、ジェイはコートに戻ってウォームアップを再開し、ボールを右のサイドウォール沿いに打ち込んでいる。今日の低いショットには特別のパンチ力があるようだし、つづけざまの素早いボレーは間違いなく相手を怖気づかせるつもりだ。たしかに効果はある。ペロウンはライフルの発射音のようにとどろき渡るボールに威圧され、左手で右肘を押しつけるストレッチのルーティンをやりながらも、首が変に凝っているのを感じる。開け放されたガラスのドア越しに声を張り上げて自分が遅れた理由を説明するが、それは簡略版で、話をもっぱら接触事故に絞り、赤い車が飛び出してきたこと、自分がハンドルを切ってよけたこと、塗装へのダメージが驚くほど軽かったことだけを告げる。他は省略し、話をつけるまでに少しかかったとだけ言う。バクスターと連れたちのことを説明する自分の声を聞きたくないのだ。少しでも話せばストロースは過剰な興味を持ち、ペロウンがまだ答えたくない質問を矢継ぎ早に投げかけてくるに違いない。あの出会いについてはすでに落ち着かぬ気分が強まってきており、なぜ自分が動揺するのかはまだ判然としないが、その一部が後ろめたさであることは確かだ。

ひかがみをストレッチするとき、左の膝がきしむのが感じられる。スカッシュのプレイを諦めるのはいつになるだろう？　五十歳の誕生日？　もっと早くかもしれない。前十字靭帯を切ったり、最初の心臓発作を起こして寄せ木の床に倒れ込んだりする前に。ペロウンが右脚の腱を伸ばしている間も、ストロースは速射砲のようなボレーを続けている。ペロウンは突然、自分の生命が貴重な壊れ物であるように感じる。手足はまるで長い間ほうっておいた友人のように思われる。ひどく長くて、今にも折れそうだ。自分は軽いショック状態なのだろうか？　あのパンチを受けたあとだから、心臓はいっそうやられやすくなっているだろう。胸はまだ痛い。自分は他人のためにも生きている義務があるのだから、ボールを壁にぶつけるだけのゲームで生命を危険にさらしたりしてはならない。そして、軽いスカッシュのゲームなどというものはありえない——とりわけ、ジェイが相手のときは。とりわけ、この自分がプレイするときは。ふたりはどちらも負けるのが嫌いだ。エンジンがかかると、ふたりとも狂ったようにポイントを争う。今のうちに口実を設けてスカッシュはやめにし、友人の機嫌を損ねるリスクを犯したほうがいい。そのくらいが何だ。背中を伸ばしたペロウンは、自分が本当にやりたいのは家へ帰って寝室で横になってあの出来事を——ユニヴァーシティ・ロードでのいさかいを——考え直してみること、あの事態はどのように扱うべきであったのに自分はいかなる間違いを犯したのかを判断することではないのかと考える。

しかし、そう考えつつもペロウンは安全用のゴーグルをはめ、コートに足を踏み入れて背後のドアを閉めている。屈みこんで、フロントウォールの隅に貴重品を置く。ひとつの慣性の力が、親友であり同僚である男と土曜の朝にスカッシュをするという日常へと誘《いざな》っており、それをさえぎる意志の強さはペロウンにはない。ペロウンがコートのバックハンド側に経つと、ストロースが打ちやすいボールを力強くセンターに送り、ペロウンは何も考えずにそのボールをもとの弾道に送り返す。こうして、ふたりは毎度のウォームアップに入っている。三度目にペロウンは打ちそこなって、バコッという大きな音とともにティン（訳注　フロントウォールの下部で、ここにボールを当てるとそのラリーは当てた側の負け）にぶつけてしまう。数ストローク後には、相手に待ってもらって靴紐を結びなおす。まだ気が乗らない。動きは鈍くてままならぬように思われ、グリップもどこかおかしい――指を広げすぎなのか狭めすぎなのか、どうも分からない。ストロークの間に何度もラケットを握り変える。四分経っても、まだまともなラリーができない。普段ならふたりは気楽なリズムでゲームに入っていくのだが、今日はそれがない。ジェイがペースをゆるめ、ボールが止まらないように簡単なアングルの打球をよこしていることにペロウンは気付く。もはや、こちらも「用意ができた」と言うほかあるまい。先週はペロウンが負けたので――取り決めに従って――ペロウンのサービスだ。

　右のサービスボックスにポジションを取る。コートの左後方から、ジェイの「ＯＫ」というつぶやきが聞こえてくる。静寂は完全で、街中ではめったにない、耳がツーンとするほどのものだ。他のプレイヤーも、通りの物音も、デモの音さえも聞こえない。ペロウンは左手に載せた分厚いボールを二、三秒見つめ、思考の幅を狭めようと努める。高いロブをサーブする。ボレーで打ち返せない高いアーチを描き、サイドウォールからバックウォールにバウンドした点では、悪くないショットだ。けれども、ボールが自分から離れた瞬間、強く打ちすぎたのが分かる。バックウォールからのバウンドに勢いがあり、ジェイはその余裕を利用してサイドウォール沿いに強烈なストレートを放ち、フロントウォールからたっぷり跳ね返らせる。ボールはコーナーで勢いを失い、ペロウンが手を伸ばしたときにはバックウォールからぽとんと落ちている。

ほとんど息もつがず、ジェイはボールを拾い上げて右のボックスからサーブする。相手の気分を読んだペロウンは、オーバーハンドのスマッシュを予測して前傾姿勢を取り、ボールがサイドウォールをかする前にボレーで返すつもりでいる。だが、ストロースはその裏を読んでいる。ジェイのサービスはしなやかなボディラインで、ペロウンの右肩に狙いを合わせたものだ。優柔不断な相手に放つにはうってつけのショットである。ペロウンは後ろに下がるが、タイミングは遅くステップも狭く、まごついている間にボールを一瞬見失ってしまう。リターンはコートの前部に落ち、ストロースはそれを右のコーナーに思い切り打ち込む。始まってから一分もしないうちにペロウンはサーブを失い、1ポイント沈み、すでに自分が冷静でなくなったことを知る。それからの5ポイントは手も足も出ず、ジェイにコートのセンターを奪われっぱなしで、守りだけで精一杯のペロウンはゲームの主導権が全く取れない。

6－0になったとき、ストロースはついに凡ミスをする。ペロウンは例によって高いロブをサーブするが、今度はバックウォールから近いところにうまく落ちる。さすがと言うべきか、ストロースはそれをすくい上げるが、ボールは行儀よくショートラインでバウンドし、ペロウンは自分でも驚くばかり巧みに、跳ね返りの少ないドライブを決める。やったぞ、というささやかな幸福感とともに、集中力が戻ってくる。それからの3ポイントはペロウンが難なく取り、3ポイント目には、ボレードロップでしてやられたジェイがコートの後ろに戻りながら自分を罵る声が聞こえる。いまや、魔術的な権力を手に入れたペロウンがすべての主導権を握る。コートのセンターを占領して、相手を前に後ろにと振り回す。間もなく7－6と逆転し、次の2ポイントも間違いなく取れるだろうと考える。と、そのとたんにペロウンは不注意なクロスコートショットを打ってしまい、ストロースはすかさず巧妙なスライスでボールをコーナーにほうりこむ。自己嫌悪の誘惑に必死で耐えながら、ペロウンはサーブを受けるためにコート左手に回る。が、ボールがフロントウォールから自分のほうに跳ね返ってくる間も、さまざまな想念が集中を妨げる。バックミラーに写ったバクスターの哀れな姿が浮かんでくる。ボールはニック――床と壁の交わるところ――に当たり、小馬鹿にしたようにペロウンの足の上に転がる。これがまぐれなのは確かで、ペロウンは苛立ちのあまり声に出してそう言ってやりたくなる。7－7。が、最後の死闘はない。ペロウンの精神は靄《もや》がかかったようで、ジェイはあっさり2ポイントを取ってゲームをものにする。

どちらの男も、自分の技量に幻想は抱いていない。ふたりはそう下手でない程度のクラブプレイヤーで、どちらも五十近くになっている。ふたりの取り決めで、ゲームの合間には――ふたりがやるのは3ゲーム先取の5ゲームマッチだ――脈拍を下げるために休憩を入れる。時には、床に座り込むことさえある。今日の第1ゲームは熾烈ではなかったので、ふたりはゆっくりとコートを歩き回る。麻酔科医が、チャップマンの娘はどうしていると訊く。先日、彼女と仲良くなっておこうと思ってわざわざ寄ってみたのだ。ペロウンはちょうど廊下を通りかかって聞いてしまったのだが、娘の柄の悪さも、ストロースにどやしつけられては物の数ではなかった。麻酔科医が自己紹介するためにベッドに近づいていくと、口汚く罵られたフィリピン系の看護師が涙を浮かべていた。ストロースはベッドに腰掛け、娘の顔にぐいっと近づいた。

「聞きな、嬢ちゃん。そのろくでもない頭を治してもらいたいなら、協力しろ。分かったか？　治してもらいたくないんなら、とっとと帰ってうちで暴れてりゃいい。あんたのベッドに入りたがってる患者さんは、他にもいっぱいいるんだ。おっ、そのロッカーに入ってるのは嬢ちゃんの持ち物だな。かばんに詰めてやろうか？　よしきた。歯ブラシ、ディスクマン、ヘアブラシ……なに、いや？　どっちにするんだ？　そうか。よしよし、またかばんから出してやろう。ほら、俺は嘘はつかん。嬢ちゃんが助けてくれりゃ、俺たちもあんたを助けてやる。了解か？　じゃあ、握手といこう」

ペロウンは今朝聞いたとおり、娘の状態は良好だと話す。

「あの子供は気に入ったよ」とジェイが言う。「ちょうどあのころの俺を思い出してね。そりゃもう、むやみやたらに突っかかってばかりだった。あの子もあのまま燃え尽きるか、どこかで持ち直すかだな」

「とにかく、今度の手術は持ちこたえるさ」ペロウンはそう言って、サーブを受ける位置につく。

「クラッシュするにしても、自分でその道を選べるわけだ。始めよう」

この言葉は早すぎた。ジェイのサーブが襲ってくるが、今日の午前だけでなく未明の記憶をもひきずった「クラッシュ」という自分の言葉が一群の連想に分裂してゆく。人けのない冷え切った広場、キッチンにいた息子、ベッドの中の妻、パリからやってくる娘、路上の三人の男――自分は間違った時間の座標を占めているのか、それともそれらすべてを同時体験しつつあるのか。飛んできたボールにペロウンは驚く――まるで、一瞬だけコートの外にいたように。ボールへの反応が遅れ、床からすくい上げるようになる。ストロースはコートの中央から猛然と飛び出し、とどめのショットを打つ。こうして、ふたつ目のゲームの始まり方はひとつ目と同じになる。けれども今回のヘンリーは、負けるにしても走り回らなくてはならない。ジェイはセンターコートに居座っていられるかぎりラリーを続けるつもりらしく、バックにロブを上げ、フロントに落とし、機会を見つけてアングルショットを放つ。ペロウンは、サーカスの子馬のように相手の周囲を駆け回る。後ろのコーナーからボールを救い出そうと後方に身をねじり、だっと駆け出してドロップショットを拾う。絶え間ない方向変化だけでなく、つのる自己嫌悪がペロウンを疲れさせる。いったいなぜ自分はこの屈辱、この拷問に自ら名乗りを上げたばかりか、楽しみに待ち構えたりしたのだろうか？

　ゲームのこうした局面でこそ、自分の性格の本質が明らかになる。偏狭で、無能で、愚かしく――しかも、倫理的な意味合いでそうなのだ。スカッシュのゲームは人格の欠点を形にしたものとなり、いつ果てるともなく続く。すべてのエラーは頭をかきむしりたくなるくらいに自分らしく、まるで署名のように、神経組織の傷や局部の変形のように、一目で見分けられる。口内の舌の感触と同じくらい、親密かつ自明なものである。こんな失策を犯せるのは自分くらいのものであり、こんなふうに負けるに値するのも自分だけなのだ。点差が開きはじめると、ペロウンは鬱積してゆく怒りの中からエネルギーを振り絞る。

　自分にも相手にも、ペロウンは一言も口をきかない。罵り声をジェイに聞かれてなるものか。けれども、その沈黙がまた別の重圧となる。スコアは8－3。ジェイがクロスコートドライブを放つ――これはおそらくミスであって、ボールに余裕が生まれ、インターセプトに絶好の球筋となる。ペロウンはチャンスの到来を感じる。あれに追いつければ、ジェイを振り回すことも可能だ。それを見て取ったジェイはサーブの位置からセンターコートに進出し、ペロウンの行く手をふさぐ。即座にペロウンはサーブやり直し《レット》をコールする。ふたりは動作を止め、ストロースはさも驚いたように振りかえる。

「冗談だろ？」

「ふざけるなよ」ペロウンは激しく息をはずませながら言い、自分が行くはずだった方向にラケットを向ける。「ぶつかるところだったじゃないか」

言葉の激しさがふたりを驚かせる。ストロースは即座に譲歩する。「OK、OK。あれはレットだ」ペロウンはサービスボックスに向かいながら自分を落ち着かせようとするが、8－3のスコアで1ゲーム先取しているのだからあれほど明らかなコールを疑ってみせるジェイは寛容とは言えないのではないかという思いは消えない。いや、「寛容とは言えない」では寛容に過ぎる。そのように決め付けてみても、このゲームで挽回するラストチャンスであるこのサーブが思い通りに決まるわけではない。ボールはサイドウォールから大きくそれ、ジェイは左にステップして余裕のフォアハンドスマッシュを打つ。ジェイがサーブ権を取り返し、ゲームは三十秒で片がつく。

これから数分間もコートで雑談をしなければならないと思うと、耐えられない。ヘンリーはラケットを置き、ゴーグルをむしり取って、水が要るというようなことをつぶやく。コートを離れ、着替え室に行って冷水器の水を飲む。着替え室の先客は、シャワーを使っているらしいのがひとりだけだ。壁の高い位置に設置されたテレビがニュースチャンネルをやっている。ペロウンは洗面器でばしゃばしゃと顔を洗い、前腕に頭を預ける。耳の血管が脈打つ音が聞こえ、汗が背骨を流れくだり、顔と足が燃えるように熱い。いま、自分が人生で望むことはただひとつ。他の全ては消え去ってしまった。ストロースを負かすのだ。三連続でゲームを取り、マッチをものにするのだ。不可能に近いわざだが、今は欲望がそこに集中して他の事が考えられない。独りになれるこの一、二分の間に自分の戦いぶりの核心を洗い出し、何が間違っているのか突き止めてそれを正さなくては。ストロースにはこれまで何度となく勝てたではないか。自分に腹を立てるのをやめ、戦いぶりを分析するのだ。

　頭を上げたときにふと気が付くと、鏡に映る上気した顔の背後にある無音のテレビが、前にも見た滑走路上の貨物機の映像を相変わらず流している。だが次の一瞬、気を引くように、上着を頭にかぶせられたふたりの男――機長と副操縦士に違いない――が手錠をかけられたまま警察のバンへと護送されていく様子が映る。逮捕されたのだ。何かが起こったのだ。警察署の外でリポーターがカメラに向かって喋っている。キャスターがリポーターに何か尋ねる。ペロウンは画面が眼に入らないように位置をずらす。一時間のレクリエーションくらい、このような外界からの侵入、公共情報空間《パブリック・ドメイン》からの汚染なしに楽しめていいはずではないか？　現在の状況が、単純な言葉に定着してゆくのが感じられる。ゲームに勝つことは、すなわちプライバシーを守ることだ。自分には――いや、誰にでも――世界の出来事に、ストリートの出来事にさえも、邪魔されない一時を楽しむ権利があるのだ。ロッカールームで火照りをさましているペロウンにとって、公共の出来事をこっそり忘れること、思考から消し去ることは基本的な自由であるような気がする。思想の自由。ストロースをやっつけることで自分を解放するのだ。気が乗ってきたペロウンは着替え室のベンチの間を歩き回り、シャワーからタオルなしで出てきたばかりのだぶだぶに太った十代の少年――人間というよりもセイウチだ――を見ないようにする。時間はあまり残されていない。ゲームを単純な戦略でアレンジし、相手のウィークポイントにつけ込まなくてはならない。ストロースは五フィート八インチしかなく、リーチが短いのでボレーが不得手である。後ろのコーナーを狙ったロブだ、とペロウンは決める。シンプル・イズ・ベスト。後ろへのロブ一点張りで行こう。コートに戻ると、麻酔科の専門指導医はすぐさま近づいてくる。「大丈夫か、ヘンリー？　怒ったんじゃないよな？」

「怒ってるよ、自分に。でも、あのレットを議論しても助けにはならなかった」

「あんたが正しくて、俺が間違ってた。謝る。用意はいいか？」

ペロウンはレシーブの位置につき、呼吸の間合いをはかる。今からやるのは単純な動き、ほとんど教科書通りの手順だ。サーブされたボールがサイドウォールに当たる前にボレーで打ち返し、打ち返したらコート中央の「T」の字に進み出てロブを放つ。簡単だ。ストロースに揺さぶりをかけるなら今だ。

「いいぞ」

ストロースが打った速球のサーブは、再び肩を狙ったボディラインだ。ペロウンはなんとかラケットでボールを振り抜き、ボレーはそこそこ計算通りに行って、ペロウンは定位置である「T」の場所につく。ストロースがコーナーからはたき出したボールは、同じサイドウォールに沿って返ってくる。ペロウンは前進して、もう一度ボレーを打つ。ボールは左のウォールを五度ばかり往復し、ペロウンはついに、バックハンドで右のコーナーに高く打ち上げることに成功する。ふたりはきわどいステップで相手の進路をよけながら激しいストレートドライブを右のウォール沿いに往復させ、そこからはボールを追ってコート中を駆け回る。主導権がめまぐるしく移動する。

似たようなラリーなら前にもあった——必死で、狂っていて、けれども同時に愉快で、どちらが先に倒れこんで笑い出すかが本当の勝負であるようなラリー。けれども今回は違う。ユーモアのかけらもない、より長い消耗戦だ。この歳になると一分に百八十の心拍に長い間は耐えられないから、いずれどちらかが疲れて失策をするに違いない。誰が見ているわけでもなく、さほど巧妙でもなく、友人付き合いの一部に過ぎないこのゲームで、ふたりの男はどちらも次の1ポイントを渇望するようになっていた。ジェイは謝ったが、レットについての口論が忘れられたわけではない。ペロウンが着替え室で自分にいろいろ言い聞かせたことを、ストロースも分かっているはずだ。今この反撃が阻止されたら、ペロウンの意気はあっという間に阻喪し、ストロースが三連続でゲームを取って試合に勝利するだろう。ペロウンにとっては、これはゲームのルールの根幹にかかわることでもある。サーブ権を取らないかぎり、こっちはポイントが取れないのだ。

ラリーが長引いた場合にままあることだが、プレイヤーたちはほとんど無意識な存在となり、現在という極小の一線上にしか注意が届かず、ショットひとつひとつにその場の反応を返すだけで、とにかくボールを打ち続けることしかできなくなってしまう。すでにその状態に陥って深く没入していたペロウンは、ふとしたはずみで、自分にゲームのプランがあったことを思い出す。時あたかもボールが手前に落ちたので、その下にもぐりこんで左後方のコーナーに高いロブを打ち上げることに成功する。ストロースはボレーしようとラケットを上げるが、思い直して後ろに走る。ストロースが何とかボーストショットで返したボールをペロウンは反対側にロブする。消耗しているときにコーナーからコーナーへボールを追うのは大変だ。ボールを打つごとにストロースの掛け声は大きくなり、ペロウンは勇気を増す。一撃でとどめをさされないのは、打ち損じそうな気がするからだ。ペロウンは五度連続でロブを打ち、相手を弱らせる。五度目でストロースの打球が力なくティンに当たり、ラリーは終了する。

0－0。ふたりはラケットを置き、息を切らして膝に腕を突いた状態で呆然と床を見つめたり、手と顔を冷たい壁に押し付けたり、コートをふらふらと歩き回りながらTシャツの裾で額の汗をぬぐって呻いたりする。他の場合ならこれほど激しいラリーのあとは感想を言い合うものだが、今はどちらも口をきかない。相手を自分のペースに巻き込もうとペロウンは先に用意をし、サービスボックスで相手を待ちながらボールをフロアにバウンドさせる。ペロウンが放ったサーブはストロースの頭上を通過し、さっきから間があいたせいで冷えて柔らかくなったボールはコーナーでバウンド力を失う。1－0、余分な努力なし。これまでのポイントよりも、むしろこの1ポイントが大事かもしれない。今はペロウンの方が自由自在だ。その次のポイントも、さらにその次もペロウンが取る。ストロースは同じサーブに続けざまにしてやられたことで腹を立てており、ラリーが短いか全く続かないかであるためにボールは冷たく弾みが悪いままで、隅のほうに入り込むと始末に悪いこと、まるでパテのようだ。腹を立てれば立てるほど、ジェイはどんどん下手になってゆく。空中のボールには手が届かず、フロアにいったん触れたボールにはもぐりこめない。いくつかのサーブは追うことさえ諦め、ボックスに入って次のサーブを待っている。この繰り返し、同じアングルと同じ手の届かない高さ、同じようにバウンドしなくなるボール、それがジェイを追い詰めているのだ。間もなく6ポイント目も失う。

ペロウンは声高な笑いがこみ上げて来る——が、咳払いをしてこの衝動をごまかす。ざまを見ろという気持ちでもないし、勝ち誇っているわけでもない——それにはまだまだ早すぎる。これはひとつの認識の喜びであり、共感のこもった笑いなのだ。愉快なのは、ストロースの気持ちが手に取るように分かることである。苛立ちと失敗の下降スパイラル、自己嫌悪に一瞬我を忘れる状態、それらはヘンリー自身が知り尽くしている。他人が自分の不完全なる自我にそっくり似ているという認識は、何とも痛快なものだ。それに、自分のサーブがどれほど相手にとって苛立たしいかも分かっている。立場が逆なら、自分も打ち返せないだろう。けれどもペロウンはなおもボールを敵の頭上に飛ばし続けてゲームの勝利へ着実に歩を進め、易々とスコアを9－0にする。

「小便してくる」ジェイはぼそりと言ってコートから出て行く。ゴーグルをつけてラケットを握ったままだ。

ペロウンは相手の言葉を信じない。もちろんこれは賢明な方法、ポイントが流出してゆくのを止める唯一の手段であるし、自分自身も同じことをしてから十分も経っていないのだが、それでもズルをされた気分はぬぐえない。相手をかんかんにさせるあのサーブで、次のゲームも連取できたかもしれないのだ。今ごろストロースは蛇口の水を頭にぶっかけ、自分の戦いぶりを再検討しているのだろう。

ヘンリーは座りたいという誘惑に耐える。そのかわり、コートから出て他のゲームを見に行く――もっと上級のプレイヤーから学びたいとつねづね思っているのだ。しかし、スカッシュ場は無人のままである。クラブのメンバーたちは反戦で連帯しているか、ロンドン中央部を通り抜けられないでいるかのどちらかだろう。コートに戻りながら、Tシャツをめくって胸を見てみる。胸骨の左側に真っ黒なあざ。腕を伸ばすとあざが痛む。変色した肌を眺めることで、定まらなかった思いの焦点がバクスターに合う。自分、ヘンリー・ペロウンが医学の知識を使って神経系統の病気を抱えた男を陥れたのは、医者にあるまじき振る舞いというべきか？　イエス。殴打の危険があったことで自分は免責されるか？　イエス、いや、完全にイエスではない。しかし、プラムぐらいの直径で茄子のような色をしたこの血腫――自分がこうむっていたかもしれない災厄の予告編――は、イエス、無罪だと言っている。抜け道があるのにわざわざ蹴り回されるような人間は単なる馬鹿だ。では、自分は何を気にしているのだろう？　奇妙なことだが、あの暴力にもかかわらず、自分はほとんどバクスターに好感を抱いた。いや、それは言いすぎだ。バクスターの絶望的状況と、諦めようとしない意志に強い興味を抱いたというのが順当だろう。それにあの男には本物の知性があり、間違った人生を生きているという失望が感じられた。自分は医学という力を乱用することを余儀なくされた、あるいは強要された――が、そういう立場に追い込まれることを自分は黙認したのである。中途半端に防御的な自分の態度は最初から間違っていたのであり、自分の物腰は尊大あるいは軽蔑的に見えたのかもしれない。ひょっとすると、喧嘩を売っているように。もっと友好的な態度を取ってもよかったし、何ならあの煙草を受け取ってもよかった。相手より力のある立場なのだからもっとリラックスしているべきだったのに、怒りに駆られて戦闘的になってしまったのだ。もっとも、相手は三人いたのだし、三人は自分から金を引き出そうとしており、暴力をも辞さず、車から降りる前に計画を練り上げていた。ウィングミラーの破損が強盗の口実というわけだ。

落ち着かない気持ちのままコートの入口へ戻ってきたとき、ストロースが姿を現す。洗面器を思い切り使ったらしく分厚い肩がぐしょ濡れで、元の上機嫌に戻っている。

「ＯＫ」と、サービスボックスに戻るペロウンに声をかける。「もう手加減はなしだ」

独りで物思いにふけってしまったせいで、ペロウンの勘は狂っている。サーブの直前にゲームのプランを思い出すが、第4ゲームはすっきりしない混戦である。ペロウンが2ポイント先取したところでストロースがペースをつかみ、3‐2と逆転する。長いがまとまりのないラリーが続き、どちらも凡ミスを重ねてスコアは7‐7、ペロウンのサーブ。最後の2ポイントは難なくペロウンが取る。2ゲーム対2ゲームだ。

短い休憩を挟んで、ふたりは最後の戦いに備える。ペロウンは疲れていない――ゲームに勝つのは、負けることほど体力を消耗しないのだ。けれどもジェイを是が非でも打ち負かしたいという猛烈な意欲は失せており、引き分けということにして一日の仕事を続けたい。この午前中はずっと、いろいろな戦いに関わってきたのだ。けれども抜けるチャンスはない。ストロースはこの瞬間を楽しんで気分を盛り上げており、ポジションに着きながら「死ぬまで戦え」だの「断固通すな《ノー・パサラン》!」だのと言っている。

そこで、ひそかに溜息をつきながらペロウンはサーブし、アイディアが切れたせいで例のロブに頼る。そして実際、ボールを打った瞬間にはほとんど完璧だと確信する。高いアーチを描き、急角度でコーナーに落ちるコースだ。けれども、奇妙に高揚したストロースはとんでもないことをやってのける。短い助走をつけて二、三フィートも空中に飛び上がり、ラケットを伸ばしきり、筋肉が隆々とした背中をきれいに反らせ、歯を剝き出し、頭を後ろに傾け、伸ばした左手でバランスを取りながら、ボールがアーチの頂上に達する直前に鞭のようなバックハンドスマッシュで一撃し、ティンからわずか一インチのところでフロントウォールに叩きつける――美しい、創意に満ちた、返しようのないショットだ。ほとんど一歩も動けなかったペロウンは、即座にそう言う。すごいショットだ、と。そして突然、サーブ権が相手に渡った瞬間、勝ちたいという気持ちがまたしても湧いてくる。

ふたりとも、いっそう戦いに熱がこもる。いまやポイントのひとつひとつが小さなドラマ、突然の逆転劇であり、第3ゲームの長いラリーの真剣さと熱狂が戻ってきている。心臓の上げる悲鳴を無視して、ふたりはコートを縦横無尽に駆け回る。凡ミスなどひとつもなく、すべてのポイントは相手から力ずくでもぎ取られたものである。サーブするほうが喘ぎ声でスコアを告げるが、それ以外の言葉は話されない。スコアはじりじり上がってゆくが、どちらも1ポイント以上の差がつけられない。報酬などなにもない――クラブにおけるスカッシュの順位などにふたりは関わりがない。喉の渇きと同じくらい生物学的な、勝利への断ちがたい欲望があるだけだ。純粋な欲望。見物人などいないし、友人や妻や子供が応援しているわけでもない。楽しくさえもない。楽しいという思いは終わった後だけに――それも勝った側だけに――感じられるのだ。通りすがりの人間がガラスのバックウォールの前で足を止めたなら、この中年男ふたりはかつては選手として鳴らし、今でもいささかの情熱を保っているのだと思い込んだろう。そしてまた、これは遺恨試合だろうかとも。プレイは凄絶なまでの必死さを帯びている。

三十分にも思えた時間は、実は十二分である。7-7でペロウンがサーブし、ポイントを手にする。マッチポイントのサーブのため、コートを横切る。集中力は持続して自信も上々、力をこめたバックハンドサーブで鋭角のバウンドを壁際に放つ。ストロースがほとんどテニスのようにバックハンドでスライスし、ボールはコートの前部に落ちる。いいショットだがペロウンは位置をキープしており、飛び出してとどめの一撃を打つ。上がってくるボールをフォアハンドのスマッシュで捉え、左後ろのコーナーに打ち込む。ゲームの終わり、勝利だ。ストロークを終えるが早いかペロウンは後ろに下がる――そしてストロースと衝突する。おそろしい勢いでぶつかったふたりは足をもつれさせ、しばらくはどちらも口がきけない。

それから、ぜいぜい息を切らせながらストロースが言う。「ヘンリー、打球妨害で俺のポイントだ」

「ジェイ、マッチは終わりだ。3ゲーム対2ゲーム」

ふたりはふたたび黙り込み、この不幸な食い違いをじっくり検討する。

ペロウンが言う。「君、フロントウォールのところで何をしてた？」

ジェイはペロウンから離れてボックスに向かう。今のポイントをやり直すなら、サーブを受ける位置はここだ。ジェイは事態を打開したがっている――自分の思うとおりに。「あんたが自分の右にドロップショットを打つだろうと思って」

ヘンリーはほほえもうとする。口は干上がり、唇が歯から離れようとしない。「つまり、私の計略が当たったんだ。君は見当違いの場所にいた。あのボールを返せたはずはない」

麻酔科医は、患者たちが大きな安心材料にするざっくばらんな平静さで首を振ってみせる。だが、胸が大きく上下している。「バックウォールでバウンドしただろ。たっぷりと。ヘンリー、あんたは俺の進路の真ん中にいたんだ」

互いのファーストネームによる呼びかけには毒がこもっている。ヘンリーはやり返さずにいられない。その口調は、長い間忘れられていた事実をストロースに教え込むようだ。「なあ、ジェイ。あのボールには間に合わなかったはずだぞ」

ストロースはペロウンの視線を返して静かに言う。「ヘンリー、間に合ったさ」

あまりといえば法外な主張に、ペロウンはさっき言ったことを繰り返すしかない。「君はぜんぜん見当違いの場所にいた」

ストロースが言う。「だからといって、ルール違反じゃないだろ」そして付け加える。「頼むぜ、ヘンリー。さっきはこっちが折れてやったじゃないか」

ということは、貸しを返せというつもりなのだ。冷静な口調で話すのはますます難しくなってくる。ペロウンは早口で言う。「折れてもらったつもりはないぞ」

「折れてやったさ」

「いいか、ジェイ。これは『差別をなくそう』フォーラムやなんかじゃないんだぞ。いいものはいい、悪いものは悪いんだ」

「あたりまえだろ。そんな説教を聞かされる必要はない」

鎮まりかけていたペロウンの脈拍が、この非難を聞いて一瞬だけ上昇する——ぱっと燃えた怒りは心臓の余分な鼓動のようなもの、何の役にも立たぬ不整脈のようなものだ。自分にはすることがある。魚屋まで車を運転し、家に帰ってシャワーを浴び、もう一度出かけて帰ってくると、ディナーを作り、ワインを開け、娘と義父を出迎え、ふたりを仲直りさせなくてはならない。だが、それ以上に、すでに手に入れたものを守らなくてはならない。自分は2ゲーム取られてから巻き返したのであって、自分の人格に不可欠なもの、身近なはずなのにしばらく忘れていたものを証明できたという確信が生まれている。ところが敵はそれを盗みたがっている、あるいは否認したがっているのだ。ペロウンはゲーム終了のしるしに、隅の貴重品のそばのコーナーにラケットを立てかける。ストロースのほうは、同じくらい頑固にサービスボックスに突っ立っている。こんな事態は初めてだ。何か他の原因があるのだろうか？　ジェイは唇を結んだまま、同情するような笑みを浮かべて相手を見ている――主張を通すための、まるきり作り物の表情だ。ヘンリーは思わず――その考えに、また脈拍が上がる――フロアを四歩で横切ってあの満悦しきった顔に思いきりバックハンドの一撃を加えてやろうかと思う。それとも、肩をすくめてコートから出て行こうか。けれども、相手が認めないことには勝利も意味がない。空想はさておいて、審判もいなければ共に認める権威ある判定者もいない、そんな状態でどうやって解決すればいいのか？

三十秒というもの、どちらも口をきいていない。ペロウンは両手を広げ、ストロースの笑みとおなじくらいわざとらしい口調で言う。「どうすべきか分からないな、ジェイ。私に分かっているのは、あのショットで勝ったことだけなんだ」

だが、ストロースはどうすべきか完璧に分かっている。賭け金をせり上げるのだ。「ヘンリー、あんたはフロントウォールを向いてたろ。ボールがバックウォールから跳ね返るところは見ていない。だが、ボールを追いかけていた俺は見ていた。だから、問題はこうだ。あんたは、俺を嘘つきだと言うのか？」

これでおしまいだ。

「くたばれ、ストロース」とペロウンは言い、ラケットを取り上げてサービスボックスに入る。

こうしてふたりはレット扱いになったポイントをやり直し、ペロウンが改めてサーブするが、そうなるのじゃないかと怖れていた通りにサーブ権を失い、続く3ポイントも失って、何が何やら分からないうちにすべてが終わってペロウンは負け、コーナーに戻って財布と電話とキーと時計を拾い上げている。コートから出てズボンを穿き、紐を結び、腕時計をはめてセーターとフリースを着る。まだこだわりはあるが、二分前ほどではない。ちょうどストロースが出てくるところなので、そちらのほうを向く。

「すごくうまかったぞ。あんなことを言ってすまん」

「そんなことないさ。どっちが勝ってもおかしくなかった。俺たちのベストゲームのひとつだな」

ふたりはラケットをケースにおさめて肩にかつぐ。赤いラインと純白に輝く壁とゲームのルールから解放されたふたりは、コートが並ぶ廊下を通ってコーラの自販機の前に出る。ストロースが自分用に一本買う。ペロウンは断る。大人になってからもあんなに甘いものを飲みたがるのは、アメリカ人くらいのものだ。

建物から出ると、ストロースが立ち止まり、ぐっと一口飲んでから言う。「インフルエンザがはやってるせいで、今日は自宅待機なんだ」

「来週のリストを見たか？　またきついやつがあるぞ」

「だな。星細胞腫のお婆さんだろ。あれは駄目じゃないかね？」

ふたりはハントリー・ストリートの歩道に出る階段に立っている。空には雲が増え、空気は冷たく湿っている。デモ隊の上に雨が降るかもしれない。老婦人の名前はヴァイオラ。腫瘍が発生しているのは松果体だ。歳は七十七で、引退前の仕事は天文学者、六〇年代にマンチェスター大のジョドレル・バンク研究所を支えたひとりだという。病棟でも、他の患者たちがテレビを見ているそばで数学や超弦理論の本を読んでいる。弱りつつある日光、冬の昼前に特有の黄昏状態を意識したペロウンは、不吉な予言をしめくくりにしたくないと思って、こう言う。「何とかできると思う」

その意図を読んだストロースが、ばつが悪そうに顔をしかめ、別れの合図に手を上げる。ふたりの男はそれぞれの道を行く。

3

傷を負った車の、内側をパッドに覆われたプライバシーの中に戻り、人けのないハントリー・ストリートでさえ聞こえないアイドリングを感じながら、ふたたびロザリンドに電話してみる。会議は終わったが、そのまま社長と相談しにゆき、四十五分経った今もそちらにいるらしい。聞いてまいりますから少々お待ちください、と派遣の秘書が言う。待つ間、ペロウンはヘッドレストにもたれて眼を閉じる。ひげの剃り跡に、汗の乾いた痒みがある。足の指を試しに動かしてみると、指は液体に漬かっているような感じがして、急速に冷えつつある。ゲームの重要性は薄れてゼロになり、そのかわりに眠りへの渇望が生まれている。十分だけ。きつい一週間、不安な夜、大変なゲームだったのだ。手だけでまさぐって、車をロックするボタンを見つける。小さいがよく響くストンという音を立ててドアロックが一気にかかる。自分をさらに鎮静させる四つの十六分音符。古代からの生物学的ジレンマは、眠りの必要性と捕食される怖れの間にある。それをついに解決したのが集中ドアロックだ。

左耳に当てた小さな受話器を通じて、仕切りのないオフィスのざわめきが聞こえる。コンピュータのキーがカタカタいう柔らかい音、近くで誰かに懇願するような声を出している男。「彼もそれは否定していないよ……ああ、分かってるさ。うん、我々の問題はそこなんだな。彼は何も否定しない」

閉じた眼に映る新聞社の様子は、端がめくれてコーヒーのしみのついたカーペット、鉄さび色の熱湯が洩れてくる猛烈な暖房装置、部屋の果てまで並んだ蛍光灯の隊列が四隅のごちゃごちゃを照らし出し、誰も中身を知りたくないので手をつけられないままの書類が山積みになり、デスクの割り当ては足りないし間隔も狭すぎる。雰囲気はグラマースクールの美術室だ。みんな時間に追われていて、古いがらくたの山を整理しはじめる暇がない。病院もそれと同じことだ。どうでもいいもので一杯の部屋、誰も開ける勇気のない戸棚やファイルキャビネット。クリーム色のブリキ板に囲われた、処分するにも重すぎて得体が知れなすぎる古い機械。不健康な建物は長く使われすぎ、解体だけが唯一の治療法だ。修復のきかない都市や国家。全世界がシーオの寝室と化しつつある。全体の混乱を片付けるために地球外から大人がやってきて、みんなを早くに寝かしつける必要がある。神はかつて大人だと思われていたが、地上に争いごとがあると子供のように一方に肩入れをした。そして我々のもとにつかわしたのは本当の子供、神のひとり子《ご》だった——我々がもっとも必要としていないものなのに。この地球という回転する岩は、それでなくても孤児たちがうじゃうじゃしている……。

「ミスター・ペロウン？」

「う？　はいはい？」

「奥様はお手がすき次第お電話なさるそうです。三十分ほどで」

眼がさめたペロウンはシートベルトを締め、切り返しで車を出してメリルボーンの方向に走らせる。ガウアー・ストリートではまだデモ隊がぞろぞろと列をなしているが、トッテナム・コート・ロードの通行止めは完全に解除され、車が波状攻撃のように北に向かっている。しばらくそれに加わり、西に折れてからまた北に向かうと、グージ・ストリートとシャーロット・ストリートの交差点だ――ここはペロウンが気に入っている場所で、日用品と快楽とが濃密なブレンドになってあたりの色彩と空間をより明るくしている。鏡、花、石鹸、新聞、電気プラグ、外装用のペンキ、キー製作などの店が高級レストランやワインとタパスの店やホテルと入り混じる具合が、いかにも街らしい。人はシャーロット・ストリートで幸せに暮らすことができる、と言った米国の小説家がいたが、あれは誰だったろうか？　またデイジーに教えてもらわないと。狭い空間に商売がひしめいているせいで、歩道のあちこちにごみ袋のいびつな山ができている。野良犬が袋をいじる――生ごみをかじっているせいで歯が白い。また西に曲がる前にちらりと見やると、通りのはるかな端にあの広場が見え、その向こう側で自宅が枝だけの木々に囲まれている。四階のブラインドは閉まったままだ――シーオがまだ寝ているのだろう。少年時代、朝遅くまでぬくぬくと寝転がってむさぼった眠りの心地よさはペロウンもよく覚えていて、息子がそうした時間を持つことに異を唱えたことは一度もない。そう長くは続かないのだから。

陰気なグレイト・ポートランド・ストリートを横切ると――石造りの家並みのせいで、ここはいつも黄昏《たそが》れて見える――ポートランド・プレイスで法輪功《ファルンゴン》の信者らしい男女カップルが通りの向こうの中国大使館を見張っている。「学習者」の下腹部でひとつの小さな宇宙が前方に九回転、後方に九回転の運動を繰り返しているという説が、中国の全体主義体制を脅かしているのだ。たしかに、非唯物論的な考えには違いあるまい。中国政府の反応は警官による殴打であり、拷問であり、拉致や殺害であるが、信者の数はいまや中国共産党の党員数を超えている。この界隈にやってきて大使館への抗議運動を見るたびにペロウンは思うのだが、中国はとにかく人口が多すぎて、国家的パラノイアをこれ以上長くは保てまい。経済の発展はあまりに速く、現代の世界は互いにつながりが良すぎて、党が統制を保てないのだ。今ではハロッズに大陸の中国人が通い、贅沢品を山ほど買い込んでいる。中国人が贅沢だけでなく資本主義に染まるのも遠い日のことではなく、そうなれば今のままではいられまい。が、今現在、中国の国家はそこにあって、唯物論という哲学の一流派をおとしめているのである。

屋上に並んだパラボラアンテナの列が不気味な大使館は後ろに遠ざかり、ペロウンが走っているポートランド・プレイスの西の通りには医院が整然と軒を並べている——猫足の複製アンティーク家具や『カントリー・ライフ』誌をそなえつけた、プライベート・クリニックとビロード張りの待合室。人を医院街のハーリー・ストリートに通わせるのは、いかなる宗教にも劣らない強い信仰だ。長い病院勤めの間に、ペロウンはこのあたりに巣くうぼったくりの無能な年寄りが殺しかけた患者たちを何十人となく——もちろん無料で——引き継いで治療したことがある。赤信号で待っていると、黒いブルカに身を包んだ三人の人影がタクシーからデヴォンシャー・プレイスに降り立つ。歩道の上に固まって、ひとりが手に持った名刺とドアの番地を見比べている。真ん中のひとりが病人らしく、連れたちの腕につかまってよろよろと進んでいる。クリーム色の化粧しっくいと煉瓦を背景に三本の黒い柱のような人影が際立ち、アドレスを議論しているらしく頭がぴょこぴょこ上下するさまは、ハロウィーンでふざけ回っている子供たちのような滑稽味がある。あるいは、シーオの学校でやった『マクベス』で、バーナムの森の木に化けた兵士たちが舞台の袖に並び、ダンシネインに向けてどすどすと進んでゆく出番を待っているような。ふたりの姉妹が、最後の望みを託す医院へ母親を連れてゆくところなのだろうか。信号は頑固に赤のまま。ペロウンはギアを「パーキング」に入れる。ブレーキを踏みしめて、太腿の疲れた筋肉を酷使する必要などないではないか？ペロウンが感じる嫌悪の情は本能的なものだ。人間がこれほど完全に個性を抹殺された姿で街を歩き回らなければならないとは、なんと憂鬱なことだろう。救いは、この三人の女性が革製の口元隠しをつけていないことだ。あれには本当に吐き気がする。これについて価値相対主義者たちは何と言うだろう、デイジーのカレッジで教える陽気なペシミストたちは？　ブルカは神聖な伝統、西欧の消費社会に対する抗議だとでも？　だが、男たち、夫たちは――ペロウンはオフィスでいろいろなサウジアラビア人と交渉したことがある――スーツや、スニーカーとジャージや、バギーショーツにロレックスという格好であり、人をそらさぬ社交術をこころえ、イスラムと西欧のふたつの伝統を我が物にしている。彼らは民族の伝統という松明をかかげ、昼ひなかの暗がりでつまずきながら歩きたがっているのだろうか？

やっと信号が変わり、景色が移動して――新たな玄関ポーチ、別の待合室――車を運転するという作業の軽い緊張も加わって、ペロウンは非難がましい物思いから脱する。さっきはうっかり、説教好きの爺さんになってしまうところだった。イスラムのドレスコードのどこが悪い！　自分はブルカのどこが気に入らないのか？　ヴェールが苛立たしいのか。いや、「苛立ち」という言葉は意味が狭すぎる。ヴェールや中華人民共和国は、ひそかにネガティブのほうに傾きつつある自分の気分を助長するものなのだ。土曜日には難しいことを言わずに満足しているのが常であるのに、この朝は二度までも暗い気分の原因を考えるはめになってしまった。自分に寒気を与えているのは何だろう？　スカッシュで負けたことやバクスターとの小ぜりあいではないし、夜の眠りが足りなかったことでさえない――それらすべてが何らかの影響を与えているには違いないけれども。ひょっとすると話は簡単で、だだっぴろい郊外をペリヴェイルに向かう午後の予定が原因なのかもしれない。ペリヴェイル訪問の前にスカッシュがはさまっている間は、守られているような感覚があった。今は、魚を買いにいく用事しか残っていない。母は息子の到着を予期したり、部屋にいる息子を息子と認識したり、帰っていった息子を思い出したりする精神機能を失っている。空虚な訪問だ。母は自分を待っていないし、自分が来なくても落胆したりしない。この訪問は、墓に献花しにゆくのに似ている――本当の目的は過去なのだ。けれども彼女は紅茶のカップを口に持ってゆくことはできるし、息子の顔を見て名前を思い出したり何かを連想したりすることはなくとも、息子がそばに座ってとりとめもないおしゃべりを聞いてくれるだけで満足なのだ。いや、誰かがいればそれで満足なのだ。ペロウンは母を訪ねるのが嫌だが、訪問の間があきすぎると自分を軽蔑せずにいられない。

メリルボーン・ハイ・ストリートの脇道に駐車するときになってやっと、昼のニュースをつけるのを思い出す。警察の発表では、ロンドン中央部のデモ参加者は二十五万人とのこと。企画側のひとりは、現在までに二百万人が集まったと主張している。どちらのソースも、人々がまだ流入中であるという点では一致している。意気さかんな参加者――よく聞くと、有名な女優である――がシュプレヒコールと歓声に負けない声を張り上げ、英国の歴史上これほど大規模な集会はかつてなかったと言う。この土曜日の朝にベッドで惰眠をむさぼっている人たちは、ここにいないことを激しく後悔するでしょう、とも。仕事熱心なリポーターは、これはシェイクスピアの『ヘンリー五世』、アジャンクールの戦いを前にした国王ヘンリーが行う「聖クリスピン祭日の演説」のもじりですね、と解説する。知らなかった、と考えながら、ペロウンは四輪駆動ジープ二台の間の狭いスペースにバックで車を入れる。シーオが激しく後悔するとは思えない。そもそも、反戦デモの参加者が武人国王の演説を引用してどうするつもりか？　ニュースがまだ続く中、ペロウンはエンジンを切ってシートに座り、ラジオのボタンの間に見える青緑色の小さな光を見つめる。ヨーロッパ全土、そして世界中で人々が集まり、平和と拷問のほうが望ましいと表明しているのだ。あの教授が言いそうなことでもある——くどい喋り方の高音のテノールが聞こえてくるようだ。次に、ヘンリーが自分の物語と見なしているニュースがやってくる。機長と副操縦士は、西ロンドンにある別々の場所でひとりずつ尋問を受けているらしい。警察発表はそれだけだ。どういうことだろう？　フロントガラスを通して見ると、赤煉瓦造りの立派な通り、遠近法をなしている歩道の敷石の継ぎ目や葉の落ちた小さな木々、それらは薄い氷の膜に映し出されたかのように実体感がない。空港の当局者がインタビューに答えて、パイロットのひとりがチェチェン系であるのは事実だが、コックピットにコーランが置いてあったという噂は間違いだと言う。噂が事実だとしても何の意味もありません、と付け加える。コーランをコックピットに置くのは犯罪ではありませんから。

そうとも。ヘンリーはさっとドアを開ける。さまざまな神たちのもたらすバベル状態にも無頓着な世俗権力は、宗教の自由を保障するものだ。宗教はせいぜい栄えるがいい。今はショッピングに行かなくては。腿の筋肉の痛みにもかかわらず、ペロウンは車から大股に歩み去り、後ろを見ないでリモコンでロックする。とつぜん射しはじめた冬の陽が、前方のハイ・ストリートを照らし出す。英国の歴史に類を見ない大規模集会が二マイルもないところで開かれていても、メリルボーンの満足しきった雰囲気は破られないし、ペロウン自身も、こちらに向かってくる人の流れや幼児を安全に運んでゆくベビーカーをよけながら、気持ちが落ち着いてゆくのを感じる。これほどの豊かさ、チーズやリボンやシェーカー家具に捧げられた大店舗の列は、ある意味で人を守ってくれるものだ。この商業的な幸せには底力があり、最後まで自らを守り抜くだろう。狂信者の脅威を追い払ってくれるのは理性尊重の態度ではなくて、ありきたりの買物とそれに付随する諸条件——第一に仕事、そして平和、実現可能な快楽を追求する心、来世ではなくこの世で食欲が満たされるという見込み——なのだ。祈りよりも買物だ。

角を曲がってパディントン・ストリートに出たペロウンは、急角度に傾斜した白大理石の台上に並べられた魚の前で足を止めて屈みこむ。必要なものはすべてあると一目で分かる。魚が減っているはずの海から、これだけ豊かな漁獲があるのだ。開けっぱなしになった入口近くのタイル床の上に木箱がふたつ置いてある。赤錆の浮いたくず鉄のような格好で箱に詰められているのが、カニとロブスターだ。からみあった兵器のような手足が、たしかに動いている。鋏には喪章を思わせる黒いバンド。魚屋にとっても客にとっても、海生物が音波を使えるようにはなっておらず声が出せないのは幸いだ。でなければ、箱の中から唸り声が聞こえるはずだから。ゆるゆると移動する客のそばで甲殻類が黙り込んでいる様子さえ、不気味ではある。ペロウンは眼をそらし、血の気のない白い肉や、ぽかんとした眼つきでこちらを見つめる内臓《わた》抜きされた銀色の魚体、子供に初めて与える絵本のように無邪気なピンク色をした切り身になって所狭しと並べられている深海魚を見やる。もちろん、フライフィッシングをやるペロウンは最近の説を知っている——ニジマスの頭と首には我々人間と同じように数多くの痛覚受容体が埋め込まれているのだ。かつては、聖書に倣って、陸や海の生物は我々に食べられるために存在する無意識の物体だと考えておくという便法があった。ところが今では、魚でさえも痛みを感じるということが分かっているのだ。こうして倫理的な同情の輪がどんどん広がってゆくわけで、これこそは現代が加速度的にややこしくなっていることの証しではないか。遠くの人々が我々の兄弟姉妹になるのみならず、キツネもそう、実験用のマウスもそう、今では魚までがそうなのだ。ペロウンは魚を釣って食べることをやめないし、生きたロブスターを自分で熱湯に放り込むのは勘弁だが、レストランで注文するのは平気だ。ここのところのコツ、人間が成功し支配するための鍵は、昔から変わらず、情けをかける対象を限定することにある。何だかんだともっともなことを言っても、結局のところ、人を動かすのは手近にあるもの、眼に見えるものだ。眼に見えないものは……それゆえにこそ、上品なるメリルボーンでは世界がまったく平和そのものに思えるのである。

カニやロブスターは今晩のメニューには入っていない。ここで買う二枚貝やムール貝が生きているとしても、それらは動かないし、つつましく口を閉じている。ペロウンは殻付きの茹でエビと、アンコウのしっぽを三本買う。むかし中古で買った車よりも少し高くつくアンコウだ。もっとも、あの車は恐るべきポンコツだったが。出汁を取るため、エイ三匹分の骨と頭も頼む。魚屋は礼儀正しく仕事熱心な男で、客たちを土地持ち紳士階級の特別な一派のようにもてなす。魚の種類ごとに、新聞数ページ分で包む。子供時分、ペロウンは好んで自問したものだ――この大陸棚のこの浅瀬で獲れたこの魚が、『デイリー・ミラー』のこの数ページ、いや、魚体に直接当たっているこの特定のページにおさまることになる確率はどのくらいだろう？ 限りなくゼロに近い。似たような例としては、浜辺の砂粒の並び方がある。この世界のランダムな配列、実際の状況の裏にある気の遠くなるほどの他の可能性。それらを考えると、今でも嬉しくなってくる。子供時代でさえ、特にアベルヴァンの炭鉱事故の後は、ペロウンは運命とか摂理とか空の上の誰かが将来を決めてくれるとかいうことを信じなかった。そのかわりにあるのは、一瞬ごとに、百万兆の百万兆倍もの可能な未来である。純粋な偶然と物理法則によって物事がひとつに決まってゆくのは、陰気な神が立てる計画から解放されることだと思われた。

一族のディナーが入った白いビニール袋は魚肉や濡れた紙がぎっしり詰まって重く、車へ戻るペロウンの掌に持ち手が食い込む。胸の傷が痛むせいで、荷物を左手に持ち替えることはできない。魚屋に満ちていた濡れた海草の匂いから抜け出すと、空気には八月の野原で乾燥しつつある干し草のような甘味が感じられるようだ。この匂いは——魚屋の匂いがなくなったために起きた鼻の錯覚に違いないが——車の流れや二月の寒さにもかかわらず持続している。フランス南西の一隅であるアリエージュ県、ピレネー山脈を前にして大地がうねり盛り上がりはじめる地方にある義父のシャトーで何度も過ごした夏。かすかなピンク味を帯びた暖色の石で造られたシャトー・サン・フェリックス、二本の円い塔と濠《ほり》のなごり、そこにジョン・グラマティカスは妻が亡くなったあと引っ込んだのであり、妻を悼んで作った悲痛で甘美な一連の有名な詩は『葬儀なし』という題名の詩集にまとめられている。といっても、大人になってから——詩人の義父ができてからでさえ——詩など読んだことのないヘンリー・ペロウンにとっては、それらの詩は有名でも何でもなかった。もちろん、自分が詩人の父親になったと分かってからは、すぐに詩を読むようになった。だが、詩を読むという行為は、ペロウンにとってなじみのない種類の努力を要求した。落ち着きのない近代の産物である小説や映画は、数日、数年、あるいは数世代という期間にわたって人を時間軸上に前進させたり後退させたりする。だが、詩というものは、物事を認識し判断するために現在という支点の上でバランスを取っている。詩を読み、そして理解するために時間のスピードを落とし、完全に静止するという行いは、まるで空積《からづ》みの壁を作るとか、カワマスの腹をくすぐって動きを鈍らせるとかいう古風な技術を習得しようと努力するようなものなのだ。

グラマティカスが妻を悼む状態から脱したのは二十年以上前のことで、そのとき始めた一連の恋愛が今も進行中である。そのパターンはいつも同じだ。年下の女――たいていは英国人、時にはフランス人――が秘書兼家政婦として雇われ、徐々に妻のようなものになってゆく。二、三年すると女はついに耐えられなくなって出て行き、七月の終わりにペロウン一家を出迎えるのは次の女だ。ロザリンドは父の恋人が代わるたびに憤激し、前のほうがまだましだったと言いつのるのだが、時が経つにつれてある種の愛着を覚えるようになる。なにしろ、新しい恋人の責任とは言いがたいのだから。子供たちは、十代のときでさえ非難がましいことは一言も口にせず、その場で友好的に付き合いはじめたものだ。ひとりの女を一生愛し続けるようにできているペロウンも義父の恋愛にはひそかに感銘を受けるほかなく、老人が七十の坂を越えてからはことにそうなってきた。ひょっとすると、ついにペースがゆるんできたのかもしれなくて、ブライトン出身の四十歳の図書館司書テリーサはもう四年も一緒にいる。

はてしなく広がる黄昏の中でのディナー、庭を囲む狭い急傾斜の野原で香りを放つ干し草の丸束、子供たちの肌にかすかに匂うプールの塩素、カオールやカブリエールのぬるまった赤ワイン――天国であってもおかしくない。実際にもほとんど天国に近く、それでペロウン一家は訪問を続けている。だがジョンは子供っぽい威張りん坊になることもある上に、自分はどれだけお天気屋でも許されると信じているタイプの芸術家でもある。一本の赤ワインを空ける間に、逸話の名人芸を披露したと思ったら突然に怒り出し、湯気を立てながら書斎へ引っ込み——大柄な猫背が暗がりの中を家の灯りへと退いてゆき、ベティやジェインやフランシーヌ、今はテリーサがなだめに追いかけてゆくことがしばしばだ。会話を平穏に進めるコツを知らず、自分と違う意見は——いかに穏健なものであっても——血みどろの戦いへの招待と思い込んでしまうところがある。老齢にも酒にも、性格が丸くなるきざしはない。そして当然のことだが、歳を取って作品が少なくなるにつれて不機嫌の度合は増している。フランスでの閑居は子供がいつまでも拗《す》ねているようなものなのだが、この二十年の間には、本国からのさまざまな冷遇によってそこに暗い影が落ちていた。『全詩集』が絶版になり、次の出版社を見つけるまでに四年かかった。自分ではなくスティーヴン・スペンダーが叙爵され、グラマティカスではなくクレイグ・レインがフェイバー社の詩集部門編集長になり、オクスフォードの詩学教授の座がジェイムズ・フェントンにさらわれ、テッド・ヒューズとアンドルー・モーションが桂冠詩人となり、あろうことかシェイマス・ヒーニーがノーベル賞を獲って、そのたびにジョンは傷ついた。こうした名前は、ペロウンにはさっぱり分からない。けれども分かるのは、高名な詩人というのは偉くなった専門指導医と同じで、つねに他人の動向が気になって仕方がなく、自分の評判を守ることに汲々として、地位の下落という恐れに居ても立ってもいられない人種であるということだ。詩人といえども、少なくともこの詩人に限って言えば、世間並みの俗気を持ち合わせているのである。

子供たちが幼児だった二、三年はペロウン夫妻も夏休みを別の場所で過ごしたのだが、南仏ではサン・フェリックスほどに美しい場所はなかった。ロザリンドが子供時代の休みを過ごしたのもこの場所だった。城館《シャトー》は巨大で、ジョンと顔を合わせずに済ますのは簡単だった――向こうも一日数時間は独りで過ごしたがっていたのだ。不機嫌が起きるのは一週間にせいぜい二、三度であり、時が経つにつれてそれも気にならなくなってきた。そして、ジョンの恋愛パターンが定着してくるにつれ、ロザリンドには父と親密なコンタクトを取り続けなければならない微妙な理由ができた。もともとこのシャトーはロザリンドの母方の祖父母の持ち物であり、ロザリンドの母が一生愛し続けた場所でもあった。シャトーを近代化し、荒れていた場所を修復したのはこの女性である。心配なのは、ジョンが歳と病気に負けてついに秘書のひとりと結婚した場合、シャトーが一族の手を離れて新参者の手に落ちるかもしれないことだった。フランスの相続法から言えばそれは阻止できるかもしれないのだが、トンチン年金関係の古文書によればサン・フェリックスはフランスの法支配を受けず、英国の法律が適用されることになっているのだ。その話が出るとジョンは不機嫌になって、自分は再婚しないからシャトーはロザリンドのものだと断言するのだが、それを書面にしてくれという頼みは拒否し続けている。

　このひそかにくすぶっている不安は、いずれ解決のしようもあるだろう。ペロウン夫妻に夏のシャトー訪問を続けさせた理由のうちでより強力だったのは、デイジーとシーオが行きたがったことである――といっても、それはジョンとデイジーが仲たがいする前の時代だが。デイジーとシーオは祖父になつき、馬鹿げた気まぐれを見ても、祖父が他人とは違うこと、大人物であることの証拠だと考えていた――当人も、同じように考えている傾きがあったが。ジョンはふたりをかわいがり、決してふたりには声を荒らげず、最も性質《たち》の悪いかんしゃくだけはふたりから押し隠そうとした。

最初から、孫たちの知的成育には自分が重要な役割を果たすつもりでいて、結果としては確かにそうなった。シーオが書物には付き合い程度の興味しか示さないことが明らかになると、ジョンはシーオにピアノをいじらせ、Cのキーで弾く簡単なブギを教えてやった。それからアコースティック・ギターを買い与え、地下室からLPばかりでなく重たい78回転盤も入ったブルース・レコードのボール箱をいくつも運んできて、テープに移したものを定期便のようにロンドンに送ってきた。シーオの十四歳の誕生日には、祖父の運転する車でトゥルーズに行き、ジョン・リー・フッカーが出た最後のライヴのひとつを聴いた。ある日の夕食後、グラマティカスとシーオは降るような星空のもとで「セント・ジェイムズ病院」を演奏した。老人は頭をぐっと反らして震えるしゃがれ声のアメリカ・アクセントで歌い、ロザリンドを涙ぐませた。まだ十四歳だったシーオは甘美な憂いに満ちたソロを即興で弾いた。ひとりワイングラスを持ってプールに足をつけていたペロウンも感動し、息子の才能を十分まともに受け取ってこなかったことを反省した。

その年の秋、シーオはイースト・ロンドンに通ってレッスンを受けはじめた。ロザリンドの新聞社の友人がつてを持っていたブリティッシュ・ブルースの大御所たちに付いたのである。シーオの話では、いちばん印象的だったのはジャック・ブルースで、なぜなら彼は正式の音楽教育を受けており、複数の楽器が演奏でき、ベース演奏に革命を起こした人物であり、理論についても詳しくて、今は昔、ブルース・インコーポレイティドが活躍していたブリティッシュ・ブルースの黄金時代にあらゆる人間とレコーディングを行っていた。それにまた、他の大家たちよりもシーオを根気よく指導してくれ、とても親切だったという。ペロウンはジャック・ブルースのような有名音楽家が時間を割いてそこいらの子供を指導してくれたことにびっくりした。シーオはごくあたりまえのことと考えているらしく、その無邪気さがいとしかった。

ブルースの紹介で、シーオは幾人かの伝説的ミュージシャンにも会った。クラプトンのマスタークラスを聴講することも許された。ロング・ジョン・ボールドリーがカナダから旧交を温めにやってきた。シーオはシリル・デイヴィーズやアレクシス・コーナーやグレアム・ボンド・オーガニゼイションやクリームの初コンサートの話を聞くのが好きだった。ちょっとした偶然でロニー・ウッドと数分間のジャムをすることにもなり、ロニーの兄のアートにも会うことができた。その一年後、トウィッケナムのパブ「キャベッジ・パッチ」で行われる「イール・パイ・クラブ」のジャムセッションに参加しないかとアートから誘いがあった。始めてから五年もしないうちに、シーオはブリティッシュ・ブルースの伝統をすべて飲み込んでしまったようである。今では、シャトーに行くたびに祖父のためにプレイし、新しくものにしたテクニックを披露している。ジョンが賛同してくれることが必要なようで、老人もそれに応えてくれる。ペロウンはジョンに任せるしかない。自分が全く知らずに終わったかもしれないシーオの才能をジョンは開花させてくれたのだ。たしかに、夏休みに九歳のシーオを連れてペンブルックシャーでボディサーフィンをしに行ったとき、ペロウンは誰かのギターを借りて三つのシンプルなコードを教え、Eのキーではブルースがどういうふうに進行するのか教えてやったことがある。けれどもそれは、フリスビーやグラススキーやクワッドバイクやペイントボールや石投げやローラーブレードと同じ遊びの一環に過ぎなかった。あのころのペロウンは、子供に遊びを教えることに夢中だった。ローラーブレードで少年たちについていこうとして、腕を折ったことさえあった。けれども、あの三つのコードが息子のキャリアの基《もとい》になろうとは、夢にも思っていなかった。

ジョン・グラマティカスは、デイジーの人生にも大きな影響を与えた――少なくとも、ふたりの関係に暗雲がきざすまでは。デイジーが十三歳でシーオがCのブギを教わっていた頃、ジョンはデイジーにどんな本が好きかと尋ねた。デイジーの話をじっくり聞き、最後に、それでは狙いが低すぎると宣告した――デイジーが読んでいる「ヤングアダルト」小説のたぐいは毒にも薬にもならん、と。そして『ジェイン・エア』を読めとけしかけ、第一章を朗読してやったあと、その先にどんな楽しみが待ち受けているのか説いて聞かせた。デイジーは頑張って読んだが、それは祖父を喜ばせるためだった。言葉遣いがなじめないし、センテンスが長すぎるし、頭の中で絵になってくれないとデイジーは言い続けた。けれどもジョンは孫娘を励まし続け、そしてついに、百ページほど進んだところでデイジーはジェインが好きになり、食事の間さえ惜しんで読みはじめた。ある日の午後、みんなで野原へ散歩に出かけたとき、デイジーはあと四十一ページだからと言ってあとに残った。戻ってみると、デイジーは鳩小屋のそばの木の下で泣いていた。ストーリーに泣かされたのではなく、ついに一巻が終わって夢から覚めてみると、これを創作した女性に自分は決して会うことがないのだという実感が迫ってきたのだった。自分が泣いているのは讃歎の念ゆえ、このようなものが作り上げられるのだという喜びゆえなのだとデイジーは言った。こんなものとはどんなものだ、とグラマティカスが尋ねた。あのねおじいちゃん、孤児院の子供たちが死んでも空が晴れ渡っているところとか、ロチェスターがジプシーに化けるところとか、バーサに初めて会ったらまるで野獣みたいだったところとか……。

ジョンが次に与えたのはカフカの『変身』で、十三歳の女の子にぴったりだという説明付きだった。デイジーはこの家庭内おとぎ話をむさぼるように読み、両親にも読めと要求した。ある日、夜も明けやらぬうちにシャトーの両親の寝室にやってくると、ベッドに座って、どんなに悲しい話なのかを語った。かわいそうなグレーゴル・ザムザ。家族の人たち、ひっどいんだから。部屋を掃除してザムザが好きな食べ物を届けてくれる妹がいたのは本当によかった。ロザリンドは、この物語が訴訟摘要書であるかのようにすべてを一瞬で理解した。ありえない変身の話に対してもともと冷たいペロウンも、最後にはちょっと引き込まれたと言った——それ以上には評価しないが。自分が気に入ったのは最後のページ、妹が両親と電車に終点まで乗りながら、自分を待ち受けている官能の生活を思って若い手足を伸ばすときの無神経な残酷さだ。このような変身なら自分も信じられる。『変身』はデイジーがペロウンに薦めた最初の本で、彼女の手による父親の文学教育の開始を告げるものでもあった。ペロウンはたゆまず努力を続け、娘がよこす本はほとんど何でも読んできたが、自分のことを娘が粗野で融通のきかない俗物だと思っているのは承知だ。父親には想像力がない、と。それは事実そうなのかもしれないのだが、デイジーはまだ諦めていない。ペロウンのベッドサイドには本が積み上げられ、今日もまたデイジーが本を持ってくる。なのにダーウィンの自伝も終わっていないし、コンラッドを読みはじめてもいないのだ。

　ブロンテとカフカの夏以来、グラマティカスはデイジーの読書指導を一手に引き受けた。必須の読書経験については古風で頑固な思想を抱いており、そのすべてが楽しくて仕方がない必要はあるまいと考えていた。子供は詰め込めば覚えるものだというのが信念で、そのためには金で釣ることも辞さなかった。シェイクスピア、ミルトン、欽定訳聖書——しるしを付けた箇所を二十行覚えるごとに五ポンドというわけだ。英語の詩と散文のうちで価値のあるものはどれも、この三つを源泉としているのだ。ジョンはデイジーに、音節を舌の上で転がして韻律の力を味わう方法を教えた。

十六歳の誕生日を迎える夏には、デイジーはシャトーで『失楽園』の一部、「創世記」、憂鬱な王子ハムレットのさまざまな物思いを暗唱して、文字通り唱《うた》い上げて、子供には一財産といえる金を稼いだ。ブラウニングやクラフやチェスタトンやメイスフィールドもやった。よくできた週など、四十五ポンドを手にした。それから六年経って二十二歳になった今でも、二時間ノンストップで――本人の言葉を借りれば――「吹きまくる」ことができる。中等教育を終える十八歳のころには、デイジーは祖父のいわゆる「あたりまえのもの」の相当部分を読みこなしていた。英文学をやるならオクスフォード、それもかつて自分が学んだカレッジにしろ、とジョンは言って聞かなかった。ヘンリーとロザリンドがやめてくれと懇願したにもかかわらず、ジョンは知り合いの教授に手を回したようでもある。娘夫婦に向かっては、このごろの教育システムはご清潔そのものだから自分が望んだとしても手助けはできまいと言い捨てたものだ。が、法律や医学という自分たちの職業の実情から推し量ってみると、絶対でもあるまいというのがペロウン夫妻の意見だった。けれども、指導教官になった教授からデイジーの学校の校長あてに手書きの手紙が来て、デイジーの面接は素晴らしかった、すべての洞察を文学作品からの引用で裏付けてみせたと褒めてよこしたので、ふたりの良心の呵責はおさまった。

それからの一年で、デイジーは祖父の好みからすれば少しばかり成功を収めすぎたのかもしれない。次の年、家族に二日遅れてサン・フェリックスに到着したデイジーは、その年のニューディゲット賞を受賞した自作の詩をたずさえていた。ヘンリーとロザリンドはニューディゲット賞という名前を聞いたことがなかったが、そういうものとして喜んだ。けれども、同じ賞を五〇年代の後半に受賞していた祖父にとってその意味は重かったし、あるいは重すぎたのかもしれない。グラマティカスは数ページの詩を取り上げて書斎にこもった——両親が見ることを許されたのはその後になってからだった。デイジーの詩は、またひとつの恋を終えた若い女の複雑な思いをくわしく描き出していた。彼女はまたベッドからシーツをはがしてコインランドリーに持ってゆき、洗濯機の「もやに曇った片眼鏡」越しに「私たちの染みのすべてが廻《めぐ》りながら除去されてゆく」さまを見る。そうした恋も四季と同じくあまりに早く巡《めぐ》り、「木から落ちて甘みを帯びながら腐敗し、やがて忘れ去られる果実」のように「緑から茶色へと変じ」る。シーツの染みは本当は罪深い汚れではなく「陶酔の透かし模様」であり、後の部分では「乳状の重ね書き」と呼ばれるものであって、結局のところそう簡単に消し去れるものではない。そこはかとなく宗教的、かつ流麗なエロティシズムを帯びたこの詩は、娘が大学で過ごした一年目は自分が考えもしなかったほど人口密度の高いものだったのかという思いでペロウンを狼狽させた。ただひとりのボーイフレンド、ただひとりの男というわけではなく、あまりの数多さゆえにかえって落ち着きが生まれている。グラマティカスがこの詩を嫌ったのはそのせいかもしれない——自分が保護していた娘が、独り立ちして他の男たちを見つけたのだ。あるいは、これもまた自分の地位に対する哀れな執着だったのかもしれない——デイジーに文学の手ほどきはしたが、ライバル詩人をもうひとり作り出すつもりはなかったというわけか。何と言っても、ニューディゲット賞の受賞者にはフェントンもいればモーションもいるのだ。

テリーサは、パミエの市場で買ってきたフレッシュツナを使ったサラダニソワーズが主役のシンプルなディナーを作っていた。ダイニングテーブルが置かれていたのはキッチンのすぐ外、広い芝生の端である。今日もまた黄昏は美しく、高い木や低い木が乾いた草に紫色の影を落とし、午後のセミに代わってコオロギが鳴きはじめていた。グラマティカスは最後にやってきたが、デイジーの隣の椅子に腰を下ろした義父を見たペロウンは、ここに来る前に自分だけでワインを一本かそれ以上空けたなと感づいた。それを確証するようにグラマティカスは孫娘の手首に自分の手を重ね、酔っ払いが親密さと取り違える尊大なあけすけさで、あの詩は無分別だ、ああいう詩はふつうニューディゲットを受賞しないもんだがな、と言い放った。全然だめだ、と言ったその口調は、まるでデイジーもそれを分かっていて同意するに違いないと確信しているようだった。精神科医なら、脱抑制の状態にあると診断したろう。

大学に入る前、まだほんの十八歳で、最終学年の首席で誰もが認める秀才だった頃から、デイジーは几帳面で抑制された態度を身につけてきた。今、彼女はほっそりした若い女で、清潔で小造りで、妖精を思わせる小さな顔と黒のショートヘアとまっすぐ伸びた背筋を持っている。その落ち着きぶりは決して破ることができそうにないくらいだ。この晩のディナーでも、そんなコントロールされた外見がどれほど脆いものか知っていたのは両親と弟だけだった。けれどもデイジーは、冷静な態度でゆっくりと手をひっこめ、祖父を見つめてさらなる言葉を待った。グラマティカスはパイントグラスの生ぬるいビールを飲むような具合にワインをぐびっと呷り、相手の沈黙の中に言葉を重ねた。この詩の韻律はルーズでぎこちなく、聯《スタンザ》の長さも揃っていないと言った。ヘンリーはロザリンドに、介入を求める視線を送った。ロザリンドが介入しなければ自分がするしかないのだが、それだと事が不必要に大きくなってしまう。自分でも恥ずかしいことに、ヘンリーがスタンザという言葉の意味をちゃんと知ったのはその晩遅くに辞書を引いてからだった。ロザリンドは手出しを控えた――父親の言葉の流れに割り込むのが早すぎると、爆発を招く危険性があるのだ。ジョンの手綱を取るのは、微妙な勘を要求する技術だった。テーブルの向こうでは、テリーサがすでに苦しげな表情になっていた。彼女が来てからも、彼女が来る前の時代にも、こうした場面は何度となく演じられていたが、子供たちを巻き込むものはこれまでひとつもなかった。丸く収まるわけがないのはテリーサにも分かっていた。シーオは顎を掌で支え、じっと皿を見つめていた。

孫娘の沈黙に調子づいて、ジョンはなおも言いつのった。自分の権威に酔って、ほんの子供を教えさとすような愚かしい態度を取った。眼の前にいる若い女を、エリザベス朝の「銀の時代」の詩人たちについて手ほどきしてやった頃の十六の娘と勘違いしていた。自分もかつては知っていたはずなのに、大学で一年みっちり学べばどれほど人間は違ってくるかということを忘れ果てていた。相手も自分と同じように感じているだろうと決め込み、自明のことを言っているだけのつもりだったのだ。この詩は長すぎる、読者を驚かせることに力を入れすぎだ。凝りすぎの比喩がひとつあるがそれがどれかはおまえも分かっているだろう、と。ジョンは一息入れてまたワインを呷ったが、それでもデイジーは口を開かなかった。

この詩は独創性に欠ける、というところで、ついに反応があった。デイジーは形のよい頭を反らし、眉を片方上げてみせた。独創性に欠ける？　華奢な顎が隠しようもなく震えているのを見たペロウンは、この冷静さも長くは保《も》つまいと思った。ロザリンドがついに何か言いかけたが、父親はおっかぶせて言った。そうさ、有名ではないが才能のある詩人でパット・ジョーダンというのがいる。リヴァプール派だ。この詩人が六〇年代に似たようなアイディアの作品を書いておる——恋の終わり、コインランドリーで回転するシーツを見て思いにふける詩人。ひょっとすると、グラマティカス本人も自分の振る舞いがどれほど愚かしいかは承知していて、それでもやめられなかったのだろうか？　老人の酔眼には見捨てられるのを怖れる犬にも似た色があって、それはまるで、自分の行動に怖気づいて誰かが止めてくれるのを待っているようだった。優しいところを見せようとするほどに声はうわずり、それでもとめどなく喋り続けるさまは、とても見られたものではなかった。発言権を与えてくれたはずのテーブルの沈黙が今ではジョンを罰し、のたうち回らせているのだった。シーオはあっけに取られた様子で祖父を眺め、首を振っていた。もちろんだなあ、とジョンは言っていた。おまえが盗作をしたというんじゃないよ、前にあの詩を読んで忘れてしまったのかもしれないし、自分で同じことを考え付いただけかもしれない。なにしろ、とりたてて特別でも異常でもないアイディアだからな。しかし、どちらにしても……。

自分をどんづまりまで追い詰めておいて、ジョンは黙り込んだ。ペロウンは娘が打ちひしがれていないのを見て嬉しく思った。デイジーは激怒していた。首の血管が肌の下で脈打っているのが見えた。けれども、いかなる形であれ、取り乱して祖父の気を楽にさせることはしなかった。突然、沈黙に耐えられなくなったグラマティカスはまた早口に喋りはじめ、自分の意見を変えることはなしに調子を和らげようとした。デイジーが割り込み、何か別の話をしましょうと言うと、グラマティカスは「くそっ!」と一言吐き出して立ち上がり、家に引っ込んでしまった。残された人々はそれを見ていた――消え行く後姿はなじみのものであっても、やはり不安だった。この夏にこれが起きたのは、この日が初めてだったのだ。

デイジーはそれから三日間滞在したから、祖父が関係修復の方法を考えるには十分な時間があった。けれども、翌日のグラマティカスは颯爽とした上機嫌ぶりで自分の用事にかまけ、ゆうべのことは忘れてしまったようだった。それともあれは演技だったのだろうか――酔っ払いの例に洩れず、日が変われば前日は帳消しと考えようとする癖があったのだ。バルセロナへと出発するデイジーは

――これはずっと前からの予定だった――祖父の両頬に別れのキスをしてみせ、グラマティカスも孫娘の腕を握って、これで和解は成ったと後から自分を納得させたようだった。デイジーにはちゃんと謝っておいたほうがいいとロザリンドが言い、ヘンリーも時間を置いて同じことを言ったのだが、グラマティカスは気にしすぎだと一蹴した。こうした性格だからこそ、それから二年にわたってデイジーがサン・フェリックスに姿を見せなかったのには一体どういうことかとグラマティカスは戸惑ったに違いない。デイジーは理由をつけて、友達と一緒に中国やブラジルに旅行に行ったのである。デイジーが一等学位を取ったときは手紙を書くいい機会だったのだが、その頃にはグラマティカスはこの問題に不機嫌にそっぽを向くようになっていた。従って、ロザリンドがデイジーの詩集のゲラを送ったのは危険な賭けといえた。同じ版元がかつてグラマティカスの『全詩集』を絶版にしていたのだから、なおさらである。

デイジーの詩集『私の向こう見ずな小舟《マイ・ソーシー・バーク》』に対する絶讃が戦略的なものだったとしても、グラマティカスはみじんもそれを匂わせなかった。デイジー宛の長い手紙は、皮切りに、自分があのコンランドリーの詩について「みっともない野暮天」の振る舞いをしたと認めていた。実はこの詩は詩集に収録されておらず、ヘンリーは――決して口には出さなかったが――デイジーのほうでも祖父の意見が正しいと最初から思っていたのではないかという気がした。手紙は続けてこう言っていた。デイジーが作り上げたトーンは口語的でありながら意味深長で含みがある。そうした日常的で平静な言葉つきは、ところどころに表れる突然の濃密な感情と「世俗的な超絶感」によって破られている。この点、自分が敬愛してやまないフィリップ・ラーキンの精神をいたるところに見出すことができるが、デイジーの詩は「若い女の官能によって強められ」、より暗いユーモアを湛えている。ほとんど解読不能な筆記体でグラマティカスは「筋肉質な知性」を称え、デイジーの詩の骨格に満ち渡っている「硬質で独立した知性」を賞讃していた。「六つの短い歌」の「自堕落なウィット」も気に入った。「私の靴に乗った脳のバラード」には「馬鹿みたいに大笑いした」とあった――ある朝、デイジーが手術室で父親の仕事を参観した成果がこの詩だ。言うまでもなく、ペロウンはこの詩がいちばん気に入らない。娘が見に来たのは、ありふれた動脈瘤の手術だった。灰白質や白質は何も損われなかった。思うに、この詩には芸術の本質的な虚偽性が見出せるのであるが、その虚偽性は――と、ペロウンも考えざるを得なかった――許されるべきものなのだろう。デイジーも祖父に、愛情のこもった返事の葉書を送った。長い間会えずにいるのがどれほど寂しいか、自分が祖父にどれほど恩を感じているかを書いた。あの手紙には有頂天になった、何度も読み返しては絶讃に眼を回しそうになっている、としたためた。

今日、老人とデイジーはトゥルーズとパリから合流する。あるテレビ局がグラマティカスの人生を番組にまとめるつもりで、クラリッジ・ホテルという豪華な宿泊所を用意している。今夜のディナーは和解を完全にするはず――というのが計画なのだが、魚の袋を下げてハイ・ストリートの人の流れと一緒に車へと戻ってゆくペロウンは、これまで義父と共にしてきたあまりに多くの食事を思うと楽観的になりきれなかった。それに、ここ三年でいろいろ事情も変わったのだ。このところグラマティカスは、夕方にワインを飲みはじめる前の景気づけとしてジンを数杯ぐっとやる習慣が戻ってきている――六十代の一時《いっとき》は何とかやめていたのだが。もうひとつの変化は、一日のなごりにタンブラー数杯のスコッチをやるようになったことで、就寝前の「うがいがわり」のビールでやっと打ち止めとなる。ペロウン家の玄関に現れたときすでに一杯機嫌あるいは興奮状態ならば、娘の家では自分が一番でいたいという無鉄砲な衝動を抑えられず、酒のペースが上がるだろう。たいていの場合、酩酊状態への旅程の前半におけるグラマティカスは陽気である——社交的ないい同席者であり、悠然と構え、いたずらっぽくて楽しく、有名な老詩人という役を完璧にこなして、喋るだけでなく聞き役としても上機嫌でいられる。けれど、酩酊の高原という陰気な目的地に到着してしまえば、そこにいるのは完全な酔っ払いであり、権力の座に着くのはより陰惨な詩神《ミューズ》、攻撃性と妄執と自己憐憫の悪鬼たちである。現在の見通しを言うならば、ジョンと過ごす一夜が不愉快にならないで済むためにはその場のみんなが懸命に機嫌をとって持ち上げ、何時間となく仮面をかぶって話を聞き続けてやるしかあるまい。だが、誰もそんなことはやりたくないのだ。

　車のところに来たペロウンは、一家のハイキングブーツやバックパックや去年の夏のテニスボールが入ったトランクに魚臭い袋を入れる。医者にあるまじき考えではあるが、関係者全員——老人本人を含めて——にとっていちばん親切なやり方は、陽気な上り調子のうちに軽い鎮静剤を一服盛ることではあるまいかという気がする場合もある。ベンゾジアゼピン系の睡眠導入剤で短時間性のものをリオハか何か濃厚な赤ワインに混ぜ、あくびが増えてきたら、用意した階上の寝室かタクシーへとご案内——高名な老詩人はいい気持ちに疲れて十一時半に寝てしまいました、めでたしめでたし、というわけだ。

　メリルボーンのゆっくりした車の流れを数百ヤード進んだところで、バックミラーに映った二台後ろの赤いBMWに気付く。実際に見えるのは車体の左側だけで、ウィングミラーが取れているかどうかは分からない。交差点で白いバンが割り込んできて、赤い車はほとんど見えなくなる。バクスターでないとは言い切れないが、あの男にもう一度会うことについて特別な不安は感じない。それどころか、話をしてみてもいいくらいだ。あれは興味深い症例であり、自分が治療の手助けを申し出たのは本気だった。それより気になるのは、土曜の朝の車の流れがほとんど止まってしまったことだ——前方に障害物があるらしい。もう一度見たときには、赤い車は姿を消している。そして、ペロウンは赤い車のことを忘れてしまう。注意力は左手のテレビ販売店に引き寄せられている。

ショーウィンドウでは、同じ映像を映し出したさまざまな種類のテレビ画面が段々に積み上げられている——ブラウン管、プラズマ、ポータブル、ホームシネマ。どのテレビも、首相のスタジオインタビューを映している。顔のクロースアップからぐーっと寄って口元のクロースアップになり、ついには唇が画面の半分を占める。首相のこれまでの主張は、自分が知っているだけのことを国民が知っていれば積極的に戦争を支持するだろうというものだった。ひょっとするとこのズームアップは、視聴者が行わずにいられないひとつの計算——この政治家は真実を告げているのか——に応えるためにディレクターが意図的に指示したのかもしれない。けれども、人が正直に話しているかどうかを本当に見分けられる者はいるのだろうか？　この問題については、いくつか優秀な研究がなされている。ペロウンはポール・エクマンの論文を読んだことがある。意図して嘘をつきながら微笑を浮かべた場合、顔面の特定の筋肉が動かない。それらの筋肉は、偽らざる感情を表すときにしか使用されないのだ。虚言者の微笑には欠陥があり、不完全なのだ。とはいえ、そうした筋肉が動かないでいるのを確認することはできるのだろうか？　人間の顔形にはあまりに多くのバリエーションがあり、脂肪のつき具合、ちょっとしたへこみ具合、骨の構造といったものが人によって異なるのだから。それにまた、嘘をつくのに熱心な人間が第一に実行すべき得策は自分が本気だと思い込むことなのだから、始末に悪い。当人が本気であってみれば、偽りなどありえないのだ。

だが、虚言者が本能的に行うそうした対抗策によっていくら事が難しくなろうとも、人は眼をこらして表情を読み、意図を推し量ろうとする。味方か、はたまた敵か？　これは人間の抜きがたい習性なのだ。いかなる世代においてもその推量の精度は五十パーセントを少々上回るものにすぎなかったろうけれども、やはりやってみる価値はある。今は、とりわけそうだろう。英国は戦争の淵に立ちつつ、手遅れにならないうちに戦争を中止する方法があると信じているのだから。この男は、戦争をすることで我々がより安全になると本気で信じているのだろうか？　サダムは本当に、恐るべき破壊力の武器を所有しているのだろうか？　ひょっとすると、首相は本気でありながら間違っているだけなのかもしれない。首相をもっとも痛烈に非難する人間の中にも、彼の誠実さだけは疑っていない層がいる。首相はとんでもない誤算を犯そうとしているのかもしれないのだ。あるいは、首相の策が功を奏するのかもしれない——何十万人という死者を出すことなく独裁者が打ち負かされ、一年か二年すれば、世俗政権かイスラム政権かは知らないがひとつの民主主義体制が中東の陰鬱な独裁勢力のはざまに生まれるのかもしれない。首相の顔が何十となく映し出される場所で車がぴたりと動かなくなってしまったヘンリーは、自分の抱えているアンビバレンスがある種のめまい、目くるめくようなためらいとなるのを感じる。自分が選んだ脳神経外科とは、思えば安全で単純な職業だったのだ。

ペロウンの患者の中には、もっとも近しい家族や友人の顔も認識できず、ましてや表情を読むことなど全くできない人たちがいる。多くのケースは脳の右脳中部の紡錘回が機能不全であり、そのほとんどは脳卒中によるものだ。それについて脳神経外科医が施せる術はない。ペロウンがトニー・ブレアと出会ったのは一度きりだが、あのときのブレアも一瞬だけ他人の顔が認識できなくなる症状――一過性の相貌失認症――だったに違いない。あれは二〇〇〇年の五月、今では失われた無邪気な時代として無根拠に懐かしがられている一季節のことだった。イラク攻撃という目下の大問題より以前に、世間一般によって成功だと認められた公共プロジェクトがあった。稼動を終えたテムズ河南岸の発電所が、現代美術の展示場として生まれ変わったのだ。大胆かつ華麗な転身だった。テート・モダンのオープニング・パーティには四千人のゲスト――有名人、政治家、偉大にして善良なる人々――が集まって、数百人の若い男女がシャンパーニュとカナッペを持ってまわり、シニシズムに毒されていない幸福感が全体に広がっていた――この手のイベントでは珍しいことだ。ヘンリーは王立外科学会のメンバーとして招待されていた。ロザリンドは新聞社のからみで呼ばれていた。シーオとデイジーもついてきて、会場に到着するが早いか人込みに姿を消してしまった。両親がふたりと再会したのは、翌朝になってからだった。ゲストたちが集まったのはかつてのタービン室で、広々とした工業的な空間に何千という興奮した声のざわめきが満ちて、鉄製の大梁の下に長い手足を伸ばしている巨大な蜘蛛の彫刻さえもふわりと浮かび上がるかに見えた。一時間後、ヘンリーとロザリンドは友人たちと別れ、飲み物を手に持って、比較的混んでいない展示室の作品を見て回った。

あまり雰囲気がいいので、コンセプチュアル・アートの陰鬱な非正統性さえもがお楽しみの一部であるような、学校の参観日に幼い生徒たちが真剣に描いた絵の展示を眺めているような気がしてきた。ペロウンはコーネリア・パーカーの「爆発する小屋」が気に入った――心の中からひとつの華麗なアイディアが飛び出しているような、ユーモラスな構築物である。ふたりはマーク・ロスコの展示室に入り、ほの暗い紫やオレンジ色の巨大な平面に囲まれて、数分の停泊状態を楽しんだ。それから、広い入口を通って隣の展示室に移ると、数多いインスタレーションのひとつが行われている最中のように見えた。が、実のところは、煉瓦を低く積み上げたものが展示されているだけで、客を巻き込んだインスタレーションではなかった。展示の向こう、広い部屋の端に、首相が館長を従えて立っていた。煉瓦積みのこちら側、ふたりから二十フィートばかり離れたところでベルベットのロープに形ばかりさえぎられているのは、報道陣――三十人以上のカメラマン、それに記者――と、美術館や首相官邸のスタッフとおぼしき人々だ。ペロウン夫妻が入っていったとき、部屋は奇妙に静まり返っていた。ブレアと館長は、有名な煉瓦が画面に入るような立ち位置で微笑を浮かべてポーズを取っていた。まちまちなタイミングでフラッシュが焚かれたが、いつもと違ってカメラマンの誰もポーズの注文をつけなかった。場の静けさは、まるで隣のマーク・ロスコに影響されたかのようだった。

それから、撮影を終わらせる口実を探していたものか、館長が片手を上げてロザリンドに挨拶した。円満解決したとある法的問題がきっかけで知り合いになっていたのだ。館長はブレアを連れて煉瓦を回り込み、展示室を横切ってペロウン夫妻のほうにやってきた。その後からぞろぞろと行列がついてきた――カメラマンはぬかりなくカメラを構え、番記者たちもついに何か面白いことが起こってくれる可能性に備えて手帳を開いて。急に密度を増した人込みの中で、ペロウン夫妻は首相に紹介された。首相はまずロザリンドと、ついでヘンリーと握手した。しっかりと男らしい握手で、ペロウンが驚いたことには、ブレアはこちらが誰なのか認識して興味を抱いているようだった。視線は知的で力強く、予想外に若々しかった。まだまだこれからだ、とでも言いたげに。

ブレアが言った。「お仕事には、本当に感服していますよ」

ペロウンはとっさに「ありがとうございます」としか言えなかったが、いささか感動した。なるほど、ありえないことではあるまい。記憶力がよくて大臣のブリーフィングを細部まで飲み込むのが有名なブレアのことだから、先月に提出された、病院のきわめて良好な成績――すべての目標達成――や、ひょっとすると脳神経外科の出した異例の好結果のことまでも知っているのかもしれない。昨年比で二十三パーセントの成功率アップ。だが、しばらくして、ペロウンはそれがいかに馬鹿げた考えだったか思い知らされることになった。

首相はまだペロウンの手を握りながら言った。「あなたの絵を二枚、官邸に飾ってあるんです。シェリーもわたしもたいへん好きでしてね」

「いや、いや」

「そうですとも」ペロウンの手をぶんぶん振りながら首相は言い張った。芸術家の謙虚さに付き合っている気分ではなかったのだ。

「いえ、それは――」

「本当ですよ。ダイニングルームに飾ってあります」

「間違いじゃないかと思うんですが」とペロウンが言い、その言葉を聞いた首相の表情にほんの一瞬だけ、突然の驚き、いきなりの疑念が表れた。誰も気付かなかったが、表情が凍りつき、眼がごくわずかに見開かれた。自信たっぷりの態度に、毛筋ほどのひびが入ったのである。それから首相が前と同じ調子で言葉を続けたのは、これだけの人数がひしめき合って耳をそばだてている状況下で引き返すことはできまいと素早い計算を行ったからだろう。そんなことをすれば、明日の新聞でからかわれるのは必至だ。

「ともかくも、素晴らしいものですよ。よくなさいました」

黒のパンツスーツを着た女性スタッフが割って入った。「首相、残り時間は三分半です。そろそろ行きませんと」

ブレアはペロウンの手を放し、ちょっと会釈して口元に簡単な表情を作ってみせただけで、向きを変えて案内されていった。そして一同——報道陣、取り巻き、ボディガード、テート・モダンの下役上役たち——も脇をかすめてどっとはけてゆき、あっという間に、ペロウン夫妻は煉瓦積みのある展示室で何事もなかったかのように取り残されていた。

インタビュアーと首相の間を往復する同じ映像の集まりを車から見ながら、ペロウンは考える。突然の疑念に肝を冷やすこうした瞬間が、首相の一日——夜を含む——に占める割合は、どんどん増加中なのだろうか。国連でふたたび決議がなされることはないかもしれない。兵器査察団の次の報告も、やはり不確かかもしれない。侵攻軍に対してイラクは生物兵器を使用するかもしれない。あるいは、前任査察官のひとりが繰り返し主張しているように、大量破壊兵器はもはや全く存在しないのかもしれない。飢饉と三百万人の難民という噂が流れ、シリアとイランでは難民キャンプの準備が始まっている。国連は、数十万人のイラク人が死亡するだろうと推定。ロンドンに報復攻撃があるかもしれない。そして、米国はいまだに戦後の統治プランについて明確な考えを示さないかもしれない。ひょっとすると、プランなどというものはないのだろうか。要するに、サダムを排除するには犠牲が伴いすぎるかもしれないのだ。この未来は誰にも予測できない。大臣たちは忠実に賛成を表明してくれているし、いくつかの新聞も支持を表明しているし、英国では反対派と同時に熱心な支持派が相当数いるのだが、英国でこの問題を推し進めているのがたったひとりの男であることを本当に疑うものはいない。就寝中の汗、恐ろしい夢、眠れぬ夜の常軌を逸した妄想？　それとも、純粋な孤独？　画面上で首相を見かけると、ヘンリーは思わず見入ってしまう——深淵の存在に気付いた刹那の毛筋ほどの亀裂はないか、表情が凝固する一瞬はないか、自分がひそかに目撃したような、瞬間的な自信のゆらぎはないか、と。だが、そこに見えるのは確信だけであり、最悪の場合、必死な熱心さだけである。

ペロウンは、自宅玄関の反対側にある居住者用駐車場に空きスペースを見つける。買ってきたものをトランクから出しながらふと広場を見やると、自宅に一番近いベンチのまわりで若い男たちがたむろしている。夕方ごろによくこの場所に集まり、深夜にもう一度集まってくる連中だ。カリブ系の若者がふたり、時にはトルコ系とおぼしき中東の若者が三人。みんな愛想がよく、金回りも悪くないようで、よく互いの肩にもたれかかって大声で笑っている。歩道の縁にはペロウンのと同じ型で塗装は黒のベンツが駐めてあり、必ず運転席に人影が見られる。時々、別の人間がやってきてグループに話しかける。グループのひとりが車に近づき、運転手と相談して戻ってくると、また一同が額を寄せ、やってきた人間は立ち去ってゆく。自分たちの用事にしか興味はない様子で、まったく柄も悪くないので、ペロウンはずっと、彼らは麻薬のディーラーでコカインかエクスタシーとマリファナあたりのストリートカフェを開いているのだろうと考えてきた。客たちは重症ではなさそうだし身なりもきちんとしているから、ヘロインやクラックではあるまい。そうしたペロウンの考えを訂正したのはシーオだった。あのグループが売っているのは、ロンドン一円で行われるインディーズ系のラップ・イベントのチケットなのである。海賊版のCDも売っているし、パーティ会場やDJの格安手配だとか、結婚式や空港用のリムジンバス、格安の健康保険や旅行保険の手配もやってくれる。手数料を払えば、亡命者や不法移民に事務弁護士を紹介してもくれる。このグループは税金やオフィス経費を払っていないので、底値でサービスを提供できるのだ。道を渡って自宅に帰る途中で彼らを見るたびに、そして今も、ペロウンは何となく悪いことをしたような気になる。そのうち彼らから買物をしてもいいかもしれない。

シーオはキッチンにいるらしい。例のフルーツとヨーグルトの朝食を作っているのだろうか。ヘンリーは地下への階段のてっぺんに魚を置き、帰ったぞと声をかけておいて、三階に上がる。寝室は暖房が効きすぎて狭苦しく感じられ、日の光のせいでがらんとして見える。光を絞ったランプのもと、一日の仕事を終えて眠りを約束された状態で見るほうが、この部屋は温かみのある場所に見える。午後早くにこの部屋に入ると、重いインフルエンザにかかったときのことを思い出してしまう。ペロウンはスニーカーを脱ぎ、濡れた靴下を足から剥ぎ取って洗濯かごに入れたあと、真ん中の窓に近づいて開ける。またただ。それとも別の車だろうか、部屋の真下で、横道が広場に接する角を曲がってゆく。見えるのはほとんど屋根だけ、右側のウィングミラーは完全に視界からさえぎられており、窓を開けて身を乗り出しても見えない。ドライバーや同乗者の様子も不明だ。それでも見ていると、車は広場の北側を流したあと、コンウェイ・ストリートに右折して姿を消す。今回は、前回ほど距離を置いた感じがしない。だが、それなら自分は何を感じているのだろう？　興味、あるいは軽い不安をさえ？　車の造りはごくありふれたものだし、二、三年前まで赤は流行の色だった。しかし、あれがバクスターである可能性を無理に否定する必要があるだろうか？　あの男が追い込まれた窮地は悲惨でもあり、また興味深くもある――心身を蝕む病気が最初の兆候を現す以前でさえ、よりよい人生を送りたいという望みがストリート・タフガイ風の生き方の裏に隠されていたのだ。ペロウンは窓を離れてバスルームに向かう。バクスターは自分を尾行する必要などないのだ。ベンツは隠れようもないし、今は自宅の真ん前に駐めてある。そう、バクスターにはオフィスで再会し、詳しい話を聞いて、いくつか役に立つ連絡先を教えてやりたいものだ。しかし、広場のあたりをうろつかれたくはないのである。

服を全部脱いだところで、足元に積み上がった衣類の山の中から携帯電話の音がする。ごそごそ探した末に電話が見つかる。

「ダーリン？」という女の声。

やっとロザリンドがつかまった。最高のタイミングではなかろうか？　ペロウンは寝室に電話を持ち込み、数時間前に愛し合ったあとお座なりに直したベッドに裸であおむけに倒れ込む。暖房のラジエーターから、砂漠に吹く微風のような熱波が剝き出しの肌に伝わってくる。温度設定が高すぎるのだ。ペロウンは、ペニスが半ば――あるいは四分の一ほど――勃起するのを感じる。ロザリンドが今日も仕事でなければ、新聞が週末に危機に陥らなければ、あの慇懃な総務部長が報道の自由となるとどんな些細な侵害でも許さない性格でなければ、ロザリンドとヘンリーはたったいまこの場所で一緒にいるはずなのだ。ふたりは時々、冬の午後の一、二時間をそうやって過ごす。四時の黄昏のなまめかしさ。

バスルームの鏡に映ったヘンリーの身体は、照明を落として特定の角度から見ると青年時代を思い出させてくれることもあるという程度のものだ。だがロザリンドの場合は、精神の光の当たり具合というか愛の贔屓目というか、はるか昔に知り合ったあの女とぴたり重なって見えるのが常だ。若い頃のロザリンドの姉には見えても、まだ母ではない。いつまでそれが保《も》つだろう？　本質的なところでは、それぞれの要素は変わらないままである。内側から輝くような肌の白さ――ケルト系だった母のマリアンから受け継いだものだ。量の少ない、繊細な眉毛――ほとんど存在しないくらいの。物静かで柔らかい視線。歯は以前と変わらず白く（ヘンリーの歯はくすんできている）、上半分は完璧な歯列、下半分はいささか乱れている――決して矯正してほしいと思ったことのない、少女のような歯並びだ。はにかむような微笑が開けっぴろげに広がってゆく様子。唇には、他に類を見ないオレンジがかった薔薇色の輝き。髪はショートになったが、赤みがかった茶色は変わっていない。リラックスしているときのロザリンドには明るく知性的な雰囲気があり、人生の楽しみを追い求める心が今でも旺盛なことをうかがわせる。今でもやはり美しい顔だ。とはいえ、そこは四十代で、疲れ切って就寝前に鏡を見る折などにはっとする瞬間はあるし、ヘンリー自身、自分が妻の容貌に残酷なチェックを入れながら嚙みつくような眼をしていることに気付いてもいる。人間はみな同じ方向へと進んでいるのだ。無理もないことだが、丸いふくらみを増した尻が好みだとか胸はずっしり豊かなほうがいいとかペロウンが言っても、ロザリンドは完全には信じない。けれども、それは本当なのだ。そう、たった今ロザリンドと一緒に横になれたらどれほどいいだろうに。

おそらく、ロザリンドの精神状態は自分のと違うだろう――オフィス用の黒いスーツで、会議から会議へと急いでいるのだから――そう考えたペロウンは、しっかりした口調で話せるようにベッドの上で起き上がる。

「うまくいってる？」

「判事の車がブラックフライアーズ・ブリッジの南で立ち往生してるの。デモのせい。でも、判決はこっちの思いどおりになりそう」

「差し止め命令は撤回？」

「ええ。月曜の午前で」てきぱきした、満足げな口調だ。

「天才だね。ところで、お父さんは？」

「ホテルには迎えにいけそうもないわ。これもデモのせい。すごい渋滞。タクシーに乗って自分で来るって」一息ついたロザリンドは、わずかに口調をゆるめる。「それで、あなたは？」あなたは、という部分が深みのある声でゆったりと発音されたのは、明らかに今朝の出来事を指している。ということは、さっきからロザリンドの精神状態を読み違えていたのだ。自分は裸でベッドの上におり、ロザリンドが欲しくなっているといいかけて、ペロウンは思いとどまる。電話で前戯をしている場合ではなくて、自分は出かける場所があり、妻も片付けなければならない仕事がある。それに、もっと大事なことをいくつか話さなくてはならないのだが、それは今夜のディナーの後か明日の朝まで待たなくてはなるまい。

「シャワーを浴びたら、すぐにペリヴェイル行きだ」と言ったペロウンは、これでは妻の質問に答えたことにならないのに気付いて付け加える。「私は元気だよ。だけど、早くあなたと一緒に過ごしたい」これではどちらにとっても不十分で、ペロウンは続けて言う。「いろいろなことが起こってね。その話をしたいんだ」

「どんなこと？」

「いや、悪いことは何も。会ってから話すよ」

「オーケー。じゃ、ヒントだけ」

「けさ早く、眠れなくて窓の外を眺めていたんだ。そのときに、例のロシアの貨物機を見た」

「ダーリン。怖かったでしょ。他には？」

ペロウンがためらうと、手がひとりでに動いて、胸のあざのあたりを撫でる。ロザリンドが時々使う言い回しを借りれば、「見出しはどうなる？」だ。道路で危機一髪。強盗未遂。神経の病気。ウィングミラー。バックミラー。

「スカッシュで負けた。あのゲームをするにはもう歳だ」

ロザリンドが笑う。「そんなことじゃないんでしょ」だが、安心したらしい。「ひょっとして、忘れてない？　今日の午後、シーオが大事なリハーサルをやるんだけど。あなた、何日か前に行くって約束してたわよ」

「しまった。何時だっけ？」そんな約束をした覚えがない。

「五時に、ラドブローク・グローヴのあそこで」

「じゃ、もう出ないと」

ペロウンはベッドから立ち上がり、電話をバスルームに持ち込んで別れを告げる。

「愛してる」

「愛してる」とロザリンドは答え、電話を切る。

ペロウンは流れ出るシャワーの下に踏み込む。四階からポンプで運ばれてくる強力な水流だ。現在の文明が崩壊し、かつてのローマ人と同じ役割を担った者たち（それが誰であろうと）がついに姿を消して新たな暗黒時代が始まったときには、このシャワーは真っ先になくなる贅沢のひとつだろう。泥炭の焚火を囲んでうずくまった老人たちが、信じがたい顔をしている孫たちに語って聞かせるのだろう――冬のさなかに熱い清潔なジェット水流の下に裸で立ったこと、香りのついた菱形の石鹸のこと、髪の毛を実際よりも艶っぽく豊かに見せるためにすりこむ琥珀色や朱色をした粘性の液体のこと、ローマ人のトーガなみに大きなタオルがラックの上で温まっていたことを。

ペロウンは週五日スーツにネクタイを締める。だが、ジーンズにセーターにすりきれたブーツという今日のいでたちを見れば、世代を代表するギタリストだと勘違いする人間がいてもおかしくないのではあるまいか？　ブーツの紐を結ぼうと身をかがめたとき、膝に鋭い痛みが走る。五十になるまではと突っ張っても仕方あるまい。スカッシュはあと六ヶ月、そして最後のロンドン・マラソン。耐えられるだろうか、そうした娯楽が過去のものとなったことに？　鏡の前に立って、アフターシェーブをたっぷり使う――冬には特に、老人たちが暮らす家にある種の匂いがたちこめることが多いので、別の匂いで対抗したいのだ。

ペロウンは寝室から出て、最初の一階分の階段を、半身の姿勢で手すりに頼らず二段ずつ駆け下りる。これは少年時代に覚えた技だが、今日はいつもに増して快調だ。だが、ブーツの踵が滑れば、尾骨を砕かれ、ベッドで仰向けに六ヶ月、なまった筋肉を取り戻すのに一年――この警告的な映像は一秒の半分も浮かんでいないが、効き目は十分である。次の階段は普通に下りる。

地下のキッチンに行ってみると、シーオがすでに魚を冷蔵庫にしまったようである。小型テレビは消音モードでつけられており、ヘリコプターから見下ろしたハイド・パークの映像がうつっている。大群集は茶色の帯となって、まるで岩に生えた地衣類だ。シーオが大きなサラダボウルにこしらえた朝食は、オートミール、ブラン、ナッツ、ブルーベリー、ローガンベリー、レーズン、ミルク、ヨーグルト、ナツメヤシの実を刻んだもの、リンゴにバナナ、と総計一キロ近い。
シーオが顎をしゃくってみせる。「食べる?」

「残ったらでいい」

ヘンリーは冷蔵庫からチキンと茹でジャガイモの皿を出し、立ったままで食べる。息子は中央のアイランドキッチンで高いスツールに掛け、巨大なボウルを抱え込むようにして食べている。パンくずや包装やフルーツの皮がごちゃごちゃしている向こうに、コードを鉛筆で書き込んだ楽譜。シーオの肩幅は広く、盛り上がった筋肉が清潔な白のTシャツの布地を伸ばしている。髪の毛、剝き出した腕の肌、ダークブラウンの濃い眉毛には、シーオが四歳だった頃にペロウンが飽かず眺めた、豊かでなめらかな初々しさがそのまま残っている。

ペロウンはテレビを手で指してみせる。「これでも行く気にならない?」

「さっきから見てたんだ。二百万人だってさ。すごいよ、これ」

もちろん、シーオは対イラク戦争に反対だ。その態度は、シーオの骨や肌と同じく強固で純粋である。あまりに強固なので、自分の立場をはっきりさせるために通りをのし歩く必要をさほど感じないらしい。

「あの飛行機はどうなった? パイロットたちが逮捕されたのは聞いたが」

「公式発表は何もなし」シーオはサラダボウルにミルクを注ぎ足す。「ネットでは噂が流れてるけど」

「コーランのことだな」

「パイロットがイスラム原理主義者だってさ。ひとりはチェチェン人、もうひとりはアルジェリア人」

ペロウンはスツールを引き寄せるが、腰を下ろしてみると食欲は失せかかっている。そこで皿を押しのける。

「辻褄が合わなくないか？　聖戦の大義のために自分たちの飛行機に火をつけておいて、ヒースローに無事着陸なんて」

「ビビったんだよ」

「それじゃ、あの飛行機も今日のデモに参加するつもりだったわけか」

「だね。主張するつもりだったんだよ。アラブ国家に戦争を仕掛けたらこういうことになるんだ、って」

あまり説得力は感じられない。けれども、概して人間は信じるほうに傾くものだ。そして、間違っていたと証明されたときには、見解を変える。あるいは信仰を持って、信じ続ける。時代が移り、世代が変わっても、これがいちばん効率的だったのかもしれない——一応は信じておけ、という態度が。この一日ペロウンは、あの飛行機の物語が自分の推測とは違うものではないかと疑ってきたのだが、今になってシーオが、最悪の事態を耳にしたいという父親の望みに応えているわけだ。もっとも、飛行機についての噂がインターネットから発生したものなら、不正確である確率は上昇する。

ヘンリーは、バクスターやふたりの連れともめたこと、ハンチントン病の症状のこと、自分が運よく逃れたことをごくざっと話す。

シーオが言う。「じゃ、そいつに恥をかかせたわけだ。気をつけたほうがいいよ」

「というと？」

「ストリートの奴らの中には、プライドの高いのがいるから。だいたい、昔からこの辺に住んでるのに、父さんも母さんも強盗に遭ったことがないなんて信じられないよ」

ペロウンは時計を見て立ち上がる。「母さんも私も、どうも時間がなくてね。私は五時ごろノッティング・ヒルに行くよ」

「えっ、来てくれるの。ありがとう！」

ペロウンが約束したあと念押しをしなかったのも、シーオのいいところだ。また、父親が来なかったとしても、そのことは決して話題にしないだろう。

「私を待たないで始めてくれ。おばあちゃんのところから帰ろうとすると、いつも大変だからな」

「新しい歌をやるんだ。チャスも出るよ。父さんが来るまでとっておくから」

チャスはシーオの友人中でペロウンの気に入りであり、いちばん高い教育を受けてもいる。リーズ大学の英文科を三年で中退してバンドに専念するようになったのだ。これほど隔絶した人生——自殺傾向のある母、不在の父親、ふたり兄弟、厳格なバプテスト派の一家——が、チャスのもともと持っていた鷹揚な善良さを搾り取ってしまわなかったのは不思議なくらいである。セント・キッツという出身地名の何か——聖者《セインツ》、子供《キッズ》、子猫《キトゥン》が、ひとりの大柄な青年に親切さをたっぷり植え付けたのだ。チャスと会って以来、ペロウンはセント・キッツ島に行ってみたいという漠然とした望みを抱くようになっている。

部屋の隅から、ペロウンは薄紙に包まれた鉢植えを取り上げる。高価な蘭で、数日前にヒールズ脇の花屋で買ったものだ。ドアロで立ち止まったペロウンは、別れの合図に手を挙げてみせる。

「今夜は料理するからな。忘れないでキッチンを片付けてくれよ」

「分かった」と言って、シーオはまったく本気で付け加える。「おばあちゃんによろしく。大好きだよって言っといて」

身ぎれいになってローションの香りを帯び、手足にはほとんど心地よいくらいの鈍い痛みを覚えつつ快調な車の流れに乗って西に向かっていると、ペロウンは母を訪ねることに関して前より気が楽になってくる。お決まりの手順は熟知している。濃い茶色に入った紅茶のカップを手にしてふたりきりで向かい合ったあとは、息が詰まるような、言葉の通じない一分一分をありきたりのこまごまとした手続きで満たしてゆくことで、母の状況の悲惨さは影が薄くなってゆく。母と一緒にいることはそう難しくない。つらいのはペロウンがホームから出るとき――現在の訪問が記憶の中で過去のすべての訪問と入り混じる前に、かつての母の姿を抑えがたく思い出しながら、正面ドアのそばに立って彼女にキスするために身を屈めるときだ。自分は母を裏切っている、母を人生の残骸の中に放置して豊かな日常のほうへ、自分自身の人生の秘蔵庫のほうへ忍び足で逃げ去っているという気がしてならないのはこの瞬間である。そうした罪悪感にもかかわらず、老人たちの住まいに背を向けて歩み去り、車のキーをポケットから取り出すとき、気分がわずかに高揚して足取りも軽くなることは否定できない。自分は、母のものではありえない自由を手にしようとしているのだ。今、母の持ち物すべては母の小さな部屋におさまっている。いや、その部屋を母の部屋と呼ぶことはほとんど不可能であって、母は人の手を借りずに部屋にたどり着くこともできないし、自分が部屋を持っていることさえ分からなくなっている。部屋にいるときも、自分の持ち物を見分けることはできない。広場の家に彼女を泊めることも、ドライブに連れ出すことも無理だ。ちょっとした移動も方向感覚を狂わせ、時には恐怖を与えさえするのである。母はホームに残るしかなく、もちろんそのことも理解できていない。

けれども、別れを告げるという営みのことを考えても、今はもう心が揺らいだりはしない。運動のあとにやってくる軽い多幸感が、ついに訪れたのだ。あの素晴らしい効果を持つ体内生成の麻酔薬、β《ベータ》エンドルフィンが、あらゆる苦痛を抹消してくれる。ラジオではスカルラッティの明るいハープシコード曲が流れている。鈴を振るようなハープシコードの音色が作り出す和音の進行は決して完全な解決和音に達せず、戯れるがごとく遠ざかりゆく目的地へとペロウンを誘《いざな》ってゆくかに思われる。バックミラーに赤いBMWは映っていない。ユーストン・ロードがメリルボーン・ロードと名前を変えるこのあたりでは、信号はマンハッタン式に時差の層を作っており、次々と青に変わってゆく信号に導かれて滑らかに進んでゆくペロウンは、ひとつの単純な情報——「行け！」あるいは、さらに単純に「イエス！」——という最高の波に乗ったサーファーのような気になる。マダム・タッソーの外に並んでいる観光客の長い列——多くは十代の子供たち——も、いつもほど馬鹿げては見えない。ハリウッドの派手派手しい特殊効果に育てられた世代も、地元の祭りに参加する十八世紀の農民のように蠟人形の前で口をあんぐりさせることをいまだに望んでいるのだ。ロンドン住民に悪口を言われ続けるウェストウェイが汚れたコンクリート柱に支えられて隆起し、ペロウンの車もすうっと三階の高さに持ち上げられて、せせこましく並んだ屋根の上にもくもくと張り出した一面の雲がいきなり視界に入ってくる。大都会でカーオーナーであること、この車のオーナーであることが甘美に感じられる瞬間のひとつだ。七段階のギアはスムーズに上昇してゆく。車線をまたぐ信号橋の表示は「西　方《ザ・ウエスト》」「南　方《ザ・サウス》」となっており、まるで郊外の向こうに広大な大陸と六日間の旅路が待っているかのようだ。

デモで交通が渋滞しているのは、どこか別の場所なのだろう。ほとんど半マイルにわたって、ペロウンは高架道路を独占する。数秒の間、この道路を作った者たちの持っていたヴィジョンを脳裡に捉えられた気がする――人間よりも機械が尊重される純粋な世界だ。ほとんど直線のようなカーブに運ばれて、最近建てられた鋼鉄とガラスのオフィスビル群の前を抜けてゆくと、日のまだ短い二月らしく、午後早くから照明がついている。建築模型の小道具のようにきっちりした姿の人々が、土曜日だというのにデスクについてモニターに見入っている。小さい子供だった頃にSFマンガで読んだぴかぴかの未来がこんな感じだ。人間は男女ともに襟のないぴっちりしたジャンプスーツを着て――ポケットも、垂れ下がる紐も、裾を出しっぱなしのシャツもなく――ごみだの混乱だのといったものより高い次元の生活をいとなみ、一切のしがらみから解放されて悪と戦っていた。

だが、ホワイト・シティ立体交差の頂点、道路が赤煉瓦の家並の中へと降りてゆく直前の地点から見下ろすと、前方で固まっているテールランプの列が遠望され、ペロウンはスピードを落としだす。母は信号や長い渋滞を気にすることがなかった。ほんの一年前にはまだ元気で――忘れっぽく、ぼんやりとはしていても、おびえてはおらず――西ロンドンのドライブを楽しむことができた。信号待ちは、他のドライバーや乗客たちを眺めるいい機会だった。「あれ見て。そばかすだらけの顔！」あるいは、何のこだわりもない声で、「また赤毛！」などと。

母は家事に一生を捧げた女性だった。磨いたり、はたいたり、掃除機をかけたり整理したりという、かつてはごく一般的だったが、今では強迫神経症の患者以外はめったにやらないような日常の決まりごとに。毎日、ヘンリーが学校に行ったあと、母は大掃除を始めるのだった。彼女の最も大きな楽しみは、うまくローストできたビーフ一皿であり、小さなテーブル群がつやつやと輝いていることであり、アイロンをかけたキャンディストライプのシーツがなめらかな平面をなして折り畳まれていることであり、食料戸棚の中身がしっかり整理されていることであり、そしてまた、遠縁の家に生まれた赤ん坊のためにお出かけ用のジャケットを編んでやることだった。あらゆるものの眼に見えない面、裏や下や内側も清潔そのものだった。オーブンと網板は使うごとに掃除してあった。整理と清潔こそが、口には出されることのない理想の愛を形に表すものだった。ヘンリーが読んでいる本は、そこに置いたと思ったら廊下の本棚に戻されていた。朝刊が昼飯時にはゴミ箱に入っていることも珍しくなかった。回収のために出しておく牛乳瓶は、ナイフやフォークと同じくらいぴかぴかだった。あらゆる品には引き出しや棚やフックの割り当てがあり、何枚もあるエプロンも例外ではなく、黄色いゴム手袋は衣類フックに掛けられて、卵型のゆで卵タイマーのそばに下がっていた。

ヘンリーが手術室を居心地よく感じるのは、母の影響に違いない。ワックスのかかった黒いフロアや、滅菌済みのトレイの上に平行に並べられた鋼鉄製の外科器具や、厳密な手順の支配する滅菌室を、母なら気に入ってくれたろう――細部の正確さや、清潔な手術帽や、短い指爪に感心してくれたろう。母が元気なうちに手術室を見せておけばよかった。が、そんなことは思い寄りもしなかった。自分の職業、自分が受けた十五年間の訓練が母親の毎日の仕事と関わりがあるなどとは、夢にも思っていなかったのだ。

それは母も同じだったろう。意識してそう考えたわけではないが、子供から大人になる頃のヘンリーは、何となく母親の知性には限界があるような気がしていた。好奇心がないんだ、と思っていた。けれども、それは間違っていた。隣人たちと交わす親密な話では、いろいろな事柄を語り合ってやまなかった。ヘンリーはよく、家具の後ろにしゃがみこんでこっそり聞いてみたものだ。病気や手術は重要な話題であり、出産と関係がある場合はことにそうだった。「お医者さんのお世話になって」というだけでなく、「刃《ナイフ》のお世話になって」という言い回しをもヘンリーが初めて耳にしたのは、そうした時のことだった。「お医者さんの話だと」というフレーズには、深い重みがあった。こっそり聞いたそんな会話が、ヘンリーのキャリアを始動させたのだ。それから話題は、現在進行形の不倫、あるいは不倫の噂、恩知らずな子供たち、聞き分けのない年寄り、誰かの親の遺言状の中身、どこそこの娘さんはほんとにいい子なのにまっとうなお相手が見つからない、といった方面に移ってゆく。善い人を悪い人からより分けないと話がつかめないのだが、最初のうちはどっちがどっちかよく分からない。ところが、病気は人の善し悪しにかかわりなく誰にでも降りかかってくるのだった。後になって、デイジーを先生に学部生用の十九世紀小説クラスを勤勉にこなしている最中、ペロウンは母親の話題がすべてそこにあることに気付いた。母親が示していた興味は、けちなものではなかったのだ。ジェイン・オースティンやジョージ・エリオットも同じ興味を抱いていたのだ。リリアン・ペロウンは愚かでも卑小でもなくて、その人生も不運なものではなく、若かったペロウンに母を見下す権利などはなかったのだ。けれども、今は謝っても遅すぎる。デイジーに読まされた小説とは違って、実人生ではすべてがすっきりする瞬間というものは稀であり、あれは誤解だったのではないかという問題もしばしば解けぬままに終わる。それらはただ忘れられてゆくだけだ。人の記憶はあやふやで、そのうち当事者が亡くなり、あるいは疑問そのものが命脈を終えて新しい疑問に取って代わられる。

それに、リリーにはもうひとつの人生があった。かつて予想した者はひとりもおらず、今となっては誰ひとり見当もつかない人生が。ある日曜の朝、一九三九年の九月三日、チェンバレン首相が官邸からのラジオ放送でドイツへの宣戦布告を国民に告げている最中に、十四歳のリリーはウェンブリーの近くの公営プールで初めての水泳レッスンを受けていた。指導者は六十歳の国際的アスリートで、一九一二年のストックホルム・オリンピック——世界初の女性の水泳競技が行われた大会——で英国代表だった人である。プールで泳いでいたリリーに眼をとめ、無料でレッスンをしようと申し出て、当時はいちばん女らしくないとされていた泳法のクロールをコーチしたのだ。リリーは四〇年代の終わりに地方大会に出るようになった。一九五四年には州対抗戦でミドルセックス代表になった。結果は二位で、カシの木の盾にはめこまれた小さな銀メダルは、ヘンリーの子供時代を通じていつもマントルピースの上にあった。今では、あの部屋の棚に乗っている。この銀メダルが彼女の力量あるいは順位の限界だったが、水泳のフォームはいつでも美しく、その速度も、身体の先に切られた水が深い曲線の波を作るほどだった。

もちろんヘンリーも水泳を教わったのだが、ヘンリーが懐かしく思い出す母の泳ぎは、ある朝、学級みんなで地元のプールに行った十歳のときのことだ。ヘンリーと同級生たちは着替えを済ませ、シャワーと消毒槽を通り抜けて、大人たちの時間が終わるのをタイルに座って待っていた。ふたりの教師がそばに立ち、シーッと言ったり叱りつけたり、子供たちの興奮を抑えようとしていた。やがて、プールにはひとりしかいなくなった。花びら模様がぐるりと環になっている白いゴムキャップだから、もっと早く気付いてもよかったのだ。レーンを突き進んでゆくスピード、ちょうど背中のくぼみのところにできている水の筋、進路を微動だにさせない後ろ向きの息継ぎといったものにクラス全員が感嘆していた。あれは母だと分かったヘンリーは、もちろん最初から分かっていたさと自分に言い聞かせた。さらに嬉しいことには、あれは自分の母親だと言い出す必要さえなかった。誰かが「あれ、ミセス・ペロウンだよ！」と叫んだのだ。全員が言葉もなく見守る中、彼女は子供たちが座っているすぐそばのレーン先端に達し、そのころはまだ珍しかった派手な水中ターンを決めてみせた。昔の技をちょっと披露してみせたというようなものではなかった。ヘンリーは母が泳ぐのをいやというほど見てきたが、今回は全然違った。超人的な技倆を同級生たちが目撃し、ヘンリー自身も目撃者の一員となったのである。母親も気付いていたに違いなく、最後の半分ほどはヘンリーのためだけに恐るべきスピードを見せつけてくれた。足が激しく上下し、細く白い腕は上がったと見る間に水に切り込み、頭の先の波は高くふくらみ、背中にできた水の筋は深くなった。身体は自分が作った波を包み込むように、横長のS字型に上下していた。その速度についていくには、プールの脇を走らなくてはならなかったろう。母は反対側の端で止まって立ち上がり、プールの縁に手を掛けて水から躍り出た。たしかあのころは四十になっていたはず。縁に腰かけて、足を水につけたままキャップを取り、首をかしげて一同のほうに恥じらうような笑みを見せた。教師のひとりが拍手すると、子供たち全員が後に付いて生真面目な拍手を送った。一九六五年のことだったが——男子の髪は耳をすっかり覆い、女子は学校にジーンズをはいてきた——五〇年代風のフォーマルさがまだある程度は支配していたのだ。ヘンリーもみんなと一緒に拍手したが、友達が周りに集まってきたときには誇らしさのあまり声が出ず、高揚のあまり質問に答えるどころではなくて、プールの中で感情を隠せるようになったときには救われた思いだった。

一九二〇年代と三〇年代、ロンドン西方の広大な農業地が姿を消したのは新興住宅地が急速な発展をとげたためであり、現代でさえ、しかつめらしく取り澄ました様子の二階建ての家並にはどこか唐突な印象が残っている。ほとんどどれも同じような外見をした家々の、どこか落ち着かない仮住まいのような外見は、こうした地域がいずれは穀物畑と農耕地に戻るだろうと建物自身が見極めているかのようだ。リリーがいま住んでいるのは、かつて親子が住んでいたペリヴェイルの家からほんの数分の場所である。ヘンリーは、老耄《ろうもう》にかすんだ母の心象風景にも折々は懐かしさの感覚が訪れ、力を与えてくれるのではないかと考えることにしている。老人ホームとしては、サフォック・プレイスは最も小さい部類だ――テラスハウス三つ分の壁を取り払ってひとつにし、別棟を建て増したのである。正面では、イボタの生垣がかつての庭の区切り目を示しつづけ、二本のキングサリの木もそのままになっている。前庭のひとつはセメントで固められ、車二台分の駐車スペースとなっている。フェンスの向こうの巨大なゴミ箱だけが、この建物が施設であることを暗示している。

ペロウンは車を駐め、後部座席に置いた鉢植えを取り上げる。ベルを鳴らす前に一瞬待つ――空気に漂うかすかに甘い消毒剤のような匂いが、この近辺で過ごした十代の少年時代を思い出させ、あの頃の何かを待ち望んでいた状態、本当の人生が早く始まってくれないかと切望する状態を回想させるのだ。今となっては、幸福だったとも思える。ドアを開けるのは、いつもどおりジェニーだ。ブルー・ギンガムの袖なし制服をシャツの上に着た大柄で陽気なアイルランド娘で、今年の九月から看護師教育を受けることになっている。ヘンリーは医術とつながりがあるおかげで特別なはからいを受けている――今から彼女が母の部屋に運んでくる紅茶には三個のティーバッグ、ひょっとするとフィンガーチョコが一皿。互いのことをほとんど知らないふたりだが、いつしか、ふざけた呼びかけを交わす間柄になっている。

「おやま、先生様じゃございませんか！」

「うるわしの乙女よ、今日はいかがかな？」

郊外住宅らしい手狭な玄関スペースをそれたところに、正面ドアの鉛枠ガラスに黄色く染められて、蛍光灯の光とステンレスに埋めつくされた厨房がある。そこから漂ってくるじっとりした匂いは、入居者たちが二時間前に食べたランチだ。長い病院仕事のせいで、ペロウンはこうした設備の食事がいささか好きである——少なくとも、まったく嫌悪を感じないようになっている。玄関ホールの反対側にはそれより小さなドアがあって、それを抜けると、三棟分の居間をドアで連絡可能にした場所の前に出る。他の居間から、テレビのくぐもった音が聞こえてくる。

「お待ちかねですよ」とジェニーが言う。神経の働きから言ってそれが不可能であることをふたりとも知っている。母はもはや退屈さえ感じることができないのだ。

ペロウンはドアを開けて居間に入る。母は真正面にいて、ビロード風のクロースを掛けた円いテーブルの向こうの木の椅子に腰かけている。背後には窓があり、その十フィートばかり後ろには、別の家の窓が見える。壁際にぐるりと並べられた背もたれの高い椅子に、他の女たちが座っている。そのうち何人かは、入居者の手が届かない高い位置にセットされたテレビを眺めているか、何となくその方角を見やっている。他の女たちは床を見つめている。ペロウンが入った拍子に女たちが身じろぎする——あるいは靡《なび》くような動きを見せる——様子は、ドアが送った微風に軽くなぶられたかのようだ。「やあ、こんにちは」と声を掛けると、ほぼ全員から楽しげな反応が返ってきて、みんな興味ある様子でペロウンを眺める。この段階では、ペロウンが自分の近親ではないと確信が持てないのだ。ペロウンの右手、三つつながった居間の向こう端に見えるのはアニーで、彼女の白髪はふわふわした束になって頭から放射状に伸び放題である。よたよたした足取りながら、誰にも支えられずに早歩きでこちらにやってくる。三つの居間を渡り終えるとくるりと向きを変え、もときた方角に戻ってゆく。こうして、食事かベッドへと導かれるまで行ったり来たりしているのだ。

こちらをじっと見つめる母の態度には、喜びと不安が入り混じっている。顔はどことなく見覚えがある――医者だろうか、雑用係の男だろうか。手がかりが現れるのを待っているのだ。ペロウンは膝をついて母の手を取る。滑らかで、乾いていて、ひどく軽い。

「やあ、母さん、リリー。ヘンリーだよ、息子のヘンリーだよ」

「こんにちは。あなたどこへ行くの?」

「母さんに会いに来たんだよ。母さんの部屋にいって話をしようね」

「ごめんなさい。ここには部屋ってないのよ。うちに帰るの。バスを待ってるの」

子供時代の彼女の家で母親が待っていると思い込んでいるのは分かっていても、この言葉が出るたびにペロウンは胸が痛む。母の頬にキスをして椅子から助け起こすと、動作がつらいのか、緊張しはじめたのか、腕から震えが伝わってくる。母親と再会したばかりの痛ましい数瞬間はいつもそうだが、今日もまたペロウンの眼は涙ににじむ。

母は弱々しく抗議する。「どこに行けばいいか分からない」

看護師たちが病棟で使う口調、精神がべつに損なわれていない患者に対しても使うあの口調を用いなくてはならないのがつらい。「はーい、これをお口に入れてくださいねー」という、あれだ。

それでもペロウンがそうするのは、自分の感情を偽るためでもある。「母さんにはきれいなお部屋があるんだよ。行ったらすぐ思い出すからね。はい、じゃあこっち」

腕を組み合わせて、ふたりは居間を通り抜けてゆき、途中で脇に寄ってアニーを通してやる。リリーの服装がまともなのは救いだ。自分が来るのを、ヘルパーたちも知っていたのだろう。深紅のスカートに綿起毛のブラウスを合わせ、黒のタイツと黒革の靴をはいている。母はいつでも着こなしがうまかった。帽子をどれにしようと考えるのが当たり前だったのは、この世代が最後だろう。ほとんどどれも同じような形の黒っぽい帽子の列が、ワードローブのいちばん上の棚に、防虫剤の匂いに包まれて並んでいたものだ。

廊下に足を踏み入れると、母が左に向きを変え、ペロウンは彼女の薄い肩に手を置いて進路を戻してやらないといけない。「はい、着きました。覚えてるよね、このドア？」

「こっちのほうには来たことがないの」

ペロウンはドアを開け、手を引いて母を導く。部屋は八×十フィートくらいで、小さな裏庭に面したガラス窓付きのドアがある。シングルベッドには花柄のカバーといくつかのぬいぐるみ。病気が始まるまでの長い間、母の人生の一部分だった品物だ。ホームまで持ち込んだ飾り物の一部——丸太にとまったコマドリ、マンガっぽく誇張されたガラス製のリス二匹——は、部屋の隅のガラス棚におさめられている。他のものは、ドア近くのサイドボードに並べてある。洗面器のそばの壁に掛かっている写真は、リリーとジャック——ヘンリーの父——が芝生に立っているところだ。画面ぎりぎりのところに乳母車のハンドルが写っており、おそらく乳母車には何も知らないヘンリーが乗っているのだろう。白いサマードレスの母はかわいらしく、はにかむように物問いたげな様子で首をかしげるその癖はヘンリーもよく覚えている。若い男は煙草を手に、ブレザーとオープンネックの白シャツを着ている。背が高く猫背ぎみで、大きな手も息子に似ている。顔に浮かんだ笑みはまったく屈託がない。老人たちにも若い頃があったのだという確固たる証拠品は、いつでも役に立つものだ。けれどもこの写真には、見るものを嘲る要素も含まれている。カップルの様子は無防備で、彼らの青春は単なる人生の一こまに過ぎないのだというからかいを誘っているようでもあり、ジャックが右手に持った、旨い煙を立てている代物は——と、ヘンリーは考えざるを得ないのだが——写真が撮られた年のうちに彼が急死することを予告しているようでもある。

こんな部屋があることを忘れてはいても、リリーはここに連れてこられたことには驚いていないようである。部屋を知らなかったことも瞬時に忘れてしまうのだ。それでも彼女が躊躇するのは、どこに座ればいいのか分からないからだ。ヘンリーは庭へのドアのそばにある背もたれの高い椅子へと母を案内し、自分は向かいのベッドの裾に腰かける。部屋は猛烈に暑く、さきほどのペロウン家の寝室より暑いくらいだ。ひょっとすると、スカッシュと熱いシャワーと車の暖かさで血行がいいままになっているのかもしれない。スプリングのききすぎたベッドにこのまま引っくり返ってきょう一日のことを考えるか、あるいはちょっと眠り込むかすることができれば気が楽なのに。この狭苦しい部屋にいると、自分の人生があまりにも面白いものに見えてくる。ベッドカバーを下に敷き、部屋の暑さにつつまれていると、まぶたが自然に重くなり、どうしても閉じずにはいない。とはいえ、訪問はほとんど始まってさえいないのだ。眠気を振り払うためにペロウンはセーターを脱ぎ、持ってきた鉢植えをリリーに見せる。

鉢が差し出され、繊細な白い花がふたりの間で揺れると、リリーはぎょっとして身を引く。

「ちょっと、なにそれ？」

「母さんのだよ。冬じゅう咲いているんだってさ。きれいじゃない？　はい、プレゼント」

「わたしのじゃないわ」と、リリーは言い張る。「見たことないもの」

この不条理な会話は前回と同じだ。母の病は、脳内の微細な血管で起こる、気付かれないほど小さな脳卒中の繰り返しによって進行してゆく。梗塞の積み重ねによって神経網が冒され、認識力が衰退するのだ。少しずつ、精神の構造が緩んでゆく。今では贈り物という概念が失われ、それとともに喜びもなくなっている。ふたたび陽気な看護師の口調になって、ペロウンは言う。「じゃあ、ここに置こうね。いつでも見られるからね」

母は反対しかけるが、そのとき注意が脇道にそれる。息子の真後ろ、ベッドの枕元にある飾り棚に置かれた陶器の置物に眼が留まったのだ。口調がいきなり和やかになる。

「カップやソーサーはとてもたくさんあるのよ。だから、いつでもどれかを持って出かけられるの。ただ、困るのは、人と人の間がすごく狭いもんだから」――と、両手をひらひらさせて幅を示し――「通り抜けるスペースがないんだよねえ。縛りが多すぎるの」

「そうだよね」と言って、ヘンリーはベッドに深く掛ける。「まったく縛りが多すぎるよ」

小血管の梗塞によるダメージは脳の白質に蓄積し、精神の連関力を失わせる傾向がある。その過程の途中、まだまだ終末までに間のあるリリーは、このようなとりとめない論考、ナンセンスな独白を行うことができ、その真剣さにはいじらしいものがある。自分を疑うということがないのだ。また、相手が自分の考えを追うことができないなどとは思ってもみない。センテンスの組み立ては真っ当だし、描写される内容を彩る感情もちぐはぐでない。ヘンリーがうなずいたりほほえんだりし、要所要所で相槌を打ってやるとリリーは喜ぶ。

考えをまとめているときのリリーは、ヘンリーを見るというよりその向こうを見ながら捉えにくい物事に集中しており、その眼はまるで、窓から束縛なく広がる視界を見つめているかのようだ。何かを言おうとして、やはり黙ったままでいる。細かく皺の寄った明るい茶色の肌のくぼみに深く埋め込まれた薄い緑色の眼は、草の下の埃っぽい石のように単調でぼんやりした感じがある。何事をも理解していない、ということを、ふたつの眼は正確に伝えている。家族についての話は禁物である。聞いたことのない名前——ということはあらゆる名前——が持ち出されると、おびえてしまう場合があるのだ。だから、母は理解できないけれども、ペロウンはよく仕事の話をする。母が心地よく思うのは声であり、親しい会話にこもった感情あるトーンなのである。

チャップマンの娘のこと、彼女がどれだけよく手術に耐えたかを話そうとしていると、とつぜんリリーが口を開く。不安げな、いささか狼狽さえしているような口調だ。「あの、知ってるかしら……あのほら、ねえ叔母さん、こう、靴に付けてなにするあれ……分かる？」

「靴墨？」リリーがなぜ自分を叔母さんと呼ぶのかも、彼女の数多い叔母たちの誰のことを指しているのかもペロウンには分からない。

「違う、違う。靴じゅうに塗って布きれですりこむ、あれよ。そうね、まあ、ちょっと靴墨に似てるかも。そういう感じのもの。わたしたち、サイドディッシュや何かを道路ぞいにわーっと広げたのよ。そりゃもういろいろあったんだけど欲しいものだけはなくて、やっぱり場所が間違っていたのよね」

リリーはいきなり笑いだす。すべてがより明らかになったのだ。

「わたしがやったみたいにあの絵を裏返して裏地をはずすとね、すっごく面白いのよ。これでなくっちゃ。あんなに笑ったのって初めて！」

リリーはかつてのように陽気な笑い声を上げ、ペロウンも笑う。これでなくっちゃ。リリーは憂いを忘れ、ストリート・パーティの断片的記憶や、かつてバザールで買った水彩画とおぼしきものについて語っている。

しばらく時間がたち、ジェニーが茶菓を持って入ってくると、リリーは誰だか分からない様子でそちらを見つめる。ペロウンは立ち上がり、低いテーブルの上を片付ける。まったく見知らぬ人間が入ってきたと思って母は不安になっているのだと見て取ったヘンリーは、ジェニーが出てゆくとすかさず言う。「あの子、すっごく優しいよね。いつでも親切で」

「ほんとにいい子」とリリーがうなずく。

さっきまで部屋にいた人間の記憶は、すでに薄れはじめているのだ。抗しがたい手がかりを差し出された母が即座にほほえんで喋りはじめると、ペロウンは金属製のティーポットから六つのティーバッグを全部すくい出す。

「あのひといつも走ってくるの、ずうっと狭い道でもね。あの長い乗り物に乗って来たいらしいんだけど運賃がないのよ。お金を送ってあげたのに、手元にないんだって。音楽が欲しいって言うから、わたし言ったの、小さなバンドを作って自分で演奏したらどうって。でも、心配なのよね。わたし言ったのよ、誰も立ち上がらないのにどうして全部のスライスを一個のボウルに入れるの、そんなこと自分でもできないでしょって」

これは誰のことなのか分かるので、ペロウンは続きを待つ。それから、「会いに行ってあげないとね」と言う。

リリーの母親が一九七〇年に亡くなったのを最後に説明しようとしてから、もうずいぶんになる。今では、妄想に付き合って会話を進めたほうが楽だ。すべては現在に属しているのである。ペロウンがもっとも気にしているのは、前回やりかけたようにティーバッグを食べさせてはいけないということだ。そこで、ティーバッグはソーサーに積み上げて足元の床に置く。半分入ったカップを母の手の届くところに置き、ビスケットとナプキンを差し出す。母はナプキンを膝に広げ、注意深くビスケットを真ん中に置く。カップを口に当てて飲む。長い間の繰り返しで身体が覚えた動作をちゃんとこなしてくれるこんなとき、色を合わせた上品な服を着た母は元スポーツ選手らしく驚くほど若々しい脚をした七十七歳の矍鑠《かくしゃく》たる老婦人に見え、ペロウンは思わず、すべては単なる間違い、悪い夢であって、彼女はこの小さな部屋から出て自分と一緒にロンドン中心部を訪れ、義理の娘や孫たちと一緒に魚のシチューを食べ、何泊かしてゆくことができるような感覚に囚われる。

リリーが言う。「ねえ叔母さん、わたし先週バスに乗っていて、母さんが庭にいたの。それでわたし言ったのね、そこまで歩いていけばどう、何がもらえるか見てらっしゃい、それから持ち物全部のバランスを取ればいいわって。母さん、調子がよくないの。脚が悪くて。わたしすぐ行くけど、そうしたらジャージをひとつあげるほかないわね」

リリーの母親は取り澄ました、母性を感じさせない女だった。遠い将来、ほとんどSF的な次世紀の年代になって、かつて自分の足元にまとわりついていた少女が自分のことを絶えず話題にし、自分の家を訪れたがることになると知ったなら、彼女もひどく妙な気がすることだろう。それとも、心を和らげただろうか？

調子が出てきたリリーは、座っている間じゅう喋り続けるだろう。彼女が本当に幸せなのかどうかは見極めがたい。笑い声を上げることもあるが、曖昧模糊とした言い争いや不平不満について語ることもあって、そんな時には声に怒りがこもる。しばしば語りのテーマになる状況は、リリーが聞き分けのない男を叱っているというものだ。

「わたしがさんざん言ってやったのに、あの人はどうでもいいって言うの。そんなもの、くれてやればいいって。だからわたし、それを火にくべるような真似はするなって言ったのよ。それに、手に入る新しいものもね」

話に熱が入りすぎるようだと、ヘンリーは大きな笑い声を上げて「母さん、それってすごく笑えるね！」と言う。母はたやすく誘導されて笑いだし、気分が変わって、話題もより明るいものになる。今のところ、気分はニュートラルだ――時計の話、それからまたジャージ、そしてまたしても、通り抜けるには狭すぎる空間――そしてヘンリーは、空気のよどんだ暑い部屋で茶色に染まった紅茶を飲みながら、半ば聞きつつ半ば眠りつつの状態で考える。三十五年もすれば、いや、それより早いかもしれないが、今度は自分がこうなって、何をすることも何を所有することもできないしなびた老人がシーオやデイジーにとりとめない話を聞かせ、ふたりはこの自分がもはや理解できない生活へと戻ってゆくタイミングを測ることになるのかもしれない。高血圧は発作の指標だ。前回は122／65。最高血圧がもう少し低くてもいい。コレステロール値は5・2。完璧とはいえない。リポ蛋白aのレベルが上がると梗塞性痴呆の確率は急上昇すると言われている。今後は卵を食べるのをやめ、コーヒーにはセミスキムミルクしか入れないようにしよう。コーヒーそのものもいずれやめなくては。自分はまだ死にたくないし、生ける屍となりたくもない。巧緻に構成されてミエリンに富んだ脳の白質は、降りたての雪の野原のようにまっさらであってほしい。なら、チーズもだめだ。自分を甘やかしてはならない。無限の健康を追求し、母と同じ運命を回避するのだ。精神の死を。

「時計には樹液を入れるの」と、母は言っている。「湿らせておくために」

一時間が経ったところでペロウンは無理に眼を覚まして立ち上がるが、動作が性急すぎたかもしれなくて、不意にめまいを覚える。悪い兆候だ。両手を母に差し伸べると、小さくなってしまった母の頭上に立つ自分が巨大で不安定なものに思える。

「じゃあ、母さん」と、優しく言う。「もう行かないと。玄関まで送ってくれないかな」

子供のような従順さで母はペロウンの手を取り、ペロウンは母を椅子から助け起こす。トレイを重ねて部屋の外に置いたところで思い出し、ベッドの下になかば隠すように置いておいたティーバッグも外に出す。うっかりすると、むさぼり食われる危険がある。絶えずなだめすかしながら、母にとって未知の世界であるはずの廊下へと導く。部屋を出てもどちらに向かうべきか母には分からない。周囲の見慣れない事物については何も言わないが、ペロウンの手を握る力が強くなる。三つ続きの居間のひとつ目では、ふたりの女――ひとりは純白の髪を三つ編みにし、もうひとりは全く毛髪がない――が、音のないテレビに見入っている。真ん中の部屋からこちらにやってくるのはシリルで、いつもどおりアスコットタイにスポーツジャケット姿、それに今日はステッキと鹿打帽が加わっている。シリルはこのホームに住む紳士で、物腰優しく、ひとつのきわめて鮮明な妄想にとりつかれている。自分は広大な土地の地主であり、借地人たちを訪ねて親切を尽くさなければならないというものだ。ペロウンには、シリルが不幸そうに見えたことがない。

シリルは帽子を取ってリリーに挨拶する。「やあ、お早いことですな。すべてよろしい？　苦情などはありませんか？」

　リリーは緊張し、顔をそむける。その頭上のテレビにデモが映っている——やはりハイド・パーク、仮設ステージ前の大群集、かなり離れたところでぽつんとマイクに向かっている人影、同じ場面の空中ショット、そして、まだまだパークのゲートから入ってくる、旗を持った人々の列。ペロウンとリリーは立ち止まってシリルを通してやる。テレビでは宇宙時代風のデスクを前にしたキャスターが映り、そして朝に見たままの飛行機が映る。黒焦げになった胴体が泡の湖にくっきりと浮かんでいるところは、砂糖でデコレーションしたケーキに載った味のない飾りのようだ。それから、パディントン警察署——テロ攻撃にも万全の防御と言われている場所。リポーターが署の前に立ち、マイクに喋っている。何か進展があったのだ。ロシア人パイロットたちは本当にイスラム過激派だったのか？　ペロウンはボリュームに手を伸ばしかけるが、リリーがいきなり興奮した様子で大事な話を始めたがる。

「乾きすぎたらまた丸まっちゃうのよ。何度もあの人に言ったんだけどねえ、水を切らしちゃいけないって。それでも、下に置こうとしないの」

「大丈夫。ちゃんと下に置くさ。よく言っておく。約束するよ」

　ペロウンはテレビをあきらめ、ふたりして歩き出す。母が外に付いてくるつもりでいるのは分かっているから、別れに集中しなくてはならない。今度もまた玄関ドアの前に立って、すぐ戻ってくるからねと意味をなさない説明をすることになるのだ。自分が外に踏み出る間、ジェニーか誰かが母の気をそらさなくてはなるまい。

　ふたりは一緒に第一の居間を抜けてゆく。ビロード風のクロースが掛かった円テーブルで、老婦人たちに紅茶と耳なしパンのサンドイッチが供せられている。ペロウンは声を掛けるが、彼女らはティーに夢中で返事をしない。リリーは機嫌がよくなって、ペロウンの腕に頭をもたせかける。玄関ホールではジェニー・ラヴィンがドアのそばに立ち、高い位置に取り付けられた二重セキュリティロックに手をかけてほほえんでいる。ちょうどそのとき、母がペロウンの手にそっと触れて言う。
「ねえ叔母さん、ここらへんでは庭みたいに見えるけど、ほんとは広い野原で、何マイルも行けるのよ。このあたりを歩くのはとってもいい気持ち、メーターが振り切れるくらいにね。ブラシなしではあの皿全部は無理なんだけど、神様がついていらして、あなたが何をもらえるか考えてくださるわよ。水泳大会なんだものね。だいじょうぶ、なんとか通過できるから」

ロンドンの中心部まではスローペースの移動だ――ペリヴェイルからウェストボーン・グローヴまで一時間以上。バスの第一波がデモ参加者たちをロンドンから運び出す一方で、土曜の夜の快楽を求める車がぎっしりと列になって都心に向かっているのだ。ジプシー・コーナーの信号に向かってのろのろと進んでいく間に、ペロウンは窓を開けて光景を眺める――渋滞した車が見せている牛のような忍耐強さ、冷え切った煙霧の粗い匂い、東行き西行きの六車線にわたるエンジンのアイドリングのとどろき、エンターテインメント・システムの刻む陽気なリズム、都心へと連なってゆく赤いテールライト、都心から吐き出されてくる白いヘッドライト。ペロウンはそれらを歴史的に見ようと、あるいは感じようとしてみる。石油時代も終末に近づいた今、十九世紀に発明された機械が二十一世紀の初頭に究極の完成に達し、大衆が手にしたかつてない富がこの非情な現代都市で跳梁して、これまでの時代では想像のできなかったような眺めを作り出しているのだ。普通の人たち！　光の河！　ニュートンや彼の同時代人たち、ボイルやフックやレンやウィリスの眼でこの光景を見てみようとペロウンは努める——聡明で好奇心に満ちた英国啓蒙時代の旗手たち、数年のあいだ全世界の科学をほとんど自分たちの精神で独占した男たちの眼で。彼らも畏怖するに違いない。ペロウンは心の中で彼らに自慢してみる。これが我々の到達したもの、我々の時代には当たり前になったものなのですよと。彼らの眼で見ることができさえすれば、この照明の放列は驚異に満ちたものに見えるに違いない。けれども、どうしても想像力がうまく働かないのだ。鉄のように重い現実から遊離することはできない。渋滞後尾の退屈さ、自分自身も原因の一部である遅れ、もう十五分も自分の横手にある店舗街の凡庸な商業的計画、それらの彼方《かなた》にあるものを見ることはできない。彼方を見通す詩的才能が自分にはない——リアリストである自分は、決して脱け出すことができない。とはいえ、一家に詩人がふたりもいれば十分ではないだろうか。

アクトンを過ぎると流れがよくなる。夕闇近い黄昏の中、西空に見える赤い平面はほとんど長方形となり、眼には見えないどこかにある野生の世界、自然界を象徴するように、バックミラーの中でこちらを追いかけながらゆっくりと薄れてゆく。都心から離れる西行きの車線ががら空きだったとしても、そちらに向かっていないことが自分の慰めになるだろう。家に帰り、料理を始める前に気を取り直しておきたい。冷蔵庫にシャンパーニュがあることを確かめ、赤ワインを何本かキッチンに運んで室温にしなければいけない。チーズもまた、セントラルヒーティングの空気で軟らかにしなければならない。十分だけ横になる必要がある。どう考えても、アンプで増幅されたシーオのブルースを聴く気分ではないのだ。

けれども、親の務めというものは運命と同じく動かしがたいもので、ついにペロウンはウェストボーン・グローヴの大通りからそれた場所に車を駐める。昔からあるミュージック・ホール・シアターまで二百ヤードばかり。四十五分の遅刻である。着いてみると、建物は静まり返って灯りもなく、ドアは閉まっている。が、力を込めて押すと予想外にあっさり開き、ペロウンはつんのめりながらロビーに入る。暗い照明に眼が慣れるのを待ちながら、音はしないかと耳を澄まし、おなじみの埃っぽいカーペットの匂いを嗅ぐ。遅すぎたのだろうか？　だとすれば、ほとんど助かった思いだ。ロビーの奥へと足を進め、チケット売場に違いない場所を通り過ぎると、また両開きのドアにぶつかる。ドアのバーを探し、見つかったバーを押し下げて中に入る。

百フィート向こうのステージは青みがかった柔らかい光に包まれており、アンプラックの所々に赤い光がぽつぽつと点いている。ドラムのそばのハイハットシンバルが光を反射して、椅子が置かれていないフロアに紫の楕円形を作っている。他の光といっては、ステージの向こうにあるオレンジ色の非常口サインだけだ。人影が動いたり設備の前でしゃがんだり、輝いて見えるキーボードのそばでごそごそやったりしている。高く積まれたスピーカーのブゥーンという低い唸りにかき消されそうになりながら、喋り声が聞こえてくる。ステージ正面では、シルエットになった立ち姿の人間が二本のマイクの高さを調整している。

ペロウンは右手に進み、暗闇の中を壁伝いに動いて、ステージ中央と向かい合う場所に出る。マイクのそばにサキソフォンを持った人影が現れ、サキソフォンの複雑な輪郭が青の背景にくっきりと浮かび出る。誰かの声に応じて、キーボードが音符をひとつ鳴らし、それに合わせてベースが一弦をチューニングする。別のギターが一弦ずつオープンコードを奏でる――チューニングはすべて良好、次いで三つ目のギターが手順を繰り返す。ドラマーが椅子に座り、シンバルを近くに引き寄せて、バスドラムのペダルを試してみる。ざわめき声がやみ、裏方たちはステージの袖に引っ込む。シーオとチャスがステージ正面のマイクの前に立ち、フロアを見渡す。

この瞬間になってペロウンは、自分が入ってくるのに気付いたふたりが待っていてくれたのだと理解する。出だしはシーオのギターソロで、けだるげな二小節のターンアラウンド、5フレットからシンプルな下降線を描いて分厚いコードに落ち着き、それが溶け出して別のコード、解決和音でないセブンスにしばらくとどまって消えてゆき、それからドラムスとシンバルの鋭い一撃に続いてベースがひそやかな上昇音を五つ奏で、ブルースが始まる。「ストーミー・マンデイ」風のダウンビートの歌だが、コードは濃密で、ジャズに傾斜している。ステージライトは白へと変化しはじめている。いつもの身じろぎもしないトランス状態で、シーオは十二小節のラウンドを三回やる。トーンはスムーズで豊か、フィードバックをたっぷりきかせて音符のつながりに嘆きの声を上げさせ、より短いパッセージではアタックに少し切れ味を持たせる。ピアノとリズムギターが濃密でジャジーなコードを連ねてゆく。ヘンリーはベースラインの重低音が胸骨に響くのを感じ、あざのできた箇所に手をやってみる。バンドは大音量に移行しつつあり、ヘンリーはそれが心地良くなくて、身体が音楽に反応するのを抑える。今の状態では、家に帰ってモーツァルトの三重奏曲をステレオで聴き、きりっと冷やした白ワインを手にしているほうがいい。

けれども、長いあいだ抵抗してはいられない。シーオの奏でる音が上昇してゆくにつれて身体の中で何かがふくらむような、光のともったような感覚が生まれ、二度目のターンアラウンドでそれはより高い場所に導かれ、飛翔を始める。これこそあの若者たちが狙っていた効果であり、彼らはペロウンにそれを聞かせようとしているのであって、ペロウンは感動を覚える。彼らのアイディア、彼らが巧みに重ねてゆく豊かな音の弾みと波長が合ったのだ。そこでふと気付くと、この歌は普通のブルースと違って十二小節のパターンにあてはまっていない。ミドルセクションがあって、そこでは不可思議なメロディが半音で上昇したり下降したりしている。チャスがマイクに屈みこみ、シーオとふたりで、親密かつ奇妙なハーモニーの歌をうたう。

ベイビー、君は絶望を選んでもいいし、
その気なら幸せをつかんでもいいんだよ。
僕が連れていってあげる、
僕のシティ・スクウェアへ、シティ・スクウェアへ。

そしてチャスが、ニューヨークで仕込んできた新しい技だろう、横を向き、サックスを上げて、ワイルドで不安定な高音を吹き鳴らす。喜びで裏返った声のような音がいつまでも続き、それから弱まって、シーオのイントロをなぞるようにらせん状の下降音になって消え、バンド全体を十二小節のラウンドへと引き戻す。チャスも三ラウンドだ。サックスの音色はエッジが立っており、叩きつけるようなリズムで音をコードチェンジに対抗させて伸ばし、そして猛烈なパッセージで一気に解放する。シーオとベースはオクターブ離れた手の込んだ繰り返し音型を奏でており、それは予想外の変化をとげて、完全に出発点に戻ることがない。これはウォーキング・スピードのブルースだが、リズムは前傾して速まっている。チャスの三度目のターンアラウンドで、ふたりの若者はふたたびマイクにつき、あまりに長く寄りそいあいすぎてほとんど不協和音にさえ聞こえるハーモニーを持った、乗りのいいリフレインに戻る。これは、自分を教えてくれたクリームのジャック・ブルースに対するシーオのトリビュートなのだろうか？

僕が連れていってあげる、
僕のシティ・スクウェアへ、シティ・スクウェアへ。

次のブレイク部分ではキーボードがリードを取り、それから他のメンバーもあの円を描く複雑なリフに加わる。

疲れを忘れたヘンリーは、よりかかっていた壁から離れ、暗いフロアの真ん中、音の洪水の中に踏み込む。そして、身を任せる。これはあの稀なる瞬間のひとつだ、ミュージシャンたちが一緒になって、これまでリハーサルでもパフォーマンスでも知ることのなかったスイートなものに触れ、単なる協力や技巧的な完璧さを超えて、友情や愛と同じくらい自然で優美な表現にたどりつく瞬間だ。そうしたときにミュージシャンたちが与えてくれるのは、我々がそうあるはずの姿、我々のもっともよい姿であり、自らの持てるものをすべて他人に与えても決して自分が何かを失うことのない桃源郷なのである。外の現実世界でも、すべての対立が解決されて全人類に永遠の幸福が保証されるような平和の領域を創出するため、詳細なプラン、壮大なプロジェクトが存在する——そうした蜃気楼のためなら、人々は命を落としたり殺し合ったりするのだ。キリストの地上王国、労働者の天国、理想的なイスラム国家。しかしこうした共同体の夢を覆っているカーテンが実際に持ち上げられるのは音楽の中だけ、それも稀なる一瞬だけであって、その夢は魅惑的な姿を現したと思うと、最後の音とともにかすんで消えてしまう。

もちろん、それがいつ起こるかについて人々の意見が一致することはない。ヘンリーが前にそんな音楽を耳にしたのは、ウィグモア・ホールで演奏されたシューベルト八重奏曲でユートピア共同体が一瞬だけ現出したときである。管楽器の奏者たちが身体をわずかに揺らしながらステージの反対側にいる弦楽器に音楽をふわりと送り、弦楽パートはそれをさらにスイートにして送り返したのだった。もうひとつははるかな昔、デイジーとシーオが同じ学校に通っていたころ、ちぐはぐで不器用な学校オーケストラが先生や生徒のコーラスと一緒にパーセルを演奏しようと試み、割れた音でもって、大人と子供が心を合わせる無邪気な幸福を作り出したときのことだ。そして今また、矛盾のない世界が現れ、すべての事物がついに調和している。ヘンリーは暗闇の中でゆらりと立ち上がり、右手でポケットのキーを握りながらステージを見つめる。シーオとチャスがステージ中央にすっと戻り、あの不可思議なコーラスを始める。**その気なら幸せをつかんでもいいんだよ。**母が言わんとしていたことが理解される。何マイルも行ける、とってもいい気持ち、メーターが振り切れるくらいに。歌がいつまでも終わらなければいい、とヘンリーは思う。

4

ガレージに駐めに行く手間はかけない。かわりに、玄関の真正面につける——夕方のこの時間になると黄色いライン上に駐車するのは違反でないし、早く家の中に入りたいのだ。だが、ペロウンは数秒かけて左側ドアのダメージを調べる——ほとんど傷ともいえないくらいだ。もちろんシーオはまだリハーサル中だし、ロザリンドは法廷手続きの細部を最終チェック中だろう。暗く光る窓に離れ離れに張りついた雪が二、三片、街灯に照らされて、鮮やかに浮かび上がっている。義父と娘がそろそろやって来る頃であり、時間が迫っている。ペロウンはドアを開けながら、今日シーオが口にしたのだがそのときは気にならなかった一言は何だったろうと考えている。今、ほんの一時だけ引っかかったのだが、思い出そうというお座なりな努力そのものが、玄関ホールの暖かさに足を踏み入れて電気をつけたとたんに消え去ってしまう。ほんの電球一個がひとつの思考を吹き飛ばしうるのだ。ペロウンはまっすぐワインラックに向かい、ボトルを四本取り出す。ペロウンが作る魚シチューには力強いローカルワインが必要だ——それも、白でなく赤が。グラマティカスが教えてくれたワインでコート・デュ・ルーション・ヴィラージュのトータヴェルというのがあり、ヘンリーはそれを自宅の日常用ワインにしている――これは旨いし、ケースで五十ポンドしない。飲む数時間前にワインのコルクを開けるというのは一種の魔術的思考だ。空気にさらされる面はごく狭いから、判るほどの違いが味に出るわけがない。とはいえ、ワインをもう少し温かくしておいたほうがいいのは確かなので、キッチンに持ち込んでオーブンのそばに置く。

三本のシャンパーニュはすでに冷蔵庫に入っている。CDプレイヤーのほうに一歩踏み出して気を変える。そろそろ始まるテレビニュースが引力のように誘惑するのだ。世界との関係を絶やしたくないという衝動、全世界を覆う不安の共同体の一員となりたいという衝動は現代の病だ。ここ二年でその習慣はいっそう強まり、凄惨かつ視覚的衝撃の大きい場面が繰り返されるにつれてニュースバリューの基準が変化してしまった。政府の勧告――欧州ないし米国の都市への攻撃は避けがたいという――は、単なる責任逃れではなく、刺激的な約束でもあるのだ。みんながそれを怖れてはいるが、人間の集合意識の奥にはより暗い欲望が、自己を罰したいという強い衝動と冒瀆的な好奇心が潜んでいるのだ。病院に緊急プランがあるように、テレビのネットワークはどんなニュースでも報道しようと用意しているし、視聴者たちは待ち続けている。次はより重大で、よりひどい事態に。そんなことは起こらせないで下さい。でも、やっぱり私には見せて下さい、同時中継で、あらゆるアングルから、最初に知る人間に私を加えて。そしてまた、ヘンリーは拘留されているパイロットのことが知りたくもある。

少なくとも週末においては、ニュースという考えと切り離せないものがあって、それはグラス一杯の赤ワインという快楽を期待する心だ。ペロウンはボトルに残っているコート・デュ・ローヌの最後の一杯分をグラスに空け、テレビを消音でつけてタマネギ三個の皮むきとみじん切りにとりかかる。紙のように薄い外皮がもどかしくて、深い切り込みを入れ、親指を皮四枚下に突っ込んで引っぱがしたので、身の三分の一が無駄になってしまう。残った部分をざっとみじんに切り、オリーブオイルたっぷりと一緒にキャセロールに入れる。ペロウンが料理を好む理由は、この営みが比較的に不正確でさほどの厳密さを要求しない点にある——料理とは、手術室の要求の大きさから解放される瞬間なのだ。キッチンにおいては、失敗をしたところで結果はたかが知れている。失望、ちょっとした不名誉、それもめったに口にはされない。命を落としたりするものはいない。丸々と太ったニンニク八片の皮をむいてみじん切り、これもタマネギと一緒に。レシピから採用するのは、ごくごく大ざっぱな基本線だけだ。ペロウンが好きな料理ライターのスタイルは、材料を「ひとつかみ」とか「ひとつまみ」「放り込んでください」、というものだ。そういう料理本には特定の材料がないときの代わりも載っているし、自分流に実験してもかまわないと書いてある。自分が決してまともなコックにはなれず、ロザリンドのいわゆる「心温まる家庭料理」派に属するということをヘンリーは認めている。瓶から出した何本かの赤トウガラシを掌に載せ、両手ですりつぶして、破片を種ごとキャセロールのタマネギとニンニクに合わせる。テレビのニュースが始まるが、消音ボタンはさわらない。日が落ちる前に撮った例のヘリコプターショット、公園に流れ込む群集を映した例の映像、前と同じお祭りじみた雰囲気。タマネギとニンニクが柔らかくなると——サフランを数つまみ、ローリエを何枚か、刻んだオレンジの皮、オレガノ、アンチョビフィレを五枚、皮むきトマトを二缶。ハイド・パークの巨大なステージから、演説の短い映像。左派のベテラン政治家、タレント、劇作家、労働組合の幹部。出汁用のなべに、三匹分のエイのあらを滑り込ませる。頭は無傷のままで、唇は少女のように豊かだ。熱湯に触れると、眼が曇りを帯びる。警察の幹部がデモ行進について質問を受けている。引き締めた口元の笑み、頭の傾け方から察するに、きょう一日の状況には満足しているようだ。緑の網に入ったムール貝のうち、ヘンリーは十個あまりをエイと一緒に放り込む。それらの貝が生きていて苦痛を感じているのかどうか、それはヘンリーの関知しないことである。例の仕事熱心なリポーターがまた映り、この前例のない集会についてありったけの情報を無音で喋る。トマトの果汁がタマネギその他と一緒に沸騰し、サフランのおかげで赤味がかったオレンジ色に変わりはじめている。

リハーサルのせいでまだ聴覚が完全に戻らず、母を訪問したことで感覚が鈍り、ほとんど麻痺しているペロウンは、何かパンチのある音楽を聴く必要があると判断する。スティーヴ・アールがいい、シーオのいわゆる「頭のいい人間のブルース・スプリングスティーン」だ。だが、ペロウンがかけたいアルバム『エル・コラソン』は二階にあるので、そのかわりにワインを飲み、テレビを見やりつづけて自分の物語を待つ。首相がグラスゴーで演説。ペロウンがリモコンを触ると、首相はちょうどこう言っているところだ――今日のデモに参加した人数よりもサダムに殺された人間の数のほうが多い、と。うまい点をついたものだし、実のところなすべき主張はそれしかないのだが、ならば最初からその主張をすべきだった。今では遅すぎる。ブリクス報告の後では、後出しの感が否めない。ヘンリーは音を消す。自分はよほど料理が好きなのだ、という思いが頭をよぎる――料理が好きだという自意識さえ、料理の楽しみを削いだりはしないのだから。いちばん大きな水切りボウルに残りのムール貝を入れ、水道水をかけながらタワシでこすり洗う。薄い緑色をした二枚貝のほうは華奢で清潔に見えるので、水洗いにとどめておく。エイのうち一匹が煮え立つ湯から逃れようとするかのように背骨を反らしている。木べらで押し戻すと脊椎が折れる。第三胸椎の真下だ。

去年の夏、第五頸椎と第二胸椎の部分を骨折した十代の少女を手術したことがある。ポップフェスティバルでレディオヘッドをもっとよく見ようとして登った木から落ちたのだ。グラマースクールを終えてリーズ大学でロシア語を専攻する予定だった。今、八ヶ月のリハビリのおかげで彼女は順調に回復している。だが、ペロウンはその記憶を振り払う。自分は仕事のことを考えたいわけではなく、料理をしたいのだ。冷蔵庫からボトルに四分の一ほど残ったサンセールの白ワインを取り出し、トマトスープに注ぐ。

より大きく分厚いまな板にアンコウのしっぽを並べ、一口大に切って大きな白いボウルに入れる。それからエビについた氷を洗い流してこれもボウルに入れる。ふたつ目のボウルは二枚貝とムール貝。どちらのボウルにも皿でふたをして冷蔵庫へ。ニュースが切り替わる前ぶれにニューヨークの国連本部ビルが映り、続いて、黒いリムジンから降りてくるコリン・パウエルの姿。ヘンリーの物語は格下げされたわけだが、気にはならない。片付けに入り、中央部の生ゴミを大きなゴミ入れに落とし込み、流水でまな板をこすり洗う。それが終わると、エイとムール貝で取った熱い出汁をキャセロールに注ぐタイミングだ。こうなると、おそらく二リットル半の明るいオレンジ色のスープができたわけで、それをさらに五分間煮込んで出来上がり。ディナーの直前にスープを温め、二枚貝とアンコウとムール貝とエビを十分間煮込む。シチューに合わせるのはブラウンブレッドとサラダと赤ワインである。ニュースはニューヨークからクウェート＝イラク国境に切り替わる。砂漠の道を隊列になって進む軍用トラック。我が国の若者たちが戦車の轍《わだち》のそばで眠りにつき、翌朝は軍用の缶詰めソーセージを食べている。ペロウンは野菜室からマーシュを二袋取り出し、サラダ用のざるに空ける。冷たい水道水で葉を洗う。ほとんど二十《はたち》にも見えない若い将校がテントの外に立ち、三脚に掛けた地図を棒で指している。ペロウンは消音を解除する誘惑を感じない——前線からの映像には明朗な検閲済みの雰囲気があり、それが気分を沈ませる。サラダをかきまぜ、ボウルに入れる。オイルとレモンとコショウは後からだ。食後はチーズとフルーツ。テーブルのセッティングはシーオとデイジーに任せよう。

準備が終わったちょうどその時、四番目の項目としてエンジン炎上飛行機がやってくる。これは自分に関する重要な情報だというささか狂った思いでペロウンは音声を入れ、タオルで手を拭きながら小さなテレビの前に立つ。四番目ということは、何の発展もなかったのかもしれず、あるいは当局が不気味な沈黙を守っているのかもしれない。が、実際のところ、物語は途中で崩れてしまったのである——導入部分でさえ、キャスターの口調に落胆が聞き取れるようだ。ふたりとも映っている。あの小男で髪をぺったり後ろになでつけた機長と、小肥りの副操縦士がヒースロー近郊のホテルの外に。機長が通訳越しに説明する、自分たちはチェチェン人でもアルジェリア人でもなくイスラム教徒でもなくてキリスト教徒であり、もっともそれはお義理ばかりのことで普段から教会の礼拝にも参加せず、コーランも聖書も持ち合わせていない。自分たちは何よりもロシア人であってそのことを誇りに思っている。全焼した貨物室から残骸の状態で見つかった米国製の児童ポルノについては、自分たちは一切関知しない。自分たちはオランダで認可された真っ当な会社の仕事をしているのであって、自分たちが責任を負うべきは飛行機の運航のみである。もちろん児童ポルノは憎むべきであるが、積荷目録に記載されたすべての品目をチェックするような義務は自分たちにはない。というわけで、ふたりは何の科もなく釈放され、民間航空局から許可が下りしだいリガに戻ることになっている。そしてまた、飛行機がヒースローに進入したルートについての問題も立ち消えになっている。正しい手順が取られたのだ。操縦士たちはどちらも、ロンドン警察には丁重な扱いを受けたと口を揃える。肥った副操縦士が言うには、風呂に入ってからゆっくり一杯やりたいとのこと。

結構なニュースだが、キッチンを出て食料室の方に足を向けたヘンリーは、とりたてて嬉しくもなく、安堵さえも感じない。自分は不安にだまされて馬鹿を見てしまったのだろうか？ このように精神の自由が狭められること、さまよい回る権利が制限されること、それは新しい体制の一部なのだ。さほど昔でもない頃には、自分の思考範囲はもっと予測がつかず、もっと多くの事柄にわたっていた。ひょっとすると自分はいいカモになりつつあるのではないだろうか？ 権威を持った当局が公にすることならば、いかなるニュースでも意見でも憶測でも他のいかなる代物であろうとも自発的かつ熱心に消費しようとするお人好しに。自分は従順な市民であり、どんどん強力になってゆく政府《リヴァイアサン》という生き物の影にすり寄って保護を求めようとしている。あのロシア機は自分の不眠の真っただ中に飛び込んできたのであり、自分は、あの物語ときょう一日のニュースの変遷のありとあらゆる微細な動きが精神を色付けすることを喜んで許したのだ。自分があの物語に能動的な役割を果たしたと信じるのは妄想というものである。自分は何か貢献しているつもりでいるのだろうか――ニュース番組を見たり、根拠のない断定を述べる論説をまたしても読んだり、かくかくの進展の裏に潜む真相はこうだとか次にはこうなる確率がもっとも高いと述べ立てる長々しい記事を読んだりして？ 読まれたそのときに――事態の進展に裏切られる以前に――忘れ去られる予想。テロとの戦いないしイラクとの戦争に賛成、あるいは反対。憎むべき独裁者と悪漢ぞろいの家族の息の根を止めること、最終的な武器査察、拷問の行われる刑務所の解放、大量の死体が埋められている場所の発見、自由と繁栄のチャンス、他の独裁者たちへの警告――それらに賛成。あるいは、非戦闘員への爆撃、難民と飢饉の必然的発生、無法な外交、アラブ諸国の怒りとアル・カーイダ参加者の増大――それらに反対。どちらに転んでも、何らかの統一的な意思が決定されずにはいないし、人々は二分されずにいられない。これ自体がゆるやかな隷属状態ではないか。自分はいったい、アンビバレンスのおかげで――これをアンビバレンスと呼んでいいならだが――世間一般の色分けから逃れられるとでも思っているのか？　自分はほとんどの人間より深入りしているのだ。ニュースが「リリース」されるたびに、張り詰めた糸のような神経が忠実に振動しはじめるのだから。自分は懐疑という習慣を失い、矛盾する輿論に惑わされ、明晰に物事を考えられなくなっているのであって、同じくらい悪いことには、独立した思考ができていないような気がしてならないのである。

ロシア人操縦士たちがホテルに入っていく後姿が映り、これで彼らとは永の別れになる。食料室からトニックウォーターを何本か持ち出し、冷蔵庫の製氷機とジンの残量をチェックしたあと――一リットル瓶の四分の三もあれば、さすがの大酒飲みでも十分だろう――スープの下の火を切る。一階に上がって、L字型の居間のカーテンを引き、石炭暖炉風ストーブのガスを点ける。ぷっくりした真鍮のノブがついたコードを引っ張って閉める分厚いカーテンには、広場とその向こうの冬の世界をきれいに遮断する力がある。クリーム色と茶色の支配する、天井の高い部屋は静かで落ち着きがあり、明るい色といっては敷物の青とルビー色、それに暖炉の張り出し壁にかかったハワード・ホジキンの抽象画、グリーンを背景にオレンジ色と黄色を斜めに刷いたものがあるだけだ。この自分、ヘンリー・ペロウンが世界で最も愛する三人、世界で最も自分を愛してくれる三人がこの部屋に集まろうとしているのだ。自分に何か不足があるか？　いや、何も。自分は大丈夫だし、すべては結構な状態だ。階段の下で立ち止まったペロウンは、次に何をしようとしていたのだったかと考える。二階の書斎に上がり、立ったままパソコンのモニターを見つめて今後一週間の予定を思い出す。月曜のリストには名前が四つ、火曜のには五つ。老天文学者のヴァイオラが最初で、八時半だ。ジェイの言うとおり、彼女は無理かもしれない。どの名前も、ここ数週間、数ヶ月でなじみになったそれぞれの病歴を思い出させる。どのケースについても何をなすべきかはきっちり把握しており、これからの仕事を考えるのが心地よい。九人の患者たちにとっては大違いだ。すでに病棟にいるものも、自宅で待機しているものも、明日か月曜にロンドンへとやってくるものも、麻酔にかけられて忘却の淵に沈む瞬間を怖れ、意識を取り戻したときの自分は以前とは決定的に異なっているのではないかというもっともな疑いを抱いている。

玄関ドアに差し込まれた鍵の回る音が一階から聞こえ、ドアが開閉する音——無駄のない動きで入ってくるやり方、背後のドアをそっと閉めるスタイル——で、これはデイジーだと分かる。幸先がいい。祖父より先に到着したのだ。階段を駆け下りる父の姿を見て、デイジーは喜びに躍り上がる。

「あっ、いたの!」

抱き合った瞬間ペロウンは、溜息のような唸り声のような低い音を立てる。デイジーが五歳の頃には、よくこうやって迎えたものだ。ほとんど床から抱き上げそうになったデイジーの身体もあの子供のものであって、衣服の下に感じられる筋肉のなめらかさも、関節に感じられるバネも、セックスを感じさせないキスもそのままだ。吐く息までが子供である。煙草は吸わず、めったに酒も飲まないこの子供が詩集を出版しようとしているのだ。ペロウン自身の息は大いに赤ワインくさい。

自分は何と禁欲的な子供をもうけたものだろうか。

「ようし。じゃあ、よく見せてくれ」

六ヶ月というのは、デイジーが家族から離れていた期間としては最も長い。ペロウン夫妻は相当に物分りがいいほうだが、子離れしない両親でもあるのだ。伸ばした両腕にデイジーをつかまえながら、自分の目がうるんだり喉がちょっと詰まったりしていることが気付かれないように祈る。ぐっときた感情の高まりはひとつのなめらかな波であり、ややあって静かに消え去る。愚かな年寄りの役はまだリハーサル段階、単なる初心者だ。さっきの幻想とはうらはらに、そこにいるのは子供ではない。ひとりの独立した若い女が、頭を反らしてこちらを見返している――この上向きの視線は彼女の祖母そっくりだ――唇は笑みを湛えつつも開かれず、知性が表情を温めている。大人になったばかりの子供がいることのつらい喜びがこれであって、かつての甘やかな依存ぶりを忘れ去ることにかけて若者は容赦がない。だが、ひょっとするとデイジーはこちらに思い出させようとしていたのかもしれない――抱き合う間ペロウンの背中を半ば撫でるような半ば叩くような動作をしたのは、デイジー特有の母親のようなしぐさである。五歳の時でさえデイジーはペロウンの母親の役を演じるのを好み、ペロウンが夜遅くまで仕事をしたりワインを飲んだりロンドン・マラソンで勝てなかったりしたときには訓戒を与えたものだ。人差し指を振り立てて人を叱りつける、こましゃくれたタイプの娘だったのである。パパは自分のものだった。今のデイジーは、他の男たちの背中を撫でたり叩いたりしているのだ。それも、『私の向こう見ずな小舟《マイ・ソーシー・バーク》』とそこに所収の「六つの短い歌」を信じてよいならば、少なくとも六人の男の背中を。ペロウンが一粒の涙を抑えることに成功したのは、こやつどもの存在が精神を引き締めてくれたからである。

デイジーが着ているのは擦り切れたダークグリーンのレザートレンチコートで、ボタンははめていない。ロシア風の毛皮帽子が右手から下がっている。コートの下には、グレイの膝丈レザーブーツ、ダークグレイのウールスカート、ゆるいセーター、グレイと白のシルクスカーフ。パリ流シックの試みは、手荷物まで及んではいない――昔ながらの学生っぽいバックパックが足元で横になっている。ペロウンはまだ相手の肩をつかみ、この六ヶ月でどこが変わったのかを見定めようとしている。これまで覚えのない香水。量も少し増えたかもしれない、眼の周りが少し大人びて、繊細な顔つきにいくらか芯ができたかも。娘の生活は、いまや大部分が謎だ。ロザリンドは娘について自分が知っていないことを知っているのだろうか、という気がすることもある。

ペロウンにじろじろ見られるうちにデイジーの笑みは深まり、ついに笑い声となる。「いいのよ、先生。はっきり言って。わたしババアになったんでしょ」

「とんでもない、ゴージャスだよ。私の趣味から言えば、あんまり大人っぽすぎるくらいだ」

「ここにいる間は幼児化するから」デイジーは背後の居間を指して声をひそめる。「おじいちゃん、来てる?」

「いや、まだ」

デイジーは身をよじってペロウンの手から逃れ、腕を相手の肩に回して鼻の頭にキスする。「大好きよ。帰ってこられてうれしい」

「私も大好きだよ」

変わった点は他にもある。今のデイジーは単に可愛いだけではない美しい女性であって、目の表情から察するに、ちょっとした執着の対象があるらしい。恋をしていて、相手と別れてきたのがつらいのか。ペロウンはその考えを押しのける。それが何であれ、最初に話してもらえるのはロザリンドだろう。

数秒の間、ふたりは熱狂的な再会のあとに続く無言の真空状態に入る——言うべきことはあまりに多くて、ちょっとした再調整、日常の決まりごとの継続が必要だ。デイジーはコートを脱ぎながらあたりを見回す。その動きで、新しい香水の匂いがさらに広がる。恋人からの贈り物。この陰気な固定観念を振り払うために、もっと努力しなくてはなるまい。娘も女である以上、自分以外の男と親しくなるに決まっているのだ。デイジーの詩があれほど奔放でなかったら、もう少し楽だったかもしれない——それらの詩が頌《しょう》しているのは激しいセックスだけではなく新しいものを求めてやまない好奇心でもあって、それは例えば、一度訪れて夜明けに去った部屋とベッドや、濡れたパリの街路を帰宅した経験に表れていた。パリ市当局による効率的な街路清掃が、いくつかのメタファーのもとになっていた。ニューディゲット賞を取ったコインランドリーの詩と同じ、浄化と新しいスタートの感覚だ。ダブルスタンダードがどうこうという昔からの議論はペロウンも承知しているが、今では一部のリベラルな女性が、慎み深さの持っている力と価値を称揚しているのではなかったか？　あまり熱心にいろんな男と寝て回る女は社会的に不適合な格下の負け犬と一緒になってしまう確率が高くなりはすまいか、という自分の疑いは、単なる父親のたわごとなのだろうか？　それともこの方面における自分の特異な傾向、開拓してゆく精力の欠如は、これまた連想力に問題ありというべきなのだろうか？

「へーっ、この家って、わたしが覚えてるよりずっと大きいのね」階段の手すり越しに、はるか三階の天井から下がっているシャンデリアを見つめてデイジーが言う。ペロウンはつい娘のコートを脱がせてやり、笑ってコートを返す。

「何をやってるんだろう？　ここはおまえのうちなんだ。自分で掛ければいいんじゃないか」

デイジーはペロウンに付いてキッチンに下り、何か飲まないかと言おうとして振り向いたペロウンをまた抱きしめ、芝居がかった軽いスキップを踏みながらダイニングルームに入り、その向こうのサンルームへと向かう。

「ここって大好き」デイジーの声が響く。「このトロピカル・ツリー！　この木、大好きなのよね。わたし、なにを考えてたんだろう、こんなに長いあいだ留守にするなんて？」

「まさにそうだな」

その木は九年間そこにある。こんなムードの娘を見るのは初めてだ。こちらに戻ってくるデイジーは、綱渡りのように両手を広げ、ぐらぐら揺れるふりをしている――アメリカのソープオペラの登場人物が、いいニュースがあるのだけれども自分からは言い出したくないときにやるような仕草だ。お次は、こっちの周りでぐるぐる旋回し、ミュージカル・ナンバーを歌いだすかもしれない。

「アイ・フィール・プリティ」と。ペロウンは戸棚からグラスをふたつ、冷蔵庫からシャンパーニュのボトルを取り出し、コルクをねじって抜く。

「はいどうぞ。他の人たちを待つ理由なんかないからね」

「父さん、大好き」ともう一度言って、デイジーはグラスを上げる。

「ようこそお帰り」

デイジーが飲む様子を見て、それがほんの少量であることにペロウンは安心する。一口でさえない――この点は変わっていないのだ。今の自分は用心深いモードで、娘の像をつかもうとしている。

デイジーはじっとしていられないようだ。手にグラスを持ったまま、アイランドキッチンの周りを歩き回る。

「駅から来る途中、わたしがどこに行ったか分かる?」ペロウンのほうに近づきながらデイジーが言う。

「うーむ。ハイド・パークか?」

「知ってたの! 父さん、どうして行かなかったの? 凄かったのに」

「なんでかな。スカッシュをやって、おばあちゃんに会ってきて、ディナーの用意があって、何だかその気になれなくて。まあ、そんなところだ」

「でも、あいつらがやろうとしてることって、ほんとに野蛮なんだから。誰だって知ってるじゃない」

「かもしれない。でも、何もしないでいるのも同じくらい野蛮かもしれない。正直、分からないんだ。パークではどんな感じだったか教えてくれないか」

「父さんだって、あそこに来てたら疑いも吹き飛んだはずなのに」

うながすつもりで、ペロウンは言う。「今朝、デモが始まるところを見たよ。みんな善意にあふれた様子だった」

どこかが急に痛くなったように、デイジーは顔をしかめる。やっと家に帰ってきて、シャンパーニュを手にしたというのに、父親が自分と同じ見方をしてくれないのが耐えられないのだ。デイジーはペロウンの腕に手を置く。父や弟の手と違って、デイジーのは細い指のついた小さな手であり、それぞれの指の付け根に子供っぽいくぼみが残っている。デイジーが口を開いたときペロウンは娘の爪に眼をやって、状態がいいことに満足する。やや長めで、なめらかで、清潔で、やすりが掛けられて、マニキュアはなし。爪からはいろいろなことが分かる。生活が崩れるとき、爪の手入れは真っ先に失われる習慣のひとつだ。ペロウンはデイジーの手を取って握りしめる。

デイジーは父親を説得しようとしている。父親と同じくらい、この問題で頭が一杯なのだ。彼女が振るう弁舌はパークで聞いたことの総集編であり、それはふたりが百回も聴いたり読んだりしたことでもある。繰り返されるうちに事実として扱われるようになった最悪の予想、ペシミズムの甘美なる恍惚。飢饉と爆撃で五十万人のイラク人が死亡するだろうという国連予想、三百万人の難民、国連の機能停止、アメリカの独走を許せば世界秩序が崩壊する、共和国防衛隊が街路という街路に展開されてバグダッドは廃墟に、トルコ軍の北からの侵攻、東からはイラン軍、西からはイスラエルの攻撃、全土が炎上、追い詰められたサダムは生物・化学兵器を使用——もっともこれは本当に生物・化学兵器があるとしての話で、それらの存在を完全に証明したものはいないし、アル・カーイダとのつながりも実証されたわけではないのだが——アメリカ軍の侵攻を許せば連中は民主主義などどうでもよく、イラクに投資する気もないし、ただ石油を奪って基地を作って植民地のように統治するだけだ。

デイジーが喋っている間、ペロウンはいささかの驚きを覚えつつ娘を温かいまなざしで見守る。お決まりの議論の開幕だ——しかも、こんなに早く。普段のデイジーは政治のことを口にしないし、政治はデイジーの関心領域ではない。あれほど舞い上がっていたのはこのせいなのか？　顔は上気し、戦争をしてはいけない理由を新たに述べるたびにはずみがついて、勝利は目前となってゆく。悲惨な結果を信じているがゆえに、デイジーの幸福感は高まってゆく。巨大な龍を単身で退治するようなものだ。喋り終えると、デイジーはペロウンを眠りから覚ますかのように腕をつつく。それから、大げさに悲しげな顔を作ってみせる。父親に、真実に眼を開いてほしいのだ。

立場を明らかにしつつある自分を意識し、戦闘に備えて身構えながらペロウンは言う。「しかし、それは全部、将来の予測だろう。そういうことを信じなければならない理由があるかい？ 例えばどうだ、戦争はあっさり片付き、国連は崩壊しないで、飢饉も起こらず難民も発生せずバグダッドは廃墟にならず、サダムが一年間に殺戮する国民の数より少ない死者で済むとしたら？ アメリカが民主主義を確立し、どっさり援助をつぎこんで、来年の大統領選で再選されたい大統領が早期撤退の意志を固めたとしたら？ それでもおまえは反対だと思うが、その理由はまだ聞いていないね」

デイジーは身を引き離し、不安と驚きがないまぜになった表情でペロウンを見つめる。「父さん、まさか戦争に賛成なんじゃないでしょうね？」

ペロウンは肩をすくめる。「精神がまともな人間なら、戦争に賛成したりはしないさ。けれども、五年もすれば我々はこの戦争を後悔しなくなるかもしれない。私はサダムが倒されるのを見たいね。お説のとおり、悲惨なことになる可能性はある。同時に、これが悲惨に終止符を打ち、よりよいものを生み出す可能性もあるんだ。要は結果次第なんだが、結果を予測できる人間なんかいない。だから私は、自分がデモに参加して行進しているところが想像できないんだ」

デイジーの驚きは嫌悪へと転じている。ペロウンはボトルを持ち上げ、注ぎ足そうかという身振りをするが、デイジーは首を振ってシャンパーニュのグラスを置き、さらに遠ざかる。敵と一緒に酒は飲みたくないのだ。

「父さんはサダムが嫌いらしいけど、あいつはアメリカが作った人間なのよ。後ろ盾になって、武器を与えたのはアメリカよ」

「そうだな。だが、フランスも、ロシアも、イギリスも同じことをしたんだ。大変な間違いだった。イラク国民は裏切られたんだ。特に、欧米諸国からバース党に対する蜂起を促されて返り討ちに遭った一九九一年には。今回はそのあやまちを正すチャンスかもしれない」

「じゃあ、戦争に賛成なのね？」

「さっき言ったとおり、私はどんな戦争にも賛成なんかしない。けれども、今度の戦争は他の選択肢と比べて害悪が少ないかもしれない。五年経てば、本当はどうだったのか分かる」

ペロウンは不安な笑みを浮かべる。「いかにも何だ？」

「いかにもな言い分だわ」

「いかにも父さんだっていうの」

ペロウンはこんな再会を想像していたわけではない。この父娘の議論は時々そうなってしまうのだが、今回も人格攻撃に傾いている。今のペロウンはそれに慣れていない。技量が落ちているのだ。心臓の外側がきゅっと痛む。それとも胸骨のあたりのあざだろうか？　こちらは二杯目のシャンパーニュがだいぶ進んでいるが、デイジーは一杯目にもほとんど口をつけていない。踊り回っていた衝動は消えうせてしまったらしい。ドアロにもたれ、腕を四角く組んで、妖精を思わせる小さな顔を怒りに緊張させている。ペロウンが眉を上げてみせたので、デイジーの堰が切れる。

「戦争するならすればって言っておいて、五年後の結果がよければ賛成、悪くても自分に責任はないってわけでしょ。成熟した民主主義国家だとわたしたちが思いたがっているこの国に父さんも暮らしていて、政府はわたしたちを戦争に導こうとしているの。それがいい考えだと思うならそれで結構、立場をはっきりさせなさいよ。保険を掛けるようなまねはしないで。イギリスは軍隊を送るべきか否か？　今すぐ決めなきゃならないのよ。将来の予測っていうのはね、倫理的な判断をするのに必要なプロセスでもあるの。結果から考えるっていうやつ。わたしがこの戦争に反対なのは、悲惨な事態になると思うから。父さんはいい結果が生まれると思っておきながら、自分の信念を押し通そうとしないのね」

ペロウンは考え、そして言う。「そうだな。正直、私は自分が間違っているかもしれないと思ってる」

柔軟な姿勢で認めたつもりだったが、それがデイジーの怒りに火を注ぐ。「じゃあ、どうして危険を冒すわけ？　父さんがいつでも吹聴してる、安全第一の原則はどこへ行ったわけ？　何十万人という兵士を中東に送り込むつもりなら、自分が何をやっているか分かっているべきでしょ。なのにホワイトハウスの欲ぼけした権力亡者どもは自分が何をしているのか分かっていないし、わたしたちをどこに導こうとしているのか見当もつかないでいる。父さんがやつらの味方なんて信じられない」

自分たちが話しているのは実は別のことなのだろうか、とペロウンは考える。「いかにも父さん」というデイジーの言い分がどうしても気になるのだ。ひょっとすると、パリで過ごした数ヶ月のうちに、父親の嫌な面が分かってきたのだろうか。ペロウンはその思いを退ける。昔どおり真剣勝負の議論をするのは良いことであり健康なことであって、家族の生活が再開されたという証なのだ。それに、世界を放っておいていい理由はない。ペロウンはアイランドキッチンの周りにあるスツールのひとつに静かに腰を下ろし、娘にもそうするよう身振りで示す。それを無視してドアロに立ち続ける娘は、まだ腕を組み、顔をこわばらせたままだ。デイジーが興奮するにつれてペロウンが冷静になっていくのは何の助けにもならないのだが、これは抜きがたい職業上の習慣である。

「あのなデイジー、もし私が責任者なら、イラク国境に軍を展開させたりはしない。西側がアラブ国家と戦争をするには最悪の時期だ。パレスチナ人をどう処遇するかというプランも立っていない。けれども、戦争は始まらずにいないんだ。国連が反対しようと、政府が何と言おうと、大規模なデモが行われようと。大量破壊兵器が存在しようとすまいと関係ない。侵攻は既定事項だし、軍事的に言えば成功を約束されている。サダムが倒され、この世に存在したうちでもっとも邪悪な政府が倒される。私はそうなってほしいね」

「じゃあ、一般のイラク人はサダムにひどい目に遭わされて、今度はアメリカにミサイルを落とされるってわけ？　父さんはそうなってほしいんだから万々歳よね」

デイジーのレトリックの辛辣さ、声のざらつきにペロウンは気付かない。「待てよ」とペロウンは言うが、デイジーは止まらない。

「これが終わったら、わたしたちは安全になると思うの？　アラブ諸国すべてに憎まれるのよ。退屈した若い男たちが、行列してテロリスト志願を……」

「その心配は遅すぎる」ペロウンは押しかぶせる。「すでに十万人の若者が、アフガンの軍事キャンプで訓練を済ませているんだ。少なくとも、それが終わりを告げたことは喜んでいいはずだろう」

そう言いながらも、ペロウンはデイジーが実際にはあの陰気なタリバーンを忌み嫌っていることを思い出し、一体なぜ自分は、言い分を聞き出して父親らしく理解を見せるかわりに相手をさえぎってしゃかりきに議論しているのだろうと考える。なぜ敵愾心《てきがいしん》を燃やす？　かっと燃え上がった自分の血には毒が含まれ、穏やかな口調を裏切っている。恐怖と怒りが考えの幅を狭め、争いを望ませている。やってやろうじゃないか！　ふたりは決して眼にすることもなければ実態を知ることもない軍隊について戦いを繰り広げているのだ。

「テロ戦士は増え続けるわよ。ロンドンで最初の爆弾が爆発したとき、父さんの戦争擁護の意見は……」

「私の立場が戦争擁護なら、そっちの立場がサダム擁護なのは認めてほしいね」

「バッカみたい」

その罵りに、ペロウンは何かが突如として湧き上がってくるのを感じる。その源泉は、会話がコントロール不可能になっているという驚きであるとともに、野放図に人を活気づける喜びでもあって、それが一日苦しんできた重苦しい思考からペロウンを解放する。デイジーの顔は血の気がなくなり、地下キッチンのダウンライトが作る光溜まりの半分を受けて、頬骨のあたりに散らばったわずかなそばかすが急に鮮明になる。普段の会話では物問いたげに反らされている顔が、激怒に光る水平の視線を湛えて真正面からこちらを睨み据える。

感情の激発にもかかわらず、ペロウンはさあらぬ体でシャンパーニュを一口飲んで言う。「私が言いたかったのはこういうことだよ。サダムを倒すのに必要な犠牲が戦争だとすれば、戦争をしないために必要な犠牲はサダムが生き延びることなんだ」

これは折り合いの地点として提供したつもりなのだが、デイジーはそんなふうには聞かない。

「戦争推進派がわたしたちのことをサダム擁護って呼ぶのは、粗雑だし醜悪よ」

「そうかね。おまえを含めた戦争反対勢力は、サダムがいちばんしてほしいことをしようとしているんじゃないか。つまり、やつに権力を維持させるってことだ。しかし、そうやっても対決を先送りすることにしかならないぞ。サダムか、あの恐ろしい息子たちかは知らんが、いずれは何とかしなきゃならないんだ。クリントンでさえそれは分かってた」

「つまり、イラクに侵攻するのは他に選択肢がないからっていうわけね。開いた口がふさがらないわ、父さん。分かってるんでしょ、ネオコンっていう原理主義者がアメリカを乗っ取ったことは。チェイニーだの、ラムズフェルドだの、ウォルフォウィッツだの。イラクは連中が温めていたプロジェクトだったのよ。九・一一のテロはブッシュを説得するいい機会だったわけ。それまでのブッシュの外交政策を見なさいよ。何も知らない、表に出ることもできない臆病者だったじゃない。でも、イラクを九・一一と結びつける証拠はないし、アル・カーイダとのつながりも証明されないし、恐るべき大量破壊兵器なんて影も形もない。昨日のブリクス報告を聞かなかった？　父さんには分からないの、イラクに侵攻すればそれこそニューヨークのテロリストたちの思う壺だって――向こう見ずに飛びかかって、アラブ諸国をいっそう敵に回して、イスラムを過激化させるわけだから。それだけじゃなくって、わたしたちは彼らの宿敵を排除してやっているわけよ、神を信じないスターリン主義の独裁者サダムを」

「連中が我々に望んだことは他にもあるんじゃないかね。連中の軍事キャンプを破壊してタリバーンをアフガンから追い出し、ビン・ラーディンを逃亡させ、テロリストたちの資金ネットワークを寸断し、何百人という幹部を拘束し……」

割り込むデイジーの声は叫ぶようだ。「すりかえはやめて。誰もアル・カーイダを攻撃することには反対してないでしょ。イラクの話をしてるの。わたしの知っている人の中で、このろくでもない戦争に反対しない少数派がみんな四十歳以上なのはどうして？　年を取ってふやけたわけ？　そんなに死に急ぎたいわけ？」

　ペロウンはとつぜん悲しさを感じ、論争が終わってくれることを切望する。大好き、と娘が言ってくれた十分前のほうがよかった。まだ『私の向こう見ずな小舟』の試刷版と表紙のデザインを見せてもらってもいないのだ。

　けれども、ペロウンは自分を抑えられない。「そうさ、死はどこにでも転がってる。アブグレイブ刑務所の拷問係と二万人の受刑者に聞いてみるといい。こっちも質問があるぞ。今日集まった二百万人の理想主義者の中にサダムに反対する旗ひとつなく、拳も声も上げられなかったのはなぜなんだ？」

「あの男は最低よ。そんなこと、言うまでもない」

「言うまでもあるね。忘れられていたんだよ。でなけりゃ、みんなしてハイド・パークで歌ったり踊ったりできるか？　虐殺、拷問、死体を投げ込む穴、秘密警察、犯罪的な全体主義国家――そういうものをiポッド世代は知りたくないんだ。エクスタシーをキメたクラビングや格安のフライトやテレビのリアリティ・ショーを手放すのはごめんだってわけ。だが、手放さざるを得なくなるんだぞ、我々が何もしなければ。おまえや仲間たちは自分たちのことをラブリーでジェントルで純粋無垢だと思っているんだろうが、ああいう宗教ナチはお前たちのことを心底嫌ってる。バリの爆弾事件の目的は何だと思っているんだ？　クラバーたちを打撃《クラブ》することさ。イスラム原理主義はおまえたちの自由を憎んでるんだ」

デイジーは大げさに驚いてみせる。「へーえ、父さんが歳の差にそれほど敏感だとは失礼しました。でもバリの事件はアル・カーイダであってサダムじゃないから。父さんが言ったことではイラク侵攻は正当化できないから」

ペロウンはシャンパーニュの三杯目を半分がた飲み干している。大きなミスだ。自分は酔いをコントロールできる酒飲みではないのに。けれども、邪悪な幸福感はおさまらない。「イラクだけじゃないぞ。私はシリアやイランやサウジアラビア、あのへん一帯の抑圧と腐敗と悲惨について話しているんだ。おまえは物書きになるんだろう。なら少しは考えてみたらどうだ、検閲やアラブの監獄にいる同じ物書きたちのことを。物を書くという行為が発生したのはあそこじゃないのか？　それとも何か、自由であること、拷問を受けずにすむことというのは西欧の贅沢品で、他人に押し付けちゃいけないのか？」

「いい加減にしてよ、価値相対主義のたわごとは。さっきから論点ずれまくり。アラブの物書きが投獄されていいなんて誰も言ってないでしょ。でも、イラクに侵攻したってアラブの物書きは釈放されない」

「されるかもしれないぞ。今こそ、ひとつの国を方向転換させるチャンスだ。一粒の種を播くんだ。それが育って増えていくか見てみようじゃないか」

「ミサイルで種を播くなんて無理よ。侵略者は憎まれる。原理主義者たちは勢いづく。自由は破壊され、もっとたくさんの物書きが投獄されるのよ」

「五十ポンド賭けてもいいね。侵攻の数ヶ月後にはイラクに報道の自由が生まれ、検閲なしのインターネットアクセスも手に入るだろう。イランの改革勢力が勢いを増して、シリアやサウジやリビアの権力者たちは震え上がる」

「結構よ。わたしも五十ポンド。事態は収拾がつかなくなって、父さんでさえ、あんなことをしなけりゃよかったって言い出すから」

デイジーが十代の頃には激論の果てにしばしば賭けが行われたもので、賭けの約束は大げさにフォーマルな握手で交わされるのが常だった。ペロウンは自分が勝った場合も、何かと口実をつけて賭け金を支払った――みなし助成金とでもいったものだ。試験の成績に満足できなかったとき、十七歳のデイジーはかっときた様子で、自分は絶対オクスフォードに行けやしないと言って二十ポンド賭けた。元気を出させるためにペロウンは自分の側の賭け金を五百ポンドに競り上げ、入学許可を受け取ったデイジーはそれを友人とのフィレンツェ旅行に使った。今は、握手をする気分なのだろうか？　ドアロから離れたデイジーは、シャンパーニュのグラスを取り上げ、キッチンの向こう側に移動して、コンポのそばに積み上げられたシーオのCDをしげしげと見つめる。頑固に背中を向けたままだ。ペロウンはアイランドキッチンのスツールに腰掛けたままでグラスをもてあそぶが、もう飲んではいない。感じていることの半分しか主張できなかった空しさが湧き上がってくる。自分はジェイ・ストロースに対してはハト派で、娘に対してはタカ派なのだ。そんな態度に意味があるのだろうか？　なんと贅沢なことだろう、地政学的な策動や軍事作戦を自宅のキッチンであれこれとあげつらい、投票者や新聞や友人や歴史によって審判されずに済むというのは。重大な結果につながらないとき、間違いを犯すのは単なる面白い気晴らしに過ぎない。

デイジーは一枚のCDをケースから取り出してプレイヤーにセットする。娘の気分の手がかりが、あるいは自分へのメッセージさえ読み取れるかもしれないと期待してペロウンは待つ。ピアノのイントロで笑みが浮かぶ。シーオが何年も前にキッチンに持ち込んだCDだ。歌い手はかつてチャック・ベリーのバックを務めたピアニストのジョニー・ジョンソンで、歌は「タンカレー」、再会と友情を歌ったスローなブルースだ。

ずっと前から運命だったんだ、
けど俺にも分かってた、いつの日か
おまえと俺は一緒に座って
タンカレーのジンを飲むんだと。

デイジーはこちらに向き、軽くステップを踏みながらやって来る。ペロウンはそばに来たデイジーの手を取る。

「戦争屋の爺さんはお得意の魚シチューを作ったみたいね。何か手伝うことある?」

「平和主義者の娘には、テーブルをセットしてもらおうかな。よければ、サラダドレッシングも」

デイジーが皿の入った戸棚に行きかけたとき、おぼつかない手で押されたドアベルが、やけに長く、それも二度鳴る。ふたりは顔を見合わせる。このしつこさから判断すると、あまり幸先はよくない。

ペロウンが言う。「その前にレモンスライスを頼む。ジンはそこ、トニックは冷蔵庫」

デイジーが芝居がかった様子で眼をぐるぐるさせ、深く息を吸い込んだのでペロウンは嬉しくなる。

「じゃ、行きますか」

「クールにね」とペロウンはアドバイスし、義父であり高名な詩人である人物を出迎えるために階段を上がる。


郊外の家で母親と快適な孤独を分かち合って育ったヘンリー・ペロウンは、父親がいなくて寂しいと思ったことがない。重いローンを抱え込んだ周囲の家庭では、父親というのは仕事に疲れた疎遠な人間で、とりたてて興味をそそられない存在だった。子供にとって、六〇年代半ばのペリヴェイルにおける家庭生活を一手に支配していたのは、主婦である母親だった。週末や休暇に友達の家に遊びに行くのは、その母親の領分に入ることであり、彼女のルールに一時的に従属することだった。許可を出したり出さなかったり、小銭を分け与えたりするのも母親なのだった。ヘンリーにとって、他の家庭に親がもうひとりいることを羨む理由はなかった——不在でないときの父親は不機嫌な顔でそのへんに陣取って、暮らしの中のよりよい冒険的な要素を促進するどころか阻害することが多かったのだ。十代になったヘンリーが父親の写真何枚かに眺め入ったのも、父への憧れというよりナルシシズムからだった——にきびがなくてくっきりした父親の顔立ちの中に、自分がこれから女の子たちにもてる保証を見出そうとしていたのだ。父の顔は欲しくとも、父からの助言や拒絶や判断は要らなかった。そんなヘンリーが義理の父親を邪魔に思うのは必然だったのだろう——それがジョン・グラマティカスほど我儘な人間でなくとも。

一九八二年、ビルバオ行きフェリーのベッドの下の段でロザリンドへの愛を成就させた数時間後にシャトーに到着したそのときから、研修医生活二年目のペロウンは、相手に付け込まれないこと、将来の息子として扱われないことを決意していた。自分は、いかなる詩人とも張り合えるような専門技術を持った大人なのだ。あらゆるアンソロジーに入っているグラマティカスの詩「富士山」のことはロザリンドから聞いて知っていたが、ヘンリーは詩を読まない人間だったし、到着の晩のディナーで臆面もなくそう言い切ったものである。当時のジョンは『葬儀なし』――後から考えると、彼が集中的に詩作したのはこれが最後だった――にかかりきりで、駆け出し医者が余暇に何を読まないかなどということに興味を示さなかった。ディナーが終わってテーブルにスコッチが置かれ、同じ駆け出し医者が政治について自分と意見を異にした――グラマティカスは早い時期からサッチャーのファンになった人間のひとりだった――ときも、音楽やフランス人の国民性についての自分の意見（ビーバップはジャズへの裏切りであり、フランス人はどいつもこいつも金の亡者）に楯突いたときも、グラマティカスは気にしなかったし、反対意見を述べられたことに気付いてさえいないようだった。

翌朝ロザリンドは、ヘンリーが父親の関心を引こうとしてやりすぎたと言った――ヘンリーのつもりとしては正反対だったのだから、これはどうにも苛立たしい意見だったが。ともかく、ヘンリーはいちいちグラマティカスの意見に反駁するのはやめたが、その晩以降もふたりの関係は大して変わらなかったし、結婚、子供の誕生、二十年以上の時を経てさえ変化はなかった。ペロウンはグラマティカスから距離を置き、グラマティカスもその措置に異論はなくて、義理の息子はいないかのごとく娘と孫にだけ眼を注ぐ。ふたりの男たちは、表面上は愛想よくしつつ、腹の底でお互いに退屈しているのだ。ペロウンには、詩作――葡萄の収穫と同じような臨時労働に見える――が人生における仕事の全体を占めるという事情が飲み込めないし、あれほどの名声と自負心がわずか数冊の詩集によって生まれるからくりも見当がつかないし、酔っ払いの詩人を単なる酔っ払いと区別すべき理由も見出せない。一方グラマティカスは――これはペロウンの推測だが――ペロウンのことを単なる俗物、無教養で面白みのない医者と見なしているらしい。歳とともにそうした俗物どもに頼らざるを得ない機会が増えるにつけ、グラマティカスはいっそう彼らを信用しなくなっているのだ。

もうひとつ別の問題もあるが、これはもちろん、口に出して議論されたことがない。広場の家はシャトーと同じく、マリアンの両親からマリアンへと受け継がれたものである。マリアンがグラマティカスと結婚したのちは、ロンドンの家が家族の本拠地となり、ロザリンドと弟はここで育った。マリアンが交通事故で亡くなったとき、遺言状の条件は明確だった――ロンドンの家は子供たちのものになり、ジョンはサン・フェリックスを貰うというものだ。結婚後四年、アーチウェイの小さなフラットに住んでいたロザリンドとヘンリーは、ニューヨークに部屋を買いたいというロザリンドの弟の持ち分を買い取るためにローンを組んだ。この大きな家に引っ越した日、ペロウン夫妻と小さな子供ふたりはたいへん幸せだった。こうした取引は、すべて円満に行われたものである。ただし、たまにロンドンの家を訪れるときのグラマティカスの態度は自分の家に戻ってきたよう、不在地主が借地人に声を掛けて自分の権利を思い出させるかのようなのだ。ひょっとするとこれは、体質的に父親を求めないヘンリーの意識過剰なのかもしれない。どちらにしても愉快なことではなくて、義父に会わなければならないものならば、フランスで会うほうが気が楽なのだ。

玄関ドアに近づきながらペロウンは、シャンパーニュに負けてうっかり感情を表に出さないよう自分に言い聞かせる。今夜の目的はデイジーを祖父と和解させること、シーオがいろいろなスリラーの影響下に「ニューディゲット抗争」と名付けた三年前の事件を忘れさせることだ。デイジーが老人に試刷版を見せ、老人がデイジーの成功への寄与を正しく認められていい気分になれるよう持って行かねばならない。そうした善意でペロウンがドアを開けると、グラマティカスが数フィート向こうの道路上に立っている。ベルト付きで丈の長いウールコート、フェルトのソフト帽にステッキを持ち、頭を後ろに反らして、広場の街灯が投げかける冴えた白い光に横向きの顔を照らされている。デイジーが出迎えると思ってポーズを取っていたに違いない。

「や、ヘンリーか」と、グラマティカスが言う——尻下がりの抑揚に、失望が読み取れる——「タワーを見とったんだ……」

グラマティカスが位置を変えようとしないので、ペロウンは愛想よく歩み寄って一緒にタワーを眺める。

「ロバート・アダムがこの広場を設計したときの眼でタワーを眺めておったのさ。アダムなら、あれをどう思ったろうかとな。君、どう思う？」

中央の緑地に植わったプラタナスの上、南側の再建された家並の上にそれはそびえている。ガラス張りの主軸に六層の円形テラスが重ねられて巨大なパラボラアンテナの台となり、その上には、分厚い車輪あるいは軸スリーブを思わせる展望層があって、蛍光灯がコンパスで描いたような円形を作っている。夜には、踊るマーキュリーのロゴが遊び心を添える。小さかった頃のシーオは、もしタワーがこっちに倒れてきたら家に当たるかな、と好んで尋ねたもので、もちろん当たるさと父親が答えるたびにこの上なく満足な顔をしたものだ。ペロウンとグラマティカスはまだ挨拶も握手もしていないので、ふたりの会話はチャットルームのやりとりのように実体感がない。

礼儀正しいホストらしく、ペロウンは相手のゲームに乗る。「そうですね、アダムならエンジニアらしい見方をしたんじゃないでしょうか。ガラスの壁、あの自立した高さ、そういうものに感嘆したはず。もちろん電灯にも。建物というよりは、ひとつの機械として見たかもしれませんね」

グラマティカスは、相手の答えが全然なっていないことを示す身振りをする。「正解はどうかと言えばだな、十八世紀末に生きたアダムが思いつける喩えは大聖堂の尖塔しかなかったろうさ。あのタワーは何らかの宗教建築だと考えたに違いない——でなけりゃ、なんであんな高いものを建てる？　あのパラボラアンテナは装飾用か、儀式に使うものと考えるほかなかったろうよ。未来の宗教というわけだ」

「じゃあ、当たらずとも遠からずですね」

グラマティカスは大声で相手をさえぎる。「何を言っとるか。見るがいい、あの列柱の均整と柱頭の彫刻を！」そう言って、ステッキで広場東側の家並を指す。「あれが美というもんだ。己を知るとはああいうことだ。世界が違う、意識も違う。アダムなら、あのガラス棒の醜さに仰天したろう。人間離れしたスケール。頭でっかちな輪郭。優美さも温かさもない。アダムなら、心に恐怖を抱いたろうよ。そして、こう言ったに違いない——我々の宗教がこんなものになるならもうおしまいだ、とな」

東側のジョージ王朝の家並を見やると、その手前、こちらから百フィートばかりの場所で、レザージャケットにウォッチキャップ姿の男がふたりベンチに掛けている。こちらに背を向け、ぴったりくっついてベンチから身を乗り出している様子に、ペロウンは麻薬取引の最中だろうと見当をつける。でなければ、二月の寒い夜にあんなに熱心な様子で屋外に座っているわけがあるか？　急な苛立ちが襲ってくる。自分たちふたりもその一部である文明をグラマティカスがこれ以上罵り、自分たちの手の届かない過去の文明を礼讃しはじめる前に、ペロウンは言う。「デイジーが待ってますよ。パンチのきいたカクテルを作って」義父の肘をつかみ、広く開いて明るく照らされたドアのほうにそっと導く。ジョンはすでに、陽気で比較的温和な酔いに突入しているから、デイジーはこの機会を逃してはいけない。和解は、それより後の段階のテーマになりえないのだ。

ペロウンは義父のコートとステッキと帽子を受け取り、居間に案内して、デイジーを呼びに行く。すでにトレイを持って上がってくるところだ——トレイには開栓済みのシャンパーニュと手つかずの一本、ジン、氷、レモン、ロザリンドとシーオのためのグラス、そして学部時代に旅行したチリみやげの絵皿に盛ったマカデミアナッツ。窺うような視線を投げてきた娘に、ペロウンは明るい顔をしてみせる。大丈夫。祖父と抱き合うに違いないと考えてペロウンはデイジーからトレイを受け取り、その後に付いて居間に入る。が、部屋の真ん中に立っていたグラマティカスは妙にフォーマルな態度で背筋を伸ばし、デイジーがためらう。グラマティカスもヘンリーと同じくデイジーの美しさにはっとしたのか、それとも彼女の親しげな態度に驚いたのか。ふたりはそれぞれ「デイジー……おじいちゃん」とつぶやきながら互いに近寄り、握手し、いったん身体が動いた以上は取り消すことのできないつながりによって、ぎこちなく頬にキスしあう。

ヘンリーはトレイを置き、ジントニックを作る。「はい、どうぞ。じゃあ、乾杯しましょう。詩に」ジンを受け取った老人の手が震えていることにヘンリーは気付く。デイジーとジョンはグラスを上げ、骨接ぎ屋ふぜいが口にする資格のない「詩」という言葉に唱和するかわりに何やら言ったり唸ったりして、酒を口にする。

グラマティカスがヘンリーに言う。「私が最初に会ったときのマリアンに生き写しだ」

老人の眼がさっきの自分のようにうるんではいないことにペロウンは気付く。感情の激発や気まぐれにもかかわらず、グラマティカスにはどこか抑制されて近寄りがたい、鋼のようとさえ形容できるものがある。人の間を傲然と押し通ってゆく習慣があり、それは親しい人間のあいだでも変わらないのだ。ロザリンドの話では、今は昔となった三十代の頃に、偉大な老詩人たちを真似て、他人がどう思おうと構わないという態度を作り上げたのだそうだ。

デイジーが言う。「すごく元気そう」

グラマティカスはデイジーの腕に手を置く。「今日の午後、ホテルで全部読み返したよ。大したもんだ、デイジー。おまえにかなう者はおらん」また酒を飲み、奇妙な暗誦調で、デイジーの詩集の題名となったシェイクスピアのソネットを引用する。

私の向こう見ずな小舟は、あの巨船に遠く劣りつつ
君の寛やかなる大洋に、勇敢にも乗りいだすのだ。

弾けるように陽気なムードのグラマティカスは、昔と同じようにデイジーをからかいはじめる。

「さて、正直なところを聞こうか。ガレオン船なみに巨大な才能を持ったもうひとりの詩人というのは、いったい誰なんだ?」

自分のものであると信じ切っている讃辞を、デイジーから引き出そうというのだ。まだ宵の口で

ある。ペースが速すぎはしまいか。デイジーが祖父に詩集を献呈してもおかしくはないが、ペロウンはその点に不安を覚えている。試刷版を見ておきたかったのはそのためでもあるのだ。

デイジーは戸惑っている。何か言いかけて気を変え、無理に笑みを作ってから言う。「まあ、それは後のお楽しみ」

「もちろんシェイクスピアは、自分が大洋横断競争に出場する巨船にまじった小舟だと本当に考えていたわけじゃない。諷刺的な仮面というやつだ。いやはや、おまえもそうかもしれんな」

デイジーはためらい、悩み、決断できないでいる。持ち上げたグラスの陰に視線を隠す。それからグラスをテーブルに置く。決心したようだ。

「おじいちゃん、そこは『勇敢にも乗りいだすのだ』とは違う」

「違っとらんじゃないか。私が教えた詩だぞ」

「ええ、教わりました。でも、『勇敢にも《ブレイヴリー》』ではスキャンしないでしょ。『君の寛やかなる大洋に、我意を通《ウィルフリー》して乗りいだすのだ』よ」

グラマティカスの弾けるような態度は一瞬にして消え失せる。厳しい視線が孫娘を睨み据えるが、彼女は先刻キッチンで父親を睨み返したのと同じように祖父を睨み返す。反抗の精神で口を開いた以上、譲るつもりはないのだ。ヘンリーは、「スキャン」という言葉に嫌な記憶が甦る。仕事上の懸念という、心に刺さった棘だ。より強力なMRIスキャン装置を購入するために理事会が予算外で捻出しなければならない十九万ポンド。稟議書は書いたし、すべての会議にも出席した。何か他にしておくべきだったことは？　Eメールの転送だろうか。詩におけるスキャンに関して言えば、「我意を通《ウィルフリー》して」が「勇敢にも《ブレイヴリー》」よりよいと断言できる根拠が自分には分からない。

グラマティカスが言う。「よしよし分かった、スキャンせんな。ということでだ、ヘンリー、病院の調子はどうかね？」

この二十年、ヘンリーは病院のことなど尋ねられたためしがなく、娘が軽くあしらわれるのを許せない。もっとも、この事態は驚異的ではある。三年を隔てて再会したと思ったら、このふたりは一分もしないうちに対立しているのだ。

ペロウンはうまくとぼけ、いかにも愉快そうな声でグラマティカスに言う。「いやあ、私はそんなのよりもっとひどい記憶違いをいくらでもしますからね」そしてデイジーのほうを向く。娘は一歩下がっており、何か口実を見つけて部屋から出て行きそうな様子だ。だが、ヘンリーはそうさせない決心である。

「教えてくれないか。『我意を通して《ウィルフリー》』がスキャンして『勇敢にも《ブレイヴリー》』がスキャンしないというのはどういうことなんだ？」

善意に満ちた態度でデイジーは人生の初歩知識を父親に説明し、グラマティカスには駄目押しをする。

「『君の寛やかなる大洋に、我意を通して乗りいだすのだ《オン・ユア・ブロード・メイン・ダス・ウィルフリー・アピアー》』は弱強五歩格よね。ほら、タ・タン、タ・タンっていう、弱い・強いのリズム。こういう詩には、一行に必ずそれが五回あるわけ。『勇敢《ブレイ》にも《ヴリー》』だと音がひとつ足りなくて、響きがおかしいの」

デイジーが説明している間に、グラマティカスは手近なレザーソファに身を沈めながらわざと大きな声でうめき、説明の末尾をかき消してしまう。

「ま、そう年寄りをいじめんでくれ。『夢ではなかった、私は目覚めて横たわっていた《イット・ワズ・ノー・ドリーム、アイ・レイ・ブロード・ウェイキング》』とか何とか、シェイクスピアには短い行がいくらでもある。ソネットにも何十とな。やつが『勇敢にも《ブレイヴリー》』と書いたとしたってだなあ、スキャンするように読みゃあいいんだ」

「ばーか、その詩はワイアットよ」デイジーは老人に聞こえない声でつぶやく。

ペロウンはデイジーに目配せし、こっそり指を立てる。この論争に勝ったのはデイジーであり、祖父に負け惜しみくらい言わせてやるべきなのはデイジー本人が分かっているはずだ。ディナーが始まるまで——始まってからも——ずっと争い続けたいなら話は別だが。

「うん、そうね。スキャンするように読めばいいのよね。もっとジンをどう、おじいちゃん?」デイジーの声に棘は感じられない。

グラマティカスはデイジーにグラスを渡す。「トニックの加減は自分でやるぞ」

それが済むと、デイジーは部屋の沈黙から不穏さがなくなるまで数秒待ち、父にささやく。「わたし、テーブルの用意を終わらせてくるから」

この再会をつつがなく成し遂げるには自分はかえって熱心すぎるか、あるいは急ぎすぎているのかもしれないとヘンリーは思う。しかし、それでもいいのでは? デイジーがまたひとり人生の師を乗り越えたのだとしても、この自分がどうこうすべき事柄ではあるまい? 父親の自分も理解できない変化がデイジーに訪れたのであり、それはある種の不安定という形を取りつつ、絶えずなめらかな態度の陰にかすみ続け、戦闘性も上昇したと見る間に減少してゆく。ヘンリーは義父とふたり取り残されて酒を飲みたくない。ロザリンドが早く帰宅し、家庭をおさめる技量を発揮してくれないものだろうか——母として、娘として、妻として、弁護士として。

ヘンリーはデイジーに言う。「試刷版を見たいもんだね」

「分かったわ」

ペロウンはもうひとつのソファに腰を下ろし、傷の上から磨きをかけたインド製テーブルをはさんでグラマティカスと向かい合うと、そちらにナッツの皿を押しやる。玄関ホールのバックパックをかき回しながら、デイジーが低い罵り声を立てるのが聞こえる。どちらの男も雑談を始める気にはなれない。論ずるに値する共通の話題が見つかったとしても、どちらも相手の意見に興味が持てないはずだ。そこで、ふたりは沈黙をよしとする。家に帰って以来初めてゆったりと座り、足にかかった体重からやっとのことで解放され、空きっ腹に流し込んだワインと三杯のシャンパーニュでその気分を高められ、聴覚はシーオのバンドのためにまだ少し鈍く、太腿にスカッシュの痛みがぶり返した状態で、ペロウンは世間の出来事から切り離された感覚が静かにふくらんでゆくのに身を任せる。何事にも、大した意味はないのだ。自分を悩ませていた事柄はすべて平穏に解決された。操縦士たちは人畜無害なロシア人であり、リリーは十分よく世話され、デイジーは本を持って帰ってきたし、二百万人のデモ参加者は善意の人たちであり、シーオとチャスはいい歌を作ったし、月曜には法廷で勝利を収めるはずのロザリンドは帰宅の途にあり、テロリストが自分の家族を今夜殺戮するとは確率的に思えず、魚シチューはどうやら自分の傑作になりそうであって、来週のリストに載っている患者たちは全員何とかなるだろうし、グラマティカスも本当はいい人間であって、明日——日曜——はヘンリーとロザリンドに眠りと官能の朝をもたらしてくれるだろう。今は、シャンパーニュをもう一杯注ぐ頃合だ。

ボトルに手を伸ばしたペロウンが義父のカクテルの減り具合をチェックしていると、玄関ホールからガチャガチャという金属性の音がして、デイジーが叫びを上げ、「よう！」というバリトンの大声に続いてドアが雷のように叩き付けられ、詩人のジンに同心円のさざ波が立つ。そして、身体がぶつかるときのドスンという音と唸り声。帰ってきたシーオが姉を抱きしめているのだ。数秒後、手をつないで居間に入ってきたふたりは、それぞれのオブセッションとキャリアを凝縮させたものを差し出す——祖父からの貴重な贈り物だ、と、ペロウンは素直に認める。デイジーは試刷版を差し出し、弟はケースに入ったギターをネックのところで握っている。一家のうちで、いちばんグラマティカスと自然に付き合えるのがシーオだ。音楽という共通のものがあるが、そこに競争はない。シーオがプレイし、祖父は耳を傾けてブルース・コレクションを整理する——シーオの助けを借りて、ハードディスクに移管されつつあるコレクションだ。

「おじいちゃん、そのまま、そのまま」そう言いながら、シーオはギターを壁に立てかける。けれども老人は近づいてくるシーオのために立ち上がり、ふたりは心おきなく抱き合う。デイジーは父親の隣に座り、父親の膝に本を滑らせる。

　シーオの腕をつかんだグラマティカスは、シーオがいるおかげで生気が出て若返ったようだ。

「さてと。新しい曲を作ってくれたそうだな」

　本の表紙はアクアマリンの地に黒いレタリングである。題名と著者名を見つめながら、ペロウンは娘の肩に腕を回して抱きしめ、デイジーは父親の視点から本を見ようとして身体を近寄せる。ペロウンは娘の視点から本を見やり、娘の興奮を想像しようとする。娘と同じ年頃、自分は猛勉強中の医学部五年生で、ラテン語の名称と身体に関する事実の山にうずもれ、とうてい詩集などという可能性はなかった。ペロウンが空いた手でページをめくり、ふたりは再び「私の向こう見ずな小舟《マイ・ソーシー・バーク》」という三つの単語を眺める。今度は三分割した長方形に囲われており、その中に題名と、デイジー・ペロウンという名前、そして出版社名に続いて「ロンドン、ボストン」という所在地。デイジーの舟は、サイズがどうあれ、大西洋の潮流へと乗り出したのだ。シーオが何か言っているのに気付いて、ペロウンは眼を上げる。

「父さん。父さん！　あの歌、どう思った？」

子供たちが小さかった頃には、等分に褒めるよう気を配ったものだ。大きな才能を発揮しているふたりの子供たち。グラマティカスとふたりきりだったときに、あの歌を話題にしておけばよかったのだ。けれども自分には、三十秒の間ポジティブ・シンキングの海を漂う必要があった。

「感動したよ」とペロウンは言う。そして、一同が驚いたことに、顎を天井に向けてそこそこの正確さで歌う。「僕が連れていってあげる、僕のシティ・スクウェアへ、シティ・スクウェアへ」

シーオはコートのポケットから出したCDを祖父に手渡す。「今日の午後のレコーディング。完璧じゃないけど、大体の感じってことで」

ヘンリーは注意力を娘に戻す。「この『ロンドン、ボストン』というのがいいな。品格がある」

小さな大文字の列を指でなぞる。ページをめくると献辞が眼に入り、ほっと安心する。「ジョン・グラマティカスに」

急に苦しげな顔になって、デイジーがヘンリーの耳にささやく。「これでよかったのか分からないの。父さんと母さんにすればよかった。どうすればいいのか分からなくて」

ヘンリーは再びデイジーを抱き寄せて優しく言う。「これでいいんだよ」

「ほんとにいいの？　まだ変えられるけど」

「おじいさんがおまえに道筋をつけてくれたわけだから、それが正しいんだ。喜んでくれるよ。

我々もみんな喜んでる。これでよかったんだ」それから、声に少しでも残念さがにじんだかと思って付け加える。「本はもっと出るんだろう。家族全員の分を書いていけばいいさ」

この時になってやっと、自分に寄り添った身体が震えて急に温かみが加わったことから、ペロウンは娘が泣いているのに気付く。デイジーはペロウンの二の腕に顔を押し付ける。シーオと祖父は部屋の別の側、CD棚のそばでブギ・ピアニストの話をしている。

「ヘイ・リトル・ワン」と、ペロウンはデイジーの耳にささやく。「どうしたんだ、ダーリン?」

デイジーは音もなくむせび泣き、声が出せなくて首を振る。

「上の書斎に行こうか?」

デイジーがまた首を振るので、ペロウンは髪を撫でてやりながら待つ。

恋の悩み? 憶測に走りそうな自分をペロウンは抑えようとする。子供時代のいつどこでという鮮明な記憶はないが、デイジーが落ち着いてどうして泣いていたのか話してくれるのを待つというのは、何となく遠い昔に繰り返したような気のする経験である。いつでも雄弁な子供だった。子供時代に読んだあらゆる小説、特に祖父に教育されはじめてから読んだものが、自分の感情を正確に描写するすべを教えたのだ。ヘンリーはソファの背にもたれ、忍耐強く、愛情込めて娘を抱きしめる。もう涙を流してはいないが、デイジーは頭を父親の肩に当てたままで眼をつぶっている。本は献辞のページのままでペロウンの膝に載っている。背後でシーオと祖父がさまざまなCDのレコーディングと参加メンバーを議論しているが、ふたりのやり取りは真の熱狂者らしく小声で、そのため部屋はいっそう静かに感じられる。グラマティカスはまたジンを手にしており、おそらく三杯目だろうが、気味悪いくらい酔っていない。ペロウンはデイジーの頭が押し付けられた二の腕にしびれが走るのを感じる。一部しか見えない娘の顔を、いとしい思いで見下ろす。視界に入っている片方の眼の周りには年齢や人生経験を感じさせる皺の芽生えさえなく、ぴんと張った肌がかすかに紫色に染まって、打ち傷のまわりのようだ。外面に分かりやすく現れるセクシュアルな成長の徴《しるし》は、子供時代が長く尾を引くものだという事実を忘れがちにさせる。テディベアその他のぬいぐるみでベッドに寝る場所とてなかった頃から、デイジーには乳房と生理があったのだ。それから、初めての銀行口座、学士号、運転免許といったものがやってくるせいで、しだいに薄れつつも残っている少女の面影を新しく出来上がってゆく大人の女の中に見分けられるのは両親だけとなるのだ。けれども、こうして見ていると、いかにデイジーが自分に寄り添ってこようとも、それが単なる無邪気な少女でないことをペロウンは理解できる。デイジーの精神は、この自分の精神よりも敏捷に働いているのではあるまいか。おそらくは、最近の出来事の破片をモザイクにしたものの周りを――部屋に響く言い争いの声、パリのさまざまな街角、乱れたベッドの上で口を開けているスーツケース、何であれ彼女を苦しめているもの。豊かな髪を持つ頭を見つめて、父親は憶測するしかない。

二度目の夢うつつは、五分から十分ばかりも続いたのかもしれない。その途中、思考の連関がほどけかかってきたあたりで、ペロウンは眼を閉じて背後にぐっと沈み込む。その心地よさが潮の上がってくる河の泥地のイメージと一緒になって、不器用な手でロープをほどくと、それは外貨レートを計算する方法でもあり、週末を平日に変える方法でもあるのだった。だが、そうやって夢うつつに沈み込む間も、眠ってはいけないことは分かっている――客がいるし、にわかには何なのか判別しがたい他の用事もある。ロザリンドが玄関ドアを開ける音でペロウンは身動きし、左の肩越しに期待の視線を送る。デイジーも顔を半ば上げ、シーオとグラマティカスの会話もやむ。異常に長い間があって、玄関ホールからドアの閉まる音が聞こえる。妻は買い物か小包か法律書類の束を抱えているのだと思ったペロウンが立ち上がって助けに行こうと思ったとき、ロザリンドが入ってくる。動きはゆっくりとぎこちなく、この部屋で進行している出来事に用心しているような感じだ。茶色の革のブリーフケースを持ち、顔は青ざめ、表情が引きつって、見えない誰かの手が皮膚を耳のほうにぎゅっと引っ張っているかのようである。暗い色の眼が大きく瞠《みは》られ、一度開いてまた閉じてしまった口が伝えられないことを必死に告げようとしている。立ち止まったあと、居間に入りながらドアロのほうを振り返るロザリンドを一同が見つめる。

「母さん？」デイジーが呼びかける。

ペロウンは娘から身を引き離して立ち上がる。ロザリンドはビジネススーツの上に厚いコートを着ているが、ペロウンは早鐘のような鼓動が見える気がする――急速で浅い息遣いのせいだ。家族が名前を呼んで近寄ろうとすると、ロザリンドはかえって遠ざかり、居間の高い壁へと後ずさりしてゆく。眼で「来るな」と言い、手をひそかに振り動かす。その顔に浮かんでいるのは恐怖だけでなく怒りもあって、固く張った上唇が表しているのは嫌悪かもしれない。ドアのヒンジ側とドアフレームの間にできた四分の一インチほどのすきまから、ペロウンは玄関ホールにいる何者か、影としか見えない何者かが躊躇してから遠ざかるのを見る。ロザリンドのリアクションから、ひとりの人間が居間に入ってくることがその姿を見る前に分かる。なのに、玄関ホールに見える人影はそこに控えたままだ。侵入者がひとりではなくふたりいることを、ペロウンは他の人々よりもずっと先に理解する。

男が部屋に入ってきたとたん、ペロウンはその衣服を思い出す。レザージャケットにウールのウォッチキャップ。ベンチのふたり組はチャンスを窺っていたのだ。名前を思い出す一瞬前に顔が見分けられる。それから、男の足取りの奇妙さ、ロザリンドの近く——あまりに近く——に陣取ったときの身体の振動。ロザリンドは飛びのかずに堂々と立っているように見える。だが実際には、さっきから口にしようとしていた言葉を見つけるために首をそむけることしかできないのだ。そして、ロザリンドは夫の眼を捉える。

「ナイフ」ペロウンにだけ言うような声だ。「この人、ナイフを持ってる」

バクスターの右手はジャケットのポケット深く突っ込まれている。唇を尖らせるようなわずかな笑みを浮かべて部屋の人々を見回す様子は、ジョークを飛ばしたくてうずうずしている人間のようだ。午後じゅうずっと、こうしてこの家に入る瞬間を夢想していたに違いない。首がごくわずか回転し、視線は部屋の向こうにいるシーオとグラマティカスからデイジーに移り、最後にデイジーのすぐ前にいるペロウンへと移動する。もちろん、バクスターが現れたのは理にかなっている。数秒の間、ペロウンは愚かにもそのことしか考えられない。**もちろんだ。**理の当然だ。自分の一日を構成していた要素のほとんどすべてが、この居間に集まっている。あとは母と、スカッシュラケットを持ったジェイ・ストロースがいれば完璧だ。バクスターが口を開く前に、ペロウンはバクスターの眼から部屋を見てみようとする。そうすることで、今から襲ってくる災難の程度が予測できるかのように。シャンパーニュのボトルが二本、レモンと氷のボウル、威圧するように高い天井と突き出した蛇腹《じゃばら》、ホジキンと並んでいるブリジット・ライリーの絵、光量を絞った電灯、ペルシア絨毯の敷かれたチェリーウッドの床、無造作に積み重ねられた専門書、何十年となく磨き上げられたインド製のテーブル。復讐のスケールを大きくしてくれと誘っているようだ。続いて、家族の様子もバクスターの眼から見てみる。若い女と年寄りは問題にならない。若い男は屈強そうだが立ち位置が不利だ。それから、痩せて背の高い医者。これこそ自分の目的である。もちろんだ。シーオが言ったとおり、ストリートにはプライドというものがあり、今はプライドがナイフを呑んでそこに立っている。どんなことでも起こりうる場所では、すべてに意義があるのだ。

ヘンリーはバクスターから十フィート離れている。ロザリンドがナイフの警告を発したとき、半ば踏み出した足がそのまま凍りついて、不自然な姿勢になってしまった。今やっと、おばあちゃんの足取りを真似する孫のように、ペロウンは後ろの足を前に揃え、肩幅に踏み開く。眼の表情と小刻みな手の動きで、ロザリンドが来るなと言っている。いきさつを知らないロザリンドは、このふたり組は強盗だから欲しいものは何でも与えて立ち去ってくれるのを待つのが賢明だと考えているのだ。病状についてもロザリンドは無知である。この一日、ユニヴァーシティ・ストリートでの遭遇は、ピアノのキーを押さえ続けた音のようにペロウンの心を離れなかった。けれども、バクスターのことはほとんど忘れていた——もちろん、忘れたのは彼の存在ではなく、その不穏な肉体的リアリティである。ニコチンの酸っぱい臭い、震える右手、猿のような感じ。その感じはウールキャップのせいで強まっている。

じろりと眼をやって、バクスターはペロウンの足の動きに気付いていることを知らせるが、最初の言葉はこうだ。「全員、携帯をポケットから出しな」

誰も動かないので、デイジーとシーオに向かって言う。「おまえらからだ」そしてロザリンドに、「あんたも言ってやれよ」。

「デイジー、シーオ。そうするのがいちばんいいと思う」ロザリンドの声には恐怖よりも怒りが強くなっており、さりげなく付け加えた「思う」に反抗の気配が感じられる。デイジーは手が震えており、スカートのタイトなポケットから携帯を取り出せないでいる。苛立ったような小さなあえぎが何度か。シーオが自分の携帯をテーブルに置き、手伝うためにデイジーに近づく。賢明な動きだ、と父親は考える。この動きで、シーオはほとんど自分のそばまで来た。バクスターの右手はまだポケットの奥にある。タイミングを合わせることができれば、奇襲するにはいいポジションだ。

だが、バクスターも同じことを考えている。「携帯を並べて、もとの場所に帰れ。ほら。早くしろ。もっと遠くだ」

ヘンリーの書斎のどこか、がらくたが詰まった引き出しの中に、何年も前にヒューストンで買った胡椒《こしょう》スプレーがある。まだ使えるかもしれない。地下の外側の物置には、キャンプ用品や古い玩具にまじって野球のバットがある。キッチンには、ありとあらゆる種類の庖丁。けれども、胸骨の痛みが、刃物で戦ったら数秒で負けだと警告している。

バクスターがロザリンドのほうを向く。「次はあんただ」

ロザリンドはヘンリーと視線を交わし、コートのポケットに手を入れる。携帯をバクスターの掌に載せる。

「次」

ペロウンは言う。「上で充電中だ」

「小細工するな、ボケ。見えてるんだ」

携帯の上部が、ジーンズのポケットの曲線からのぞいている。その他の部分はデニムのふくらみで一目瞭然だ。

「そうか」

「床に置いて、こっちに滑らせろ」

ペロウンを従わせるため、バクスターはついにポケットからナイフを取り出す。ペロウンの素人目からすれば、古風なフランス製キッチンナイフのようで、オレンジ色の木製の柄がついており、カーブした刃はつや消しである。相手を刺激しないようにすべての動きをゆっくりと、ペロウンはしゃがみ込んで携帯をバクスターのほうに滑らせる。バクスターはそれを拾わず、外に呼びかける。

「おい、ナイジ。入ってきていいぞ。携帯を拾ってくれ」

馬面の若者は、ドアロで恥じらうように立ち止まる。「豪邸じゃんかよ」そしてペロウンに気付き、「どーも。走り屋さん」

連れが携帯を拾っている間にバクスターが言う。「はーい、おじいちゃんはどうでちゅか？　携帯を買ってもらえなかったなんて言わないでね」

グラマティカスが暗がりから出てきて、バクスターに数歩近寄る。右手に空のグラスを持っている。「携帯は持たん主義でな。持っていたら、貴様のケツに突っ込んでやるところだが」

バクスターがヘンリーに、「あんたの親父か？」

細かい区別をしている場合ではないし、そう答えたほうがいいと判断してペロウンは言う。「そうだ」

だが、大間違いである。バクスターは、竿でボートを漕いでいる人間を思わせる、沈み込むような不均等な足取りで部屋を渡る。足を止めたのは、ナイジェルを迂回するときだけだ。ナイフは先を下にしてしっかり握られている。

「そういうこと言っちゃいけねえなあ、あんたみたいな金持ちの爺さんが」

まずいと思ったペロウンはバクスターとグラマティカスの間に割って入ろうとするが、ナイジェルがにやにやしながら立ちふさがる。時間がない。ペロウンは早口に言う。「やめろ、相手が違う」けれども、その時にはバクスターは老人の正面に達しており、これから起こることを一瞬で察したシーオが祖父を守るために腕を突き出すが、バクスターの手は老人の顔の前で素早いアーチを描く。生きた木の枝が折れるような、骨のつぶれる柔らかい音。ペロウン家の人間全員が「あっ」「やめて」と叫ぶが、最悪の怖れは実現されない。グラマティカスを殴ったのは、ナイフを持ったほうの手ではない。素手が鼻っ柱を折っただけだ。脚がくずおれて倒れるグラマティカスをシーオが抱き止め、膝がつくように下ろしてからグラスを取り上げる。音も立てず、うめき声を上げて襲撃者を満足させることもせずに、グラマティカスは両手で顔を覆う。腕時計のすぐ下から血が流れ出す。

自分が今まで朦朧としていたことに、ヘンリーは突然気付く。驚愕したのは確かだし、対策を練りさえしたかもしれないが、この場に必要な恐怖は覚えていなかったのだ。いつもの癖で、自分は白昼夢を見ていた——シーオと一緒にバクスターを「奇襲」、胡椒スプレー、バット、庖丁などという妄想に浸っていた。今にしてはっきり分かったが、バクスターは特殊なケースである——自分に未来がないと信じ、何をやっても構わないと思い込んでいるのだから。だがそれは、事の大枠に過ぎない。その枠の中にあるのは、バクスターの状態が包含する類例のない障害、独特の兆候である——衝動性、パラノイア、変転する気分、落ち込みを補う怒りの爆発、それらの一部ないし全部、あるいはさらに他の要素に後押しされ動機付けられて、今朝、バクスターはヘンリーと争ったのだ。それらは今のバクスターをも駆り立てずにいないだろう。まだ、目につく形の知的障害は現れていない――真っ先に失われるのは感情の統御であり、身体のコントロールである。4番染色体の片隅にある遺伝子の真ん中にCAGの繰り返しが四十以上ある人間は、それぞれに独自の様態で、この運命を共有することを余儀なくされる。書き込まれているのだ。愛や麻薬や聖書講読や刑期をどれだけ積み重ねようともバクスターを治療することはできないし、決まったコースから逸れさせることもできない。それが書き込まれているのは繊弱なタンパク質だが、運命への拘束力は石や鋼鉄に刻んだくらい強いのだ。

　ロザリンドとデイジーは、ソファの横で膝を突いたジョン・グラマティカスのそばに集まっている。シーオはなすすべもなく、祖父の肩に手を置いているだけだ。ペロウンはナイジェルに通り道をふさがれたままでいる――押し通ろうとすれば格闘だ。バクスターは右手にナイフを持ったまま一歩横にずれて、震えるぎこちない手でウールキャップを脱ぎ、ジャケットのジッパーを下げる。不器用な手つきで煙草に火をつける。煙草をふかしながらジッパーのタグをもてあそび、床に崩れ込んだ老人を中心とした光景を見やりながら、がくりがくりと両脚の体重を移動させている。次にどうすべきか、考えが決まるのを待っているようだ。

　だが、ペロウンがいくらバクスターの病気について考えても、家族を脅かし義父の鼻柱を折ったのが分子と遺伝子のいたずらだけだとは納得できない。ペロウン自身にも責任があるのだ。バクスターをストリートの子分の眼の前で辱めたわけだし、しかもそのとき、自分はすでにバクスターの状態に気付いていた。バクスターが証人を引き連れて名誉を回復しにやってきたのは当然だ。ナイジェルを説き伏せたか、金をやったかだろう。ナイジェルも馬鹿なやつだ、従犯になるとは。バクスターは行動できるうちに行動するつもりなのだろう、何が自分を待ち受けているのか分かっているのだから。数ヶ月、数年のうちに、アテトージスと呼ばれる不随意な攣《つ》れとヒョレア――抑えようのない急速な手足の動き、顔の引きつり、肩の唐突な上下、手足の指の震え――がバクスターを圧倒し、ストリートに不似合いな存在にしてしまうだろう。バクスターの犯罪性は、健常者向きのものなのだ。いずれは、もう起き上がれないベッドの上で身をよじり、幻覚に苦しむことになる。長期入院の神経病棟に閉じ込められ、おそらく友人の見舞いもなく、決して愛の対象になりえない姿で、緩慢な崩壊を管理のもとに置かれる――幸運だった場合は、有能な管理のもとに。だが今、まだナイフが握れるうちに、バクスターは自分の尊厳を主張しにきたのであり、できうることならば、自分を伝説に残そうとさえしているのだろう。あのベンツに乗った背の高いオヤジ、バクスターのウィングミラーを壊したのはすっげえ高くついたよなあ。バクスターが見知らぬ男にしてやられたあげく無傷で取り逃がし、子分たちにも見捨てられたというストーリーは、完璧に忘れられる。

　この見知らぬ男はいったい何を考えていたのか。病状を熟知し、同僚が担当している患者を観察し、数年前にはロサンゼルスの脳神経外科医と新しい治療法についてメールをやり取りさえしたというのに？　三つの異なったソースから採取した幹細胞とすりつぶした患者自身の神経細胞を、定位手術によって患者の脳の尾状核と被核に移植するというのがそのアイディアだった。効果は実証されておらず、ペロウンはその治療法に誘惑を感じなかった。バクスターほど感情的になりやすい男に屈辱を与えるのは危険だと、どうして分からなかったのだろう？　しかもその目的たるや、殴打を免れ、スカッシュのゲームに間に合うことだったのだ。ひとつの危機から逃れるために自分が持ち合わせている権威を濫用したわけで、この行動はそれよりはるかに深刻な危機へと自分を導いたのだ。責任を負うのは自分であって、グラマティカスの血が床に流れているのはバクスターが老人をペロウンの父と思い込んだからだ。老人の息子への辱めとして、悪くないスタートである。

ロザリンドとデイジーが、ティッシュペーパーを持ってグラマティカスのそばにしゃがみ込んでいる。

「大丈夫だ」グラマティカスがくぐもった声で言う。「前にも鼻を折ったことがある。どこぞの図書館の階段でな」

「おい、なんか変じゃないか?」バクスターがナイジェルに呼びかける。「さっきから、誰もお客様に飲み物をすすめてくれないんだよな」

ナイジェルのそばをすりぬけ、トレイが載っている低いテーブルへと回り込むチャンスだ。バクスターを部屋のこちら側に引きつけ、グラマティカスを囲んだ一群から離す方法はないかとヘンリーは焦る。怖いのは、バクスターが近くにいるときにロザリンドか子供たちが度を失うことだ。シャンパーニュのボトルに人差し指で触れたペロウンは、尋ねるような視線をバクスターに送って待つ。ロザリンドはデイジーの肩に腕を回し、ふたりでグラマティカスを看護している。近くでは、シーオが数フィート先の床に視線を固定して立っている――賢明なことに、バクスターと眼を合わせるのを避けて。バクスターは震える手をジッパーのタグから引き離したところだ。ナイフはポケットに戻っている。

バクスターが言う。「そうだな。ジンを二杯たっぷり、氷とレモン付きでもらおうか」

バクスターの肉体的な統御をさらに低くできるという利点は、放埒な行動がさらに残忍なものになるリスクと天秤にかけなくてはならない。この二者択一の計算は、恐怖の中でもできるようにペロウンは思う。特製薬を調合する昔の薬剤師のようにテーブルに屈み込み、ふたつのグラスの縁ぎりぎりまでタンカレーを注ぎ、それぞれにレモン一切れと氷一個を加える。片方はナイジェルに渡し、もう片方をバクスターのほうに持ち上げる。テーブルが邪魔だが、バクスターがソファとテーブルを回り込んで酒を取りにきたのでヘンリーは安堵する。

「ちょっといいかな。議論が目的なら、今朝は私が間違っていたと認める。車を修理したいなら……」

「ふん、考え直したわけか？」

バクスターが握ったグラスは揺れており、ナイジェルにウィンクしようとバクスターが向きを変えると、かなりのジンがこぼれる。自分の状態を隠すための習慣なのか、バクスターはグラスを唇に押し当て、四回に分けてクイッ、クイッと飲み干す。その短い時間に、ペロウンはバクスターがこの家の固定回線を切っておくような手間をかけたろうかと考える。玄関ドアの脇には警備会社につながる非常ボタンがあり、寝室にもある。これも妄想だろうか？　あまり悩んだので気分が悪くなってくる。シーオの手助けを借りて、ロザリンドとデイジーがグラマティカスを立ち上がらせようとしている。ペロウンはこっそり手を振って四人を部屋の向こう側に下がらせようとするが、グラマティカスはストーブのほうに運ばれてくる。

「身体が冷えてる」とロザリンドが言う。「横にしてあげないと」

作戦は放棄だ。再び、一家はひとかたまりになっている。シーオが手近に来たのが救いだ。けれども、バクスターを奇襲するのは子供っぽい夢想だと判断したはずではないか。ナイジェルも武器を持っているに決まっている。このふたりの性質《たち》の悪さは本物だ。では、どうすればいい？　バクスターがナイフを使うまでぼーっと突っ立っていろと？　ヘンリーは、恐怖とためらいで腰が定まらないのを感じる。排尿したいという衝動が、思考の合間から頭を出し続ける。シーオと眼を合わせたいが、ロザリンドが何かを知っているような、何かの考えがあるような気もする。さっき自分のそばをすりぬけていったが、あれに何か意味があるかもしれない。今ロザリンドは自分の真後ろで、父親をソファに寝かせている。デイジーは前より落ち着いたようだ――祖父の看護をしたのがよかったらしい。シーオは腕を組んで立ち尽くし、まだ床を睨んでいるが、これは計算をしているのかもしれない。シーオの前腕は力が強そうだ。一部屋にこれだけの才能が集合しながら、作戦なし、意思疎通の手段なしではどうしようもない。自分ひとりで事を起こし、家族が加勢してくれるのをあてにバクスターを床にねじ伏せるべきか。これも妄想だ。バクスターがこれほど気を立て、残忍な奔放さに浸っている現状では、被害の可能性が高くなるだけだ。自分の愛する、傷つきやすい肉体たち。矛盾しあう考えがヘンリーの頭を駆けめぐり、どうにもまとまらない。最良の手段は、バクスターの顔を思い切り拳固で殴りつけ、ナイジェルはシーオに任せることだ。しかし、自分が行動を起こすところを想像し、戦士となった自分のゴーストがバクスターに飛びかかる図を眼に浮かべると、心拍が急上昇してめまいが始まり、力が抜け、自分が信頼できなくなってしまう。子供時代でさえ、他人の顔を殴ったことなどないのだ。ナイフで切り込んだ身体は多いけれども、それらはみな、完璧にコントロールされ滅菌された場所で麻酔されたものばかりだ。要するに、自分は野蛮に振舞う方法を知らない。

「もう一杯くれや、おやじ」

これしか作戦らしきものがないので、ペロウンは急いでジンのボトルをつかむと、バクスターが差し出したグラスになみなみと注ぎ、ナイジェルのグラスにも注ぎ足す。その途中、ヘンリーはバクスターの視線が自分を通り越してデイジーに向けられているのに気付く。突き刺さるような視線、相変わらず顔に張りついた薄笑いが、氷を滑らせたような収縮感をヘンリーの頭皮に走らせる。バクスターはまた、唇までグラスを上げようとしてジンをこぼす。酒をテーブルに置くときさえ、視線は動かさない。期待に反して、今度は一口飲んだだけだ。グラマティカスを殴ってからのバクスターはあまり口をきいておらず、どうやらバクスターの側にも作戦がないようでもある。この訪問は即興のパフォーマンスなのだ。身体の状態によって暗い自由を与えられつつも、自分がどこまでやるつもりか分からないでいるのではないか。

全員が待つ中で、バクスターがついに口を開く。「あんた、名前は何ていうんだ?」

「やめて」ロザリンドが早口で言う。「この子に近づくのは、わたしを殺してからにしなさい」

バクスターは再び右手をポケットに突っ込む。「分かったよ」と、苛立たしげな口調で言う。「先に殺してやるから」そして視線をデイジーに戻し、さっきと全く同じトーンで尋ねる。「で、名前は何ていうんだ?」

デイジーは母親から一歩離れ、名前を言う。シーオが組んでいた腕を解く。ナイジェルがぴくりとして、少し間合を詰める。デイジーはまっすぐバクスターを睨みつけるが、表情はおびえ、声はかすれ、胸が小刻みに上下している。

「デイジー?」バクスターが口にすると、この名前は今の世にありえないものに聞こえる。子供っぽい、作り物の、おとぎ話の名前だ。「何の愛称だよ?」

「何でもない」

「何でもない《ナッシング》。リトル・ミス・ナッシングか」グラマティカスが横になったソファ、ロザリンドがそばに立っているソファの後ろにバクスターは回り込む。

デイジーが言う。「今すぐ出て行って二度と戻ってこないなら、警察には言わないと約束するから。何でも持って行っていいから。お願い、お願い、帰って」

その言葉の終わらないうちから、バクスターとナイジェルは笑い出す。陽気で、皮肉の感じられない笑いである。まだ笑いながら、バクスターはロザリンドの前腕をつかんで引き倒し、ソファのグラマティカスの足元にどさりと着席させる。ペロウンとシーオが飛びかかろうとする。ナイフを見たデイジーが、短いくぐもった悲鳴を上げる。バクスターはナイフを握った右手をロザリンドの肩に軽く乗せる。ロザリンドはじっと前を見たままだ。

バクスターはペロウンとシーオに言う。「下がってろ。ほら。ずーっと下がれ。もっと。見とけ、ナイジ」

バクスターの手とロザリンドの右総頸動脈の距離は四インチもない。ナイジェルがペロウンとシーオをドアのそばの一番遠い隅に押しやろうとするが、ふたりは後ろに下がってその手を逃れ、部屋を斜めに挟んだ別々の隅に位置を取る。バクスターからの距離は十フィートから十二フィート――シーオは暖炉のそば、父親は三つの高い窓のあたりだ。

ヘンリーはパニックを声に出さないよう、そして哀願の口調にならないよう努める。平静な人間らしい声を出したいのだ。しかし、それは一部しか成功しない。急な心拍のせいで声は細くて裏返り、唇と舌はふくれあがったように思われる。「いいかバクスター、君のトラブルの相手は私だけだ。デイジーの言うとおり、何を持っていってくれてもいい。我々は何もしない。それとも、精神医療刑務所に行きたいのか。君が思っているよりも、君の時間は長いんだぞ」

「うるせえ」バクスターは振り向かずに言う。

だが、ペロウンは続ける。「けさ話を聞いてから、同僚に相談してみた。米国で開発された治療法があるんだ。それに使う新薬は一般販売されていないが、試験のために英国にも入荷する。シカゴで行われた最初の実験結果は驚異的だ。八十パーセント以上が、症状の軽減を見せている。英国でも、来月から二十五人の患者に試験する予定だ。君をそのグループに含めよう」

「何の話だよ?」とナイジェル。

バクスターは答えないが、ある種の緊張が走ったこと、肩のラインが急に静かになったことで、考えているのが分かる。しばらくして「嘘つけ」と言うが、自信のない口調がペロウンに先を続けさせる。

「今朝話した、RNA干渉を使った治療法だ。誰が考えていたよりも早く実現したんだよ」

バクスターは誘惑を感じている。確かにそうだ。「無理だ。無理なのは分かってるんだぞ」そう言ったものの、説得されたい内心は隠せない。

ヘンリーは静かに言う。「私もそう思ってた。だが、本当らしい。試験は三月二十三日に始まる。今日の午後、同僚から聞いた」

突然かっとなったバクスターは、相手をさえぎる。「嘘つけ」ともう一度言い、さらにもう一度、ほとんど叫ぶようにして、希望の誘惑からわが身を守る。「嘘をつきやがれ。黙らねえとこいつを殺すからな」ナイフを持った手が、ロザリンドの喉に近付く。

それでもペロウンは止まらない。「本当だ。約束する。データは全部、上の書斎に揃ってる。今日の午後プリントアウトしたから、一緒に来てくれれば……」

だしぬけにシーオがペロウンをさえぎる。「やめろ、父さん！　べらべら喋るな。あいつ本気だぞ」

確かにそうだ。バクスターはロザリンドの頸に刃の平《ひら》を押し付けている。ロザリンドは背筋を固く伸ばしてソファに座り、両手で膝頭をつかみ、顔から表情を脱落させて、まだじっと前を見ている。肩の細かな震えだけが恐怖を表している。部屋は物音ひとつしない。ソファの反対側に横たわっているグラマティカスは、やっと顔から手を離したところだ。口の上で固まった血のせいで、恐怖と驚愕の表情が増幅されている。デイジーは、祖父の頭を載せた肘掛けのそばに立っている。何か――叫び声か嗚咽――がこみ上げてきた様子で、それを抑えようとして表情が暗くなる。警告を発したのはシーオだが、本人は少し相手に近寄っている。両腕は力なく垂れたままだ。父親と同じく、バクスターの手元を注視することしかできないでいる。ペロウンはじっと見やりながら、バクスターが黙っているのは新薬試験や新しい治療法の誘惑と戦っているからだ、と自分に言い聞かせる。

屋外から警察のヘリの音がする。デモ参加者がばらけてゆく様子を観察しているのだろう。外の歩道からだしぬけに聞こえてくる大人数の陽気な喋り声と足音は外国人学生のグループらしく、広場をめぐってシャーロット・ストリートへと消えてゆく。あのあたりではレストランやバーが込みはじめているはず。ロンドンの中心部は、すでに土曜夜の歓楽に突入しているのだ。

「まあいい。俺はこっちのお嬢さんと話をしようとしてたんだ。ミス・ナッシングとな」

部屋の中央から横目を使っていたナイジェルが、濡れた唇と馬面を急に活気づかせて、いわくありげに言う。「分かるか、俺が考えてること？」

「分かるよ、ナイジ。俺も同じことを考えてた」そう言ってバクスターはデイジーのほうを向く。

「俺の手を見ろ……」

「やめて」デイジーは早口に言う。「母さん。やめて」

「黙れ。話はこれからだ。俺の手を見て、よく聞け。いいか？　騒いだら終わりだぞ。よく聞けよ。服を脱ぐんだ。早く。全部」

「何てことだ」グラマティカスがつぶやく。

シーオが部屋の向こうから声を掛ける。「父さん？」

ヘンリーは首を振る。「だめだ。動いちゃいかん」

「そういうこと」とバクスター。

バクスターが話しかけたのは、シーオではなくデイジーだ。デイジーは信じられないようにバクスターを見つめながら、身体を震わせ、首をかすかに振っている。相手が怖がっているせいで興奮するらしく、バクスターの全身がガクガクと揺れる。

デイジーは喉をしぼってささやく。「いや。お願い……わたし、できない」

「できるさ、ダーリン」

ナイフの尖端で、バクスターは革張りのソファに一フィートの裂け目を作る。ロザリンドの頭の真上だ。一同の目の前で、傷が醜い跡となってぱっくりと口を開き、取り替えられたことのない黄ばんだ白色の詰め物が皮下脂肪のようにはみ出る。

「ボケ、早くしろ」ナイジェルが言う。

ナイフを握ったバクスターの手はロザリンドの肩に戻っている。デイジーが父親に眼を向ける。どうしたらいいの？　だが、ペロウンは何を言えばいいのか分からない。デイジーはブーツを脱ぐために屈むが、指がもつれてジッパーを下ろせない。苛立ちの叫びを上げて片膝を突き、力まかせにこじり下ろす。子供が服を脱ぐときのように床に座り込み、ブーツを足から外す。座ったまま、スカートのサイドのジッパーをぎこちなく下ろし、立ち上がって脱ぎ捨てる。服を脱ぐにつれて、デイジーの自我は守るもののない肉体へ収縮してゆく。がたがた震えはじめたロザリンドの肩越しにバクスターが身を乗り出し、ナイフを頸に押し付けて手の震えを抑える。だが、ロザリンドはデイジーから眼を離さない。あまりのことに姉の様子を見られないでいるシーオとは対照的だ。シーオは視線をじっと床に落としている。グラマティカスも顔をそむけている。デイジーは動作を速め、気短かなあえぎとともにタイツを下ろし、ほとんど引ん剝くように脱ぎ去って床に叩きつける。黒いセーターをしゃにむに剝ぎ取ったと思うと、これも投げ捨てる。下着だけ――パリからの旅に備えて洗濯したばかりの、白い下着だけ――になっても止まらない。ブラのホックを外した勢いでショーツの脇に親指を突っ込んで下ろし、ブラとショーツを手から落とす。そのとき初めて母親に眼をやるが、それも一瞬だ。すべて終わった。首をうなだれたデイジーは両手を脇に垂らして立ち、誰のほうも見ることができないでいる。

ペロウンは、十二年以上も娘の裸を見ていない。輪郭の変化にもかかわらず、かつて風呂に入れてやったときの身体を思い出す。恐怖のさなかにあっても、あるいは恐怖のさなかにあるからこそ、そこにペロウンが見出すのは何よりも傷つきやすい子供の姿だ。だが、腹の重たげな曲線と小さなふくらみ、小さな乳房の固い張りを見た両親は、今この瞬間にひとつの内容を理解したのだし、この若い女もそれを痛いほど感じ取っていることがペロウンには分かる。どうして気付かなかったのだろう？　そう考えれば、すべてに完璧な説明がつく。揺れ動く気分、多幸感、献辞のことで泣き出した理由。妊娠三ヶ月目が終わろうとしているに違いあるまい。だが、そのことを考えている暇はない。バクスターは前の姿勢のままだ。ロザリンドは震えが膝に来ている。刃のせいで夫のほうを振り向けないでいるが、眼だけでこっちを見ようとしているのだとペロウンは考える。

ふたりの前に立ったデイジーを見て、ナイジェルが言う。「まいったな。腹ボテかよ。ここはおまえに任せた」

「黙れ」とバクスター。

その間に、ペロウンはこっそり半歩だけふたりに近付く。

「へーえ。見ろよ、あれ！」バクスターがだしぬけに言う。空いたほうの手が、テーブル越しにデイジーの本を指さしている。妊娠した女の身体を見た困惑ないし不安を隠そうとしているのか、さらなる屈辱を加える方法を探しているのか。このふたりの若者は未熟であり、性的経験もあまりあるまい。デイジーの状態が彼らを戸惑わせるのだ。嫌悪を覚えているのかもしれない。希望が見えてきた。バクスターはここまで事を進めておいて、次にどうしたものか分からないでいるのだ。ふと眼に留まったのが向かいのソファに載っているデイジーの試刷版だったので、それに飛びついたのである。

「その本をよこせ、ナイジ」

ナイジェルが本を取りに行く間に、ヘンリーはさらに近寄る。シーオもそれに倣う。

『私の向こう見ずな小舟』。向こう見ずなデイジー・ペロウン著か」バクスターは左手に持った本のページをめくる。「あんた、詩を書くなんて言わなかったな。全部あんたの詩か？」

「そう」

「お勉強ができるんだな」

バクスターは本をデイジーに突き出す。「読め。いちばん出来のいいやつを。ほれ。朗読会だ」

詩集を受け取りながら、デイジーは懇願する。「何でもするから。何でも。だから、そのナイフをどけて」

「聞いたか？」ナイジェルが含み笑いをする。「何だってするとよ。やれよ、向こう見ずなデイジー」

「おっと、悪いな」バクスターは、一番がっかりしているのはこの自分だと言わんばかりの態度でデイジーに声を掛ける。「誰かさんに近寄られるとヤバいんだわ」そう言うと、肩越しにペロウンを見てウィンクする。

あてずっぽうにページを開いたデイジーの手が震えている。

息を吸い込んで読み始めようとしたとき、ナイジェルが言う。「いちばんエロいのを読もうぜ。ぐっちゃぐちゃのやつ」

これを聞いて、デイジーの決意はくじける。デイジーは本を閉じる。「無理」と、半泣きで言う。「読めない」

「読めよ」とバクスター。「それとも、ズバッといこうか？　そっちのほうがいい？」

グラマティカスが静かな声で言う。「デイジー、聞きなさい。私によく読んでくれたのを読むんだ」

ナイジェルが怒鳴る。「黙れよ、ジジイ」

グラマティカスが声を掛けたときデイジーは呆然と見返しただけだったが、しばらくして分かったようである。ふたたび本を開き、ページを戻してその詩を探し、祖父にちらりと眼をやって、読みはじめる。声はかすれて細く、震える手がほとんど本を落としそうなので、もう一方の手も使って支える。

「だーめ」バクスターが言う。「やり直し。ぜーんぜん聞こえなかったね。一言も」

デイジーはやり直すが、声はほんの少し大きくなっただけだ。ヘンリーは『私の向こう見ずな小舟』を何度か読んだのだが、そのうちいくつかは一度しか読んでおらず、この詩も何となく思い出せるだけだ。行が進むにつれてヘンリーは驚く——明らかに、自分はちゃんと読んでいなかったのだ。この詩は並外れて思索的で、甘美で、意図的に古風である。十九世紀の詩を今に甦らせたようだ。恐怖に駆られた今の状態では聞き取れなかったり勘違いしたりした部分も多いだろうが、声に少し張りが出て静かなリズムを取りはじめると、ペロウンは言葉の連なりを通って描写されている事物のほうへと滑ってゆく自分を感じる。夏の月夜、ビーチを見下ろすテラスにデイジーがいる。静かな海は満ち潮で、空気は香り高く、夕日が最後の輝きを見せている。彼女は恋人——いずれ子供の父親となる男に違いない——に呼びかける。ここに来て情景を見よと、あるいはむしろ聞けと。なめらかな肌をした、上半身裸の男が眼に浮かぶ。ふたりは寄せる波が石の浜にとどろくのに耳を傾け、その音の中に、まっすぐ古代へと連なってゆく深い嘆きを聞く。それよりさらに昔の時代、地球は新しく海は慰めに満ちて、人間と神の間を隔てるものはなかったのだと女は考える。けれども今夜、砕けて岸から去ってゆく波の音に恋人たちが聞き取るのは悲嘆と喪失だけだ。女は男のほうを向き、キスする前に言う。私たちは愛し合い、お互いに忠実であらねばならない。ことに、今は子供が生まれようとしているのだし、この地上には平和も確実さもなく、砂漠で軍隊が戦端を開こうと睨み合っているのだから。

デイジーは顔を上げる。膝の筋肉の痙攣を抑えられないながらに、ロザリンドは娘を注視しつづけている。他の全員はバクスターを見て、待っている。前に背を丸めて、ソファの背に体重をかけている。右手はロザリンドの頸から動いていないが、ナイフを握る力は緩んだように見え、佶屈《きっくつ》な角度に曲げられた背骨は意志の後退を示しているようでもある。ありうることだろうか、現実の想定内だろうか、デイジーの詩を聞いただけで気分の変化が生じるとは?

しばらくたってバクスターは頭を上げ、少し背筋を伸ばし、そしてだしぬけに、すこし拗ねたように言う。「もう一度読め」

デイジーはページをめくり、前回より自信のある態度で、子供を惹きつける語り手のように誘惑的で多彩なトーンを出そうと試みながら、再び読みはじめる。「今夜の海は静かだ。潮が満ち、冴えた月が海峡にかかる――フランスの岸では光が輝いて消え……」

最初に聞いたとき、ペロウンはイングランドの断崖が「おぼろな輝きを放って、寂《じゃく》とした湾にそびえ」ているという部分を聞き逃していたようだ。どうやらテラスはないようで、窓がひとつ開いている。子供の父である若い男もいない。そのかわりにバクスターがひとりで立ち、窓枠に肘を突いて、「永遠なる悲嘆の調べを運んでくる」波に耳を傾けている。波の音を「人の世の憂いが濁りつつ満ち干する」様子と重ね合わせたのはソポクレスであって、昔の時代の人間すべてではないらしい。恐怖に打たれた今の状態でさえ、ヘンリーは「信仰の海」と光輝ある全一の天国への言及を聞いてぎょっとするが、それらは遠い昔に失われたという。そして再び、バクスターの耳を通じて、海の「引き潮の陰気な長い音だけ。夜風の息吹とともに退いてゆき、荒漠たる世の果ての地を越え、裸の石の浜を越えて消えゆく」のを聞く。この詩の響きは音楽的な呪詛のようだ。互いに忠実であろうという呼びかけも、喜びなく、愛なく、光なく、平和なく、「苦痛を和らげるもの」とてない世界では空しく響くだけである。改めて聞いてみると、砂漠という言葉は出てこない。この詩のメロディアスさは内容の暗さと矛盾しているようだ、とヘンリーは判断する。

表情が決して一定しないので判断が難しいが、バクスターは不意に高揚を覚えたようである。右手はロザリンドの肩を離れ、ナイフはすでにポケットに収められている。視線はデイジーに向けたままだ。デイジーは最高の自制力と演技力を発揮して、安堵の念を無表情に覆い隠す。それを窺わせるのは、バクスターの視線を返したときの下唇の震えだけだ。両腕は無防備に脇に垂れ、本は指に挟まれて下がっている。グラマティカスがロザリンドの手を握りしめる。同じ詩を二度聞かされたナイジェルのうんざりした表情は、やっと消え去ったところだ。ナイジェルがバクスターに言う。

「ナイフを持っててやるから、やれよ」

ナイジェルの言葉で訪問の目的を思い出したバクスターが、また気分をころりと変えて元通りになるのではないかとペロウンは怖れる。

しかしバクスターは不意に喋りだし、興奮した声で言っている。「あんたが書いたんだ。ほんとにあんたが書いたんだ」

断定であって、質問ではない。デイジーは相手を見据えて、待つ。

バクスターはまた「あんたが書いたんだ」と言う。そして早口に、「きれいだ。あんたも分かってたんだろう。きれいだよ。あんたが書いたんだ」

デイジーは沈黙を守る。

「俺が育った場所を思い出すよ」

ヘンリーはそれがどこか思い出せないし、知りたいとも思わない。デイジーに近寄って守ってやりたいし、ロザリンドに近寄りたいのだが、バクスターがロザリンドの近くにいる間は危険だ。バクスターの気分は危うい均衡の上に成り立っているのだから、うっかりすると全てがぶちこわしだ。驚かしたり脅かしたりしないことが肝心なのだ。

「おい、バクスター」ナイジェルがデイジーのほうに顎をしゃくり、にやりとしてみせる。「やめだ。気分が変わった」

「なにい？　バカ言うな」

「服を着たらどうなんだ」デイジーが裸でいるのは彼女自身の奇妙な発案だとでもいうように、バクスターが言う。

しばらくデイジーが何もしないので、一同はじっと見守る。

「信じらんねえ」とナイジェルが言う。「これだけ手間かけてよ」

デイジーは前に屈み込んでセーターとスカートを拾い、身につけはじめる。

バクスターが熱心な声で言う。「どうやってあんなことを思いついたんだ？　あんたが書いたんだからな」そしてまた繰り返す。「あんたが書いたんだ！」

デイジーはバクスターを無視する。服を着る動きはぎくしゃくしており、床の下着に手をつけずに足で払いのける様子には、怒りさえこもっている。とにかく身体を覆って母親のそばに行きたいだけで、他のことは一切問題でないのだ。バクスターは、自分の役割が百八十度変わったことにもまったく異常を感じないようである。恐怖の王から敬虔な礼讃者へ。あるいは、興奮した子供へ。バクスターの機嫌を損ねてはならないことを伝えるため、ヘンリーは娘と眼を合わせようとする。しかし今、デイジーと母親は抱き合っている。デイジーは床に膝を突き、ロザリンドの腿の上に半ば横たわって両腕を母親の頸に回しており、ふたりはささやき合いながら顔をすり寄せ、その後ろで身体を発作的にがくがくさせながらうろついているバクスターのことは一顧だにしない。バクスターは狂乱状態で、言葉をもつれさせつつ、体重を絶え間なく左右に移動させている。デイジーはロザリンドのほうに向かったときに詩集をテーブルの上に落としていた。それを今、さっと飛び出したバクスターがつかみ、本から意味を振り出そうとするかのごとく空中で振ってみせる。

「これを貰うぞ」とバクスターは叫ぶ。「何でも持って行っていいって言ったよな。だからこれを貰うんだ。いいよな？」デイジーのうなじに言葉を投げつけるように言う。

「バカにすんな」とナイジェルが吐き捨てる。

崩壊しつつある精神の本質的特徴のひとつに、時として自我の連続性をすべて失い、矛盾した言動を他人がどう思うか全く気にしなくなるという点がある。バクスターは自分が無理やりデイジーに服を脱がせたことも、ロザリンドをナイフで脅かしたことも忘れている。強力な感情が記憶を抹消したのである。気分の変転による唐突な感情噴出のせいで、バクスターは現在という鮮烈なスポットライトの中に閉じ込められてしまったのだ。奇襲するなら今。ヘンリーがシーオに視線を送ると、シーオはゆっくりとうなずいて同意する。ソファでは、グラマティカスが起き上がり、娘と孫娘の肩に手を置いている。ロザリンドとデイジーは抱き合ったままだ――危険は去ったと、あるいはバクスターを無視することで安全が確保できると思っているわけでもあるまいに。妊娠のせいだ、とペロウンは判断する。妊娠という圧倒的な事実のせいだ。今は行動しなければ。

バクスターはまた叫ぶように言う。「他のものは要らないんだ。分かったか？　これだけだ。これだけが欲しいんだ」お菓子をひっこめられるのを怖れる貪欲な子供のように、本を握りしめている。

ヘンリーはもう一度シーオに眼をやる。じりっと前進しており、緊張に満ちて、いつでも飛びかかる構えだ。ナイジェルが間に立って見張っている――だが、ナイジェルは愛想を尽かしかけており、手を出してこないかもしれない。それに、ペロウンのほうがバクスターに近いという利点を使えば、ナイジェルが干渉してくる前にバクスターに手が届くだろう。またしても、ペロウンの耳元で血管が大きく脈打ち、失敗する方法が十種類も眼に浮かぶ。ヘンリーはまたシーオを見やり、心の中で三つ数えたら何があっても飛びかかろうと決心する。一……

だしぬけにバクスターが向きを変える。唇をなめ回し、濡れた口元に至福の笑みを浮かべ、眼を輝かせている。声には熱がこもり、感情の高揚で震えている。

「新しい治療法の試験を受けるぞ。俺には分かってるんだ。隠そうとしても、全部お見通しだ。何がどうなってるか、俺には分かってるんだぞ」

「くそっ」とナイジェル。

ペロウンはつとめて口調を冷静にする。「そうだね」

「報告書を見せてくれるって言ったよな」

「そう、アメリカでの試験結果だ。上の書斎にある」

ペロウンはほとんど、自分が嘘をついたことを忘れている。またシーオに眼をやると、この線で行けと眼でうながしているように見える。けれども、試験治療などないことはペロウン自身が承知している。バクスターを落胆させた代償は大きいだろう。

バクスターは本をポケットに入れたかわりにナイフを出し、ペロウンの顔の前でひらひらさせる。

「ほら、早く！　ケツに付いてくからよ」

あまりにハイで、喜びのあまり誰を刺してもおかしくない。べらべらと喋りまくっている。

「試験だ、試験。片っ端から見せてくれ。全部、全部……」

ロザリンドのもとに行き、手に触れ、話しかけ、キスしたい――ほんのわずかな接触で十分なのだが、いまやバクスターが目の前に迫って、あの独特な金属質の臭いを発散している。もともとの計画はバクスターを家族から遠ざけ、ナイジェルから引き離すことだった。これをやり遂げないでいる理由はない。そこで、ロザリンドのほうに最後の悲痛な視線を向け、ヘンリーは向きを変えてゆっくりとドアに向かう。

「見張ってろよ」バクスターがナイジェルに言う。「こいつらみんな、油断できねえ」

バクスターはペロウンの後から玄関ホールを横切り、ふたりは階段を上がりはじめる。石の階段に足音が拍子を刻む。机の周りにある書類のうちどれが一番それらしいだろう、とヘンリーは考える。思い出せない上に、作戦を立てねばならないせいで思考が混乱する。投げつけるなら、文鎮と古めかしい大型ホッチキス。整形外科から貰ってきた背もたれの高いオフィスチェアは、持ち上がるかどうかも怪しい。刃物はペーパーナイフさえない。バクスターは一歩後ろから、くっつくように上がってくる。後ろ向きにキックするのがいいか。

「発表を抑えてるのは分かってるんだ」と、またバクスターが言っている。「秘密主義だよな、え？」

すでに半分来た。試験治療が実際に行われるとしても、バクスターはなぜ、この医者が約束を守って警察を呼ばないなどと確信できるのか？　必死であると同時に、有頂天になっているからだ。感情が暴走して、判断力が失われつつあるからだ。尾状核と被核、前頭葉と側頭葉の神経細胞が脱落しているからだ。けれども、この際そんなことは関係ない。作戦が必要だが、ペロウンの思考はスピードも量も過剰だ――ついにふたりは、書斎入口の広い踊り場に達する。背の高い大きな窓が壁を占領しており、窓が面した通りはちょうど広場にぶつかるあたりだ。

ヘンリーは一瞬ドア口に立ち止まり、使えるものはないかと眼を走らせる。デスクランプには重い台がついているが、からみあったコードが邪魔だ。本棚の上に石の彫像があるが、爪先立ちにならないと手が届かない。それらを除けばこの部屋は博物館のよう、現代とは違って心配のない時代に捧げられた神殿のようだ――ブハラ織のかかったカウチに、月曜日の手術リストを見たときに放り投げたままのスカッシュラケットが載っている。壁際の大きなテーブルには、コンピュータのスクリーンセーバー――ハッブル望遠鏡が捉えたはるかな宇宙や、直径一光年もあるガス星雲や、死につつある星や赤色巨星の映像は、地上の不安を減らす役には立ってくれない。窓際の古い机には、書類の山。唯一の希望かもしれない。

「さあ、行けよ」バクスターがペロウンの腰の付け根を押し、ふたりは一緒に部屋に入る。夢を見ているような感じだ。静かに、無感覚に、抗議もせずに破滅へと向かってゆく。バクスターの感じている自由が、自分を殺すのに十分であることをヘンリーは疑わない。

「どこにあるんだ？　見せろ」

　人を疑わぬ熱心さは子供のようだが、バクスターはナイフを振っている。理由は別々だが、ふたりはどちらも試験治療の証拠を求め、特権的グループからバクスターに招待がなされることを切望している。ヘンリーが近寄った窓際の机には、医学雑誌の山と論文の抜き刷りの山がもたれあっている。見下ろすと眼に入るのは、新しい脊椎固定術式の説明、閉塞した頸動脈を開通させる新しい技術、パーキンソン病の外科治療における淡蒼球破壊術の効果に疑問を投げかける論文。ペロウンは三つ目を選んで取り上げる。決定的瞬間を遅らせる以上のことができているのかどうか、ペロウンには分からない。家族は下にいて、とても孤独な感じがする。

「治療法の枠組みを述べたものだ」ペロウンは口を切る。嘘をついている人間らしく声が震えるが、とにかく喋る以外にできることはない。「ポイントはここだ。淡蒼球とは大脳基底核の奥深くにあるちょっと美しい物体で、線条体の最も古いパーツのひとつであり、えー、ふたつの部分に分かれていて……」

　だが、バクスターはもう注意を払っていない――別のほうを向いて耳を澄ましている。一階で荒々しく玄関ホールを渡る足音がしたと思うと、ドアが開き、そして叩き付けられる。またしても見捨てられたのか？　バクスターはあわてて書斎から踊り場に出る。ヘンリーも論文を投げ捨てて後を追う。ふたりが眼にするのはシーオの姿だ。階段を三段ずつ飛び上がり、物凄い勢いで腕を振って、歯を剝き出した必死の形相である。シーオが上げた言葉にならない叫びは命令のように聞こえる。ヘンリーはすでに動いている。バクスターがナイフを構える。

つかみ、腕の自由を奪う。ついに身体が触れ合ったのだ。一瞬のち、シーオが二段下から飛びかかってバクスターのレザージャケットの襟に組み付き、鞭のように身体をひねってバランスを失わせる。同時に、腕をつかんだままのペロウンが肩をてこにしてバクスターを持ち上げ、ふたりはバクスターを階段下に投げ落とす。

あおむけで、両腕を差し伸べ、右手にナイフを握ったままバクスターは落ちてゆく。その一瞬、時間は限りなく引き伸ばされ、物みなが沈黙のうちに静止して、バクスターは時間と空間に宙吊りにされ、ヘンリーをまっすぐ見つめる顔には恐怖というよりも落胆の表情を浮かべている。見開かれた茶色の眼に、裏切りを非難する悲しげな色が見えるようにヘンリーは思う。この男、ヘンリー・ペロウンは多くのものを所有している――仕事、金、地位、家、そして何よりも家族――ギタリストらしくたくましい腕をしたハンサムで健康な息子は父親を助けに駆け付けるし、美しい娘は詩人で、裸体になってさえ手が届かず、義父は有名人で、才能ある妻は夫を愛している。なのに、この男は何もしてくれなかった。欠陥遺伝子によって台無しにされていない持ち物などほとんどないバクスター、なけなしの持ち物もすぐに手から離れていく運命の男に、何もしてくれなかった。

踊り場までの階段は長く、硬い石でできている。音階の付いた鐘のような音を立ててバクスターの左足が鉄製の手すり柱を連打し、一瞬後、頭が踊り場に当たってはね返り、壁の幅木の数インチ上に激突する。

一同はそれぞれにショック状態で、警察が帰り救急隊がバクスターを救急車で連れ去ってから数時間後まで、その状態は大なり小なり続いている。切迫した、時には涙まじりの回想がいきなり始まり、麻痺したような沈黙に取って代わられる。誰も独りになりたくないので居間にみんなで残っている状態は、待合室に閉じ込められたようなもの、災厄と日常生活への復帰とを分かつ真空の時間である。若さゆえの力で、シーオとデイジーが地下のキッチンへ下りてゆき、赤ワインとミネラルウォーターと塩味のカシューナッツのボウル、それに祖父の鼻を手当てするための氷と布を持ってくる。

が、アルコールは美味ではあっても、ほとんど身体に浸透しない。ヘンリーは水のほうが飲みたいことに気が付く。彼らの必要を満たすのは触れ合いである――身を寄せ合って座り、手を握り、抱き合うこと。刑事部の夜勤刑事は、翌朝に同僚が来て別個に正式の事情聴取をしますので、証拠を比較検討したりしないで下さいと言い置いて帰った。こんなものはアドバイスとしては何の役にも立たず、誰も従おうとさえしない。喋り、沈黙し、また喋りだすしかないのだ。自分たちは今夜の恐ろしい出来事を慎重に分析しているのだ、と一同は感じる。が、実際は、もっと単純で本質的な追体験の作業なのである。そこにあるのは描写だけだ。あいつらが居間に入ってきたとき、誰それが振り返ったとき、あの背の高い馬面が何も言わずに出て行ったとき……みんな、互いの視点からすべてをもう一度確認し、自分たちが経験したことは全て真実なのだと知り、感情や観察を事細かに比べることによって、個人的な悪夢から解放されつつある自分を実感したいのだ。社会と家族の善意に満ちた網の目へと戻りたいのだ。それなくして、人生は意味を持ち得ない。一同が侵入者に圧倒され蹂躙されたのは、意思を疎通させて共に行動することができなかったからであり、今、やっとそれができるようになったのだ。

ペロウンは義父の鼻を手当てする。ジョンは今夜のうちに救急病院に行けというすすめを断り、誰も強いて行かせようとはしない。腫れのせいですでに診断が難しくなっているが、鼻は顔の中央線からずれておらず、ペロウンの見たところでは上顎突起に毛髪様骨折が生じたとおぼしい――軟骨が断裂するよりはましだ。この時間のほとんどを、ペロウンはロザリンドのそばに座って過ごす。ロザリンドは頸にできた赤いあざと小さな傷を見せ、自分から恐怖が去って運命に無関心になった瞬間のことを説明する。

「浮き上がるような感覚だったわ。わたしも含めた部屋の全員を、天井の片隅から見ているような。もしやられるとしても、何も感じないだろうしどうでもいいと思った」

「いや、こっちにはどうでもよくないから」とシーオが言うと、一同が笑う。大きすぎる笑い声だ。

デイジーはバクスターの前で服を脱いだときのことを、無理に陽気な調子で語る。「十歳の自分が、学校で、ホッケーの前に着替えをするつもりになってやったの。あのころは体育の先生が嫌いで、彼女のいるところで服を脱ぐのがいやだった。でも、それを思い出したらすんなりいったの。それから、自分はシャトーの庭にいて、おじいちゃんに詩を暗誦しているんだと言い聞かせて」

デイジーの妊娠のことは話題に上らない。けれども、本人が口に出さずロザリンドも黙ったままということは、時期尚早なのだろうとペロウンは考える。

氷を当てがった鼻声でグラマティカスが言う。「途方もない話に聞こえるかもしれんが、デイジーがアーノルドを二回読み終わったときには、じっさいあの男が可哀想になったよ。思うに、おまえはあの男に恋をさせてしまったらしい」

「アーノルドって誰です?」とヘンリーが言うと、デイジーと祖父は笑い出す。「道理で、ベストな出来の詩だとは思わなかったよ」とヘンリーは付け加えるが、デイジーは聞いていないようだ。

グラマティカスの言いたいことは分かるし、バクスターの病状について今ここで話しはじめてもいいのだが、ヘンリー自身は同情の心がなくなっている。ロザリンドの頸についた傷が心を鬼にさせたのだ。いくら病気だとはいえ、あんなふうに自分の家を侵略した男に同情するとは、なんという弱さ、なんという迷妄であろうか。座って他の者たちの話を聞いているうちに怒りはふくれあがり、ついには、階段を落ちたバクスターに習慣で手当てをしたことさえ悔やまれてくる。低酸素症で死なせておいて、あのときはショックで動けなかったと申し立ててもよかったのだ。ところが自分は、シーオとともにすぐさま駆けつけ、バクスターが朦朧としているのを見て取ると、脊椎損傷を想定し、顎を突き出させて気道を確保したあとシーオにバクスターの頭を支えておく方法を教えて、階段の踊り場にあるトイレのタオルで即席の頸椎カラーを作ったのだった。一階ではロザリンドが救急車を呼んでいた——固定電話の線は切られていなかったのだ。シーオに頭部を支えさせたまま、バクスターに回復体位を取らせ、他のバイタルサインを調べた。思わしくはなかった。いびきをかくような呼吸、弱い徐脈、多少の瞳孔不同。この頃には、バクスターは眼を閉じて横たわりながら何かつぶやいていた。名前を呼ぶと答え、拳を握りしめろと言うとそれもできた——ペロウンはグラスゴー・コーマ・スケールを13と判定した。書斎に行って救急部に先回りの電話をかけ、専門補佐医に、こういう患者が行くからCTスキャンの準備と当直の脳神経外科医の呼び出し準備を頼むと告げた。それが済むと、最後の数分間はじっと待つよりほかなかった。その間に、バクスターのポケットからデイジーの本を回収することができた。シーオがまだ頭を支えているところにペロウンの病院からグリーンのジャンプスーツを着た若者がふたり到着し、気管挿管を行なって、ペロウンの指示でコロイド液を輸液した。

巡査ふたりが救急車の援護に到着し、数分後に刑事部の人間がやってきた。一家と顔を合わせ、ペロウンの説明を聞いたあと、今はもう時間が遅いしみんな動揺しているから事情聴取はやめておきましょう、と刑事は言った。そして、ヘンリーから赤いBMWのナンバーを聞き取り、「スペアミント・リーノ」の名前をメモした。ソファの切り裂かれた部分を調べ、また階段を上がってバクスターのそばに膝をつき、手からナイフを引き剝がして抗菌のビニール袋に入れた。バクスターが握りしめた左手から、乾いた血を綿でこすり取った——おそらくグラマティカスの鼻血だろう。

自分と父親がバクスターを階段から突き落としたのは犯罪になるのか、とシーオが尋ねると、刑事は笑い出した。

バクスターを靴先でつついて刑事は言った。「こいつが訴えるとは思えませんね。我々もまさか訴えはしませんよ」

刑事は署に電話し、病院で夜通しバクスターを見張っておく巡査ふたりを手配した。意識を回復した時点で逮捕するという。公式な起訴はしばらく後になる。証言の口裏を合わせたりしてはいけませんよ、と断って、三人の警官は帰っていった。救急隊員たちがバクスターを担架にくくりつけて運び出した。

ロザリンドの回復ぶりはめざましい。警察と救急隊が去っておそらく三十分しか経たない頃に、みんな何か食べたほうがいいわと言い出す。誰も食欲はないが、全員がロザリンドの後からキッチンに向かう。ペロウンがスープを温めて冷蔵庫から二枚貝とムール貝とエビとアンコウを取り出す間に、子供たちがテーブルに食器を並べ、ロザリンドがパンを切ってサラダドレッシングを作り、グラマティカスは氷嚢をはがしてワインをもう一本開ける。こうした共同作業は楽しく、二十分後に食事の用意ができて、ついにみんな腹が減ってくる。グラマティカスが酔いはじめたのさえかすかな安心感を生んでくれて、悪酔いには程遠い。みんなが腰を下ろしたこのあたりで、ヘンリーは例の詩人の名前がマシュー・アーノルドであること、デイジーが暗誦した「ドーヴァー・ビーチ」があらゆるアンソロジーに入っていて昔はどこの学校でも教えられたことを知る。

「お義父さんの『富士山』のようなものですね」とヘンリーが言うと、グラマティカスはたいそう喜び、立ち上がって乾杯を提案する。ジョンは快活なモードに入っており、その気分は道化のようにふくれ上がった鼻によって高められている。一夜がもとのコースに復したことを示すかのように、その手には『私の向こう見ずな小舟』の試刷版が握られている。

「さっきまでのことはすべて忘れよう。我々はデイジーにグラスを捧げる。デイジーの詩集は素晴らしいキャリアの出発点であり、祖父としても、また献呈を受けた人間としても大いに嬉しい。小遣い稼ぎに詩を覚えることがかくも有用であろうとは、何人が想像しえたであろうか。これでまた五ポンドの借りができたというものだ。では、デイジーに」

「デイジーに」と一同が唱和してグラスを上げると、デイジーはジョンにキスし、ジョンはデイジーを抱きしめる――和解は完成し、ニューディゲット抗争は忘れられたのだ。

ヘンリーはワインで唇を湿すが、身体がアルコールを欲しなくなっていることに気付く。デイジーと祖父が腰を下ろしたちょうどそのとき電話が鳴り、いちばん近い側にいたヘンリーがキッチンを突っ切って電話を取りにいく。心がまだ騒いでいるせいだろう、聞きなれたアメリカ英語が一瞬思い出せない。

「ヘンリー？　ヘンリーだよな？」

「ジェイか。うん、ヘンリーだ」

「よく聞いてくれ。急性硬膜外血腫の患者がひとりいる。二十代半ばの男性、階段からの落下だ。サリー・マッデンがインフルエンザで三十分前に帰ったんで、こっちにはロドニーがいる。熱心でできる男だから、あんたの助けはいらんと言ってる。だがなヘンリー、脳静脈洞の真上に陥没骨折があるんだよ」

ペロウンは咳払いをする。「そこに血腫ができているんだな？」

「ずばり真上に。だから俺が割り込んだんだ。俺は何度も見てきたが、経験の足りない外科医はえてして骨を持ち上げる際に脳静脈洞を破り、四リットルの血液を床にぶちまけてしまう。ベテランの助けが要る。手近なのはあんただ。それに、あんたがいちばん頼りになる」

キッチンの向こうから聞こえる大きな笑い声には無理があり、前と同じように誇張されていて、ほとんど野蛮なくらいの響きだ。実際のところ、彼らは恐怖を忘れたふりをしているのではない――恐怖が鎮まるまで耐えようとしているだけなのだ。ジェイが呼び出せる外科医は他にもいるし、ペロウンは原則として知人の手術をしない。だが、これは別だ。バクスターに対する自分の姿勢はいろいろに変化してきたが、ひとつの明確な考え、ほとんど決心といってもいいものが今は固まりつつある。自分が何をしたいのかは分かっていると思えるのだ。

「ヘンリー？　聞いてるか？」

「いま行く」

5

一家は、時としてペロウンが夕食の最中に出て行くことには慣れている——今夜の場合、病院から呼び出しがあったというペロウンの言葉には、世界が常態に復しつつあるという力強い保証さえ含まれていると言えるかもしれない。

ペロウンはデイジーの椅子のほうに身を屈め、耳元に言う。「あとでいろいろ話そう」振り向かないで、デイジーはペロウンの手を取って握りしめる。ペロウンはシーオに——おそらく今晩で三度目だろう——命を救ってくれて有難うと言いかけるが、実際にはそうせず、息子に向かってわずかな笑みを見せ、声には出さずに口元で「じゃ、あとで」と伝える。シーオがこれほどハンサムに、これほど美しく見えるのは初めてだ。テーブルに横たわる剝き出しの痩せた腕、生真面目で曇りのない茶色の眼、カールした睫毛、髪の毛と皮膚と歯並びとすっきり伸びた背骨の圧倒的な美——照明を落としたキッチンの中で、シーオは輝いている。グラス——ミネラルウォーターの——を上げて、シーオは言う。「ほんとに大丈夫?」

グラマティカスが口を添える。「たしかにそうだと思うぞ。なにしろ長い晩だった。患者を殺しかねんのじゃないか」。後ろになでつけた銀髪と鼻に貼った氷嚢のせいで、絵本に出てくる「つくろってもらった縫いぐるみのライオン」に見える。

「大丈夫ですよ」

シーオがアコースティック・ギターを持ってきて祖父が歌う「セント・ジェイムズ病院」の伴奏をするという話も出ていたようだ。グラマティカスはドク・ワトソンの物真似をする気分なのだ。ロザリンドとデイジーはシーオが録《と》ってきた新曲「シティ・スクウェア」を聴きたがっている。テーブル周辺は異様に盛り上がっていて、この野放図な雰囲気は、昨年に家族そろって劇場に出かけたときのことをヘンリーに思い出させる——ロイヤル・コート劇場の舞台で、驚くべき血みどろの狂気が繰り広げられた晩だ。そのあとのディナーでは、一同は夏休みの思い出を語り合って浮かれ、酒を浴びるほど飲んで過ごした。

別れを告げて出て行こうとすると、グラマティカスが声を掛ける。「帰ってくるまで、みんなここにいるからな」

それがありえないことは分かっているが、ペロウンは嬉しそうな顔でうなずく。ロザリンドだけが、ペロウンの内部で起こった気分の変化に気付く。立ち上がって、ペロウンの後から二階に上がり、夫がコートを着て財布とキーをポケットに入れる様子を眺める。

「ヘンリー、どうして行くって言ったの？」

「ジェイからでね」

「だから、どうして行くって言ったの？」

ふたりのそばの玄関ドアには三重のロックがかかり、ナンバーロックのキーパッドが心地よげに光っている。ペロウンがキスすると、ロザリンドは夫のコートの襟をつかんで引き寄せ、ふたりはもう一度、今回はより長く深いキスをする。これは朝のセックスを思い出させるもの、その続きであるとともに、あとの約束でもある。こんな一日はそうやって終えるのが一番に違いない。ロザリンドの唇は塩の味がして、それがペロウンを興奮させる。欲望のはるか下で、海底の花崗岩板のように横たわっているのは疲労だ。けれども、手術室に向かう瞬間には、職業人ペロウンはすべての欲求に抵抗するすべを知っている。

身体が離れたときにペロウンが言う。「今朝、あの男と車でちょっともめてね」

「そうじゃないかと思った」

「歩道に降りて、馬鹿な言い合いをした」

「それなら、どうして行くって言ったの？」ロザリンドは人差し指を唾で湿し――ちらりと見えた舌にペロウンは誘惑を覚える――夫の眉毛を整えてやる。眉毛は最近とみに伸びだし、ショウガ色、灰色、混じりっけのない白の無作法な毛が多くは垂直方向にのさばっている。これはテストステロンが凝集している証拠で、そうなると耳や鼻の毛も冬のスゲのように伸びだす可能性がある。これまた老化の兆候だ。

「これはやり遂げなければならないんだ。私には責任がある」そう言うと妻が物問いたげな眼になったので、ペロウンは付け加える。「あの男は難病だ。ハンチントン病だと思う」

「たしかに、残忍なだけじゃなくて頭がおかしかったわね。でもヘンリー。あなた、お酒を飲んでなかった？　ほんとに手術できる？」

「だいぶ前だよ。アドレナリンが出たおかげで頭が冴えた」

ロザリンドはペロウンのコートの襟を放さず、近くに引き寄せたままでいる。夫に行ってほしくないのだ。ペロウンは愛情といささかの驚愕をもって妻を眺める。あの災厄はたった二、三時間前のことなのに、いま妻はこうして完全に自分を取り戻したふうを装い、いつもと同じ根っからの弁護士ぶりを発揮して、普通でない決定を構成する要素を知りたがり、精密かつ要求の高いやり方で自分を愛してくれている。妻の喉の赤いあざに戻りたがる視線を、ペロウンは意志の力でそらす。

「そっちこそ大丈夫かい?」

考えをまとめようと、ロザリンドは視線を下ろす。もう一度ロザリンドが眼を向けてきたとき、光の加減だろうか、緑色の虹彩の小さな環に抱かれた瞳孔の黒い部分に、自分がミニチュアになって浮かんでいるのが分かる。

ロザリンドが言う。「ええ、大丈夫だと思う。ねえ、わたしあなたが手術するの心配なのよ」

「というと?」

「まさかとは思うけど、何かの復讐を考えたりしていないでしょうね? そこをはっきり教えて」

「もちろん、そんなことは考えてない」

ペロウンはロザリンドを抱き寄せ、ふたりはまたキスする。今回は舌が触れて擦り合う——ふたりの間では、ある種の約束のしるしだ。復讐《リヴェンジ》か。突然、この言葉をかつて妻の口から聞いた事があったろうかという思いがよぎる。少し息の上がったロザリンドの発音だと、この言葉はひどくエロティックな意味があるように響く。いったい自分は、何を考えて病院に行こうとしているのだろう? その疑問が頭の中で言葉になった瞬間にも、自分が行くであろうことは分かっている。表面的に言えば、これは単純な勢いの問題だ——ジェイ・ストロースのチームはすでに麻酔室に入り、自分の患者に仕事を始めている。自分の右手が滅菌室のスイングドアを押しているところが眼に浮かぶ。まだロザリンドにキスしつつ、自分はある意味ですでに出発しているのだ。急がなければ。「今朝、私がもっとうまく事をさばいていれば、ああいう事態にはならなかったかもしれない。ジェイに頼まれてみると、自分が行くべきだという気がする。いや、行きたいんだ」

ロザリンドは抜け目のない眼つきで夫を見やる。ペロウンの意図。正確な精神状態、他ならぬこの瞬間におけるふたりの絆の強さを推し量ろうとし続けているのだ。

ペロウンが次の言葉を口にするのは、純粋に事情が知りたいからでもあり、妻の気をそらしたいからでもある。「我々はじいちゃんとばあちゃんになるわけか」

ロザリンドの微笑は悲しげでもある。「十三週ですって。相手を愛してるって言ってる。ジュリオという名前で、ローマ出身。二十二歳で、パリで考古学を勉強しているの。向こうの両親が、ふたりで小さなフラットを買えるお金を出してくれたらしいの」

ヘンリーは父親特有のさまざまな思いを抑えようと努める。ひとつには怒りの芽生え。この見知らぬイタリア男は家族の平和と結束に土足で踏み込んだのであり、種をまき散らすに際して、相手の両親の検閲と評価を受けるという気遣いさえなかった——そもそも、今はどこにいるのだ？　そしてまた、男の両親がデイジーの両親よりも先に事態を知っており、すでに取り決めができているということへの苛立ち。小さなフラット。十三週。ペロウンはドアロックの古風な真鍮の出っ張りに手をかける。ついに、デイジーの妊娠——今夜の隠れた主題——が明るい光を浴びて眼の前に現れたわけだが、これはあまりに巨大な災厄であり侮辱であり無駄であって、道の向こうの病院で自分を待っている今の状況では、正面から向き合うことも嘆くこともできない。

「くそっ。そんなのってあるか。どうしてデイジーは我々に言わなかったんだ？　中絶は考えたのか？」

「問題外だったみたい。ダーリン、これから手術というときにカッカしないで」

「どうやって生活するつもりなんだ？」

「若い頃のわたしたちみたいによ」

　セックスと学生らしい貧乏に満ちた至福の中で、かわるがわるデイジーの世話をしながら、ロザリンドは法学の学位取得と法律事務所への就職、ヘンリーは新米の脳神経外科医としての仕事を夜の目も寝ずに駆け抜けていったのだった。三十時間勤務の後、自転車をかついでセメントの階段を五階に上がり、むずかって夜通し泣きじゃくる子供の声が響く部屋へと帰ったときのことをヘンリーも覚えている。アーチウェイの１ＬＤＫでは、ガスストーブを置いたリビングの床でセックスするたびにアイロン台をたたんだものだった。ロザリンドはそうしたことを思い出させてヘンリーをなだめようとしたのかもしれない。その努力にはヘンリーも感謝するが、それでも動揺は鎮まらない。詩人デイジー・ペロウンはどうなるのだろうか？　自分とロザリンドは時間を配分し、必死になって家事を分担した。けれどもイタリアの男は永遠の少年《プエリ・アエテルニ》であって、妻が母の代わりとなってくれるのを望み、シャツにアイロンをかけたり黙っていても下着を調えたりしてくれることを期待するものらしい。この軽率なジュリオは、娘の将来の希望をぶち壊しにするかもしれないのだ。

　思わず、ヘンリーは拳を握りしめている。拳を開き、心にもないことを言う。「とにかく今は、考えようと思っても考えられない」

「ええ、そうね。誰だってそうよ」

「行かなくちゃ」

ふたりはまたキスする。今回はエロティックな意味合いはなく、別れの挨拶らしくすべてが抑制されている。

ペロウンがドアを開けたとき、ロザリンドが言う。「わたし、やっぱりあなたが心配なの。こんな気分で出かけるなんて。約束してね、馬鹿なことはしないと」

ペロウンは妻の腕に手を置く。「約束する」


背後でドアが閉まり、家から踏み出したとき、ペロウンは冷たく湿った夜の空気と自分の確たる足取りを心地よく感じる。しばらく独りになれるのが有難いことも認めよう。病院がもう少し遠くにあってくれれば一層いいのに。あるまじき無責任さだが、ウォーレン・ストリートに出るかわりに広場を横切って三十秒稼ぐことにする。宵の口に見た細かい雪片は消えており、雨が降った様子である。広場の石畳や側溝の敷石が、白い街灯を浴びて清潔な輝きを見せる。テレコム・タワーのてっぺんには、煙のような低い雲がかかっている。広場に人がいないことも嬉しい。風に揺れてきしむ裸のプラタナスのもと、広場の東側、緑地の高い柵のそばを急いでゆく。人けのない広場を支配しているのは、広い空間と、建物のシンプルなラインと、生真面目な白いフォルムだけだ。

ジュリオのことは考えまいと努める。かわりに、ローマのことを考える。二年前に、カンポ・ディ・フィオーリ広場を見下ろす会議室で脳神経外科のシンポジウムに参加したことがある。開会を宣言したのは他でもない市長のワルテル・ヴェルトローニ、ジャズを熱愛する物静かで世慣れた男だった。次の日、ゲストたちに敬意を表して、多くの部分が一般公開されていない皇帝ネロの宮殿ドムス・アウレアの見学ツアーが行なわれ、ヴェルトローニみずからが数多くの学芸員とともに案内に立った。古代ローマについてさっぱり知識のないペロウンは、この宮殿は地下遺跡で丘の横手にあるゲート付きの竪穴から入るらしいと知ってがっかりした。自分が持っていた宮殿のイメージとは大違いだったのだ。一行は、土の匂いがして裸電球で照らされているトンネルを下っていった。トンネルの両脇には薄暗い部屋が並び、壁タイルの断片に修復作業が施されていた。学芸員が説明した――こうした部屋は三百室あり、白大理石の壁、フレスコ画、複雑な文様のモザイク、プール、噴水や象牙に飾られていますが、キッチンやバスルームやトイレは一室もありません。しばらくして、外科医たちはついに瞠目すべき場所に出た――回廊全体が、鳥や花や複雑な反復模様に飾られているのだ。厚く積もった埃やカビの下からフレスコ画がちょうど現れようとしている部屋がいくつもあった。この宮殿は、ルネサンス初期までの五百年間、発見されないまま瓦礫の下に埋まっていたのである。ここ二十年間は修復のため閉鎖されており、ローマのミレニアム祭典のひとつとして一部の公開が始まったのだった。ひとりの学芸員が、巨大なドーム天井のはるか上方に開けられた荒削りな穴を指差してみせた。十五世紀の盗賊たちが金の葉飾りを盗み出すために開けた穴です。後の時代には、ラファエロとミケランジェロが命綱をつけてこの穴伝いに下ろしてもらい、周囲の光景に驚嘆して、煙を上げる松明をたよりにデザインや絵画を模写しました。ラファエロとミケランジェロ自身の絵画も、この経験によって深い影響を受けております。シニョール・ヴェルトローニは通訳を介して、ゲストたちの喜びそうなひとつのイメージを描いてみせた。ふたりのアーティストは煉瓦の頭蓋に穴を開けて古代ローマの精神を発見したわけです、と。

ペロウンは広場を離れて東に向かい、トッテナム・コート・ロードを越えてガウアー・ストリートを目指す。頭蓋に穴を開ければ脳ではなく精神をのぞきこむことができる、という市長の説が正しければいいのに。そうすれば自分は、この一時間のうちにバクスターについて多くのことを理解できるし、脳手術という日常作業を一生こなせば世界最高の賢者に仲間入りできるはずだ。さて、いかなる賢者がデイジーを理解できるだろう？　どうも、この問題から逃れられないようだ。彼女が妊娠をわざと選んだ可能性は認めたくない。けれどもデイジーのために、自分はポジティブかつ寛大に振舞わなくては。ローマ出身のジュリオは、ドムス・アウレアの薄暗い部屋で自分が見た仕事熱心なボイラースーツの一群と同じタイプで、モザイクタイルをせっせと歯ブラシで撫でているのかもしれない――考古学者は立派な職業だ。孫の父親となる男に好感を持つのは、おそらく自分の義務なのだろう。娘を奪い去った男に。こっちがついに出向いてやる折には、ジュリオという若造はよほど心してイタリア式の魅力をふりまかねばなるまい。

ガウアー・ストリートでは清掃班がまだ総出で、デモの後片付けをしている。ひょっとすると、始めたばかりなのかもしれない。やかましい音をたてるトラックの荷台から、発電機につながれたアークライトが辺りを照らし出す。食べ物やポリ容器や棄てられたプラカードを、黄色とオレンジのジャケットを着た男たちが幅広の清掃用ブラシで押してゆく。ごみの山をトラックに載せる係もいる。国家の手が届く範囲はきわめて広く、一方では戦争を準備し、また一方では戦争反対者たちの残したごみを片付けてやっているのだ。ごみくずの山にはある種の考古学的な興味がある――柄の折れた「わたしはイヤだ」のプラカードが、発泡スチロールのカップや食べ残しのハンバーガーや配られなかった英国イスラム連盟のビラとごっちゃになっている。今よけた山には、パイナップルのスライスを載せたピザが一切れ、タータン模様のビール缶、デニムのジャケット、空の牛乳容器、スイートコーンの缶が新品で三つ。そうした細部はペロウンにとって憂鬱であり、物品それぞれがあまりにくっきりと際立って、パッケージから飛び出そうと身構えているように思われる。おそらく自分は、ショックから脱し切れていないのだろう。ふと見ると、清掃員のひとりは今朝ウォーレン・ストリートで歩道を掃除していた男だ。ブラシが通り抜けた一日。そして今は、混迷する世界情勢が引き起こした桁外《けたはず》れの残業。

病院の正面玄関には土曜深夜らしく人だかりがしており、警備員がふたり、ふたつのドアの間に立っている。群集のほとんどは、酔いどれの夢から半分覚めて、さっき連れが救急車に乗せられたところを思い出したくちだ。病院にたどりつき、しばしば間違った病院に行き着いて、連れに会わせろと大声を上げる。警備員の仕事はトラブルメーカーを排除することだ。暴力的な者や酔いつぶれた者。待合室の床に嘔吐したり、当局者と見ると対抗心を燃やして、細身のフィリピン系看護師やシフト終了直前で疲れ切った新米の女性医師に殴りかかったりしそうな連中。それに、公共施設の暖かい建物の中でベンチや床を占領して眠ろうとするホームレスたち。週末の夜遅くに病院を訪れる社会構成員たちは、礼儀正しく親切で物分りがいいとは限らない。救急部での勤務は人間を嫌いになる授業だったことをヘンリーも覚えている。かつては、暴力的な者や寝場所探しの連中も寛容に扱われ、後者などは救急部の片隅に寝場所さえ与えられていたものだ。けれども、病院の「風土《カルチャー》」と近年称せられるようになったものは、ここ二、三年で大変化を遂げた。医療スタッフが音を上げ、保護を求めるようになったのである。酔っ払いやクレーマーは、バーの用心棒上がりで仕事を心得ている男たちの手で歩道に放り出される。これまたアメリカからの輸入品だが、悪いものではない——情状酌量《ゼロ・トレランス》なし。けれども、本物の患者を追い出してしまう可能性は決して否定できない。頭の怪我や敗血症、低血糖症といったものは、酩酊に似た症状を見せることがあるのだ。

ペロウンは小群集をかきわけて進む。最初のドアに達すると、いずれもカリブ系の警備員ミッチとトニーがペロウンを見分けて通してくれる。

「今夜はどう？」

トニーは妻を去年乳がんで亡くし、救急隊員になる訓練を受けようかと考えている。「静かなほうです、まあまあね」

「だよな」とミッチ。「今夜の暴動、おとなしいよ」

ふたりは笑い、ミッチが付け加える。「ねえ、ペロウン先生。頭のいい外科の先生、みんなインフルエンザになっちまって」

「じゃあ、私は大馬鹿だ」とヘンリーは言う。「急性硬膜外血腫の患者がいてね」

「見ましたよ、その患者」

「見た、見た。じゃあ、上にどうぞ、ペロウン先生」

だが、まっすぐメイン・エレベーターに向かう代わりに、ペロウンは早足で待合室を抜けて治療室に向かう。ジェイとロドニーが待ち時間に別の患者を診に来ている可能性があるからだ。ベンチは静かだが、細長い部屋には使いすぎで疲れた感じがあり、にぎやかなパーティが終わった後のようだ。空気は湿って甘ったるい。床には飲み物の缶、それに自動販売機のチョコレートバーの包み紙に交じって誰かの靴下が片方。少女がボーイフレンドの身体に片腕を回しており、男のほうは膝の間に頭を突っ込んでぐったりしている。老婦人が顔にかすかな笑みを張り付かせ、松葉杖を膝に置いて辛抱強く待ち続ける。あとふたりばかりがじっと床を見つめ、もうひとりはベンチに長く伸びて眠っており、頭にコートをかぶっている。ペロウンは区切られた小治療室の列を通り過ぎて緊急医療室に向かう。頸から大出血している男を担当するチーム。そこから出ると、スタッフ室のそばの大治療室で、さっき電話で話した救急部の専門補佐医ファレスが見つかる。

近づいていくと、ファレスのほうから声を掛けてくる。「あ、どうも。さっき電話を下さったお知り合いの件ですね。頸椎は大丈夫でした。CTスキャンでは両半球にまたがる急性硬膜外血腫が見られ、陥没骨折の疑いがあります。グラスゴー・コーマ・スケールが二ポイントばかり下がったんで、全身麻酔の迅速導入を頼みました。三十分前に二階に行きましたよ」

頸部X線――最初の調査だ――の結果では、バクスターの呼吸系統に合併症は出そうにない。グラスゴー・コーマ・スケールで測定した意識レベルが低下したという――悪い兆候だ。麻酔科医――ジェイが指導している専門補佐医だろう――が呼ばれ、緊急手術の準備をしたわけだ。手順の中には、バクスターの胃を空にする作業も含まれる。

「今のスコアは?」

「来たときは13でしたが、今は11です」

緊急医療室からファレスを呼ぶ声がする。ちょっと失礼、という恰好でファレスが説明する。「バス待ちの列で、酒瓶片手の殴り合いですよ。あ、そうそう、ペロウン先生。お知り合いには、警官がふたり付き添ってます」

ペロウンはエレベーターで四階に上がる。脳神経外科手術室への両開きドアがある広い場所に足を踏み入れたとたん、気分がぐっとよくなる。第二の我が家だ。時に不都合な事態が発生してもここでは結果を自分の意思で左右できるし、ここには頼るべきものがあり、コントロールされた環境がある。ドアはロックされている。ガラス越しにのぞいてみるが、中には誰もいない。ベルは鳴らさずに長い廊下を迂回し、集中治療室を通り抜ける。この場所の夜が好きだ——絞った灯り、全体に広がる用心深い沈黙、生真面目に口をつぐんでいる数人の夜勤スタッフ。ランプが明滅し、モニターが絶えず呼び出し音を鳴らす中、ベッドの間の広い空間を抜けてゆく。ここの患者に自分の受け持ちはいない。アンドレア・チャップマンが一般病棟に移されたので、昨日の手術リストの患者は全員が病棟にいることになる。満足すべき結果だ。集中治療室の外の集合エリアは、不自然なくらいがらんとしている。いつも込み合っている台車は、今は全部片付けられている——朝には台車が戻ってき、それとともに喧騒や、絶え間なく鳴り続ける電話や、運搬スタッフへの軽い苛立ちが戻ってくる。ロドニーとジェイを手術室から呼び出すことはせず、時間を節約するためにまっすぐ着替え室に向かう。

ナンバーロックに数字を打ち込み、手狭で所帯じみたむさくるしさの中に足を踏み入れる。何十人かの不良少年が家を離れて共同生活しているような、おそろしく男臭い汚らしさだ。ペロウンは自分のロッカーを鍵で開け、急いで服を脱ぎはじめる。リリー・ペロウンなら驚倒したかもしれない——床に散らばっているのは、新しいのも汚れたのもある殺菌用品、それらが入っていたビニールパック、スニーカー、タオル、ジーンズ。ロッカーの上には、コーラの空缶、おそろしく古いテニスラケット挟み。何ヶ月も前から置かれているフライフィッシング竿は、中間の継ぎ手がない。壁にはパソコンからプリントアウトされた張り紙が「使用済みのタオルや手術衣は所定の場所に捨てていただけませんか?」と不機嫌に尋ねている。誰かろくでなしが「やだね」と下に落書きしている。よりオフィシャルな布告が「貴重品はお手元に」と忠告している。かつてはトイレのドアに「便座を上げてご使用ください」という張り紙があった。今では「トイレに関する苦情は内線四〇四〇まで」という諦めモードに変わっている。手術を受けようという患者が安心できそうにない眺めではあるが、棚に載せられたサンダルは黄色や赤や茶色に染まり、血がところどころで固まって模様を作り、持ち主の名前やイニシャルをボールペンで書きなぐった跡がなんとか残っている。急いでいるときに両方が揃わないのは苛立たしいものだ。ヘンリーは自分用のサンダルをロッカーにしまっている。手術衣の上下をLサイズの山から取って身につけ、ビニール袋を几帳面にゴミ箱に棄てる。周囲の混沌をよそに、こうした手順がペロウンを落ち着かせる。チェスの前にやる頭の体操のようなものだ。ドアのところで使い捨て手術帽の山からひとつ取り、人けのない廊下を進みながら後頭部できっちり紐を締める。

手術室に入る前に麻酔室を通る。機械のそばに腰を下ろして待っているのは、ジェイ・ストロースと専門補佐医のジータ・シャールだ。テーブルを囲んでいるのは手術室付き看護師のエミリーと使い走りのジョーン、それに、拷問を受ける直前のような顔をしたロドニー。いくら必要に迫られていても、指導医を呼ばなければならなくなった補佐医がどれほどみじめな思いをするかはペロウンも経験上知っている。しかも、今回はロドニーの判断でさえない。ジェイ・ストロースが強権を発動したのだ。ロドニーはジェイが自分の顔に泥を塗ったと感じずにいまい。台上には、シーツに覆われたバクスターがうつぶせに寝ている。露出されているのは、頭頂の後ろを幅広く剃った部分だけだ。患者がシーツに覆われると、手術室内の人間のひとりという感じは消え失せる。視覚とはかくも強力なものなのだ。残っているのは頭の一部分だけ、手術野だけである。

部屋には退屈の雰囲気、世間話の種が尽きたような空気が漂っている。ひょっとすると、ジェイが対イラク戦争の必要性を弁じ立てていたのか。だとすればロドニーは、頭ごなしに否定されるのが怖くて、戦争反対の意見を述べられないでいただろう。

ジェイが言う。「二十五分。悪くない記録だな、ボス」

ヘンリーは片手を上げて挨拶し、若い専門補佐医に合図して、バクスターのCTスキャン結果が掲示されているライトボックスのほうに招く。一枚のフィルムに十六画像、バクスターの脳を十六枚の輪切りにしたもの。頭蓋骨とその内側の硬膜との間にできた血塊は、脳の両半球を分かつ大脳半球間裂をまたいで広がっている。頭頂の二インチほど下で、大きく、ほとんど完璧な円形をしており、スキャン画面上で純白に映って、くっきりした周縁部のおかげで性質がはっきりしている。骨折線もはっきり分かり、中線に対して直角に七インチの幅がある。その真ん中、まさに大脳半球間裂の上に骨折があり、頭蓋骨の一部が陥没している。その陥没骨折の真下、地殻構造プレートのように斜めになった折れた骨の尖端に脅かされる位置に、大血管である上矢状静脈洞がある。それはふたつの半球が合わさる「鎌」と呼ばれる継ぎ目に沿って広がっており、脳から血液を排出する主要な静脈である。硬膜がそれぞれの半球を包んでいるはざまにきれいに収まった部分だ。この静脈洞を毎分数百ミリリットルの血液が通過しているのだが、折れた骨を持ち上げる途中で外科医が破いてしまう場合がある。そうなると大量の血が流出し、修復しようにも見当がつかなくなる。二年目の専門補佐医がパニックになってもおかしくない事態だ。そこで、ジェイはヘンリーを呼んだのである。

CTスキャンを見ながら、ペロウンがロドニーに言う。「君の診断を聞こうか」

ロドニーは咳払いする。舌がうまく回らないようだ。「二十代の男性。約三時間前に階段から転落。救急室では朦朧状態で、グラスゴー・コーマ・スケールは13から11に落ちています。頭部裂傷ですね。その他の負傷は記録されていません。まずは、頸椎X線は正常です。それから頭部CTスキャンを撮り、全身麻酔を緊急導入してまっすぐ手術室に送ってきました」

ペロウンは肩越しに麻酔器のモニターを見やる。バクスターの脈拍は85、血圧は130／94だ。

「スキャンの結果は？」

ロドニーが躊躇したのは、自分の気付かなかった落とし穴があってさらなる屈辱が加えられそうな気がしたせいだろうか。大柄な青年で、時々はガイアナに対するホームシックにかかる純情さもあり、ゆくゆくは故国で脳神経外科を立ち上げる野望を抱いている。かつてはプロのラグビーチームでプレイしたいと思っていたが、医学と脳神経外科がそれに取って代わったのだった。感じのいい、知的な顔をしており、噂では女にもてでよく遊んでいるらしい。いい医者になるとペロウンは見ている。

「大脳半球間裂上の陥没骨折で、硬膜外と」――ロドニーはシートの上のほうにある画像の、コンマのような形をした白い塊を指してみせる――「硬膜下に出血があります」

ロドニーが認識したのは、硬膜外だけではなく硬膜の下にも小さな血溜まりがあるという、少々例外的な特徴のほうだけだ。

「よろしい」とペロウンは言い、その一言でロドニーの一夜は破滅から救われる。ただし、第三の異常に専門補佐医は気付いていないはずだ。医学技術の進歩につれて、一部の診断方法は若い医者の間で使われなくなってゆく。シートのさらに上にある画像を見ると、バクスターの左右尾状核は、正常なら存在するはずの凸状面を欠いている。健康な人間の尾状核は、側脳室前角のほうに張り出しがあるものだ。DNA検査が開発される以前は、この萎縮がハンチントン病診断の有力な手がかりだった。ヘンリーは自分の判断を疑っていなかったが、この肉体的な証拠は暗い満足を与えてくれる。

ヘンリーはジェイに言う。「輸血の準備は十分ある？」

ジータ・シャールが答える。「冷蔵庫にたっぷりあります」

「患者の循環動態は安定しているか？」

「血圧、脈拍ともにOK。手術前の血液検査も、気道内圧も良好」とジェイ。「さあ、行こうぜ、ボス」

ペロウンはバクスターの頭を見やり、ロドニーがちょうど適切な場所の毛を剃ったことを確かめる。裂傷はまっすぐできれいに入っており——これは壁と幅木と石の床だったおかげで、交通事故だと砂や汚れを巻き込んでしまうものだ——救急部の医師が縫合を済ませている。触らなくても、患者の頭のてっぺんがふくらんでいるのが分かる——血が骨と頭皮の間に溜まっているのだ。

専門補佐医の仕事に満足したペロウンは、部屋を出て行きながら「私が手洗いをしている間に抜糸しておいてくれ」と声を掛ける。隅で立ち止まってピアノ音楽を選ぶ。今日は「ゴールドベルク変奏曲」だ。この曲は四種類の録音が手術室に置いてあるが、ペロウンがいま選ぶのはいかにも異端なグレン・グールドではなく、アンジェラ・ヒューイットの知的で粒の揃った演奏である。こちらは、反復を省略せずにすべて演奏している。

五分もしないうちに、使い捨ての長いガウンと手袋とマスクをして、ペロウンは手術台に戻っている。ジータにうなずいて、CDをかけさせる。エミリーが脇に置いたステンレスの台車から鉗子に挟んだスポンジを取り上げ、ベタジン溶液のボウルに浸す。優しくて、何かに憧れるようなアリアが展開されて広がってゆく。最初のうちはごく遠慮がちで、それが手術室をいっそう広く感じさせる。青白い肌にヒマワリ色の溶液をつける瞬間、いつもの満足がヘンリーを包み込む。それは自分がしていることを正確に知り尽くしている喜び、台車の上にきっちり並べられた器具を見る喜び、いつものチームと一緒に静かな手術室にこもる喜びである。エアフィルターの静かなざわめき、シーツに覆われて見えないバクスターの顔にテープ留めされているマスクに酸素が送り込まれるシューッという音、そして頭上のライトのくまない明るさ。子供時代にやったボードゲームの、外界から閉ざされた愉しみを思い出させる。

ペロウンはスポンジを置き、静かに「局所麻酔」と言う。

エミリーが準備済みの注射器を渡す。ペロウンは裂傷に沿って、またそれより広く、何ヶ所かに素早く皮下注射をする。どうしても必要というわけではないが、リグノカインに含まれたアドレナリンが出血を抑える助けになるのだ。どの刺入部も、皮膚がすぐにポチッとふくらむ。ペロウンは注射器を置いて掌を広げる。口に出して言う必要はない――エミリーが、あくまで水平にしたメスを掌に置いてくれる。そのメスで、断裂を数インチ広げ、より深いものにする。ロドニーがすぐ脇に立ち、双極式電気凝固器で二、三ヶ所止血する。先が皮膚に触れるたびにブザーが鳴り、肉の焼ける強い臭いとともに灰色がかった煙がうっすらと立ちのぼる。大きな身体にもかかわらず、ロドニーは専門指導医の邪魔にならないようにうまく位置を取り、開いた皮膚を小さな青いレイニー式頭皮クリップでぎゅっとつまんで血流を遮断する。

ペロウンは一個目の大きな固定型開創器を要求し、それを装着する。二個目の装着はロドニーに任せる――すると、長い切れ込みは大きな口のようにぐっと開かれて、頭蓋骨と損傷のすべてをさらけ出す。

骨折線はかなりまっすぐに走っている。凝血塊の一部がそこから湧き上がっている。ロドニーが術野を生理食塩水で洗浄して拭きとると、骨に入った割れ目が幅一ミリばかりであるのが分かる――外見は地震でできた地割れの航空写真か、干上がった川の底に入ったひびのようだ。中央の陥没骨折部では骨片は斜めに二分されており、より小さい割れ目が三本そこから走っている。骨孔を開ける必要はあるまい。大きな割れ目から鋸の歯を差し込めばいいのだ。

エミリーが開頭器を渡すが、ペロウンはドリル先端の外見が気に入らない――少しだけ曲がっているような気がするのだ。ジョーンが急いで準備室に行き、新しい柄を取ってくる。今度はいいようだ。ジョーンが滅菌パックから柄を出して装着している間に、ペロウンはロドニーに言う。「陥没骨折部ごと骨弁《こつべん》を開けて、静脈洞を完全にコントロールできるようにするぞ」

ヘンリー・ペロウンほど開頭の速い外科医はいないと言われている。今回は普段よりもいっそう速い。なぜなら、硬膜を傷つける心配がないからだ――血塊が硬膜を圧迫し、頭蓋骨から引き離しているのである。ロドニーがデイキン式洗浄器を手にして屈み込み、骨切り線を生理食塩水で濡らしてゆくが、それでも焼けた骨の臭いが手術室に充満する。長い一日が終わって手術衣を脱ぐとき、この臭いはひだの奥までしみついていることがある。開頭器の立てる甲高い唸りで、声が聞こえない。ペロウンはロドニーに、よく見ておけと眼で合図する。鋸が大脳半球間裂を横切る形になった今は、さらなる注意が必要だ。ペロウンは速さを緩め、ドリルの先端を上向きにする――そうでないと、静脈洞に引っかかって破いてしまう危険があるのだ。脳というものがこれほど厚く骨に保護されていながら、手術室の外でも損傷をこうむることがあるとは実に不可思議だ。ついにペロウンは、バクスターの頭頂の後ろに完璧な楕円形の骨弁を切り抜く。弁を上げる前に、陥没骨折で小片になっている部分を調べる。ワトソン・チェイン式剝離子を要求し、小片をそっと持ち上げる。それらは簡単に外れ、エミリーが差し出すベタジン入り膿盆に置かれる。

　次に、同じ剝離子を使って、自由になった骨弁全体を周囲の頭蓋骨から持ち上げる。持ち上がった骨は大きく、ココナッツの一部を切り取ったようで、これも小片と同じ盆に置かれる。完全に見えるようになった血腫はほとんど黒に近い暗赤色で、固まったばかりのジャムくらいの濃さである。ペロウンがときどき頭の中で使う比喩では、胎盤くらいの濃さだ。しかし、血腫の周縁部では、骨弁が外れて圧力がなくなったために血が自由に流動している。バクスターの後頭部から流れ出し、滅菌シーツを染め、床にこぼれる。

「手術台の頭を上げてくれ。ぎりぎり一杯まで」ヘンリーはジェイに言う。出血地点を心臓より高くすれば、血の流れが少なくなるのだ。手術台が傾斜し、ヘンリーとロドニーは足元の血を踏みながら素早く元の位置について、吸引器とアドソン剝離子を使って血塊を除去する。一帯を生理食塩水で洗浄すると、ついに、四分の一インチほどの亀裂が静脈洞に入っているのが分かる。骨弁の位置は正確だったのだ——静脈洞損傷部は露出部分の真ん中である。湧き出てくる血が、すぐさま亀裂を見えなくしてしまう。陥没骨折した骨片の尖端が静脈洞に穴を開けたに相違ない。ロドニーが吸引器をあてがっている間に、ペロウンは止血ガーゼ《サージセル》を一枚取り、亀裂の上に当てると、さらに上から綿片を当てて、指で押さえていろとロドニーに合図する。

ヘンリーがジェイに尋ねる。「出血はどれくらいだ?」

ジェイがジョーンに、どれくらい生理食塩水を洗浄に使ったか、と尋ねる声がする。ふたりは一緒に計算をする。

「二・五リットル」麻酔科医が静かに言う。

ヘンリーは骨膜剝離子を要求しようとするが、エミリーがすでに掌に置いてくれている。ヘンリーは頭蓋のうちで露出されているが損傷のない部分を見つけ、へら状の剝離子を使って、頭蓋骨膜の長い帯を二本採取する。ロドニーが綿片をはがし、止血ガーゼも亀裂から上げようとするが、ペロウンは首を振る。すでに新たな血塊が亀裂上に形成されているとすれば、それに干渉したくないのである。頭蓋骨膜の帯をそっと止血ガーゼに載せ、その上に二枚目の止血ガーゼ、二本目の頭蓋骨膜と重ねてゆき、いちばん上に新しい綿片を載せる。それをロドニーの指が押さえる。ペロウンは一帯をもう一度生理食塩水で洗浄して待つ。青みがかった乳白色をした半透明の硬膜に血がにじむことはない。出血が止まったのだ。

しかし、まだ縫合はできない。ペロウンはメスを取って硬膜を小さく切開し、切開口を少し広げて中をのぞきこむ。やはり、バクスターの脳の表面が血腫に覆われている。だが、さっきの血腫よりはよほど小さい。ペロウンは切開の幅を広げ、ロドニーが硬膜に糸をかけてつり上げる。ペロウンは自分が指導している専門補佐医の仕事の速さに満足する。ロドニーはアドソン剝離子を使って、凝固した血液を除去する。ふたりは生理食塩水で洗浄し、血と生理食塩水の混合物を吸引して、出血が続いているかどうかを見る——近辺のクモ膜顆粒のひとつが出血源ではないかとペロウンは推定する。出血はもうないが、ペロウンはまだ縫合を始めない。念のため二、三分待つほうがいいのだ。

この間を利用して、ロドニーは手術準備室ドアの近くのテーブルに行き、腰を下ろしてボトルの水を飲む。エミリーは器具トレイの整理に忙しく、ジョーンは床にできた大きな血溜まりを片付けている。

ヘンリーは手術台の頭側に立ち続ける。先程から音楽を意識してはいたが、ふたたび耳を澄まして聴き入るのは今になってからである。たっぷり一時間が過ぎており、ヒューイットは最終変奏のクォドリベットにさしかかっている——賑やかで冗談っぽく、猥《みだ》らなくらいで、食べ物とセックスを寿《ことほ》ぐ農民の歌の反響が感じられる。最後の高揚した和音がゆっくりと消え入り、数秒の間があって、アリアが戻ってくる。楽譜の上では同じだが、それまでの変奏曲を経たことで変化し、優しい調子はそのままに、諦念と悲しみを漂わせ、ピアノの音はまるで別世界から響いてくるような仄《ほの》かさで流れ込み、ごくゆっくりとふくらんでゆく。ペロウンはバクスターの頭の一部を見下ろしている。ここは自分にとってなじみの場所、ある種のふるさとのようなものだと考えると、すんなり納得できる。低い丘、隠れた谷をなす溝《こう》は一本一本に名前がつけられ、それぞれの機能を推定されており、ペロウンはそれらを自宅のように知り尽くしている。脳正中線の少し左から、骨に隠れて見えないところまで横に走っているのは大脳皮質の運動野。その後ろを平行に走るのは感覚野である。じつに傷つきやすく、生涯にわたる大変な障害をもたらしうる場所だ。アメリカの都市の柄が悪い一角を避けるようにこれらの領域を迂回することで、自分はどれだけの時間を費やしたろう。こうした毎日の慣れのせいで、自分がどれだけ無知であるか、人間一般がどれだけ無知であるかが忘れられてゆく。最近のめざましい進歩にもかかわらず、この丁重に保護された一キログラムそこそこの細胞がどのように情報を暗号化し、どうやって経験や記憶や夢や意図といったものを保持するのかは明らかにされていない。だが、自分が生きているうちには無理でも、いずれは暗号化のメカニズムが解明されることをペロウンは疑わない。DNAの中にある生命再生産のデジタルコードが解き明かされたように、脳の根本的な謎もいつの日か封印を解かれることだろう。けれども、その日が来ても、驚異の念は失せることがあるまい。単なる濡れた物質が人間の内面に思考というシネマを作り、視覚と聴覚と触覚を総合して現在の瞬間という鮮烈な幻想を生み出し、その中心にはもうひとつの華麗な幻想である自我というものが幽霊のごとくに漂っているという不思議さ。物質がどのようにして意識を持つのかが解明される日は来るのだろうか？　自分には満足ゆく説明を夢見ることさえできないが、説明がつく時は必ずや訪れるだろう——科学者と研究施設が存在するかぎり、何十年という時間を掛けてさまざまな説明が洗練され、意識についての厳然たる事実として受け入れられるようになるだろう。その過程はすでに始まっており、この手術室からほど遠からぬ実験室でも営々たる努力がなされている。長い旅路がいずれは完結するであろうことを、自分は確信している。これこそが、自分が抱く唯一の信仰だ。この世界観には崇高なものがある。

手術室にいる誰も、眼の前の脳が絶望的な状態にあることを知らない。いま見下ろしている運動野はすでに病に冒されている。その原因はおそらく、脳の中心深くに埋め込まれている尾状核と被核だ。ヘンリーはバクスターの大脳皮質の表面に指を置いてみる。腫瘍手術の開始時など、脳に触って堅さを測ることがある。かつては国王や聖者の手に治療の力があるという夢物語が流布されていたものだが、これはまた何とも素晴らしいおとぎ話、実に人間的で納得のいく話ではないか。人差し指で触れただけで病気が治せるものなら、自分は今すぐそうするだろう。だが技術の限界、今日の脳神経外科術の限界はあまりに明らかだ。こうした未知の暗号、複雑で華麗な回路構成を前にしたとき、自分や同僚たちが提供できるのは上出来の配管工事に過ぎないのである。

バクスターの修復不可能な脳は明るい手術灯に照らされて、数分のあいだ何の汚れも現れないでいる――クモ膜顆粒からの出血は認められない。

ペロウンはロドニーにうなずいてみせる。「いいだろう。縫合は任せる」

ロドニーの仕事ぶりには満足したし、今夜のことで落ち込んでほしくないので、ペロウンは専門補佐医に主導権を預ける。ロドニーは紫色の縫合糸――3-0バイクリル――で硬膜を縫い合わせ、硬膜外ドレーンを挿入する。骨弁を、陥没骨折の小片ふたつと一緒に元の位置に戻す。それから頭蓋骨縁にドリルで穴を開け、骨弁を固定するチタンプレートをネジ留めする。今では、バクスターの頭のこの部分は乱れ敷きの舗道か、不器用に修理された陶器人形の頭のように見える。ロドニーは帽状腱膜下ドレーンを挿入し、頭皮の皮下を2-0バイクリルで縫って皮膚ステープルを打ち込む作業に入る。ペロウンはジータに言って、バーバーの「弦楽のためのアダージョ」をかけさせる。ここ数年間ラジオでむやみに流されてきた曲だが、ヘンリーは手術の最終段階で時々これが聴きたくなる。けだるく瞑想的なトーンに、長い労働の終わりがやっと訪れたのを感じるのだ。

ロドニーが傷口と周辺にクロルヘキシジンを塗り、小さなガーゼを当てる。ここでヘンリーが交代する――頭の包帯は自分でやる主義なのだ。頭固定器のピンをひとつひとつ外してゆく。広げた大型ガーゼを三枚取り、バクスターの頭にぴったりと載せる。頭の周囲に、長いガーゼを二枚。左手に五個分を用意して、長い伸縮包帯をくるくる巻いてゆく間、バクスターの頭は自分の腹に当てて支える。二本のドレーンを巻き込まないように、しかも頭を落とさないようにするのは技術的にも肉体的にも大変だ。ついに頭の包帯を巻き終わって固定すると、手術室にいる人間全員、手術チームがひとり残らずバクスターの周りに集合する——患者のアイデンティティが回復される段階、無理やりにこじ開けられた脳の一部分が全人格を備えたひとりの人間に返還される段階だ。患者は手術用の包装を解かれることで人生に復帰するのであって、これまでに何百回となく同じ光景を見ていなかったら、自分もほとんどこの場面を優しさの発露と誤解するのではないかとヘンリーは思う。エミリーとジョーンが滅菌シーツを慎重にバクスターの胴や脚から取り去る間、ロドニーはチューブや誘導線やドレーンが外れないように気をつける。ジータは患者の眼にテープで留められたパッドを外している。ジェイがバクスターの脚から空気吹き込み式の保温ブランケットを取る。ヘンリーは手術台の端に立ち、頭を両手に抱えている。台上に剝き出された病院ガウン姿の無力な肉体は、ひどく小さく見える。弦楽オーケストラの内省的な下降旋律は、バクスターひとりに歌いかけているかのようだ。ジョーンが新しいシーツでバクスターを覆う。硬膜外腱膜のドレーンをもつれさせないよう気をつけながら、一同はバクスターをあおむけにする。ロドニーが馬蹄型のパッド入り頭台を手術台の端に差し込み、ヘンリーはバクスターの頭をそこに載せる。

ジェイが言う。「今夜はずっと鎮静させておこうか？」

「いや」とペロウンは言う。「いま起こそう」

麻酔科医はバクスターに——麻酔薬の使用をやめるという単純な方法で——呼吸器から自分の呼吸を引き継がせるはずだ。機械から自発的呼吸への推移を見守るため、ストロースは掌に小さな黒いサックを載せている。バクスターの息を通過させるリザーバーバッグだ。ジェイは麻酔器の計器の列より自分の手の感覚を信頼するタイプの医者なのだ。ペロウンはラテックスの手袋を脱ぎ、いつもの習慣でそれを部屋の向こうのゴミ箱に投げる。狙いたがわず——手術の成功を確約するまじないだ。

　ガウンも脱いでゴミ箱に入れ、帽子はかぶったまま、廊下の先の部屋に手術報告用紙を取りに行く。デスクについたペロウンは、ふたりの警官が待っているのに気付き、あと十分で集中治療室に移送しますと告げる。手術室に戻ると、雰囲気は一変している。カントリー・アンド・ウェスタン――ジェイの好み――がサミュエル・バーバーに取って代わったのだ。エミールー・ハリスが「ボールダー・トゥ・バーミンガム」を歌っている。エミリーとジョーンは友人の結婚式の話をしながら手術室を掃除している――夜のシフトでは、この退屈な仕事は看護師の分担なのだ。ふたりの麻酔科医とロドニー・ブラウンは、繰上げ返済すると利息が下がるタイプのローンについて話しながら、患者を集中治療室に移送する最終の準備をしている。バクスターはあおむけになってぐっすり眠っており、まだ意識回復のきざしはない。ヘンリーは椅子を引き寄せて報告書を書きはじめる。名前欄は「バクスターと呼ばれる」、年齢は「推定二十五歳前後」としておく。他の個人データは空白にしておくしかない。

「いろいろ見て回るんだな」と、ジェイがジータとロドニーに言っている。「今は買い手市場なんだから」

「スプレー式の日焼け剤なんだって」ジョーンがエミリーに言う。「基底細胞がんのせいで、日光浴がだめらしいの。今は顔も手もどこも明るいオレンジ色になって、結婚式は土曜日」

　周りのお喋りに心を鎮められる思いで、ペロウンは素早く書き進める。「硬膜外／硬膜下出血、上矢状静脈洞修復、患者は腹臥位、頭部拳上してピン固定、裂傷を拡大して開創し、骨弁を作成……」

この二時間、ペロウンは忘我の集中状態にあり、時間の感覚も、人生の他の部分に対する顧慮も、すべてその中に溶け込んでしまっていた。自分が存在するという意識さえ消え去っていた。純粋な現在に没入し、過去の重みや未来への心配から解放されていた。その時はそうでもないのだが、振り返ってみると、この状態は途方もなく幸福なのではないかと思えてくる。別世界にいる気がする点はセックスと同じだが、セックスほどあからさまな快楽ではなく、官能の要素は全くない。この精神状態がもたらす満足は、受動的な娯楽では決して得られないものだ。読書も、映画も、音楽さえも、自分をこの状態に導いてはくれない。他人と共同で働くことが作用している部分はあるが、それが全てではない。この心地よい切り離しの感覚が生まれるためには、困難が存在し、集中力と技術を一定時間持続する必要に迫られ、プレッシャーを与えられ、問題を解決し、時には危険を乗り越えさえしないといけないらしい。そうした時、自分は穏やかで、ゆったりとして、この世に存在する資格を十分に与えられている気がする。それは明晰な空白の感覚、深くて静かな歓喜の感覚だ。仕事に戻った今の時間こそ、セックスとシーオの歌を別にすれば、貴重な休みの十曜日のいかなる時点よりも幸福である。やっぱり——と、立ち上がって手術室を出ながらペロウンは考える。やっぱり、自分はどこかおかしいらしい。

エレベーターを一階下で降り、磨き上げられた薄暗い廊下を通って脳神経病棟のほうに行き、当直看護師に声を掛ける。そして病棟に入り、ベッドが四つある部屋の前で足を止めてガラス越しにのぞいてみる。手前のベッドに読書灯がついているので、ドアを開けてそっと入っていく。彼女は身体を起こし、ピンクのプラスチックカバーのついたノートに何か書いている。ヘンリーはベッドの側に腰を下ろし、彼女がノートを閉じる前の一瞬、「i」の字に打つ点がすべて几帳面なハート型になっていることに気付く。眠たげな歓迎の笑み。ペロウンはほとんどささやくように言う。

「眠れないの？」

「薬をくれたんだけど、いろんなことを考えちゃって」

「分かる。実は、先生もゆうべそうだったんだ。今、ちょうど通りかかったもんだから――いい機会だ、教えておこうと思ってね。手術はほんとに大成功だったよ」

きめの細かい黒い肌、可愛らしい丸顔、ペロウンが昨日の午後に頭に厚く巻いた包帯が相まって、彼女の外見は威厳と重みを帯びている。アフリカの女王。ベッドにもぐりこみ、カバーを肩の上まで引き上げる仕草は、おやすみの前に聞きなれた話を今日も聞く準備をする子供のようだ。ノートを胸に抱きしめる。

「約束どおり、ぜんぶ取ってくれた？」

「そりゃもう、きれいに取れた。すうっと取れたよ。ひとつ残らず」

「先生、あれ何て言うんだっけ？　これからどうなるかのこと」

ペロウンは深く惹きつけられる。彼女の態度の変化、意思疎通への熱心さ、ハードなストリート・トークが消えうせたこと、それらは単に薬や疲労のせいだけではあるまい。とはいえ、自分が手術をした小脳虫部は、感情の機能とは関わりがない。

「予後だね」

「そうそう。で、先生、予後はどうなるの？」

「ばっちり。完全回復の見込みは百パーセントだ」

彼女は身をよじって、さらにベッドカバーの奥深くもぐりこむ。「先生がそう言ってくれるの、好きだな。もっかい言って」

能うかぎりよく響く、権威たっぷりの声でヘンリーは繰り返してやる。アンドレア・チャップマンの人生に起こった変化はすべてノートに書き留められているのだろうという気がしてきた。ノートのカバーを指で叩いてみる。

「どういうことを書いてるの?」

「ヒミツ」アンドレアは即座に答える。けれども眼は輝き、何かを言おうとするかのように唇が開く。それから気を変えて口をパクッと閉じ、いたずらな眼つきでペロウンの後ろの天井を見つめる。話したくて仕方がないのだ。

「先生は秘密を守るのがうまいんだ。医者はそうでないとね」

「じゃあ、誰にも言わない?」

「言わないさ」

「聖書にかけて誓う?」

「誰にも、言わないことを、誓います」

「じゃあ、教えてあげる。あたし決めたんだ。医者になるの」

「素晴らしい」

「外科の医者。頭の外科」

「いっそう結構。ただ、脳神経外科医と言わないとね」

「分かった。脳神経外科医。みんな聞いて! あたし、脳神経外科医になるんだ」

子供時代に手術を受けた直後、おぼろげな意識の中で想像上および実人生の医学キャリアを開始した人間がどれだけいるのかは、誰も知ることができまい。この二十年余りの間、巡回に来たペロウンにそうした野心を打ち明けた子供は何人かいたが、今のアンドレア・チャップマンほどの燃え上がるような熱意を見るのは初めてだ。アンドレアは身をよじってシーツから出て、マットレスで肘を支えると、ドレーンがまだ差し込まれた状態が許すかぎり精一杯の頬杖をつく。視線を落とし、質問をする前に慎重に考えている。

「先生、いま手術してきたの？」

「うん。階段から落ちて頭に怪我した男がいてね」

けれども、アンドレアが知りたいのは患者のことではない。「ドクター・ブラウンもいた？」

「ああ、いたよ」

これだ。アンドレアは偽りのない懇願をこめてヘンリーを見上げる。秘密の核心に到達したのだ。

「素晴らしいお医者さんなんでしょ？」

「うん、とてもいい医者だ。すごくいい医者だよ。好きになったんだ？」

口がきけずにアンドレアはうなずく。ヘンリーはしばらく待つ。

「そうか、愛してるんだね」

愛という神聖な言葉を聞いてアンドレアはびくっとし、からかわれているのではないかとヘンリーに素早い視線を投げる。けれども、ヘンリーの顔つきはあくまで生真面目だ。

ヘンリーは口調に気を遣いながら言う。「あの男、君にはちょっと年上すぎないかな？」

「あたし、もう十四よ」アンドレアは抗議する。「ロドニーはまだ三十一だし。それでね……」

身体を起こし、ピンクのノートは胸に抱えたまま、思いのたけを打ち明けるのが楽しくてならない様子だ。

「……いま先生が座ってるところにロドニーも座って、医者になりたいなら真面目に勉強しないとか、クラブに行くのはやめなきゃとか言うんだけど、あたしたちに何が起こってるのかはぜんぜん知らないの。ていうか、ロドニー抜きで起こってるんだよね。あの人、何も気付いてないの！　あたしより年上だし、偉い外科医の先生だったりいろいろあるんだろうけど、ほんっとにオクテなんだ！」

アンドレアは将来の計画を語る。あたしが専門指導医になったら――二十五年後だな、とヘンリーはひそかに計算する――ロドニーと一緒にガイアナに行って、クリニック経営を手伝うんだ。ロドニーの話をさらに五分ほど聞いて、ペロウンは立ち上がる。ドアまで来たときにアンドレアが言う。「覚えてる？　あたしの手術のビデオを撮るって言ってたの」

「覚えてるよ」

「あたしも見ていい？」

「いいんじゃないかな。けど、ほんとに見たい？」

「あったり前じゃん。あたし、脳神経外科医になるんだから。ほんとに、どうしても見たいの。頭の中身を見てみたいの。見終わったら、ロドニーにも見せてあげないとね」

出がけに、看護師にアンドレアがまだ起きて元気にしていることを伝え、エレベーターで四階に戻って、脳神経外科手術室の後ろを通る長い廊下を戻ると、集中治療室のメイン入口に出る。心静まる薄明かりの中、注意を絶やさない機械と点滅するランプの並ぶベッドの列に沿って進む。人けのない歓楽街のネオンのようだ——この大きな部屋は、夜明け直前の街のはかない静けさを感じさせる。デスクでは、北東部地方出身の看護師ブライアン・リードがせっせと書類に書き込んでいる。バクスターの様子は良好で、いちど眼を覚まして今はうつらうつらしているとのこと。リードはバクスターのベッド近くの暗がりに座っているふたりの警官のほうを意味ありげに顎で指してみせる。ペロウンは患者の容態が安定していると聞いたら帰宅するつもりでいたが、デスクから離れると、思わず足がバクスターのほうに向かっている。近づいていくと、退屈して半分眠っていたような警官たちが立ち上がり、廊下で待っておりますから、と丁重に挨拶する。

バクスターはあおむけで、腕は脇にまっすぐ伸ばし、すべてのシステムにつながれて、楽な鼻呼吸をしている。手が震えていないことにペロウンは気付く。睡眠だけが救いなのだ。睡眠と、そして死が。アンドレアと違い、頭の包帯もバクスターを高貴に見せることはない。濃く伸びてきたひげと眼の下の濃い隈のせいで、必殺パンチを食らってのされてしまったボクサーか、シフトの間に食料貯蔵室で仮眠しているシェフに見える。睡眠中は顎がゆるみ、突き出た口元の猿じみた感じが薄まっている。自分の置かれた状態のあまりの不条理さに絶えずしかめられていた額も緊張が和らぎ、いささかとも平明な休息の表情が生まれている。

ペロウンは椅子を持ってきて腰を下ろす。部屋の向こうの女性患者が、寝言だろうか、驚愕の鋭い叫びを三度たてつづけに上げる。振り向かないでも、看護師がそちらに向かうのが分かる。ペロウンは時計を見る。三時半だ。そろそろ行かなければならないこと、椅子で眠り込んではならないことは分かっている。けれども、ほとんど偶然のようにここにたどりついてしまった以上、しばらく留まらずにはいられないし、あまりに多くのことを感じあまりに多くの矛盾した衝動を抱えている今の状態で眠り込む気遣いはない。ペロウンの思考は蛇のようにのたうちながら進んでゆくようで、それを支配する上下動の力のために、この長い部屋の空間にさざ波が立ち、足元の床も揺れるように感じられる。その意味では、感情は光そのものになっているのだ――かつて物理の授業で習った言葉で言えば、波状に。自分はここに留まり、いつもと同じく、感情という光を構成する量子をひとつひとつに分解し、それらの遠因・近因を探らなくてはならない。そうしてのちにやっと、自分の為すべきことが分かり、何が正しいのか分かるのだ。ペロウンはそっとバクスターの手首を握って脈拍を探す。これはまったく余計なことであって、モニターが明るい青の数字で脈拍を表示している――一分間に六十三拍。それでもペロウンが脈を取るのは、そうしたいからだ。医学生になって最初に覚えたことのひとつである。単純で、第一義的なコンタクトを取る方法であり、患者を落ち着かせてくれる――堂々とした権威ある態度でなされる限りは。柔らかい足音に似た脈拍を十五秒間数え、四倍する。看護師はまだ病棟の向こう側にいる。廊下の警官たちは、ユニットのスイングドア越しにかろうじて姿が見える。十五秒はとっくに経過した。実際のところ、ペロウンはバクスターの手を握りながら、考えをより分け、整理して、これからどうすべきかを正確に考えようと努めているのである。

寝室では、ソファのそば、鏡のそばにあるランプが、ロザリンドの手でつけられたままになっている。明度が低く設定された電球は、蠟燭よりも暗い光をともしている。ロザリンドは横向きに丸まって寝ており、ベッドカバーは腹のあたりにかき集めて、枕は全部床に落ちている――悪い夢を見たに違いない。ペロウンは一分ばかりベッドの裾から妻を眺めて、入ってきたときに起こしてしまったかどうか見極めようとする。ロザリンドは若く見える——髪が後ろから前にかかって顔に落ちており、そのために気楽でしどけない雰囲気だ。ペロウンはバスルームに行き、電気をつけずに薄暗がりで服を脱ぐ。鏡に映る自分を見たくないのだ——げっそりした顔を見れば歳を取ることについて考えはじめてしまい、眠りが邪魔されるかもしれない。シャワーを浴びて、精神集中の汗と病院のなごりをすべて洗い流そうと努め——バクスターの頭蓋骨を削ったときの粉末が額の毛穴に詰まっているような気がするのだ——力をこめて石鹼で身体をこする。身体を拭いているとき、この弱い光でも胸のあざが見分けられ、布についた汚点《しみ》のように広がって見えることに気付く。もっとも、触ってみると痛みは前より少ない。あのパンチを受けて全身に鋭いショックの波が走ったことも、すでに数ヶ月前の遠い記憶のようだ。あれは痛みというよりも屈辱だった。やっぱり、電気をつけてよく調べたほうがいいだろうか。

だが、ペロウンはタオルを持ったまま寝室に入り、ランプを消す。シャッターのひとつが一インチほど開いており、柔らかな白い光がぼやけた線となって床から向こうの壁に走っている。わざわざシャッターを閉めることはしない——完全な暗闇で感覚を奪われると、かえって物思いは活発になるかもしれないのだ。それよりはじっと何かを見つめ、まぶたが重くなってくるのを待ったほうがいい。早くも自分の疲れは、来ては去ってゆく痛みのように壊れやすいもの、頼りにならないものと化している。その疲れを大きく育て、何としても物思いだけは避けなくてはならないのだ。自分がいつも寝る側に立って、ペロウンは躊躇する。この薄明かりでも、ロザリンドがベッドカバーを全部取って丸め、胸のあたりに抱え込んでしまったことは分かる。それを引っ張ると起こしてでしまうのは確実だが、カバーなしで眠るには寒すぎる。ペロウンは毛布代わりに、バスルームから分厚いタオルのドレッシングガウンを持ってくる。そのうちロザリンドが寝返りを打ったときに、カバーを分けてもらえばいい。

けれども、ベッドに入ると、ロザリンドがペロウンの腕を触ってささやく。「あなたが帰ってくる夢ばかり見ていたの。やっと、ほんとに帰ってきた」

ロザリンドはカバーを持ち上げ、体温で温まったテントにペロウンを入れる。ロザリンドの肌は熱く、ペロウンの肌は冷たい。ふたりは横になって向き合う。ロザリンドの様子はほとんど見えないが、ペロウンの後ろの壁にかかった光の線の先端が彼女の眼に映り、ふたつの点となってきらめく。ペロウンは腕を相手の身体に回し、近寄ってきた妻の手にキスする。

「いい匂い」とロザリンドが言う。

そこはかとない感謝をこめて、ペロウンは鼻から声を出す。そして沈黙が流れ、ふたりは、ちょっとした心配事があった他の晩と同じような気持ちで互いの腕に抱かれて眠ることができるかどうか見極めようとする。それとも、始める機会が訪れるのを待っているのだろうか。

しばらくしてヘンリーが静かに言う。「今、どんな感じか教えてくれないか」そう言いながら、妻の腰の付け根に手を当てる。

ロザリンドはハッと息を吐き出す。答えにくい質問をしてしまったのだ。「怒ってる」と、しばらくたってから言う。ささやき声なので、怒っているように聞こえない。ロザリンドは付け加える。「それと、まだ怖い。あのふたりが」

もう戻ってこないさとペロウンが保証しようとすると、ロザリンドはそれをさえぎって言う。

「違うの。わたし、あのふたりが部屋にいるような気がするの。まだここにいるのよ。わたし、今でも怖い」

　脚が震えはじめたのが伝わってきて、ペロウンはロザリンドを抱き寄せ、顔にキスする。「ダーリン」とささやく。

「ごめんなさい。ベッドに入ったときも震えが出たの。それから収まったんだけど。ああ、もう。どうしてやまないのよ」

　ペロウンは下に手を伸ばし、ロザリンドの脚に触る――震えは膝の小刻みな痙攣から来ているらしく、骨が関節でぶつかり合っているかのように固い感じだ。

「ショックが消えていないんだよ」ロザリンドの脚を撫でてやりながらペロウンは言う。

「ああ、もう」とロザリンドは何度も言う。それだけを繰り返す。

　数分後に震えが収まるまで、ペロウンは妻を抱き、揺すり、愛しているよと言い続ける。

　やっと落ち着いたロザリンドは、いつもの穏やかな声になって言う。「わたし、怒ってるの。どうしても、あの男を罰してもらいたい。憎いし、死んでほしい。あなたが聞いたのはわたしが何を感じているかで、何を考えているかじゃなかったものね。あのおぞましい悪党、ジョンにあんなことをして、デイジーをあんなふうに脅して、わたしにナイフを突きつけて、あなたを二階に行かせるためにナイフを振り回して。生きたあなたにもう会えないかと思った……」

　ロザリンドは言葉を切り、ペロウンは待つ。また口を開いたロザリンドは、より考えた口調になっている。ふたりはまた向き合って横たわり、ペロウンは妻の手を握って、自分の親指で相手の指を愛撫している。

「玄関で話したとき——復讐しないでって言ったときだけど——わたし、自分の感情が怖かったの。自分があなたの立場なら、ほんとにひどいことをあの男にしてやるだろうと思って。あなたも同じ考えで、あとで困ったことになるんじゃないかと」

ペロウンがロザリンドに言いたいこと、一緒に議論したいことはあまりに多いが、今はその時間ではない。自分が求めている反応が返ってこないのは分かっている。明日になって妻が落ち着いたら、警察が来る前にその話をしよう。

ロザリンドは指でペロウンの唇を探り、そしてキスする。「手術はどうなったの？」

「うまく行った。ごく普通の手術だ。だいぶ出血したが、ちゃんと修復してやった。ロドニーも上出来だったが、独りではきつかったかもしれないな」

「じゃあ、あのバクスターは、生きて裁判を受けるわけね」

ヘンリーははっきり答えず、同意に聞こえなくもないような鼻声を出すにとどめる。この問題を持ち出す場所は考えておいたほうがいいだろう。日曜の朝、大きな白いカップにコーヒー、サンルームに冬の陽が明るく満ちわたり、ふだん悪口は言ってもやはり読まずにいられない新聞を前に、ロザリンドの手に触れようとして手を伸ばすと、ロザリンドが上げた顔にはあの穏やかな知性が浮かび、知性の焦点は定まって、許す用意ができている。……ペロウンは暗闇に眼を開け、わずか数秒ではあるが眠っていたことに気付く。

ロザリンドが話している。「ものすごく酔っ払って、愚痴を言いはじめて、あとはお決まりのコース。あんなことがあった後だから、すごく腹が立って。でも、子供たちがほんとによくしてくれた。タクシーでホテルまで連れて行ったら、ホテルのお医者さんが鼻を手当てしてくれたらしいの」

ヘンリーは一瞬、夜の闇の中を旅しているような気になる。かつてロザリンドと一緒にマルセイユからパリまで寝台車に乗ったとき、ふたりは最上段の寝台に身体を押し込み、腹ばいになって、眠るフランスが眼の前を通り過ぎてゆくのを眺め、夜明けまで語りつくした。今夜は、会話そのものが旅なのだ。

心地よく漂流するような気分のペロウンは、義父に対しても温かい感情しか抱けない。「しかし、あのときのジョンは素晴らしかった。あのふたりにも全くおびえなかった。デイジーがどうすればいいのかも教えてくれた」

「まあ、たしかに勇気はあったわね」ロザリンドも認める。「でも、凄かったのはあなた。事の初めから、計画を立てて計算し続けているのが分かった。シーオに視線を送るところも見たのよ」

ペロウンはロザリンドの手を取り、指にキスする。「いちばん大変だったのはあなただよ。よくあれだけ頑張った」

「デイジーが支えになってくれたから。あのときのあの子はほんとに強くて……」

「シーオもだ。階段を駆け上がってきたときには……」

数分の間、一夜の出来事は華麗な冒険に変容し、強固な意思と、内面の強さと、プレッシャーのもとで明らかにされる新たな人格の一面が織りなすドラマとなる。かつて何度か一家総出でスコットランドのウェスト・ハイランドの山に登った後も、ふたりはこんなふうに語り合ったものだ——山ではいつでも思わぬ困難に出会うのだが、それさえ興趣を添えて、笑いを誘うのだった。今、急に活気付いたふたりは賞讃することに喜びを覚え、子供たちを褒め称える。そちらのほうが慣れているし、お互いを讃美するよりも馬鹿げていない。この二十年というもの、ヘンリーとロザリンドはまさにこれだけをして何時間も過ごしたことが多かった——ふたりきりで、子供たちのゴシップを交わすのが好きなのだ。最新の功績が闇に輝く——シーオがバクスターの襟をつかんだとき、デイジーがバクスターをまっすぐ見返したとき。なんていい子たちなんだろう、愛情に溢れたふたり、あんな子供たちの親になれて幸運だ。けれども、そんな興奮した会話も長くは続かず、ふたりの言葉は自分たちの耳にも空虚で非現実的なものに聞こえはじめ、話は下火になってゆく。今晩の災厄の中心にいるバクスターの姿が浮かび上がってくるのを、もう長いあいだ抑えていることはできない——残忍で、弱々しく、無意味で、しかもそんな自分に対抗してくれる人間を求めているバクスター。同時に、デイジーについて話しているときのふたりは妊娠を話題にしない。あと一歩のところで踏ん切りがつかないのだ。

しばらく黙り込んだヘンリーが言う。「要はこういうことなんだ。あの男の精神は失われつつあって、本人は私に落とし前をつけるつもりだった。どんなに不気味な、抑えがたい感情があの男を駆り立てていたのかは誰にも分からない」そして、ユニヴァーシティ・ストリートでの出会いを、関係がありそうなことは細大漏らさず含めて語る——警官が行けと合図したこと、ガウアー・ストリートのデモ隊から聞こえてきた葬列のビート、バクスターに出くわす前に自分自身が感じていた闘争本能。ヘンリーが話す間、ロザリンドはヘンリーの頬に手を当てている。電気をつけてもいいのだが、この暗闇の親密な信頼空間、セックスと関係なく子供のように抱き合うこと、夜の時間を語り合って過ごすことがふたりを楽にしてくれる。デイジーとシーオも、かつては泊まりにきた友達と一緒に最上階の寝室でそうやって過ごしたものだ——子供たちの声が午前三時になっても続き、眠気に負けて消え入りそうになっては気合を入れて再開する。ヘンリーが十歳のとき、ひとつ下の従妹の母親が入院して、その一ヶ月のあいだ従妹が泊まりにきたことがある。ヘンリーの寝室はダブルベッドで他には場所がなかったから、母が従妹をヘンリーの部屋に入れたのだった。ふたりは日中は互いに無視しあった――モーナは小太りで、分厚い眼鏡をかけていて、手の指が一本なく、何よりも女の子だった――が、最初の晩、ベッドの反対側にある温かい盛り上がりから声だけが聞こえてきて、神話的な冒険物語を紡ぎ始めた。学校でお菓子工場を見学しに行ったこと、チョコレートが滝のようにシュートを流れ下り、機械が眼に見えないくらい速く回っていて、指が痛みもなく一瞬で切断され、血が「羽ぼうきみたいに」広がって先生の上着を染め、友達が気を失い、工場長が機械の下に這い込んで、失われた「部分」を探したこと。感動したヘンリーがお返しに話せたのは腫れ物を切開された経験だけだったが、モーナは大人のレディらしく面白がってくれた。これでふたりはタイムカプセルに乗って発進したわけであって、今までの短い人生とちょっとした工夫を組み合わせれば恐ろしい話はいくらでも湧いてきた。夏の夜が明けるまではあっという間で、それからの晩もテーマを変えて話し続けることができた。

ヘンリーがバクスターとのやりとりを話し終えると、ロザリンドが言う。「そんなもの、権威を濫用したことにはならないわよ。連中に殺されてもおかしくなかったんだもの」

これはヘンリーがロザリンドに出してもらいたかった結論ではない――反対の方角に向いてくれるように細部を整えたつもりだったのだが。もう一度やり直そうとしていると、今度はロザリンドが自分の話を始める。こうした夜の旅の特徴だ――足取りと筋道が論理的でないのは。

「あなたが帰ってくるのを待っていて、眠り込む前に、あの男はどれくらいのあいだわたしにナイフを突きつけていたんだろうと考えてみたの。わたしの記憶では、時間なんかなかった――短い時間だったっていう意味じゃないのよ。時間なんかなくて、時間の中にはなくて、分とか時間とかで測れるものではないわけ。ただ、ひとつの事実……」

記憶のよみがえりとともに膝の震えが戻ってくるが、今回は前より軽く、やがて消え去る。ペロウンは妻の手を握りしめる。

「そんなふうだったのは、ひとつのことしか感じなかったからかと思ったの――とにかく怖いばかりで、時間の流れが分からなかったんだろうと。でも、それは違う。他のことも感じていたのよ」

ロザリンドはかなり長いあいだ黙り込む。表情が見えないので、ヘンリーも先を促すのをためらう。ついにヘンリーが言う。「他のことって？」

ロザリンドの声は苦しげではなく、むしろ思いにふけるようだ。「あなた。あなたのこと。わたし、あんなに怖くてどうしようもなかったのは、あの手術の時だけ。眼が見えなくなると思ってた。あなたが来て、一緒に待ってくれた。あなた、物凄くぎこちなくて熱心だったわね。袖が肘にも届かないような白衣を着て。あなたに恋したのはあの時だって、いつでも言うでしょ。たぶんその通りだと思うの。それは作り事で、わたしが恋したのはもっと後だって思うこともあるんだけどね。でも今夜、あれよりも怖い思いをしている最中、わたしのそばにはやっぱりあなたがいて、眼で話しかけようとしてくれていた。こんなに長い時間のあとでも。わたし、それを頼りにしたの。あなたを」

ロザリンドの指が顔を撫でる感触がした後、ロザリンドがキスしてくる。もう子供っぽいキスではなく、舌が触れ合う。

「ロザリンド、あなたを解放してくれたのはデイジーだよ。あの詩がやつの気分を変えたんだ。アーノルド何とかって言ったっけ?」

「マシュー・アーノルド」

　ヘンリーはデイジーの身体を思い出す。皮膚の白さ、ヘンリーの孫が入っている小さなふくらみ。胎児にはすでに心臓があり、独自の神経組織があり、ピンの先ほどの頭がふくらみつつある――放置された物体が、子宮の完全な暗闇の中で精神に変化するのだ。

　夫の沈黙の意味を読み取って、ロザリンドが言う。「もう一度あの子と話をしたの。自分は恋をしていて、興奮していて、子供をどうしても産むつもりだって言ってる。ヘンリー、わたしたちあの子の味方にならないと」

「私は味方だよ。我々ふたりが味方だ」

　眼を閉じて、ペロウンはロザリンドの言葉に聞き入る。赤ん坊の人生は形になりつつあるようだ――初めての子供にうっとりしている両親と共にパリで一年過ごし、それからロンドンへ。父親が、大規模な発掘調査に関わる重要なポジションを提供されたのだ――シティの東に位置するローマ時代の荘園である。しばらく一家でこの家に住むことになるかもしれない。ヘンリーは同意の声を洩らし、嬉しい気持ちになる――この家は大きくて七千平方フィートもあり、もういちど子供の声が響く必要がある。こうしていると、自分の身体が大陸ほどの大きさになり、もとの自分を離れてベッドからどんどん広がってゆくような気がする――自分は王であり、広大な空間であり、すべてを包含しつつ悪に冒されない。親切と温かさを中心に抱いている計画は、この自分がすべて認めよう。この場所、この宮殿で赤ん坊に最初の一歩を踏み出させ、最初のセンテンスを語らせよう。デイジーが赤ん坊を産みたがっているなら、最良の環境で産めるようにしよう。詩人になることができるなら、これが詩のテーマになるだろう——恋人たちが入れ替わってゆくことと同じくらい良い題材なのだから。ヘンリーは頭をうごかすこともならず、ロザリンドの手を撫でることもほとんどできぬまま、ロザリンドが将来の計画や家庭内の手配を語り続けるのを聞く——ペロウンは一言一句逃すまいと注意しながら、ロザリンドの声にこもった喜びを聞き分ける。最初のショックは去ったのだ。ロザリンドは回復しつつある。シーオも独自のプランがあるらしく、「ニュー・ブルー・ライダー」のメンバーと一緒に、ニューヨークのイースト・ヴィレッジにあるクラブの専属バンドとして十五ヶ月間滞在の予定だという。なるほど、シーオの音楽にはそれが必要なのだから、こちらとしてはその実現を助け、シーオの住む場所を見つけてやり、そこにシーオを訪ねてゆけばよい。王は承認の言葉をつぶやく。

広場の向こう、シャーロット・ストリートを南にすっ飛ばして行く救急車のサイレンがペロウンを少し覚まさせる。肘を突いて上体を起こし、妻に身を寄せて顔を上からのぞきこむ。

「少し寝ないと」

「そうね。警察は十時に来るそうだから」

が、キスが終わるとペロウンは言う。「触ってくれ」

甘やかな官能が全身に広がるのを感じつつ、ペロウンはロザリンドが言うのを聞く。「あなたはわたしのものよね。そう言って」

「私はあなたのもの。完全にあなたのものだ」

「おっぱいに触って。舌で」

「ロザリンド、あなたが欲しい」

これが自分の一日の終わりだ、とペロウンは考える。この瞬間は、土曜日のけだるく優しい始まりよりもシャープに突き刺さるようだ――ふたりの動きは素早く貪欲で、歓喜というよりも緊急性を帯びている――ふたりは流刑地から戻ったよう、重労働の刑期が終わって豪華な食事をむさぼっているようである。食欲が大きな叫びを上げており、やり方は荒々しい。この幸運が信じられず、短い時間ですべてを得ておきたいのだ。そしてまた、事が終わった後、自分たちがお互いを取り戻した後には、忘却が約束されていることも分かっている。

途中でロザリンドがささやく。「大事なあなた。わたしたち殺されてもおかしくなかったのに、あなたはこうして生きてる」

ふたりは愛によって生命を吹き込まれているが、それも短い間だけである。終わりは突然の落下として訪れる。その瞬間、快楽は凝縮されるあまりそれ以上の持続が苦しく、耐え難いくらいに尖鋭で、まるで裸に剝き出された神経の尖端のようだ。その後も、ふたりはすぐに身体を離さない。暗闇で横になったまま、鼓動が遅くなってゆくのを感じている。体力の消尽と性的解放による突然の明晰さとが混じり合い、砂漠のように乾ききって平坦なひとつの事実となるのを感じる。今、自分はその砂漠を独りで渡りはじめなくてはならないのだが、それがむしろ心地よい。最後にふたりはおやすみのかわりに一度だけ手を握りあい――キスはあまりに生々しい気がするのだ――ロザリンドは横に寝返りを打って、ものの数秒で深い寝息を立てはじめる。

ヘンリー・ペロウンには、忘却はまだ訪れない――ひょっとすると、疲れそのものが眠りを妨げる段階に達したのだろうか。あおむけになって辛抱強く待ち、壁に伸びた白い光のほうに頭を向けているうちに、不都合にも膀胱の圧力が高まってくるのが感じられる。数分我慢した後、床からドレッシングガウンを拾ってバスルームに行く。足の裏で大理石の床が氷のように冷たく、北向きの高い窓のカーテンの向こうに、オレンジ色に染まった切れ切れの雲の合間で星がふたつ三つまたたいているのが見える。時刻は五時十五分で、すでにユーストン・ロードから車の流れる音がかすかに聞こえてくる。小便を出し終わると、洗面器に屈み込んで蛇口から冷たい水をたっぷり飲む。寝室に戻ると、遠い飛行機のエンジン音が聞こえる。ヒースローに向かう朝のラッシュアワーの第一便だろうとペロウンは考え、音に惹きつけられたので、前の未明に立った窓辺に行ってシャッターを開ける。ベッドにじっと横たわって眠ろうと念じるよりは、こうやって数分間立っているほうがいい。静かに窓を上げる。空気は前回より暖かいが、それでも身震いが出る。光の具合も前より柔らかく、広場の道具立て、特に緑地のプラタナスの枝は、くっきり彫り付けたような感じを失って互いに溶け合うように思える。低い気温が物の輪郭をシャープにするというのは本当にありうることだろうか?

ベンチからは人を待っているような雰囲気が消え、ゴミ箱は空にされ、石畳もきれいに掃除されている。黄色いジャケットを着たエネルギッシュなチームが夜のうちに通っていったのだろう。この整頓された光景を眺め、広場がもっとも美しい時間を思い出して安堵しようとヘンリーは試みる——暖かい天気のウィークデイには、近所のメーカーや広告やデザイン会社のオフィスワーカーたちがサンドイッチやサラダのパックを持って集まり、緑地のゲートが開放される。小さな、物静かなグループができて芝生の上でくつろぐ。いろいろな人種の男女、ほとんどは二十代か三十代で、しゃきっとして、明るくて、抑圧のない様子で、プライベート・ジムのエクササイズを欠かさず健康であり、自分たちの街ロンドンにぴったり合っている。繰り返しベンチに現れる、さまざまに打ちひしがれた人々とは大違いだ。仕事があるということが、ひとつの外面的な目安になる。階級とか機会とかいった問題で片付く話ではない——酔っ払いやジャンキーたちも、オフィスワーカーたちと同じくあらゆる社会階層からやってくるのだ。最低まで落ち込んだみじめな連中の中にも、名門校の出身者はいる。職業上、すべてを理論的に還元する癖のついているペロウンは、そうした事柄は分子レベルで暗号化されて人格の中の見えないひだや捩《よじ》れに書き込まれているのだと考えてしまう。生活の資を稼げない種類の人間であること、もう一杯の酒を我慢しきれない人間であること、昨日に決心したことを今日は思い出せない人間であること、それらは暗い運命なのだ。いかなる量の社会正義を注入したところで、あらゆる街の公共空間に群れ集う衰弱した人々の軍勢を癒すこともできなければ追い散らすこともできない。では、どうすればいいのか？　ヘンリーはドレッシングガウンをぴったりと掻き寄せる。悪い運命を見分ける力を持ち、そうした人々に注意することだ。そのうち一部は中毒から引き離すことができるが、他の人々は——我々にできるのは何らかの方法で彼らを快適にすること、彼らの悲惨さを最小化することだけだ。

何らかの方法で、か！　社会理論家ならぬ自分は、もちろんバクスターのことを、あの解きがたい苦痛の結び目のことを考えているのだ。身震いが出るのはあの男のことを考えたからかもしれないし、疲れが肉体に及ぼす効果かもしれない——震えを止めるには、窓枠に両手を突くしかない。自分はテムズ河南岸のロンドン・アイのような巨大な観覧車に乗っているようなもので、もうすぐ頂上に達しようとしている——降下が始まる前の一瞬、知覚の支点の上でバランスを取っている瞬間には、前方を静かに眺めることができるのだ。別のイメージを挙げるならば、地球の東回りの自転、時速千マイルという物凄いスピードで自分を夜明けへと連れてゆくあの回転だろうか。時計ではなく睡眠で一日を測るなら、今は自分にとってまだ土曜日であり、その土曜日は自分のはるか下、一生ほどの深さの谷へと落ち込んでいる。そしてここ、一日の頂点からは、降下が始まる前にはるか先が見通せる。日曜日は、前の日ほどの期待感と精力に満ちてはいない。眼下の広場は人けなく静まり返って、未来の手がかりも見せてくれない。けれども、こうして立っている場所からは、起こるに違いないと分かっている事柄が見はるかせる。そのうち母の順番が訪れ、ホームから連絡があるだろう。あるいは自分が呼び出され、家族と一緒にあの小さな部屋で母のベッド脇に座って、母の集めた装飾品を眺め、濃い茶色の紅茶を飲みながら、あの水泳選手の残骸が最後の息を引き取って枕に沈み込むのを見ることだろう。そう考えても今は何も感じないが、それが訪れたときに悲しみが自分を驚かせることは分かっている。前にも同じ経験があるからだ。

母の衰えが進んでゆく途中で、自分も育った家族の家から母を連れ出して看護の手にゆだねなければならない時期がついにやってきた。病気のせいで、かつての母があれだけ忠実に実行していた主婦の日常業務が崩壊してしまったのだ。バターの皿の入ったオーブンを一晩じゅうつけっぱなしにしたり、玄関ドアの鍵を床板の割れ目に隠して忘れてしまったり、シャンプーと漂白剤を間違えたりするようになった。これらに加えて、自分の存在そのものに戸惑いを覚える瞬間。気が付いてみると、通りや店や他人の家にいて、自分がどこから来たのかも、そこにいる人が誰なのかも、自分がどこに住んでいるのかも、次に何をするつもりだったのかも見当がつかなくなっていた。一年経つと、母は住み続けてきた家だけでなく自分の人生そのものを忘れ果ててしまった。けれども、その家を売るのは裏切りのような気がして、ヘンリーは手を打たなかった。ロザリンドと一緒に時々は子供時代の家の様子をチェックし、夏にはヘンリーが芝生を刈った。あらゆるものが元通りの場所で待っていた――黄色いゴム手袋は木製の衣装フックから下がり、引き出しにはアイロンのかかったふきんやティータオルがおさまり、釉薬のかかった陶器のロバは爪楊枝のかごを背負い続けていた。が、人の住まない家に特有の植物的な匂いがそこに溜まりはじめ、埃のせいでないみじめったらしさが母の持ち物を侵していった。道路から眺めてさえこの家には敗残の雰囲気があって、ある十一月の午後に近所の子供たちが居間の窓に石を投げつけて割ったとき、ペロウンもついに、行動しなければと感じた。

ある週末、ロザリンドと子供たちも一緒になって片付けに出かけた。ひとりにつき一品ずつ記念に持ち帰った――そうしないのは冒瀆に思われたのだ。デイジーはエジプト産の真鍮の皿、シーオは携帯時計、ロザリンドはプレーンな陶器のボウル。ヘンリーは靴箱一杯分の写真を選んだ。他の品々は母の甥や姪たちに分け与えられた。リリーのベッド、サイドボード、ワードローブふたつ、カーペット、チェストひとつは後からハウスクリーニング会社が持って行くことになっていた。一家は服や台所用品や余った装飾品をチャリティショップに持っていくために包んだ――それまでヘンリーは知らなかったのだが、こうしたショップの主な仕入れ先は死者たちなのだった。他の物は全部ゴミ袋に詰めて回収に出した。一同は盗賊のように押し黙って作業した――ラジオをつけるのは不適切な気がしたのだ。リリーの人生から飾りを剝ぎ取るには丸一日かかった。

ひとつの劇、ささやかな独り芝居ホームドラマのセットを、出演者の許可なしに取り払っているわけだった。リリーが縫い物部屋と呼んでいた部屋――ヘンリーが暮らした部屋――から作業は始まった。リリーはもう戻ってこないし、もはや編み物とは何かも分からなくなっているのだが、何十本という編み針、千もの型紙、半分編んだ赤ん坊の黄色いショールを包装し、すべて他人にやってしまうのは、リリーを生きている者たちの列から追い払ってしまうことだった。一同は手早く、ほとんど狂ったように作業を進めた。母は死んでいない、と、ペロウンは自分に言い聞かせ続けた。しかし、すべての飾り、一生かかって積み上げた細部のすべてがこれほどあっさり簡単に包まれてどこかに送られたり二束三文の店に下げ渡されたりするのを見ると、リリーの人生は——いや、誰の人生も——あまりに希薄なものに思えた。物は持ち主とその過去から切り離されると、がらくたになってしまうのだった——リリーがいなければ、古びた急須温め《ティー・コージー》は単にろくでもない代物であって、農家のイラストは色あせ、安っぽい生地に薄い茶色のしみがつき、詰め物は悲しいくらい貧弱だった。棚や引き出しが空になり、箱や袋が詰まってゆくにつれて、ペロウンは人間が実は何も所有したりできないことを理解した。すべては借り物なのだ。我々の所有物は我々よりも長く保《も》ち、我々は最後にはそれらを置いてどこかに行ってしまう。一同は一日がかりで作業を終え、一杯のゴミ袋を二十三個回収に出した。

　まだ暗い朝、まだ昨日の一部である朝と向かい合ってドレッシングガウンで立っていると、自分がひどく痩せて弱々しい気がしてくる。そう、いずれその日はやってくるのであって、自分が手配をすることになるだろう。いつぞや母は、家の近くの墓地に自分を連れてゆき、遺灰はここに入れてほしいと言って、壁に埋め込まれた小さな金属ロッカーの列を見せたことがある。そうしたことは起こらずにいないのであり、自分たちは頭を垂れて立ち、埋葬の祈禱を聞くことだろう。いや、火葬の場合はどうなるのだったか？　女より生まれたる人間は生くる時短くして……何十年の間にしばしばこの祈りは聞いたのだが、切れ端しか覚えていない。影のごとく去り……花のごとく切り取られ。そう、続いてジョン・グラマティカスの番がやってくる。酒飲みを襲う決定的な病、あるいは心臓か脳にとどめを刺す発作。全員がそれぞれに強い衝撃を受けるだろう、自分の衝撃は他の人々より軽いけれども。今夜の老詩人は勇敢だった。鼻が折れたのも痛くないふりをして、デイジーに機敏な指示を出した。けれどもその日が来たとき、テリーサがジョンと結婚していて財産を要求したならば、シャトーをめぐる争いが起こらずにはおらず、法律のことになると容赦のないロザリンドは、母が創り、デイジーとシーオとロザリンド自身が子供時代の夏を過ごした場所に対する権利をとことんまで追求するだろう。そのとき、自分が果たすべき役割は？　聡明で、しかも堅忍不抜な忠誠を示すことだ。

死の他には何が？　シーオが初めて家から出て行く——葉書も手紙もEメールもなく、電話だけがあるだろう。ニューヨークに出かけ、シーオとバンドが彼らのブルースをアメリカ人たちに届けるのを聴くこと——あの音楽は、アメリカ人には受けないかもしれない——それから、ベルヴュー病院時代の古い友人たちと再会するチャンス。デイジーは詩集を出版し、赤ん坊を産んでジュリオを連れてくる——デイジーが詩を読んだときに自分が聞き間違えて想像した、肌が浅黒く胸をはだけた恋人の姿がまだ眼に浮かぶ。赤ん坊とその身の回りの品々一式が家全体をにぎやかにし、自分でもなくロザリンドでもない誰かが夜中に起き出して世話をすることになる。ジュリオではないだろう——ジュリオが珍しいタイプのイタリア人なら話は別だが。まったく大変なことだ。そうしているうちに、今度は自分が五十になってスカッシュとマラソンをあきらめ、デイジーとジュリオが住む場所を見つければ広場の家は寂しくなり、いずれシーオも定住の場所を見つけ、自分とロザリンドは崩れるようにして互いに寄りかかり、一層ぴったりと身を寄せ合うだろう。子供を育て、若い大人たちを送り出すという仕事が終わるのだ。ここしばらく自分が感じていた落ち着きのなさ、別の生活がしたいという焦りも消えうせてゆくだろう。いずれは自分も手術を減らして病院運営に時間を割くようになり——これぞ別の生活ではないか——ロザリンドは新聞社を辞めて念願の本を書き、いつの日か自分たちは、ジャンキーや交通の騒音や埃に耐えて広場の家で生活するだけの体力を失うことだろう。ひょっとするとジハードの大義のために爆弾が爆発し、自分たちを他の心弱き人々と一緒に郊外へ追いやるかもしれない。あるいはもっと田舎に、あるいはシャトーに——そうして、土曜日が日曜日になる。

背後で、ヘンリーの思考に眠りを乱されたかのようにロザリンドがびくっとし、軽く呻いて、また身動きをしてから静かになり、ヘンリーは窓から背を向ける。ロンドンは、自分が暮らすロンドンの小部分は、あけっぴろげに横たわっており、防衛は不可能で、他の百もの都市と同様に爆弾を待っている。ラッシュアワーが手頃だろう。パディントン駅の大事故に似たものになるかもしれない——ひん曲がったレール、へし折れて持ち上がった通勤電車、割れた窓から差し込まれる担架、病院の緊急プランの実施。ベルリン、パリ、リスボン。各国当局は一致して、テロ攻撃は避けられないと言っている。自分が生きている時代はこれまでとは違うのだ——新聞がそう書いているからといって、嘘だとは限らない。けれども、一日の頂点から見はるかしても、これは解読が難しい未来であり、あらゆる可能性によってぼやかされた地平線である。今から百年前、シルクのドレッシングガウンを着てこの窓辺に立ち、あと二時間を切った冬の夜明けを眺めた中年の医師は、新しい世紀の未来に思いを馳せていたのかもしれない。一九〇三年の二月。現代人は、このエドワード朝の紳士がまだ知らずに済んだことを羨むかもしれない。この医師に若い息子たちがいれば、十年余り後にソンムの会戦で子供たちを失う可能性が高い。そして、彼らが残した死体の数はいくつだったろう、ヒトラー、スターリン、毛沢東が？　五千万、あるいは一億？　前方に待ち受ける地獄を現代人が描き出し、警告を発したとしても、かの善良なる医師——経済的繁栄と数十年の平和が産んだ、物柔らかな人物——は、それを信じなかったろう。ユートピアを語る者、理想の社会秩序を確信している熱誠者に気を付けよ。そうした者たちが再来しつつあるのだ、装いを新たにした全体主義者が。彼らはまだ散り散りで弱々しいが、しだいにその数を増しつつあり、怒りに満ち、さらなる大量虐殺に飢《かつ》えている。解決には百年を要する。けれどもこんな考えは、ひとつの惑溺なのかもしれない。意味のない、ふくれ上がった妄想。時間と良識が解きほぐし整理してくれるような一《いっ》時《とき》の混乱を、針小棒大に捉える夜の物思い。

より近い土地、もっとも近い岬、そうしたもののほうが読みやすい——母の死と同じくらい確実に、自分はタレブ教授と一緒にホクストンの近くのイラク料理店で食事をするだろう。戦争は来月に始まる——正確な日取りもすでに決定されたに違いない、野外スポーツのビッグ・イベントのように。季節が少しでも過ぎると、殺戮や解放には暑すぎる。バグダッドは爆弾を待っている。はて、独裁者の排除に賛成していた自分はどこに行ったのか？　この日、この特別な夜の終わり、自分はおびえ、無防備で、ひたすらドレッシングガウンを身体に巻きつけ続けている。また一機の飛行機が視界を左から右へ横切り、テムズ河に沿ってヒースローへとありきたりの下降路をたどってゆく。デイジーと交わした舌戦の勢いを思い出すことも、それを追体験することも今はより難しい——確実な事実だったはずのものは、ディベートの論点と混じり合ってしまった。タレブ教授が描いてみせたような体制は耐え難いということ。いくらアメリカの動機がいかがわしくとも、そんな体制を解体できれば、少しは良い結果が持続し死者の数が減少するだろうということ。デイジーの声が聞こえる——力というものはそれ自体が善ではないし、父さんはひとりの人間の物語に頭を占領されているのよ、と。子供を産もうとしている女には、独自の権威がある。朝になれば、自分は断固たる行動への信頼を取り戻すのだろうか？　今は恐怖しか感じられない。自分は弱く、無知だ。ある行動の結果が手に負えなくなって、新しい出来事、新しい結果が生まれ、ついには夢にも思わなかったような、決して自分からは選ばないような場所に追いやられるのではないかとおびえている——喉にナイフを突きつけられるような立場に。アンドレア・チャップマンが若い医師の愛に恍惚となるという不可能な夢を描き、自分でも医師になることを夢見ている場所のひとつ下の階では、バクスターが自分だけの暗闇の中に横たわり、ふたりの警官に見張られているのだ。けれども、ただひとつの小さな確信がヘンリーの気力をつなぐ。ジェイが電話を掛けてくる前にみんなで食事をしていたときにその考えは芽生え、集中治療室で腰を下ろしてバクスターの脈を見ているときに固まったのだった。まずはロザリンドを、そして家族を、最後に警察を説得して、バクスターの訴追をやめさせないといけない。この問題はもう終わりにしなければ。追いかけるなら、もうひとりの侵入者を追いかければいいのだ。悪夢のような幻覚への降下が始まるまで、バクスターには刻々と減ってゆくけれども生きるに値する一切れの人生がある。この分野が専門の同僚に頼んで、検察局が訴追作業にかかるころにはバクスターが裁判に耐えられない状態になっていることを説明してもらおう。それは本当であるかもしれないし、そうでないかもしれない。いずれにしても、システムが働き、適切な病院がバクスターを収容してこれ以上の害をなせないようにしなくてはなるまい。自分にはそうした手続きができる。何らかの方法で患者を快適に過ごさせるために手を尽くすことが。

これは宥《ゆる》しと言えるのだろうか？　結局のところ、自分は責任があるのだ。二十四時間前に、公式には通行止めのはずの道路に車を乗り入れて一連の出来事を始動させたのは自分なのだから。それともこれは弱さなのかもしれない——ある年齢に達し、残された年月が限りあると思えてきたり今後の見通しに寒気を覚えたりするようになると、人は死に瀕している人間をより身近に感じ、兄弟に対するような興味を覚えるようになるのだ。けれどもやはり、これは現実主義なのだと思いたい。地獄へ向かう者を鞭で追い立てるようなことをする人間は、みずからの尊厳を失ってしまうのである。それにまた、手術室で命を救ってやることで、自分はバクスターをハンチントン病の苦しみへと向かわせたのだ。十分な復讐ではないか。そしてここには、自分が権威を行使して事態を形作ってゆくことのできる分野がある。自分はシステムの働きを知っている——良い看護と悪い看護の違いは、ほぼ無限大なのだ。

デイジーが暗誦した詩は、ひとりの男に魔術をかけた。ひょっとすると、どんな詩も同じ現象を引き起こし、突然な気分変化のスイッチを入れることになったのかもしれない。とはいえ、ともかくバクスターは魔術のとりこになり、心身を貫かれて、自分がどれほど生きたいと願っているかを思い出させられたのだ。ナイフを使ったのを許すことは誰にもできない。けれどもバクスターは、デイジーがいくら熱心に教育しようともこの自分には聞き取れなかったしこれからも聞き取れないであろう何事かを聞き取ったのだ。ひとりの十九世紀詩人——そういえば、このアーノルドというのが有名なのか無名なのか調べていなかった——が、バクスターの中に、本人さえ本質をうかがい知ることのできないような憧れの火をともしたのだ。この渇望こそはバクスターの生への執着、精神の生活への執着である。それが長くは保《も》たないであろうゆえ、意識の扉が閉ざされかかっているがゆえに、その執着を拘置所の独房に閉じ込めて裁判という無意味なプロセスが始まるのを待たせたりしてはならない。これが、バクスターの陰鬱な運命なのだ。遺伝子型という存在の暗号、魂なき現代に魂が取りうる形式のひとつに間違った反復が生じたというだけの理由で、精神が崩れゆくこと——自分がこの世に見出せる、もうひとつの確かな事実。

静かに窓を下ろす。朝はまだ暗く、今がいちばん寒い。日の光が射しそめるのは七時になってからだ。三人の看護師が楽しげに喋りながら広場を横切り、朝のシフトに就くためにヘンリーの病院へと向かってゆく。ヘンリーはシャッターを閉めて彼女らを視界からさえぎり、ベッドに近寄ると、ドレッシングガウンを足元に落としてシーツに入り込む。ロザリンドは向こうを向き、膝を丸めて眠っている。今回は忘却の縁へと沈むのを邪魔するものはなく、誰も自分を止めることはできない。眠りはもはやひとつの概念ではなく実体的なもの、いにしえからの移動手段、自分をゆっくりと日曜日へ運んでゆくコンベアベルトである。ロザリンドにぴったり寄り添う。シルクのパジャマ、彼女の匂い、温かさ、愛する姿態。さらに身を合わせる。闇の中、うなじにキスする。いつでもこれがある、というのが、最後に残った思いのひとつだ。それから、これしかないのだ、と考える。そしておしまいに、眠りに落ちながらのかすかな思い。一日の終わりだ。

謝辞

ロンドン、クイーン・スクウェアの国立脳神経病院の脳神経外科専門指導医であり、診療科副部長を務めている王立外科学会会員（脳神経外科）ニール・キッチン医学博士に、この上ない感謝を捧げたい。この天才的な外科医が手術室で仕事をする様子を二年にわたって見学できたのは幸運であったし、仕事のことや、脳のことや、脳に起こる無数の病例について彼が激務の間を縫いながら私にくわしく教えてくれた親切と忍耐力には頭が下がる。また、同病院で麻酔科専門指導医を務める王立麻酔学会会員サリー・ウィルソン、ユニヴァーシティ・カレッジ・ホスピタル救急部専門指導医のアン・マッギネス、そしてエイモン・マカフィー主任警部にも感謝したい。経蝶形骨下垂体腫瘍摘出術の描写に関しては、フランク・T・ヴァートシック・ジュニア医学博士とその名著『脳外科医になって見えてきたこと』（一九九六年、ノートン社［ニューヨーク］）に負うところが大きい。文学にきわめて造詣の深い科学者レイ・ドーランは、本書『土曜日』のタイプ原稿を読んでくれ、神経学的な問題に関してもろもろの切り込み鋭い提案をしてくれた。ティム・ガートン・アッシュとクレイグ・レインも早い段階でこの小説を読み、とても有益な助言をしてくれた。クレイグ・レインにはまた、デイジー・ペロウンの詩の「興奮した如雨露」「奇妙な薔薇」というフレーズを自作「セクシュアル・カプレッツ」から、「どの薔薇も／鮫の群がる茎に育つ」を「結婚式についての彼女の古い手紙を読んで」から引用させてくれた寛容さに感謝したい。それらはいずれも『全詩集 1978-1999』（二〇〇〇年、ピカドール社［ロンドン］）に収録されている。妻のアナレーナ・マカフィーが執筆の各段階で原稿に眼を通し、編集上の賢明な助言や愛情ある励ましを与えてくれたのも幸いであった。

IM

ロンドン、二〇〇四年

訳者あとがき

冷え込みの厳しい二月のロンドン、長い夜がまだ明けない未明の時刻。ロンドン中心部のやや北寄り、テレコム・タワーが見下ろすあたりの広場に面した十八世紀様式の家で、ひとりの中年男が不思議な多幸感に包まれて眼を覚ます。ドレッシングガウンをまとって、男は窓辺に立ち寄り、夜空を見やる。と、彗星を思わせる光が空を横切り始める。妻を起こして一緒に眺めようかと思ったとき、男は気付く。あの光は彗星ではない。飛行機が一機、エンジンから火を噴きつつ、ヒースロー空港に向かっているのだ。

嬉しい再会から禍々しい事故まで、あらゆる出来事がぎっしりと詰まった脳神経外科医ヘンリー・ペロウンの尋常ならざる一日を描く本作『土曜日』(*Saturday*)は、右のように、主人公ペロウンの多幸感が一気に拭い去られる不穏な場面とともに始まる。ニューヨークで九・一一のテロ攻撃が発生したのは、二〇〇一年のこと。そして、米英連合軍のイラク進攻に反対する大規模デモがロンドンで行なわれた日という情報から判断すると、ペロウンが火を噴く飛行機を窓辺で見たのはおよそ一年半のち、二〇〇三年の二月十五日未明と特定できる。ニューヨークのテロの記憶も生々しく、ロンドンが厳戒態勢にあったこの時期に、エンジンから火を噴きながら飛んでゆく飛行機を眼にした人間が真っ先に連想するものは他になかったに違いない。さまざまな理由でこの未明に眠りにつけなかった数百、数千の人々からは、警察といわず消防といわず通報が殺到したことだろう。だが、ペロウンは立ち尽くしたまま飛行機の軌跡を見つめる。これがテロであれ事故であれ、すでに通報はなされ、空港では消火準備が整っているだろう。ヒースロー空港は自分の病院の管轄外だ。ペロウンができることは、今のところ、ない。

もちろん我々読者は、我々が現実と呼んでいる世界において、二〇〇三年二月十五日のロンドンでテロ攻撃が起こらなかったことを知っている。だが、これは小説だ。歴史が、いわゆる現実の世界とは違った筋道をたどりうるパラレルワールドだ。ペロウンがとっさに思い出す「シュレーディンガーの猫」の思考実験と同じく、小説『土曜日』のオープニングにおける未明のロンドンでは、テロは起こりつつあるのかもしれないし起こっていないのかもしれない。二つの可能性が、不気味に同居しているのである。

もし前者ならば、飛行機が墜落した場所は阿鼻叫喚の地獄と化すだろう。ロンドンは、九・一一以降与えられていた猶予を完全に剥奪され、二度とかつてのロンドンには戻れなくなるだろう。だが、もし後者だとしても、人は単純に安心できるだろうか？　九・一一以降の世界において、人はひとつの強迫観念と向き合わざるを得なくなった――テロは今この瞬間にもどこかで起こっているかもしれず、起こっていないかもしれないのだ。米英軍のイラク進攻およびそれが引き起こす戦争に反対しようと数百万人が集結した理由の中に、この絶えざる「シュレーディンガーの猫」状態の不安を少しでも軽減したいという願いが混じっていたとしても、何の不思議があるだろうか？

トニー・ブレアからゴードン・ブラウンへと引き継がれた「ニュー・レイバー」体制下の英国、なかんずくロンドンは、二〇〇五年の同時爆破テロ事件をはじめとする暴力の不安にさいなまれつつも、好景気の多幸感に包まれているように見える。二〇〇〇年にはテート・モダン美術館がオープンし、アート／カルチャー・シーンの最前線に立つ都市としてのロンドンを強く世界に印象付けた。「ルール・ブリタニア」(英国よ、世界を支配せよ）ならぬ「クール・ブリタニア」という言葉を広めるのに一役買ったのもブレア政権である。みんながキモチよくなれる英国というイメージ戦略、その中心としてのロンドンの街。

『土曜日』の主人公であるヘンリー・ペロウンも、現代英国とロンドンのそうした風景にぴったりフィットする人物である。脳神経外科医という知的専門職。あからさまな豪邸ではないけれども堅実な裕福さを漂わせる、ジョージアン様式の自宅。すこしばかり後ろめたい贅沢として、エンジン音さえほとんど聞こえないSクラスのベンツ。妻は新聞社の法務を担当する弁護士、娘はオクスフォード出の新進詩人、息子はブルース・ミュージシャン。ペロウン本人も、下手の横好きでピアノとギターが弾ける。文学だけは苦手分野だが、父親に文学を理解させようとする娘の努力には、いつも辛抱強く付き合っている。結婚して二十年以上になる妻を愛し続け、娘と息子を愛し、自分が選び取ったキャリアに満足している……。

『土曜日』を批判する書き手たちは、こぞってこの点を衝く。人生に問題を抱えていない人間を主人公にした小説などというものがいったい面白いのか、というわけだ。これについては、マキューアン本人がいささか挑発的な口調で面白い返答をしているので、ここに引いておこう。二〇〇七年八月十八日の『ガーディアン』紙に掲載されたインタビューからだ。

奇妙なことに——私にとってはたいへん面白いことでもありますが——読者はペロウンの幸福さに激怒したんですね。私はこれまでずっと、信じられないくらい悲惨な、どうしようもない状態に陥った人間を描いてきたのですが、そうすると読者は「よくまあ、そんなことが書ける」と言って腹を立てたものです。ところが、幸せな人間を描くということの不埒さは、さらに大きなものであるらしい。（……）そうした読者が不快を覚えたのは、実のところ、私が彼ら自身の肖像を誇張した形で描いたからなんですよ。ヘンリーは満足しきって太った欧米人だし、彼ら自身も満足しきって太った欧米人なんです。ある意味で『土曜日』はシェイクスピアの『テンペスト』に登場する「怪物」キャリバンの鏡のようなものであって、そのせいで読者の頭に血が上ったのですね。

同時に、訳者が二〇〇六年にマキューアンに行なったインタビュー（『波』二〇〇八年一月号に掲載）においては、マキューアンは自分と「満足しきって太った欧米人」ペロウンの間に共通点があることを認めてもいる（小説中のペロウンも現実のマキューアンも、体形から言えば痩せ型なのだが……）。住んでいる場所や生活様式が共通しているだけでなく、ペロウンと自分はいくつかの考えを共有しており、なかんずく米英軍のイラク侵攻に対するペロウンのアンビバレンスは自分のものでもある、とマキューアンは言う。だが、それだけではない。マキューアンとペロウンの共通点は、より根が深いもののように思われるのだ。

インタビューの中でマキューアンが繰り返し使った単語に'fear'がある。精神疾患および精神の崩壊は『愛の続き』から『土曜日』にかけて繰り返しモチーフとして登場するが――という訳者の問に答えて、精神の崩壊に自分は強い怖れを感じる、とマキューアンは述べている。その怖れは、理性と民主主義が狂気に相対したときに感じる恐怖へとつながるものなのだ、とも。穏健にして円満な職業人、「満足しきって太った欧米人」であるペロウンを襲う一日の出来事は、いずれも、ペロウンの心の奥底にしまいこまれている怖れと不安を刺激してやまない。それらは、小説『土曜日』および作中の土曜日が曖昧な終わりを迎えるとともに飽和点に達するのだ。そうした怖れと不安が我々読者にとってリアルに迫ってくるならば、それは、マキューアンの創作もまた同じ不安と怖れに強く駆り立てられていることの雄弁な証拠ではあるまいか?

いつもながら、執筆に当たってのマキューアンの綿密な調査ぶりは際立っている。医事関係のコンサルタントになってくださった東京慈恵会医科大学脳神経外科の日下康子先生からは、「医者が書いた文章そのものに思えた」という感想が聞かれた。マキューアンのような小説家にとって、それは最大の讃辞のひとつではないかと思う。

日下先生、ブルース演奏について訳文のチェックをお願いした東京女子大学の中野学而講師、そして新潮社校閲部と担当編集の北本壮さんに心から感謝したい。

二〇〇七年十一月

小山 太一

参考資料：ドーヴァー・ビーチ

271ページから273ページの場面でデイジーが朗読する詩は、ヴィクトリア朝の高名な批評家・詩人であるマシュー・アーノルドの「ドーヴァー・ビーチ」である。読者の便を考え、以下に全訳を掲げておく。

今夜の海は静かだ。
潮が満ち、冴えた月が
海峡にかかる――フランスの岸では
光が輝いて消え、イングランドの巨大な崖は
おぼろな輝きを放って、寂とした湾にそびえる。
窓辺においで、夜の空気が芳しい！
月に洗われた陸が海と接するあたり、
波しぶきの長い線に耳をすませば、
ほら！　ごつごつ、ざらざらと音がする、
小石が波にさらわれ、その波とともに
戻ってきては浜辺の手前まで達する音が、

始まっては止み、またしても始まり、
ゆったりしたカデンツァとなって震え、
永遠なる悲嘆の調べを運んでくる。

ソポクレスも遠い昔に
エーゲ海の岸でこの調べを聞き、
人の世の憂いが濁りつつ満ち干するさまを
思ったという。私たちも、
遥か北方の海岸にその調べを聞いて、
ひとつの思いにとらわれる。

信仰の海は
かつてこの海のように満々と潮をたたえ、
きらびやかな襞帯のように地球の岸辺を囲んでいた。
けれども、いま聞こえるのは
引き潮の陰気な長い音だけ。
夜風の息吹とともに退いてゆき、
荒漠たる世の果ての地を越え、
裸の石の浜を越えて消えゆく潮の音だけ。

ああ、恋人よ、せめて我々は
互いに忠実でいよう！
眼前の世界は夢充てる地のごとく
広やかに美しく、新しく見えるけれども、
本当は、喜びも愛も光もなく、
確かさも、平和も、苦痛を和らげるものもない。
我々が立ち尽くす黄昏の平野は
戦闘と敗走の混乱した叫びに満ち、
無知なる軍勢が闇の中でぶつかり合う。

Saturday

Ian McEwan

土《ど》曜《よう》日《び》

著者
イアン・マキューアン
訳者
小山太一
発行
2007年12月20日

発行者 佐藤隆信
発行所 株式会社新潮社
〒162-8711 東京都新宿区矢来町71
電話 編集部 03-3266-5411
読者係 03-3266-5111
http://www.shinchosha.co.jp

印刷所
株式会社精興社
製本所
株式会社大進堂

乱丁・落丁本は、ご面倒ですが小社読者係宛お送り下さい。
送料小社負担にてお取替えいたします。
価格はカバーに表示してあります。
©Taichi Koyama 2007, Printed in Japan
ISBN978-4-10-590063-2 C0397

CREST BOOKS
Shinchosha